Sylvia Day

En tête de liste du *New York Times,* Sylvia Day est l'auteure best-seller, de renommée internationale, d'une vingtaine de romans primés, vendus dans plus de quarante pays. Numéro un dans vingt-huit pays, ses livres ont été imprimés à des dizaines de millions d'exemplaires. La société Lionsgate a acheté les droits télévisés de la série *Crossfire*.

Rendez-lui visite sur son site : www.SylviaDay.com, sa page Facebook : Facebook.com/AuthorSylviaDay et sur son compte Twitter : @SylDay

L'ange ou le démon

Du même auteur
aux Éditions J'ai lu

Semi-poche

LA SÉRIE CROSSFIRE
1 – Dévoile-moi
2 – Regarde-moi
3 – Enlace-moi
4 – Fascine-moi

LA SÉRIE GEORGIAN
1 – Si vous le demandez
2 – Si vous aimez jouer
3 – Si vous m'embrassez
4 – Si vous me provoquez

Mariée à un inconnu

Poche et numérique

Sept ans de désir
N° 11145

Rejoins-moi à Vegas
Numérique

LES ANGES RENÉGATS
0.5 – Sombre baiser
Numérique
1 – Une note de pourpre
N° 10888
2 – Désir sauvage
N° 10930

LES SHADOW STALKERS
1 – Absolument toi
Numérique
2 – Pas sans toi
Numérique
3 – Toi ou rien
Numérique
4 – Juste pour toi
Numérique

Anthologies
Incitations au plaisir
N° 11156
Avec ou sans uniforme...
N° 11186

SYLVIA

DAY

LA MARQUE DES TÉNÈBRES - 1

L'ange ou le démon

Traduit de l'anglais (États-Unis)
par Guillaume Le Pennec

J'AI LU

J'AI LU POUR elle

Titre original
EVE OF DARKNESS

Éditeur original
A Tor Book, published by Tom Doherty Associates, LLC, New York

Une histoire ne devient pas un roman publié sans qu'un éditeur en tombe amoureux. Un roman publié ne touche pas suffisamment de lecteurs s'il n'est pas défendu par son éditeur. Un auteur ne peut déployer bravement ses ailes sans la sécurité qu'apporte le soutien (et la patience) d'un éditeur.

Toute ma reconnaissance va à Heather Osborn pour son enthousiasme envers la série *La marque des ténèbres*. Rien au monde ne vaut une éditrice qui partage vos espoirs et vos rêves à propos de vos écrits.

Merci, Heather.

Remerciements

Merci au service artistique de chez Tor, en particulier Seth Lerner. Des mois de travail ont été consacrés à la préparation de la série *La marque des ténèbres* : affinage de la présentation, modifications des fonds, multiples versions de couvertures... Un tel investissement me va droit au cœur.

À Melissa Frain de chez Tor, Nikki Duncan et Joy Harris pour avoir aimé cet ouvrage et m'avoir souvent incitée à me dépêcher de terminer les deux autres, ce qui m'a permis de rester motivée jusqu'au bout.

À Denise McClain pour ses retours extrêmement réfléchis et utiles.

À Jordan Summers, Shayla Black, Karin Tabke et Sasha White pour leur présence dès que j'avais besoin d'une oreille attentive à l'autre bout du fil. Quelle chance j'ai d'avoir des amies telles que vous !

À Gary Tabke pour avoir répondu à mes questions à propos des méthodologies policières. D'éventuelles erreurs seraient entièrement de mon fait.

À Frauke Spanuth pour sa brillante stratégie marketing et son aide pour la traduction allemande.

À Tina Trevaskis pour son honnêteté et son amitié.

Et à Nikola Tesla pour la radio, les télécommandes et le courant alternatif sans lesquels je n'aurais pas pu vivre tandis que j'écrivais ce livre.

« Le péché est tapi à ta porte ; son désir se porte vers toi, mais tu te dois de le maîtriser. »

Le Seigneur à Caïn, Genèse, IV, 7

1

« Le diable se cache dans les détails. »

Evangeline Hollis comprenait désormais le véritable sens de ce dicton, entourée qu'elle était de milliers de serviteurs de Satan. Certains portaient des casquettes aux couleurs des Seahawks de Seattle, d'autres des maillots de l'équipe des Chargers de San Diego. Tous arboraient des décorations évoquant des tatouages tribaux qui révélaient à quelle espèce de créatures maudites ils appartenaient et leur place dans la hiérarchie infernale. Aux yeux d'Evangeline, la scène évoquait carrément un festival de pécheurs. Ils buvaient de la bière, dévoraient des poignées de nachos et agitaient des doigts en mousse géants.

En réalité, il s'agissait d'un match de football américain au stade Qualcomm de San Diego. Une journée à la météo parfaite classique du sud de la Californie : chaude et ensoleillée, la température de vingt-six degrés équilibrée par une brise délicieusement rafraîchissante. Protégés par leur ignorance béate, les mortels se mêlaient aux créatures infernales en profitant simplement d'un après-midi de détente au stade.

Pour Eve, le spectacle avait quelque chose de macabre. Comme si elle observait des loups affamés faisant bronzette au milieu des agneaux. Violence, sang et mort résultaient inévitablement de toute interaction entre les deux camps.

— Arrête de penser à eux.

La voix grave et sensuelle d'Alec Caïn la fit frissonner intérieurement, mais elle se contenta de lui décocher un regard chagriné par-dessus ses lunettes de soleil. Il lui répétait sans cesse de ne pas prêter attention à leurs proies quand ils n'étaient pas en chasse. Comme s'il était facile de faire abstraction de tous les démons, mages, faeries rebelles, loups-garous, dragons et leurs milliers de variantes qui grouillaient alentour.

— Il y a une femme qui donne le sein à son bébé juste à côté d'un incube, maugréa-t-elle.

— Ange…

La façon dont il prononçait ce surnom qu'il lui avait donné lui faisait toujours l'effet d'une caresse. La voix d'Alec aurait pu transformer de bêtes indications d'itinéraire en préliminaires.

— C'est notre jour de congé, tu te souviens ? rappela-t-il.

Elle détourna les yeux avec un soupir. Approchant le mètre quatre-vingt-dix, Alec affichait un torse large et puissant et un ventre sculpté qui se remarquaient même sous son tee-shirt blanc ajusté. Il avait de longues jambes musculeuses mises en valeur par un bermuda Dickies et des biceps si dessinés qu'ils faisaient l'admiration des hommes comme des femmes.

C'était aussi son amant… de temps en temps. Comme toutes les friandises, Alec la comblait délicieusement, mais frayer trop longtemps avec lui déclenchait l'équivalent d'une hyperglycémie carabinée, la laissant hébété et titubante. Il avait également ruiné l'existence qu'elle menait jusque-là. Evangeline avait rêvé d'une carrière d'architecte d'intérieur, pas de chasseuse de primes infernale.

— Si seulement c'était aussi simple, se plaignit-elle. Comment veux-tu que je me sente en vacances si je suis cernée de boulot ? Et puis ils puent même quand je fais mine de les ignorer.

— Moi, je ne sens que ton parfum, ronronna-t-il.

Il se pencha vers elle et blottit son nez contre sa joue.

— Miam !

— Ça me fout les jetons qu'ils soient partout. Hier, je suis allée chez McDonald's et la personne qui m'a servie au guichet était une faerie. Je n'ai pas pu toucher à mon Big Mac.

— Mais je parie que t'as mangé toutes tes frites.

Abaissant ses lunettes de soleil, Alec la gratifia d'un regard maussade.

— Il y a une différence entre rester vigilante et être parano, commenta-t-il.

— Je suis prudente, pas complètement tarée. Jusqu'à ce que je trouve le moyen de me sortir de cette histoire de marque, je m'en accommode comme je peux.

— Je suis fier de toi.

Eve soupira. Avoir Alec pour mentor était vraiment une très mauvaise idée, et pas seulement parce que la plupart des Marqués y voyaient l'équivalent d'une promotion canapé. En oubliant au passage qu'une vraie promotion canapé impliquait d'échanger ses charmes contre un poste que l'on convoitait. Or personne ne rêvait de recevoir la marque de Caïn.

L'échelle hiérarchique des Marqués démarrait avec les bleus, tout en bas, pour remonter jusqu'à Alec, le Marqué originel et le plus redoutable de tous. Impossible de le surpasser. Impossible de travailler avec lui. C'était l'archétype du solitaire, son incarnation même. Et pourtant Eve se retrouvait au sommet, avec lui, six semaines seulement après son enrôlement, parce qu'il n'avait confiance qu'en lui-même pour la protéger. Eve comptait beaucoup à ses yeux.

Les autres Marqués s'imaginaient que travailler pour le premier exécuteur de Dieu était une partie de plaisir. S'il était vrai que les Infernaux ne s'en prenaient pas à Alec à moins d'avoir des envies de suicide, cela ne rendait pas les choses plus faciles. Car les démons s'en prenaient désormais à *elle* pour nuire à Alec.

Et pour ne rien arranger, Alec était marqué depuis si longtemps qu'il avait oublié à quel point les débuts pouvaient être difficiles et perturbants. Il s'attendait à ce qu'elle sache d'instinct tout un paquet de trucs et ne cachait pas sa frustration quand il constatait que ce n'était pas le cas.

Il serra ses doigts dans les siens.

— Où est passée la fille qui voulait simplement oublier tout ça pendant quelques heures ? demanda-t-il.

— C'était avant qu'elle soit kidnappée et manque être réduite en pièces, répondit Eve en se levant. Je reviens. Il faut que j'aille au petit coin.

Alec l'agrippa par le poignet. Elle haussa un sourcil interrogateur.

— Ange... dit-il en lui embrassant la main. Quand je te dis d'arrêter de penser à eux, ça n'est pas pour t'inciter à vivre dans un monde imaginaire. Je voudrais simplement que tu voies les bonnes choses autour de toi. Tu as vu une mère qui allaitait son enfant mais sans prendre la mesure du miracle qu'une telle scène représente, trop occupée à observer le démon assis à côté d'elle. Ne leur donne pas le pouvoir de te gâcher la journée.

Eve fronça les sourcils en réfléchissant à ses paroles puis hocha la tête. Alec avait vécu avec la marque depuis l'aube des temps sans perdre sa capacité à percevoir les miracles. Elle pouvait au moins essayer.

— Je reviens tout de suite, dit-elle.

Il la lâcha. Eve remonta lentement la rangée des spectateurs jusqu'aux larges marches en béton qu'elle gravit à toute allure. Elle s'émerveillait encore de la vitesse, de la force et de l'agilité dont elle avait hérité avec la marque qui ornait le haut de son bras, comme brûlée au fer rouge. Elle avait toujours été athlétique, mais elle se sentait désormais l'égale de Supergirl. Bon, elle ne pouvait pas voler. Mais elle était capable de sauter incroyablement haut. Capable aussi de voir dans le noir et d'enfoncer des portes verrouillées. Autant de capacités dont elle n'aurait jamais imaginé avoir besoin un jour.

Arrivée dans le hall, elle suivit les panneaux jusqu'aux toilettes les plus proches. La queue remontait presque jusqu'à l'accès aux gradins. Par chance, ce n'était pas une urgence. Elle avait surtout ressenti le besoin de quitter son siège.

Elle attendit donc patiemment, en se balançant d'avant en arrière, les mains dans les poches. De temps à autre, un courant d'air agitait les mèches de sa queue-de-cheval, porteur des effluves de malfaisance et d'âmes pourrissantes, une puanteur âcre qui lui retournait l'estomac. L'odeur se situait à mi-chemin entre la décomposition et la bouse fraîche et elle n'en revenait pas que les Sans-marque – les gens normaux comme elle autrefois – ne sentent rien.

Comment avait-elle pu vivre vingt-huit ans dans l'ignorance la plus totale ? Comment Alec avait-il pu vivre pendant des siècles en étant parfaitement conscient de tout ?

Devant elle, un petit garçon se tortillait sur place, jambes croisées.

— Maman ! Ça urge !

Physiquement, la femme qui l'accompagnait aurait facilement pu passer pour sa sœur. Eve n'en fut pas surprise. Dans le sud de la Californie, beaucoup de femmes ne vieillissaient pas. Elles se transformaient simplement en caricatures plastifiées de leur jeunesse passée. Celle-ci était une blonde décolorée au bronzage parfait, avec des seins trop gros d'une taille pour son corps svelte et des lèvres pulpeuses recouvertes de gloss.

La mère regardait autour d'elle.

— Laisse-moi aller chez les garçons ! supplia l'enfant.

— Je ne peux pas y entrer avec toi.

— Je ferai vite !

Eve estima qu'il devait avoir six ans. Assez grand pour aller faire pipi tout seul. Mais elle comprenait l'inquiétude de la mère. Un enfant avait été tué dans des toilettes publiques près d'Oceanside alors que sa tante l'attendait dehors. Le démon responsable de cette atrocité avait employé la plus vieille ruse du monde : se faire passer pour Dieu.

La maman stressée hésita un long moment avant d'acquiescer sèchement.

— Alors dépêche-toi. Tu pourras te laver les mains ici, chez les filles.

Le garçon s'éloigna au pas de course en direction des toilettes pour hommes. Eve échangea un sourire compatissant avec la maman.

La queue avançait lentement. Deux adolescentes arrivèrent derrière Eve. Elles étaient vêtues selon la mode du moment : hauts légers superposés et jeans taille basse. Les coûteux parfums dont elles s'étaient abondamment aspergées offraient un barrage bienvenu à l'odeur de décomposition.

Un rugissement s'éleva soudain depuis les rangs des spectateurs. L'un des joueurs des Chargers était un loup-garou. À en juger par la clameur à haute fréquence des Infernaux au milieu de la foule, il avait fait quelque chose qui méritait d'être applaudi.

— Pourquoi est-ce qu'il y a une telle queue ? demanda la jeune fille derrière Eve.

Eve haussa les épaules, mais la femme devant elle répondit en désignant un couloir sur la gauche du bout de son doigt parfaitement manucuré :

— Les toilettes là-bas sont fermées pour réparation.

Très à propos, le sceau marqué au fer sur le deltoïde d'Eve se mit à la picoter, puis devint carrément brûlant. Avec un soupir, elle abandonna sa place.

— Allez-y, dit-elle aux jeunes filles, ça n'est pas si urgent que ça.

— Merci, répondit l'adolescente.

Eve emprunta le couloir de gauche en maugréant pour elle-même :

— Tu parles de congés…

— De toute façon, tu t'ennuyais, poulette, ronronna une voix familière.

Tournant la tête, Eve vit Reed Abel lui emboîter le pas. Ses lèvres dessinaient un sourire diabolique qui jurait avec les ailes et l'auréole qu'il arborait parfois pour le plaisir de choquer. C'était un *mal'akh,* mais il n'y avait pas grand-chose d'angélique chez le frère d'Alec.

— Ça ne veut pas dire que je voulais qu'on m'envoie au turbin !

Reed était son référent, celui qui lui assignait ses missions. Une très mauvaise idée, aux yeux d'Eve. Elle n'arrivait pas à comprendrc pourquoi Dieu autorisait et même encourageait la dissension entre les deux frères.

— On pourrait se tirer d'ici pour s'offrir un moment bien torride tous les deux, proposa-t-il.

Elle n'était pas assez bête pour succomber à une telle invitation. Comme son frère, Reed était une flamme aussi attirante que brûlante pour qui s'approchait de trop près.

— Quoi, il n'y a pas de mission ? T'as un truc pour moi ou pas ?

— Oh oui, j'ai toujours un truc pour toi, rétorqua-t-il avec un clin d'œil malicieux.

Eve le gifla.

— Ne sois pas grossier. Je refuse d'être le nouveau jouet que ton frère et toi vous disputerez. Trouvez-vous une autre partenaire de jeu.

— Je ne joue pas avec toi.

Il y avait quelque chose de sincère dans sa voix. Eve s'efforça de ne pas en tenir compte, même si la partie moins circonspecte d'elle-même s'avoua intriguée.

— Laisse-moi deviner, ça se passe aux toilettes ? demanda-t-elle plutôt en découvrant le panneau « Hors service » devant l'entrée.

— Ouais.

Il la prit par le bras et l'attira à lui.

— Raguel a suggéré qu'il était temps que ton entraînement sorte du cadre des cours. Je vais chercher Caïn.

Raguel était l'archange dont elle dépendait. Pour faire un parallèle avec le système judiciaire, Raguel était le garant de caution judiciaire, Reed le superviseur et elle, la chasseuse de primes. Un système bien huilé en règle générale, mais le cheminement d'Eve avait dès le départ été chaotique.

Elle huma l'air. La puanteur âcre d'un Infernal lui fit plisser le nez.

— Tu n'as pas l'impression que c'est comme de demander à une étudiante en médecine de faire de la chirurgie du cerveau alors qu'elle a simplement lu un bouquin sur le sujet ?

— Tu te sous-estimes, poulette.

Elle le fusilla du regard.

— Je sais très bien quand je risque de finir étalée par terre.

— Pour l'instant, tu cartonnes. Celui-ci est un loup et tu sais y faire avec eux. Mais reste prudente.

— Facile à dire. C'est pas toi qui risques ta peau.

Il déposa un baiser rapide mais appuyé sur sa tempe.

— Risquer la tienne est suffisant, crois-moi.

Contournant le panneau, Eve pénétra dans les toilettes des hommes en regrettant d'avoir mis ses tongs préférées. Étant donné les dangers de son « métier », elle avait pris l'habitude de porter des rangers dès qu'elle s'aventurait hors de chez elle. Mais Alec l'avait convaincue de s'habiller décontracté pour la journée. Elle aurait dû se douter que ce serait une erreur.

En entrant, elle fut assaillie par un relent ammoniaqué de vieille urine. Localiser sa cible ne fut pas difficile : il se tenait au milieu de la pièce, seul. Un loup-garou adolescent à l'apparence étrangement familière.

— Tu te souviens de moi ? demanda-t-il avec un sourire.

C'était un garçon grand et mince avec un visage long et ordinaire. Il était vêtu d'un sweat-shirt à capuche gris crasseux et d'un jean porté si bas qu'on lui voyait les fesses. Un motif noir lui barrait la joue jusqu'au niveau de sa pommette gauche. Il s'agissait de son emblème : de petits tourbillons autour d'un motif de diamant. Comme la marque sur le bras d'Eve, il remplissait une fonction semblable à celle d'un insigne militaire.

Brusquement, elle le reconnut. Un frisson lui parcourut l'échine.

— Tu ne devrais pas être dans le nord, avec ta meute ?

— Le mâle alpha m'a envoyé ici régler nos comptes. Il estime que Caïn doit apprendre ce que ça fait de perdre quelqu'un qu'il aime.

— Il n'y avait aucun moyen de sauver le fils de l'alpha, se défendit Eve. Caïn ne sélectionne pas ses cibles. Il suit les ordres.

— Il avait conclu un accord. Pour toi. Et il n'a pas tenu sa part du marché.

Eve fronça les sourcils. Alec ne lui avait jamais parlé d'un quelconque accord. Il faudrait qu'elle l'interroge à ce sujet, mais ce serait pour plus tard. Elle avait une question plus urgente à régler :

— Tu penses pouvoir me battre à toi tout seul ?

La moue moqueuse du jeune homme se changea en sourire carnassier.

— Je suis venu avec un ami.

— Super.

Ce n'était pas une bonne nouvelle.

La porte des toilettes pour handicapés s'ouvrit à la volée et un être absolument horrible émergea du box.

Nom d'un chien !

Un Infernal aussi massif aurait dû sentir sur plusieurs mètres à la ronde. Pourtant Eve ne captait que l'odeur du loup.

Le dragon n'était pas complètement transformé. Il portait toujours son pantalon et ses chaussures, ainsi qu'une tignasse de cheveux noirs. Mais sa bouche ressemblait à un museau plein de crocs effilés, ses yeux étaient ceux d'un lézard et toutes les parties visibles de son épiderme étaient recouvertes de magnifiques écailles multicolores.

— Ton parfum est à croquer, gronda-t-il.

Elle avait entendu dire que les Marqués émettaient une odeur douceâtre et sucrée aux narines des Infernaux, ce qui la fit ricaner intérieurement. Aucun Marqué n'était en sucre. Ils étaient tous coriaces.

— Toi, par contre, tu ne sens rien, répondit-elle.

Nous avons échoué, comprit-elle, l'estomac noué. Les Infernaux disposaient toujours d'un moyen de se cacher au sein de la foule.

— Pas mal, hein ? se moqua le loup. Autant dire que vous n'avez pas complètement démantelé notre organisation.

Le dragon rugit, un son terrifiant et assourdissant qui résonna dans l'espace confiné des toilettes. Les mortels ne pouvaient néanmoins pas l'entendre. Et, malgré leur sensibilité, les tympans d'Eve étaient indestructibles. Un autre des avantages procurés par la marque. Le dragon écarta le loup pour s'approcher d'elle.

— Je crois que c'est le moment pour moi de prendre congé, dit le jeune homme. Je saluerai l'alpha de ta part.

— Ouais, dis-lui qu'il a cherché des noises à celle qu'il fallait pas, répliqua-t-elle sans quitter son adversaire du regard.

Le loup éclata de rire avant de sortir. Eve aurait voulu faire de même.

Malgré ses bravades, elle n'était pas de taille. Si elle avait encore été capable de réagir physiquement au stress, elle aurait eu le cœur battant et le souffle court. Il ne faisait aucun doute qu'elle ressortirait très mal en point de cette confrontation... si même elle y survivait.

Une personne religieuse aurait prié pour qu'Alec arrive au plus vite, mais Eve n'y songea même pas. Le Tout-Puissant faisait exactement ce qui lui plaisait, ni plus ni moins. La prière donnait l'impression au suppliant qu'il faisait quelque chose. Eve, elle, avait l'impression de gâcher sa salive.

— Où est Caïn ? gronda le dragon en avançant sur elle de son pas lourd. Tu es imprégnée de sa puanteur.

— Il regarde le match, ce que tu devrais faire, toi aussi.

Eve ne pouvait pas prendre le risque de lui dire qu'Alec était en chemin. Il pourrait décider de la tuer rapidement avant de s'enfuir. Dans son déguisement de mortel, sans la moindre odeur pour le trahir, il échapperait à toute poursuite. À l'inverse, si le dragon pensait avoir le temps, il y avait de bonnes chances qu'il joue avec elle. Les Infernaux étaient joueurs.

— J'ai besoin d'un amuse-gueule, gronda-t-il d'une voix si gutturale qu'elle le comprenait à peine. Tu feras l'affaire.

— T'as essayé les nachos ? suggéra-t-elle tout en serrant les poings.

Elle sentit le pouvoir s'éveiller au plus profond de son être, ainsi qu'une émotion où se mêlaient la faim et l'agressivité. Des pulsions primaires, animales, très différentes du genre de violence élégante qu'elle aurait imaginé voir Dieu employer pour détruire ses ennemis. La vague de sensations était déstabilisante… et addictive.

— Les chips sont un peu rassies et le fromage sort d'une boîte de conserve, mais ce serait beaucoup moins dangereux pour ta santé, ajouta-t-elle.

Le dragon émit un reniflement dédaigneux matérialisé par une flamme jaillissant de ses naseaux.

— J'ai entendu parler de toi, dit-il. Tu n'es pas une menace pour moi.

— Ah, vraiment ?

Eve inclina la tête sur le côté en faisant mine de paraître étonnée. Les démons employaient souvent le sarcasme, la dérobade et le mensonge à leur avantage. Elle allait faire de même.

— De quand datent tes renseignements à mon sujet ? Est-ce qu'il y a un bulletin d'infos en enfer ? Un forum de discussion ? Sinon, tu n'es sans doute pas à la page.

— Tu es arrogante. Et stupide. Tu t'imagines que cette opération à Upland a fait de toi une héroïne ? Pauvre idiote ! Les différentes branches de l'enfer sont comme une hydre. Coupe une tête, il en pousse deux nouvelles.

Eve sentit ses tripes se glacer.

— Ça en fait plus à trancher ! répliqua-t-elle malgré une voix qui tremblait un peu.

Le dragon leva les mains. Tandis que des griffes épaisses et acérées poussaient au bout de ses doigts, il lui décocha un regard lubrique, de la bave s'écoulant de sa mâchoire entrouverte.

— Tu es un bébé. Ta chair sera tendre et juteuse.

— Un *bébé* ? railla-t-elle en luttant contre une puissante envie de battre en retraite. Tu n'as visiblement aucune idée de ce que j'ai traversé ces six dernières semaines. Crois-moi, j'ai beaucoup de colère à évacuer.

Bien campée sur ses pieds, Eve leva les poings et prit une profonde inspiration. Elle allait dérouiller.

— Prêt à voir à quel point ? demanda-t-elle.

Le torse du dragon s'élargit comme il gonflait ses poumons, son corps reprenant son allure reptilienne naturelle. Il la toisait de toute sa hauteur, la tête perchée au sommet d'un cou gracieux ployé pour ne pas heurter le plafond. C'était une créature magnifique, à la silhouette fuselée couverte d'écailles iridescentes. Malheureusement, cette peau scintillante était comme du ciment. Toute tentative pour y décocher des coups de poing ou de pied se terminerait dans la douleur. Pour elle, pas pour lui.

« Ils n'ont que très peu de failles, lui avait enseigné Raguel dans son cours sur les dragons. Les seuls points faibles se trouvent au niveau de la palmure entre leurs orteils, de la jointure entre le torse et les membres avant, des yeux et du rectum. Le premier ne permettra pas de causer de blessures mortelles, le deuxième et le troisième nécessitent d'approcher assez près pour risquer la mort et le quatrième... Eh bien, disons que moins l'on en parle, mieux l'on se porte. »

Tendant la main, Eve invoqua une lame. Une épée apparut, flottant dans les airs, l'acier entièrement couvert de flammes. Le feu. Le feu partout. Feu des enfers, feu du paradis, feu jaillissant des naseaux du dragon qui l'obligea à faire un bond en arrière pour ne pas se retrouver calcinée.

Des pyromanes, tous autant qu'ils étaient !

Si elle avait pu choisir, elle aurait opté pour son revolver. Mais elle ne pouvait pas l'emporter partout et le Tout-Puissant préférait les épées de feu. Dieu avait indéniablement un certain sens de la mise en scène. Il connaissait ses forces et les armes intimidantes en faisaient partie.

Le dragon rit, gloussa ou s'éclaircit la gorge. Bref, il n'était pas impressionné. Eve en frémit, mais elle fit néanmoins tournoyer l'épée pour assouplir son poignet.

À ses débuts, elle était la plus mauvaise épéiste de sa classe. Elle était désormais raisonnablement habile et s'améliorait un peu plus chaque jour.

— Tu m'as ratée ! lui lança-t-elle sur un ton de défi.

Elle grimaça en sentant ses tongs adhérer au sol poisseux. Très mauvais choix.

Avoir l'air redoutable était un excellent moyen de dissimuler ses faiblesses. C'était l'une des nombreuses leçons qu'elle avait apprises depuis son enrôlement forcé. Ses ennemis sentaient la peur et s'en nourrissaient. Les perturber en affichant une assurance désinvolte constituait parfois le seul moyen de reconquérir un semblant d'avantage.

Le dragon fit un pas vers elle en faisant trembler le sol sous son poids. Le carrelage se fendit sous ses griffes. Les flammes avaient fait grimper la température dans la pièce, mais Eve ne transpirait pas. Elle ne pouvait pas ; désormais, son corps était un temple.

La bête rugit de colère et abattit sur elle l'une de ses courtes pattes avant. Il contra l'esquive d'Eve d'un coup de queue, laquelle se terminait par une écaille épaisse employée comme une massue. Elle s'enfonça dans le sol à l'endroit qu'Eve venait de quitter maladroitement en poussant un petit cri aigu.

Le dragon libéra son appendice dans un nuage de débris de céramique. Comme Eve s'élançait en courant pour le contourner, il pivota sur lui-même et fouetta l'air de sa queue, arrachant plusieurs lavabos au passage. Eve passa sur son flanc et parvint à déloger l'une de ses écailles d'un coup hâtif de sa lame.

Des toilettes démolies d'un côté ; une simple égratignure de l'autre.

— Sale garce ! gronda le monstre, sans avoir l'air de se préoccuper de l'eau qui inondait les lieux depuis les tuyaux sectionnés.

L'éclat intense de malveillance et de haine qu'elle lut dans son regard reptilien vint durcir un peu plus la gangue qui enveloppait petit à petit l'âme d'Eve et la transformait lentement en quelqu'un d'autre. Sans retour possible.

La colère d'Eve enfla pour masquer sa terreur. Un Infernal comme celui-ci nécessitait l'intervention d'un Marqué beaucoup plus expérimenté. S'il n'avait pas masqué son odeur et ses emblèmes, jamais elle ne se serait retrouvée face à lui.

Elle était dans le pétrin. Et, franchement, elle en avait marre de passer son temps à se faire arroser. Le moindre Infernal qu'elle croisait semblait décidé à la tremper de la tête aux pieds.

— Reed !

Sa voix n'était plus la sienne. Plus grave et plus profonde, elle parlait le langage des Marqués. Appelé « proclamation », ce mode de communication était instinctif et incompréhensible pour les Infernaux.

— Dépêche-toi ! J'ai des ennuis.

Elle ressentit l'équivalent d'une bouffée de brise d'été. La réponse de Reed.

Son bras libre levé pour maintenir son équilibre, Eve entreprit de feinter et de parer, sa poitrine de biais pour constituer la cible la plus réduite possible.

Elle plongea derrière sa lame dressée quand un nouveau jet de flammes émergea des narines du dragon. La chaleur lui brûla le dos de la main et elle poussa un cri. La blessure guérirait en quelques instants, mais cela n'enlevait rien à la douleur sur le moment.

Eve tituba en arrière et trébucha sur les carreaux brisés. Un morceau tranchant traversa la semelle de sa sandale et s'enfonça dans son talon, lui arrachant un sanglot. Une sensation de chaleur moite au creux de sa semelle soudain glissante lui apprit qu'elle saignait abondamment. Le dragon rugit de triomphe en humant l'odeur du sang et fit claquer ses mâchoires acérées pour tenter de la mordre.

Non ! Elle n'allait pas mourir dans des toilettes pour hommes. Impossible.

— Triste spectacle que la déchéance des puissants, lança la voix traînante d'Alec.

Eve l'accueillit avec un soupir de soulagement. Elle esquiva un coup de queue du dragon puis se pencha précipitamment pour regarder derrière le monstre.

Alec était nonchalamment appuyé dans l'embrasure de la porte, les bras croisés. Il avait l'air détendu, voire même de s'ennuyer un peu. Mais quelque chose de terriblement ténébreux passa dans ses yeux lorsqu'il jeta un coup d'œil à Eve. Elle constituait son unique faiblesse, et il faisait de son mieux pour la dissimuler.

— Caïn... gronda le dragon, sur ses gardes.

— Damon ? Tu étais le boss, autrefois. Un courtisan à la cour d'Asmodée.

Alec émit un bruit de langue désapprobateur.

— Et maintenant, tu n'as rien de mieux à faire que de terroriser les Marquées débutantes ?

— Hé ! protesta Eve. Je trouve que je m'en sors plutôt bien vu l'état de la pièce.

Son adversaire lui tournait désormais le dos, visiblement convaincu qu'elle ne représentait pas le moindre danger. Ce qui était affreusement vexant. Que fallait-il faire pour avoir droit à un peu de respect ?

La frustration chassa la peur, ne laissant derrière elle que de la détermination. Eve s'avança sur le flanc gauche du dragon et bondit jusqu'au plafond pour jeter tout le poids de son corps dans une attaque verticale. Elle atteignit la fine articulation entre le torse et la petite patte avant, qui fut proprement tranchée avant de retomber au sol avec un bruit mat. La blessure laissa échapper un flot de sang écarlate qui se mêla à l'eau que crachaient toujours les tuyaux tordus.

Le dragon hurla et fit volte-face, jetant Eve à terre. Elle glissa en arrière sur l'immense flaque ensanglantée qui s'étalait sur le sol défoncé. Le monstre riposta par un jet de flammes. Le feu enveloppa Eve, faisant fondre ses cheveux et sa peau au milieu d'un nuage de vapeur d'eau brûlante. La douleur fut telle qu'Eve ne put émettre le moindre son, et quand les flammes s'évanouirent brutalement, elle pria pour que la mort vienne la soulager.

Mais elle ne partirait pas seule.

Animée par l'adrénaline et la fureur d'une femme qui n'en pouvait plus de son existence, Eve se redressa d'un bond. Elle se rua vers le ventre de la bête et s'agrippa désespérément d'une main aux écailles de son cou. L'impact sur sa peau brûlée et à vif fut si terrible qu'elle poussa un cri et faillit lâcher son épée.

Plus vif que l'éclair, Alec apparut à ses côtés, un bras refermé autour du cou du dragon pour mieux s'attaquer à ses yeux de son autre main. La bête lâcha un cri strident en se débattant, agitant son cou d'un côté puis de l'autre dans un vain effort pour se libérer de ses agresseurs.

Alors qu'elle plongeait sa lame dans la chair exposée et vulnérable du moignon tranché, elle sentit d'énormes griffes lui taillader la colonne vertébrale. Son corps se cambra, enfonçant l'épée de deux centimètres supplémentaires... dans le cœur du dragon.

Le monstre hurla avant d'exploser dans un nuage de braises incandescentes.

Eve s'effondra à terre, paralysée par ses blessures. Elle resta étendue, haletante, clignant les paupières au milieu du requiem aquatique des tuyaux brisés.

Ses oreilles furent assaillies par les vibrations de bruits de pas dans l'eau, puis Alec la souleva avec précaution pour la prendre sur ses genoux. Il posa une main tremblante sur sa peau déchiquetée.

— Ange... Ne t'avise pas de mourir. Tu m'entends ? Bon sang, je viens tout juste de te récupérer...

— Alec...

Elle tenta d'ouvrir les yeux, mais l'effort réclamait des forces qu'elle n'avait plus. Elle claqua des dents, son corps meurtri parcouru de spasmes violents. Le parfum légèrement chimique de l'eau du robinet envahit ses narines, accompagné d'une odeur de cendres, de démon et de sang. Son sang à elle.

Elle pouvait enfin en sentir et goûter l'arôme sucré.

— Je suis là...

La voix d'Alec se brisa.

— Je... Je suis là, répéta-t-il.

— C'est l'alpha.

— Quoi ?

— Le mâle alpha. Il voulait... Son fils... J'ai essayé...

Une larme chaude atterrit sur la peau à vif d'Eve, vite suivie d'une autre.

— Chut. Ne dis rien, petit ange... Garde tes forces.

— On a loupé quelque chose à Upland, souffla-t-elle.

Elle s'enfonçait lentement au cœur de ténèbres cotonneuses. La douleur se dissipait, la peur s'éloignait.

— Retournes-y, dit-elle. On a raté un truc...

2

Six semaines plus tôt...

À l'instant où elle rencontra son regard, Eve sut que cet homme et elle allaient vivre une aventure aussi torride que brève.

Il la frôla de l'épaule en la croisant. En humant le parfum tenace de sa peau, elle frissonna et sentit son pouls s'accélérer dans l'attente de ce qui allait suivre. Elle ne connaissait pas son nom, elle ne savait même pas qui il était, mais son désir de ramener ce bel inconnu chez elle était puissant au point d'en devenir irrésistible.

Une petite voix issue du fond de son esprit lui soufflait de faire attention, de ralentir. D'y réfléchir à deux fois. Elle n'avait jamais été friande des rencontres sans lendemain. Mais il avait suffi d'un seul coup d'œil pour propulser sa libido à des hauteurs stratosphériques.

Son visage... Mon Dieu, son visage ressemblait tellement à celui d'Alec Caïn qu'ils auraient pu être frères. Une peau mate et souple, des cheveux noirs comme la nuit et des yeux couleur expresso.

Le sexe incarné.

Même si dix ans s'étaient écoulés depuis la nuit où Alec avait bouleversé pour toujours le regard

qu'elle posait sur les autres hommes, F
qu'il ait beaucoup changé. Les hommes
ne faisaient que se bonifier avec l'âge

L'individu qui venait de la croiser d
aura de force fermement contenue et pot
ment dangereuse. Une impression de violence pr
à exploser. Le costume Armani dans lequel il avait drapé sa haute silhouette aux muscles fins ne faisait que souligner cette virilité sauvage qui éveillait tant l'appétit d'Eve.

Il émanait de lui un tel magnétisme animal qu'elle en avait le cœur battant et des nœuds dans l'estomac.

Ses talons jouaient un staccato rapide sur le sol de marbre veiné d'or. Dans son for intérieur, des alarmes s'étaient déclenchées. Elle avait presque l'impression de fuir, comme si la vue et l'odeur d'un mâle dominant constituaient un objet de crainte. Mais certaines parties de son être étaient loin d'avoir peur.

Le grand hall d'entrée de la tour Gadara était envahi de gens affairés. Le bourdonnement des innombrables conversations et le chuintement des ascenseurs dans leurs tubes de verre ne dissimulaient guère le souffle haletant d'Eve.

Cinquante étages au-dessus d'elle, un gigantesque puits de lumière permettait au soleil d'illuminer l'atrium. C'étaient les reflets solaires sur d'épaisses mèches couleur d'encre qui avaient en premier attiré l'attention d'Eve sur l'homme-mystère. La douce chaleur venue du ciel combinée à la végétation luxuriante des plates-bandes intérieures donnait naissance à une moiteur discrète mais sensuelle.

Bref, elle se sentait troublée, excitée. Un seul regard vers ce séduisant inconnu avait fait naître en elle un sentiment d'urgence sexuelle inhabituel.

nsation était puissante, presque violente. Dès arrivée à la tour Gadara, elle s'était sentie zarre, fébrile, comme si elle avait bu trop de café. Habituellement très maîtresse d'elle-même, Eve ne se reconnaissait pas. Elle aurait aimé pouvoir rentrer chez elle pour prendre un bon bain chaud.

Elle serra les doigts pour raffermir sa prise sur la poignée humide de transpiration de son porte-documents en cuir. À l'intérieur se trouvaient une dizaine de ses meilleurs dessins, raison de sa présence sur place. Raguel Gadara étendait son empire immobilier et Eve faisait partie des rares candidats au poste d'architecte d'intérieur. Elle s'était dévouée corps et âme aux préparatifs de cette présentation. Avec la conviction qu'elle ressortirait de l'immeuble en ayant décroché le contrat.

Au lieu de quoi elle avait dû ronger son frein dans la salle d'attente pendant vingt minutes avant qu'on lui annonce que M. Gadara était contraint de remettre le rendez-vous à plus tard.

Eve avait compris le message : *J'ai tout pouvoir pour décider ou non de vous sélectionner.*

Gadara était sur le point d'apprendre quelque chose à propos d'Eve Hollis : *elle* avait tout pouvoir d'accepter ou non et refusait de travailler pour quelqu'un qui s'abaissait à ce genre de petit jeu. Il venait juste de perdre l'occasion de travailler avec la meilleure architecte d'intérieur du pays.

Dire qu'elle était affreusement déçue était loin de la vérité. Elle s'était saisie de cette proposition pour Gadara avec une ferveur inhabituelle. Elle y avait consacré des semaines sans que l'enthousiasme retombe. Elle était excitée, pleine d'espoir, avec l'impression d'être au sommet d'un grand huit sur le point de s'élancer à toute vitesse. Et là, d'un coup, c'était comme si elle était retournée sur le quai d'embarquement sans être allée nulle part.

Avisant les ascenseurs menant au parking souterrain, elle accéléra l'allure. Puis elle remarqua une porte grise surmontée d'un panneau indiquant un escalier.

Prise d'une soudaine envie d'emprunter cette sortie, elle changea brusquement de direction, comme si elle n'était plus qu'une passagère à bord de son propre corps, emportée malgré elle vers une destination dont elle ignorait tout.

À l'instant où sa main se referma sur la poignée de la porte, le mystérieux inconnu apparut derrière elle, son torse plaqué contre le dos d'Eve pour la propulser vers la cage d'escalier étouffante. Il la fit pivoter sur elle-même avec une force à peine contenue et la plaqua contre la porte qui se refermait, les isolant du reste de la foule.

Le précieux porte-documents d'Eve chuta sur le sol en ciment sans même qu'elle s'en soucie.

— Oh !

Son pouls cafouilla, passant de l'inquiétude à l'excitation sexuelle. Elle inclina la tête en arrière comme l'homme lui léchait et embrassait la gorge, penché sur elle du haut de sa grande taille. L'odeur puissante et épicée de sa peau s'empara des sens d'Eve, vague enivrante qui se répandit en elle tel un puissant aphrodisiaque. Elle passa ses mains entre la veste et la chemise de l'homme pour caresser les muscles fermes de son dos. Il était chaud, sa peau brûlante. Sa présence tout contre elle la mettait en sueur.

De la main gauche, il s'empara de son sein à travers la soie et la dentelle pour pétrir et caresser la chair douloureusement gonflée de désir. De la droite, il saisit l'ourlet de sa jupe à rayures pour la soulever d'un geste sec. On entendit nettement le bruit du tissu qui se déchirait entre ses doigts.

— Ralentis un peu, souffla-t-elle malgré une excitation toujours plus forte. Je... Je ne fais pas ce genre de choses d'habitude... je...

Il n'y prêta pas attention, empoignant sa cuisse pour l'attirer tout contre lui. Eve frissonna en sentant la forme de son érection, épaisse et dure, contre son ventre. Sa dernière aventure sexuelle remontait à loin. Trop loin. Elle était plus que prête et lorsqu'il glissa les doigts entre ses cuisses, il vit tout de suite à quel point.

— Tentatrice ! gronda-t-il d'une voix grave, agressive.

Refermant le poing, il déchira le string d'Eve qui retomba au sol. Puis il la lâcha juste le temps de se débarrasser de sa veste de costume.

— Défais ma braguette.

Un ordre auquel elle n'aurait pas su résister.

Eve tâtonna pour défaire la ceinture de l'inconnu dont les doigts puissants continuaient de caresser la moiteur entre ses cuisses. La main sur son sein se fit plus douce, son pouce allant et venant autour de son mamelon érigé. Elle gémit et écarta un peu plus les jambes, emportée par le désir.

Un léger bourdonnement mécanique attira cependant son attention. Un coup d'œil vers le plafond confirma ses craintes : une caméra de sécurité était pointée vers eux, la diode clignotante sous l'objectif indiquant qu'elle était parfaitement opérationnelle.

Comme le rouge lui montait aux joues, Eve se demanda à quoi elle pouvait bien ressembler avec sa jupe ainsi remontée sur ses hanches. À une dévergondée. Une traînée.

Qu'est-ce qui lui prenait, tout d'un coup ? Elle n'avait jamais rien fait de tel.

Malgré son désarroi, elle se sentait délicieusement bien. L'homme qui ressemblait à Alec Caïn savait exactement comment s'y prendre pour faire taire la voix de la morale en elle.

— Dépêche-toi, gronda-t-il.

Aiguillonnée par sa voix rauque, Eve se remit à l'ouvrage et parvint à défaire la boucle de ceinture et déboutonner son pantalon. Celui-ci demeura en place pendant quelques secondes avant de retomber sur ses chevilles. En soulevant l'ourlet froissé de sa chemise, Eve constata qu'il ne portait pas de sous-vêtements. Il était long, épais et prêt à l'action.

— Mon Dieu, souffla-t-elle en sentant son corps se crisper d'excitation et de désir enivrant.

— Oui, ronronna l'homme. Il est au courant.

Sur ces mots, il passa les mains sous ses cuisses et la souleva sans effort.

— Capote ? haleta Eve.

Elle plongea ses yeux dans les siens. Il avait un regard ténébreux, intense, plein de mystérieux secrets et de dangereux désirs. Eve se mit à haleter. De faim. De peur.

— Chut, répondit-il dans un murmure rassurant.

Il effleura ses lèvres du bout des siennes. Elle sentit qu'il contractait les muscles de ses fesses et de ses cuisses.

Puis il s'enfonça en elle, jusqu'à la garde.

Elle lâcha un cri où se mêlaient douleur et excitation. L'inconnu ne lui laissa pas le temps de réfléchir, de bouger ou de se débattre. Il la prit avec force et vigueur, la guida directement jusqu'à l'orgasme. Eve se tortilla entre ses bras en sanglotant de plaisir, le corps secoué de spasmes violents. Lui continua d'aller et venir en elle, sans jamais faiblir, et la propulsa vers un nouvel orgasme. Suivi d'un troisième.

— Arrête… supplia-t-elle en s'arc-boutant faiblement contre ses épaules. Je n'en peux plus…

Un bras passé sous ses fesses pour la soutenir, il lui arracha son chemisier, éparpillant les minuscules boutons ivoire sur le sol et les marches de ciment. Il lui dénuda les épaules et l'observa comme elle jouissait de nouveau, la courbe de son dos cambré semblable à celle d'un arc bandé. Il leva la main et lui présenta sa paume ornée en son centre d'un tatouage complexe. Celui-ci se mit à luire jusqu'à devenir aussi intense qu'un fer chauffé à blanc.

— Porte la marque de Caïn, gronda-t-il en plaquant sa main brûlante sur le haut du bras d'Eve.

Puis il lui prit la bouche pour avaler ses cris, sans cesser d'aller et venir en elle ni même perdre le rythme.

Eve enfonça ses ongles dans la chair de son dos, tous les sens aiguillonnés par le mélange de plaisir intense et de douleur, au point qu'elle commença à voir des choses qui ne pouvaient pas être réelles.

Son amant parut se métamorphoser, s'illuminer de l'intérieur, ses vêtements retombant au sol pour révéler un corps musculeux et une peau dorée. Comme il rejetait la tête en arrière dans un rugissement, elle vit ses yeux sombres prendre la couleur de l'ambre. Les muscles de son cou jouèrent sous la peau tendue comme il se laissait aller à l'extase. Il jouit fort et longtemps, au plus profond d'elle.

L'expérience tenait à la fois du cauchemar et du fantasme ; Eve avait l'impression d'avoir perdu la tête. D'immenses ailes couvertes de plumes se déployèrent dans le dos de l'inconnu et enveloppèrent Eve, rapidement suivies par l'obscurité. Des ténèbres qui se refermèrent sur elle et l'engloutirent.

3

— Mademoiselle Hollis ? Mademoiselle Hollis ? Vous m'entendez ?

Eve battit quelques instants des paupières avant d'ouvrir les yeux.

— Mademoiselle Hollis ?

Elle avait chaud, tout son corps était endolori, mais elle frissonnait, comme sous l'effet de la grippe.

Elle reprit conscience par petites touches. La voix masculine qui appelait son nom, la dizaine de visages penchés sur elle, le plafond de verre de la tour Gadara.

Elle se redressa brusquement, envoyant un coup de tête involontaire dans le menton d'un badaud curieux. L'homme tituba en arrière avec un juron, mais l'attention d'Eve était tournée vers ses vêtements. Tout en constatant que sa jupe était parfaitement repassée, elle fit courir ses doigts sur la rangée de minuscules boutons blancs qui fermaient son chemisier.

— Que s'est-il passé ? demanda-t-elle d'une voix rauque qui donnait l'impression qu'elle avait hurlé jusqu'à avoir la gorge en feu.

— Nous n'en sommes pas très sûrs.

Tournant la tête, elle croisa le regard bleu d'un ambulancier en uniforme. Elle baissa les yeux pour lire le nom indiqué sur son badge. *Woodbridge*.

— Avez-vous mangé quelque chose aujourd'hui ? demanda-t-il, un bras solide passé dans le dos d'Eve.

Elle repensa à sa matinée et hocha la tête.

— Un yaourt et du café.

Woodbridge sourit.

— Il est 14 heures. Ça fait long pour tenir avec un simple yaourt dans le ventre. Je pense que vous êtes tombée en hypoglycémie. Vous avez dû avoir des vertiges et vous évanouir.

Deux agents de sécurité de Gadara écartèrent les spectateurs et Eve se releva avec l'aide de l'ambulancier. Elle vacilla sur ses talons hauts mais fut rattrapée par des mains puissantes, après quoi elle sentit des doigts s'infiltrer dans sa longue chevelure noire pour lui palper doucement le crâne.

— Vous avez mal quelque part ?

Elle avait mal partout, mais savait ce qu'il voulait dire.

— Non.

— Je ne sens aucune bosse, mais j'aimerais vous emmener à l'hôpital, par précaution.

— D'accord.

Comme la pièce tanguait, Eve se raccrocha au bras de Woodbridge. C'est alors qu'elle sentit l'écoulement caractéristique d'un filet de sperme entre ses cuisses. Elle pâlit brusquement, son vertige empira et son estomac vide se rebella.

— Attendez… J'ai changé d'avis, souffla-t-elle entre ses lèvres parcheminées.

Elle leva la main pour tâter le haut de son bras gauche. Elle perçut une marque douloureuse sous le tissu de sa manche.

— Je vais plutôt rentrer chez moi, dit-elle.

Les yeux braqués sur l'écran de son ordinateur, Eve sentit une étrange panique s'emparer d'elle.

La marque de Caïn. Un symbole attribué par Dieu à Caïn pour le protéger durant son errance sur Terre. Sa punition pour avoir tué son frère, Abel.

Elle s'était fait sauter dessus – et sauter tout court ! – par un fanatique religieux.

Ce qui était déjà suffisamment flippant en soi. Mais plus effrayant encore était l'aspect familier du symbole. Elle l'avait déjà vu auparavant, l'avait caressé du bout des lèvres et des doigts en songeant que cela renforçait le côté rebelle de l'homme qui l'arborait. La découverte du tatouage excitant d'Alec Caïn avait constitué le préambule d'une nuit de folie qui hantait encore ses rêves.

Reculant son siège, Eve se leva et sortit du bureau qu'elle avait aménagé à son domicile. Chaque pas vers la cuisine lui rappela sa rencontre torride dans l'escalier. Impossible, avec un entrejambe si endolori, d'oublier les sensations associées aux coups de boutoir du mystérieux inconnu.

Elle laissa échapper un soupir tremblant. De fait, elle tremblait de tout son être.

Comment expliquer ce plaisir qu'elle n'avait pas voulu ressentir ? La brûlure sur son bras ? Ses vêtements intacts ? Et les ailes...

Par tous les saints, l'homme l'avait enveloppée dans de grandes ailes blanches et douces !

— Je perds la tête.

Après s'être douchée, Eve contempla la brûlure sur son bras, un triquetra de deux centimètres de large au centre d'un cercle de trois serpents dont chacun dévorait la queue du précédent. Contrairement à ce qui se produit dans le cas de la plupart des brûlures profondes, les plus petits détails étaient ici bien visibles. Eve aurait pu trouver les formes exotiques et élégantes… si elle avait voulu de cette marque.

Celle-ci était à présent dissimulée sous un bandage et une épaisse couche de crème antibrûlure.

La sonnette de l'entrée retentit.

Eve se dirigea vers la console installée près de la porte pour récupérer son revolver. Avec des gestes prudents, elle le sortit de son étui capitonné. En tant que célibataire vivant seule au cœur d'une métropole, elle trouvait sensé de posséder une arme de poing enregistrée. Et parce qu'elle était convaincue que tout ce qui méritait d'être fait méritait d'être bien fait, elle s'était enrôlée dans un club de tir local et s'entraînait régulièrement.

— Evangeline ?

C'était une voix familière et chère à son cœur, celle de sa voisine de palier, Mme Basso. Eve poussa un soupir de soulagement, surprise de constater qu'elle avait pris peur et s'était emballée pour une simple visite. Elle rangea le revolver.

En ouvrant la porte, elle se retrouva face à la voisine qui l'attendait avec une expression inquiète et un grand bol tupperware entre les mains. Comme à son habitude, Mme Basso portait un pantalon en toile, un chemisier à manches longues et un chandail, le tout dans diverses nuances de bleu. Elle y avait ajouté des perles sous la forme d'un collier, d'un bracelet et de boucles d'oreilles.

Elle avait été d'une grande beauté durant sa jeunesse. À présent, elle affichait une élégance majestueuse à peine diminuée par ses épaules légèrement voûtées.

— Vous allez bien ? demanda-t-elle. Vous avez l'air fatigué.

— Ça va, mentit Eve.

Mme Basso était la propriétaire de *Chez Basso*, un restaurant italien renommé. Un établissement qu'elle avait autrefois dirigé avec son mari. Mais à la suite du décès de celui-ci un an auparavant, elle avait choisi de louer son affaire. Cela lui rapportait des revenus réguliers sans lui demander beaucoup de travail. Parce qu'elle était seule, Eve lui rendait visite deux ou trois fois par semaine. Lorsqu'elle sortait faire des courses, elle vérifiait toujours si Mme Basso avait besoin de quelque chose. En retour, la voisine la chouchoutait telle une petite-fille chérie.

— Vous devriez faire examiner votre thyroïde, dit Mme Basso.

— Je le ferai, répondit Eve avec un sourire.

La voisine lui tendit son bol.

— Je vous ai fait un consommé de poulet aux vermicelles. Beaucoup d'ail et un soupçon de basilic. Assurez-vous bien de tout manger.

— Vous n'étiez pas obligée de faire ça, protesta Eve.

— Et vous n'êtes pas obligée de passer régulièrement me voir, rétorqua la vieille dame. Mais nous le faisons quand même.

Eve accepta le présent.

— Entrez et mangez avec moi, proposa-t-elle.

Mme Basso secoua la tête.

— Merci, dit-elle, mais il y a une rediffusion de *Buffy contre les vampires* dans quelques minutes et je ne veux pas rater ça.

— Quelle saison ?

— La sixième.

— Ah, celle ou Buffy et Spike se mettent enfin ensemble.

Mme Basso rougit.

— Ce Spike est très beau garçon. Mangez bien toute la soupe, d'accord ?

Eve ne put retenir un petit rire.

— Promis, répondit-elle. Et encore merci !

— C'est la moindre des choses avec tout ce que vous faites pour moi.

Mme Basso s'éloigna dans le couloir en faisant au revoir de la main puis marqua un temps d'arrêt.

— Il y a un nouveau film avec Hugh Jackman qui sort la semaine prochaine. Beau garçon, lui aussi.

— Je vous accompagnerai avec plaisir.

Après un dernier clin d'œil, la voisine disparut hors de vue.

Eve demeura immobile pendant un long moment, les yeux dans le vague, tentant de se raccrocher au sentiment de normalité. Celui-ci s'évanouit dès qu'elle ferma la porte, ravivant la douleur à son bras et entre ses jambes, ainsi qu'un besoin désespéré de comprendre ce qui lui était arrivé.

Elle alla chercher une cuillère dans la cuisine puis s'installa sur son sofa couleur crème et alluma la télévision pour regarder *Buffy*. Un ancien petit ami lui avait fait découvrir la série durant la troisième saison. C'était la seule chose qu'elle avait retenue de cette relation. Mais c'était déjà plus que pour beaucoup des romances qu'elle avait vécues depuis Alec Caïn. Bon, pour être honnête, on ne pouvait pas vraiment parler de relation avec lui non plus. Elle s'était simplement fait baiser, voilà tout.

Tandis que Buffy et Spike se castagnaient, Eve sentit ses épaules et ses bras se crisper au point de lui faire mal. Une énergie sauvage, nerveuse, agressive lui parcourait le corps. Des gouttes de sueur s'accumulèrent sur sa lèvre supérieure et sa vision devint floue.

La sonnette retentit de nouveau. Elle se releva en chancelant.

— J'ai tout mangé ! s'écria-t-elle en direction de la porte.

Elle sourit à l'idée que Mme Basso veillait sur elle comme sur une gamine égarée.

— Ange ?

Eve s'interrompit dans son élan.

— Ouvre la porte !

Elle ressortit le revolver et passa la main dans l'étui pour refermer ses doigts sur la crosse. Puis elle s'approcha silencieusement de la porte et se haussa sur la pointe des pieds pour regarder à travers le judas.

Eve se figea, les yeux écarquillés. Elle n'arrivait pas à croire ce qu'elle voyait.

— Allez, petit ange, susurra-t-il.

C'était le seul à l'avoir jamais appelée ainsi. Evangeline. Eve. Ange.

— Laisse-moi entrer, ajouta-t-il.

Même déformé par la lorgnette, Alec Caïn était à couper le souffle. Eve se surprit à en avoir l'eau à la bouche. Pathétique.

Malheureusement, il ressemblait aussi beaucoup à l'homme qui l'avait agressée plus tôt dans la journée. Toutes les alarmes s'étaient à nouveau déclenchées dans son for intérieur. Elle n'avait pas voulu les écouter sur le moment et on connaissait le résultat.

Eve s'écarta sans bruit de la porte.

— Ange, répéta Alec sur un ton adouci.

Sa voix était très nettement audible ; il avait dû appuyer son front contre le panneau.

— Je sais ce qui s'est passé aujourd'hui, dit-il. Tu ne devrais pas rester seule. Laisse-moi entrer.

La voix d'Alec. L'entendre à nouveau, après toutes ces années, lui faisait l'effet d'un coup de poignard dans le cœur. Il avait un timbre aussi sombre, riche et décadent qu'un dessert au chocolat. Cette voix était un péché à elle seule.

C'était grâce à elle qu'il l'avait convaincue d'abandonner sa virginité, un acte douloureux pour la plupart des femmes, mais qui avait constitué pour elle un sommet de plaisir. Cette nuit-là, elle était tombée raide dingue de lui. Elle aurait fait n'importe quoi, serait allée n'importe où pour lui. N'importe quoi tant que cela leur permettait d'être ensemble.

Idiote. Naïve.

Eve secoua la tête et continua à battre en retraite, les joues striées de larmes. Elle avait les bras tendus devant elle, le canon de son arme pointé vers la porte, sans trembler.

Elle n'était pas surprise qu'il sache ce qui lui était arrivé le jour même. Alec savait toujours tout. Depuis le départ, il avait eu cette troublante capacité de savoir ce qu'elle pensait et ressentait. C'était sans doute la raison pour laquelle il était tellement doué au lit. Il lui offrait ce qu'elle attendait avant même qu'elle ait conscience d'en avoir envie.

— Écoute-moi, Eve. Tu ne peux pas rester seule ce soir. C'est dangereux.

C'est toi qui es dangereux, songea-t-elle.

— Je ne suis pas un danger pour toi, ajouta-t-il comme s'il avait lu dans ses pensées.

Non. Va-t'en !

Elle était incapable de prononcer ces mots à voix haute tant elle avait la gorge serrée.

— Je ne partirai pas, mon ange. Je vais entrer. Recule encore un peu.

— Je... Je te... J'ai une arme.

Eve sentit qu'il hésitait.

Puis la porte s'ouvrit dans une explosion d'esquilles et de verrous tordus. Trois verrous renforcés. Le genre qui résistait aux balles.

Un spasme puissant secoua tout son corps, mais elle maintint son arme droit devant elle.

Il pénétra dans l'appartement d'une démarche nonchalante, ses bottes coquées d'acier martelant lourdement le parquet ciré.

Alec Caïn était l'incarnation parfaite du beau brun ténébreux. Il était vêtu de noir des pieds à la tête, tee-shirt ajusté et pantalon de cuir. Ses mèches noires d'encre un peu trop longues lui retombaient sur le front et au niveau du col. Il avait des lèvres pleines, légèrement pincées à cet instant, et ses yeux marron brillaient d'un éclat intense. Une intensité qui avait bouleversé l'équilibre intérieur d'Eve à l'époque où elle était une jeune rebelle de dix-huit ans. Et qui la bouleversait toujours autant.

Les dix années écoulées ne l'avaient pas changé d'un iota.

— Je t'ai dit de partir, Alec !

Passant devant le sofa, il y laissa tomber son blouson de cuir et son casque de moto.

— Tu vas vraiment me tirer dessus si je n'obéis pas ?

— Si tu ne fais pas immédiatement demi-tour, oui.

Parfaitement immobile, Alec pouvait se contenter d'être simplement magnifique. Mais lorsqu'il bougeait, c'était l'apocalypse. Ses mouvements étaient empreints d'une grâce à la fois racée et prédatrice qui vous clouait sur place. Impossible pour une femme de ne pas se demander s'il était aussi suave sous la couette.

Eve savait qu'il l'était. Pour Alec, le sexe était un art. Un art dans lequel il était passé maître.

— Je reste, mon ange.

Les narines d'Eve palpitèrent. Puis elle pressa la détente.

4

Le « clic » du revolver à vide parut assourdissant dans le silence. S'il y avait eu une balle dans la chambre, Alec aurait eu droit à un grand trou dans la poitrine.

— Tu ne peux pas me faire de mal, dit-il d'une voix douce.

— Ne me sous-estime pas. Je garde toujours la première chambre vide quand je range mon arme. Mais tu feras moins le fier si je tire une balle.

D'un geste sec du menton, elle désigna la porte.

— Sors d'ici pendant que tu es encore en un seul morceau.

Elle avait l'affreuse impression de ne plus être chez elle. Alec s'était comme emparé du séjour. Ses vêtements sombres contrastaient violemment avec les teintes champagne légères qu'elle avait choisies pour sa décoration. Mais, par une étrange ironie du sort, Eve portait une tenue semblable à la sienne : débardeur noir et short de la même couleur. Les vêtements qu'elle enfilait lorsqu'elle avait besoin de réconfort.

— Je ne peux pas.

Il lui tourna le dos et referma le panneau, les verrous encore tirés s'encastrant dans les trous béants laissés sur le montant de porte défoncé. Il enclencha une petite chaîne de sécurité (la seule qu'elle n'avait pas pris la peine d'utiliser auparavant) puis s'empara de la chaise en bois près de la console pour la coincer sous la poignée visiblement en piteux état.

Ils étaient à présent enfermés ensemble.

Alec se retourna pour lui faire face.

— La marque sur ton bras va commencer à te faire des trucs bizarres.

C'était déjà le cas. Son bras l'élançait et la brûlait sérieusement.

— Qu'est-ce que c'est ? demanda-t-elle.

— À la fois une bénédiction et une malédiction.

Alec se rapprocha d'elle sans se soucier le moins du monde du danger que représentait le revolver.

— C'est une punition, expliqua-t-il. Une forme de pénitence.

— Bla-bla-bla. Je suis agnostique, et toi, t'es dingue. Alors remballe tes histoires de cinglés et tire-toi de chez moi !

— Tu vas être malade et tu auras besoin de quelqu'un auprès de toi.

— Et tu peux être sûr que ça ne sera pas toi. J'appellerai une amie. Quelqu'un sur qui je puisse vraiment compter.

Il ne laissa rien paraître, mais Eve sentit que la pique avait touché un nerf.

— Ce n'est pas d'amis que tu as besoin, Eve. Surtout pas d'une femme. À moins que tu ne marches à voile et à vapeur maintenant, ce dont je doute franchement. Tu aimes trop les hommes pour ça.

— Non, il n'y a que certaines parties de leur anatomie qui me plaisent.

— Tout te plaisait chez moi.

— J'étais une petite idiote, répliqua-t-elle avec un léger rire sans joie. Mais j'ai bien retenu la leçon…

Interpellée par le sourire de défi qu'il lui adressait, elle s'interrompit le temps de prendre la mesure de ce qu'il venait de dire.

— Attends. Tu parles de sexe ?

Eve écarquilla les yeux et baissa le regard vers l'entrejambe d'Alec. Celui-ci était visiblement paré et prêt à l'action. Chaque centimètre carré de sa silhouette musculeuse exsudait la tension et le désir.

Une colère soudaine s'empara d'Eve et elle cessa de trembler.

— Aucune chance, Alec. Si tu crois que je vais te laisser me toucher de nouveau, tu rêves ! Va trouver quelqu'un d'autre à tourmenter. En matière d'angoisse existentielle, j'ai déjà mon compte.

Les lignes anguleuses du visage d'Alec s'adoucirent.

— Ange...

— Arrête avec ça. Je ne suis ni ton ange, ni quoi que ce soit d'autre.

— Tu es tout pour moi. Raison pour laquelle je suis parti.

— La ferme !

Le feu qui inondait les veines d'Eve l'empêchait de réfléchir. Alec l'observa de son regard intense.

— La fièvre arrive. Tu as les joues rouges et tu commences à transpirer. Il faut que tu t'allonges.

— Ouais, ça t'arrangerait, hein ? Que je pose mon arme et que je me mette à l'horizontal.

— Si je voulais simplement coucher, pourquoi m'adresser à une femme qui m'en veut à mort ? Ce ne sont pas les opportunités qui manquent.

Savoir qu'il n'avait qu'à claquer des doigts pour avoir qui il voulait était douloureux. Elle aurait dû se sentir rassurée de ne pas être la seule à lui courir après, mais cela la rendait jalouse et acerbe.

— Si tu es au courant de ce qui s'est passé, alors tu dois savoir que cet homme te ressemblait, dit-elle.

Même si, à présent qu'il se tenait devant elle, Eve remarquait les différences entre eux. Alec était sans équivalent, même si l'homme ailé n'était pas loin.

À cet instant, ceci dit, ça n'avait pas d'importance. Elle voulait seulement qu'Alec sorte de chez elle. Elle n'était pas capable de lui faire face. Pas maintenant. Et sans doute jamais. Plus jamais. Même après toutes ces années, il la rendait toujours folle.

D'un geste impatient, elle essuya la sueur qui dégoulinait sur sa tempe.

— On peut dire qu'après les événements de cet après-midi j'ai fait une croix sur les hommes dans ton genre. À vrai dire, je suis même tentée d'oublier carrément les hommes pour me tourner vers les femmes.

— Arrête ! lança-t-il sèchement, poings serrés et muscles bandés. J'ai déjà assez de mal à me contrôler. Je me serais déjà lancé à sa poursuite si tu n'étais pas sur le point d'être aussi gravement malade. Tu vas avoir besoin de mon aide ici plus que n'importe où ailleurs.

Elle éclata d'un rire dur et dénué d'humour.

— S'il y a quelqu'un dont je n'ai vraiment pas besoin dans ma vie, c'est toi. Surtout maintenant.

Alec se frotta la nuque. La pose soulignait magnifiquement ses biceps parfaitement définis. Eve s'agaça de le trouver toujours aussi attirant.

— Je suis désolé, petit ange.

Il avait réussi à teinter ces mots d'un profond regret. Mais elle refusait de se laisser avoir. Alec était l'un de ces hommes qui ne restaient jamais longtemps au même endroit et laissaient des cœurs brisés dans leur sillage. La première fois, elle était trop inexpérimentée pour savoir à quoi s'en tenir. À présent, elle n'avait plus d'excuse.

La transpiration s'accumulait entre ses seins et gouttait lentement vers son ventre. Eve frotta sa peau moite à travers le tissu de son débardeur.

— J'ai passé une sale journée, Alec. Et je vais devoir aller chez le médecin demain matin. Si tu voulais bien t'en aller et ne jamais revenir, je t'en serais très reconnaissante. Je pourrais même finir par te pardonner d'être un malade mental. Un jour.

Embrasée par une brusque vague de chaleur, elle eut soudain le tournis. Le décor se mit à tanguer et elle vacilla. Alec la rattrapa et la déposa doucement par terre, tandis qu'elle tremblait de tout son corps. Il lui prit l'arme des mains et la posa à l'écart.

— Alec...

Douloureusement familière, l'odeur de la peau d'Alec ajoutait à la confusion des sens d'Eve.

— Je suis là, petit ange, souffla-t-il en l'attirant contre lui.

Cramponnée à son bras, elle capta du bout des doigts les reliefs d'une marque et tourna la tête pour regarder. Le nœud de la Trinité et les serpents étaient identiques aux siens, mais l'image centrale était différente. Un œil ouvert.

La marque d'Alec faisait penser à un tatouage en relief alors que la sienne était une brûlure boursouflée.

— Mon Dieu... Mais qu'est-ce qui se passe ? hoqueta-t-elle, le souffle court.

Elle se sentait sur le point de perdre connaissance. Alec écarta quelques mèches de son visage. Le contact de ses doigts s'accompagnait de picotements et de chair de poule. La manière même dont il la regardait attisait la fièvre d'Eve.

Se sentir désirée d'une manière aussi primitive était incomparable. S'il y avait une chose dont elle n'avait jamais douté, c'était le désir charnel dévorant qu'Alec éprouvait pour elle.

— C'est à cause de moi que tu t'es sentie attirée par lui, n'est-ce pas ?

Les lèvres d'Alec n'étaient qu'à quelques centimètres des siennes, si bien que leurs souffles se mélangèrent pour ne faire qu'un. Un partage aussi intime que le sexe.

Elle n'avait pas besoin de répondre. Il savait. Il savait toujours tout.

Il lui effleura la pommette du bout du pouce puis se pencha pour l'embrasser. Mais Eve détourna la tête.

— Maudit sois-tu, souffla-t-elle en lui enfonçant les ongles dans le bras.

— Nous sommes maudits tous les deux.

Il la prit sur ses genoux et nicha son visage rougi par la fièvre et l'émotion au creux de son cou, où le parfum de sa peau était plus enivrant encore.

Elle ne put s'empêcher de se blottir contre lui, de plaquer sa peau moite sur la sienne. Elle aurait voulu pouvoir entrer en lui, comprendre son fonctionnement intérieur.

Elle le goûta du bout de la langue, ce qui le fit frissonner et la serrer plus fort contre lui. Elle sentit ses doigts remonter et effleurer le bandage qui recouvrait la brûlure.

— Je n'ai rien fait de mal, dit-elle dans un murmure.

— C'est exact, petit ange. Tu n'as rien fait de mal.

Il déposa un long baiser sur son front.

— Alors pourquoi ?

— À cause de moi, admit-il avec un soupir. Parce que je n'ai pas su te résister.

Eve ouvrit la bouche pour répondre, mais elle était trop épuisée pour y parvenir. Quelques secondes plus tard, elle sombrait dans l'obscurité.

5

Le grondement rauque d'une Harley attira l'attention d'Eve sur le parking du glacier chez lequel elle travaillait après les cours. Il était 17 heures et le soleil commençait tout juste à décliner. L'horizon était d'une couleur tangerine teintée de bordeaux.

Elle marcha jusqu'au bout du comptoir pour apercevoir la moto, une Heritage Softail, garée devant l'épicerie Circle K *à côté du glacier. C'était une magnifique machine noir et chrome dotée de sacoches sur mesure et d'une selle ayant visiblement beaucoup servi.*

— Qu'est-ce que je donnerais pas pour une bécane comme celle-ci, murmura-t-elle. La liberté de la vie sur les routes…

Non qu'elle menât une existence malheureuse. Ce n'était pas le cas. Sa vie était simplement… ordinaire.

Avec un soupir, elle lança un coup d'œil à l'horloge derrière elle en suppliant silencieusement les aiguilles de tourner un peu plus vite. Sa journée se terminait à 18 heures. Le dernier match de football américain de la saison démarrait à 19 h 15. Si le lycée était de l'autre côté de la rue, le stade, lui, se trouvait à plusieurs kilomètres.

— Hé ! On va à la fête de Chad après le match ?

Eve tourna la tête vers son amie Janice avec un haussement d'épaules.

— Je sais pas. Ça dépend si Robert y va ou non.

Janice secoua la tête avant de reprendre le nettoyage des tables, sa longue queue-de-cheval blonde tressautant au fil de ses mouvements.

— Tu ne pourras pas l'éviter éternellement.

— Je sais. Et je sais aussi qu'il arrêtera de dire du mal de moi une fois qu'il se sera trouvé quelqu'un d'autre. Mais en attendant, je préfère rester loin de lui.

Eve s'accroupit et ouvrit les portes du placard sous la vitrine pour récupérer le nettoyant à vitres et un rouleau d'essuie-tout.

— C'est un sale con, commenta Janice. Je suis contente que t'aies pas couché avec lui.

— Ouais, moi aussi, répondit Eve en se redressant.

Elle lança une nouvelle œillade vers la Harley et se figea. Le propriétaire de la moto venait de fourrer un sac en papier dans l'une des sacoches. Il passa une jambe par-dessus la selle et s'installa sur son engin.

Waouh.

L'homme était grand, brun, avec un air de danger. On devinait de longues jambes et de belles fesses sous son jean large à taille basse, et son débardeur blanc moulant laissait voir de puissants biceps. Il avait une mâchoire carrée et volontaire, des lèvres fermes mais sensuelles. À tomber. Les petites fossettes aux coins de sa bouche ne faisaient que souligner à quel point il était beau.

Sans savoir qu'elle l'observait, fascinée, il mit le contact et fit gronder le moteur, ses bottes en cuir noir fermement appuyées sur l'asphalte, prêtes à pousser la moto pour s'élancer. Eve frissonna à l'idée de le regarder partir.

Puis il tourna la tête et la vit.

Eve capta le moment exact où il prit conscience qu'elle le regardait car il s'immobilisa, sa silhouette massive empreinte d'une tension visible. Il leva une main posée sur sa cuisse pour relever ses lunettes de soleil. Le mouvement emporta une longue mèche de cheveux noirs qui lui retombait sur le front.

Leurs regards se croisèrent et quelque chose d'électrique circula entre eux. Eve frissonna de nouveau. La bouteille de nettoyant s'échappa de ses doigts sans force et heurta le linoléum avec un bruit mat.

— Waouh... C'est forcément un mec célèbre !

La voix de Janice exprimait tout l'éblouissement que ressentait Eve. Celle-ci ne détourna pas le regard. Elle en était incapable.

— Pourquoi ?

— Aucun mec normal n'est aussi sexy !

Janice poussa un soupir.

— Hé ! lança-t-elle en faisant claquer ses doigts devant le visage d'Eve.

— Hein ?

— Arrête de le mater comme ça. Tu vas lui donner des idées.

— Peut-être que c'est ce que je cherche.

Janice la fit pivoter sur elle-même pour la fusiller de ses yeux verts étrécis.

— Evie, non. Primo, ce mec est trop beau pour toi. Deuzio, il est aussi trop vieux. Tertio, il sent la galère à dix kilomètres.

À l'extérieur, le grondement du moteur s'était tu. Eve lança un coup d'œil par-dessus son épaule. L'inconnu était debout près de la moto... et l'observait.

— Écoute, Eve. T'es super malchanceuse avec les mecs, encore pire que moi, c'est dire. Mais ce type – beau gosse ou pas –, c'est les ennuis assurés. Regarde-le. Avec les mecs de ce genre, c'est grossesse adolescente et dépendance aux aides sociales assurées.

Ce n'était pas ce qu'Eve imaginait en le regardant. Elle n'aurait pas su l'expliquer, mais quelque chose en elle était irrésistiblement séduit par cet homme. Elle avait l'impression qu'un fil invisible l'attirait vers lui, la poussait à le rejoindre.

« Salut », articula-t-elle silencieusement. Elle tenta de sourire, sans succès. Il n'y avait pas de quoi sourire.

Elle le vit crisper les mâchoires et serrer le poing contre son flanc. Un feu couvait dans son regard sombre. Aucun homme n'avait jamais regardé Eve avec une telle intensité. Comme s'il n'existait rien d'autre qu'elle.

Tout en se mordillant la lèvre inférieure, elle tendit sa volonté vers lui pour l'inciter à se rapprocher.

Parle-moi. Viens.

Elle le vit secouer la tête de façon presque imperceptible. Puis il rabattit ses lunettes, dissimulant ses yeux. Sans plus lui prêter attention, il remonta sur sa moto et relança le moteur. Mais Eve savait qu'il sentait toujours son regard sur lui.

Il s'éloigna au guidon de son engin sans un autre regard vers elle.

Pendant plusieurs jours après son départ, Eve fut hantée par un inexplicable sentiment de perte.

Un contact humide sur sa peau ramena lentement Eve à la conscience. Le ventilateur bourdonnant au plafond soufflait sur le gant de toilette humide, refroidissant son corps enfiévré. Sa langue lui semblait gonflée et elle porta une main à sa gorge desséchée. Quand son bras effleura sa poitrine, elle s'aperçut qu'elle était nue et gémit. Elle détestait cette impression d'être sans défense.

— Tiens...

Un bras musclé se glissa sous ses épaules pour l'aider à atteindre le rebord d'un verre d'eau. Elle ouvrit des lèvres pleines de gratitude, et l'eau glacée s'écoula dans son estomac vide, la faisant frissonner. Brûlante à l'extérieur, glacée à l'intérieur.

Humant un parfum exotique et épicé reconnaissable entre mille, elle croassa :

— Alec ?

— Lui-même.

Assis sur le bord du lit, il la tenait contre lui, sa hanche appuyée contre la sienne.

— Va-t'en. Je... Je ne veux pas que tu me voies... dans cet état.

Il déposa un baiser sur son front puis accompagna son mouvement de retour vers l'oreiller. Des mèches soyeuses de ses cheveux frôlèrent la peau hypersensible d'Eve. Elle sentit une onde de plaisir la parcourir. Un plaisir familier. Un plaisir qu'elle attendait depuis longtemps.

En contraction totale avec sa demande de le voir partir, elle leva la main vers son épaisse chevelure. Elle glissa les doigts parmi les mèches brillantes et appuya sa paume à l'arrière de son crâne pour le garder auprès d'elle.

— Je me sens super mal, gémit-elle.

— Je sais. Je suis navré, petit ange. Le Changement est toujours plus dur pour les femmes.

— Quoi ? Quel changement ?

— Chut... souffla-t-il gentiment.

Il lui essuya le front avec le gant de toilette humide.

— Dors, dit-il. Je m'occuperai de toi.

Les mamelons d'Eve l'élançaient comme s'ils étaient pris entre des pinces. Elle posa les paumes sur ses tétons dressés. Une grande main chaude enveloppa chacune des siennes pour les retirer.

À dix-huit ans, elle n'était pas aussi pulpeuse, ses petits seins tenaient encore largement au creux de la main. Sa poitrine était désormais plus généreuse, ce qu'Alec semblait apprécier, à en juger par la façon dont il lui malaxait le sein en rythme. Elle laissa échapper un petit gémissement ; le contact des doigts d'Alec lui apportait un vrai soulagement.

Elle passa les siens sur le flanc d'Alec, sur la peau chaude et lisse qui recouvrait des muscles durs et bien dessinés. L'image d'un Alec torse nu apparut derrière ses paupières closes, suivie des souvenirs torrides de la dernière fois qu'il l'avait touchée de façon aussi intime.

Même malade comme un chien, le corps d'Eve avait faim de lui. Comment pouvait-elle être excitée dans un moment pareil ?

— Alec... Qu'est-ce qui m'arrive ?

— Tu deviens comme moi.

— Mon Dieu... Qu'on m'abatte tout de suite ! maugréa-t-elle tandis que la marque à son bras s'enflammait douloureusement.

— Encore quelques jours, petit ange. Tu es forte. Et tu le seras encore plus une fois que ce sera terminé.

— Quelques jours ? Depuis combien de temps je...

— Trois jours.

Trois jours ?

Et il était toujours là.

Elle voulut lutter pour demeurer éveillée mais sans succès. Elle sombra de nouveau.

Au moment où elle passa la porte de derrière du glacier, Eve sut qu'il était là. Elle ferma les yeux et soupira, puis redressa les épaules et ferma la porte à clé.

— Qu'est-ce que tu veux, Robert ? demanda-t-elle avec lassitude.

De petits morceaux d'asphalte crissaient sous les semelles de ses Vans.

— La journée a été longue et je veux vraiment rentrer chez moi, ajouta-t-elle.

Son ex était appuyé contre le capot de sa Mustang blanche de 1967, bras et jambes croisés. On pouvait affirmer sans trop se tromper que c'était le garçon le plus populaire du lycée de Loara et il n'était pas difficile de comprendre pourquoi. Beau blond californien aux yeux bleus, il avait le corps idéal pour surfer à Huntington Beach à l'aube et pratiquer le football américain l'après-midi. Mais son physique n'avait pas suffi à convaincre Eve de lui abandonner sa virginité.

À dix-huit ans, elle était la seule fille de sa connaissance à n'avoir pas encore couché. La pression sociale était parfois rude, mais elle ne regrettait pas de viser un peu mieux qu'une première fois rapide et déplaisante à l'arrière de la voiture d'un garçon.

— Je me suis dit que tu voudrais peut-être un chauffeur pour aller à la fête de Jason, répondit-il avec un demi-sourire.

Eve secoua la tête.

— Merci, mais je ne suis pas d'humeur ce soir.

Son uniforme, un short rouge et un polo blanc sur lequel était brodé le logo du glacier Henry's, *l'irritait. Elle n'avait qu'une envie : le balancer dans le panier de linge sale et regarder le dernier épisode de* Beverly Hills 90210 *habillée de son survêtement ample.*

— J'ai des bières dans la glacière et un peu d'herbe, insista-t-il. On peut laisser tomber la fête et se trouver un coin tranquille près de la voie ferrée.

— Laisse tomber, répondit Eve en faisant mine de s'éloigner. Je n'irai nulle part avec toi, d'accord ? T'as rompu et raconté partout que j'étais un mauvais coup. Tout le monde croit que j'ai couché. Toi et moi, c'est terminé !

Robert se redressa d'un bond pour lui barrer le passage.

— Allez, Evie. Je sais que tu as peur, mais je m'occuperai bien de toi. Certains commencent déjà à dire que t'es frigide. Ta réputation va en prendre un coup, poulette.

— Qu'ils disent ce qu'ils veulent, je m'en fous.

Il baissa d'un ton et sa voix se fit enjôleuse. Il l'agrippa par les bras en les massant de haut en bas.

— Après deux bières et un joint, tu seras super détendue au moment fatidique. Tu n'as pas envie de rester éternellement vierge, si ?

Elle s'apprêtait à répliquer quand...

— Qui a dit qu'elle était encore vierge ?

La voix chaude et grave fit trembler Eve. C'était lui, elle le savait. Le motard des enfers.

— Et t'es qui, toi ? lança Robert en écartant Eve.

L'éclat soudain du phare avant de la Harley révéla la position du mystérieux motard.

— Prête à partir, petit ange ?

Le sobriquet la surprit et elle hésita. Puis ses pieds parurent décider pour elle. L'instant d'après, elle se retrouva avec un casque entre les mains. Elle l'enfila rapidement et son corps réagit immédiatement à l'odeur mâle et exotique qui imprégnait l'intérieur. Ses mamelons se durcirent et sa respiration se fit haletante.

Elle le désirait comme elle n'avait jamais désiré quelqu'un ou quelque chose de toute sa vie. Auprès de lui, toutes ses hormones adolescentes devenaient folles. Même les longues séances de caresses et de pelotages qu'elle avait connues ne l'avaient pas excitée à ce point. Alors qu'elle n'avait fait que respirer son odeur...

— C'est n'importe quoi, Eve ! gronda Robert. On est sortis ensemble pendant des mois. Tu me dois bien ça !

Pour toute réponse, Eve lui fit un doigt d'honneur avant de s'installer sur la selle de la moto et de passer les bras autour de la taille mince de l'inconnu. Son parfum était épicé, inhabituel, délicieux. Elle appuya son nez contre son dos pour humer son odeur. Puis, incapable de résister à la tentation, caressa du bout des doigts les plaquettes de chocolat de ses abdominaux. Un grand frisson remonta en picotant le long de ses bras jusqu'à ses seins, lesquels enflèrent presque douloureusement.

Il plaqua une main sur les siennes, manière d'interrompre son exploration.

— Accroche-toi, gronda-t-il.

Le moteur s'éveilla et, dans un rugissement rauque, ils disparurent au cœur de la nuit.

Eve reprit brusquement connaissance.

Le désir lui embrasait les veines. Le tourment était tel qu'elle se tortilla sur le lit en secouant la tête et en agitant les bras, les seins gonflés par le besoin d'être touchés et caressés.

Puis un parfum de lavande et de vanille lui emplit les narines. Et la réalité s'abattit sur elle avec assez de force pour lui couper le souffle.

Son adoucissant. Elle tourna la tête et inspira à fond. L'odeur des draps propres.

Elle était chez elle. Seule. Tout cela n'était qu'un rêve.

— Alec… ?

Elle roula sur elle-même, sa peau si chaude et si tendue qu'elle avait l'impression qu'elle risquait à tout instant de se déchirer. Ses mamelons lui faisaient de nouveau mal. Pire, son entrejambe était à présent moite et enflé et la brûlure à son bras s'était réveillée. Une douleur lancinante.

— Alec ! s'écria-t-elle de nouveau avec toute la force d'un chaton qui miaule.

Sa bouche lui donnait l'impression d'être bourrée de coton. Son corps languissant était pris de soubresauts et, incapable de résister, elle se vit écarter largement les jambes et plonger la main vers les boucles de poils humides entre ses cuisses. Jamais de sa vie elle n'avait connu une telle excitation ; son besoin de sexe était plus impérieux encore que son besoin de respirer. De sa main libre, elle saisit un sein gonflé et le malaxa dans l'espoir d'apaiser un peu ce désir intolérable et cette foutue chaleur. Elle avait l'impression d'être en train de se consumer de l'intérieur.

Au milieu de ses propres halètements, elle perçut le bruit de pieds nus sur le parquet. Un pas régulier, assuré, qui était aussi familier que profondément réconfortant.

Approche-toi. Plus près.

— Alec.

De ses doigts, elle écarta les lèvres de son sexe pour exposer sa chair en feu au souffle frais du ventilateur.

— Seigneur... Ayez pitié, murmura-t-il d'une voix lourde de lubricité.

Eve ondulait sur les draps de satin frais de son lit. S'agissait-il des violets ? Ou Alec s'était-il montré sentimental en choisissant les blancs ? Malgré son envie d'ouvrir les yeux pour regarder, elle n'avait pas la force de soulever ses paupières de plomb.

— Alec...

Elle enfonça deux doigts en elle, mais ce n'était pas assez pour combler le vide. Elle était détrempée, désespérée.

— Qu'est-ce qui m'arrive ? demanda-t-elle.

Les mots étaient sortis dans un sanglot et des larmes brûlantes s'écoulaient de ses yeux clos. Son corps ne lui appartenait plus ; le désir sexuel affamé était une force étrangère, un monstre qui mordait et griffait pour obtenir satisfaction.

Alec. Le monstre voulait Alec. Après une décennie de faim dévorante, il refusait d'attendre un instant de plus.

Elle entendit Alec siffler entre ses dents serrées et s'approcher d'elle, puis le matelas s'enfonça légèrement comme il s'asseyait. Ses lèvres chaudes se posèrent sur le mollet d'Eve.

— Je savais l'effet que le Changement aurait sur toi.

Lorsqu'il glissa sa langue à l'arrière de son genou, elle lâcha son sein pour glisser les doigts dans les cheveux d'Alec. Il lui mordilla l'intérieur de la cuisse et elle eut un hoquet de surprise.

— Mais je ne savais pas ce qu'il me ferait à *moi*, ajouta-t-il.

Il saisit le poignet qu'Eve faisait aller et venir en elle et libéra sa main. Elle poussa un cri en sentant sa langue glisser sur ses doigts pour goûter son désir ; lui émit un grondement de pure satisfaction masculine. Une chaleur moite se referma sur ses phalanges comme il aspirait et suçait tout ce qui pouvait l'être.

— Au diable...

Il se rua sur la chair palpitante entre les cuisses d'Eve, qu'il recouvrit de sa bouche grande ouverte. Elle tressaillit violemment, tous ses sens saturés par son contact et son odeur. Son corps s'emballa de le sentir si proche et de l'entendre grogner en la titillant éperdument avec sa langue. Elle plia les genoux et appuya les pieds sur le matelas pour lever le bassin vers lui. Avec un grondement d'avertissement, il la força à se rallonger de ses mains puissantes.

— Ne bouge pas !

Il la maintint ouverte à l'aide de ses doigts et pressa ses lèvres sur son intimité, ses cheveux caressant la peau fine de ses cuisses. Elle tenta d'échapper à sa prise, mais il était trop fort et elle, trop faible.

— S'il te plaît…

Alec inclina la tête et enfonça entre les muscles convulsés de son fourreau une langue dont la texture granuleuse s'avéra à la fois apaisante et abrasive contre les chairs hypersensibles.

Cette intrusion préliminaire arracha à Eve un petit cri plaintif. Si l'envahisseur n'était pas du calibre attendu, les sensations n'en étaient pas moins merveilleuses. Il allait et venait, la transperçait de plus en plus vite, de plus en plus fort. Ses grondements étaient ceux d'un animal, vils et sauvages, comme s'il n'avait que trop attendu pour la posséder de nouveau ainsi. Comme si cela lui avait manqué.

— Plus… haleta-t-elle en se tortillant fiévreusement sur le lit. Plus, donne-moi plus !

Elle était en train de perdre la tête.

La bouche d'Alec l'enveloppa pour la sucer avec douceur. Du bout de la langue, il entreprit de la titiller sans pitié.

L'orgasme fut puissant. Elle poussa un cri et s'effondra, jambes tremblantes. La délivrance était si foudroyante qu'Eve fut incapable de reprendre son souffle. Elle avait l'impression que le plaisir se répandait à travers les moindres de ses terminaisons nerveuses, au point d'en devenir presque douloureux.

Alec s'interrompit le temps de déposer un petit baiser sur sa peau puis se remit à l'œuvre. Ses gestes s'étaient adoucis ; il la lâcha avec une lenteur pleine d'affection.

Tendant la main vers son épaule, elle fut déçue de sentir une couche de coton par-dessus sa peau moite et chaude. Elle tira maladroitement sur le tissu.

— Enlève ça...

Elle sentit le matelas bouger comme il se redressait vivement, puis il fondit de nouveau sur elle. Peau contre peau. D'une seule main, il lui agrippa les poignets et lui entrava les bras au-dessus de sa tête.

Eve trouva la force d'ouvrir ses yeux irrités. Les mèches noires d'Alec retombaient sur son visage empourpré. Ses pupilles dilatées semblaient avoir dévoré le marron de ses iris sous l'effet d'un désir irrépressible.

Il pressa sa joue contre la sienne.

— Ne m'en veux pas pour ce qui t'arrive.

Écartant les cuisses d'Eve à l'aide de ses genoux, il entra en elle. Un frisson violent traversa son corps d'athlète.

— Ange... Je me consume pour toi.

Il était si long, si dur, idéalement bâti pour le plaisir des femmes. Elle savait qu'il l'emplirait totalement, jusqu'à la limite. Une sensation incroyable et addictive.

— Plus profond, supplia-t-elle en soulevant les hanches.

À la seconde où il s'enfonça pleinement en elle, la douleur s'évanouit, remplacée par une vague de plaisir entêtant dans laquelle elle aurait pu se noyer. Il lui murmura un compliment rauque puis, la tenant contre lui, se mit à bouger.

Eve lâcha un sanglot. Sa fièvre retombait en perlant de chaque pore de sa peau jusqu'à détremper ses longs cheveux. Sa peau. Alec.

Alec dont les cuisses puissantes montaient et descendaient entre les siennes tandis qu'il la chevauchait habilement. Et lentement. En ondulant du bassin. Elle l'observa sous ses paupières mi-closes, le regarda la regarder tout en la possédant, les muscles de son ventre contractés à chaque coup de reins.

Elle vit le feu dans ses prunelles comme elle se tortillait en prononçant son nom.

Alec s'avéra inépuisable. Il s'autorisa à jouir, mâchoires serrées, dans une série de grognements étouffés, mais sans jamais perdre toute sa raideur. Les gémissements aigus qu'elle proféra à son tour en atteignant l'orgasme le firent durcir de nouveau. Elle le sentit gonfler en elle avant de reprendre ses va-et-vient. Prêt à recommencer.

Aucun autre homme ne l'égalait. Dès la première étreinte, elle était fichue. Personne ne la touchait comme lui. Personne ne la regardait comme lui, en étudiant chaque nuance de ses réactions pour ajuster sa façon de faire afin de lui offrir un nouvel orgasme. Et un autre. Personne n'avait ce timbre de voix ténébreux qui l'aiguillonnait en lui racontant les sensations qu'elle provoquait chez lui, le plaisir qu'elle lui donnait, le bonheur qu'il avait à être en elle.

Ils firent l'amour pendant des heures, chaque moment se confondant avec les précédents. Alec oscillait entre ses cuisses écartées au rythme de mouvements paresseux et sensuels qui semblaient dire : « Tu le sens ? Tu me sens ? Je suis en toi. À l'intérieur de toi. »

L'obscurité se fit dans la chambre tandis que le soleil se couchait.

Malade comme elle l'avait été, elle n'aurait pas dû être en mesure d'accueillir Alec. Mais ses forces étaient en train de lui revenir. La pulsation lancinante de la brûlure sur son bras diffusait dans ses veines une énergie sauvage, nerveuse, qui monta crescendo jusqu'à ce qu'elle s'y abandonne. Elle se mit à lui griffer le dos, à lui mordre le cou et l'incita à y aller plus fort en éperonnant de ses talons son beau fessier musclé.

À force de détermination, Eve parvint à rompre la poigne d'acier d'Alec pour prendre l'ascendant et lui donner du plaisir jusqu'au délire. Les cris de jouissance gutturaux d'Alec emplirent l'espace et résonnèrent sous les hauts plafonds de l'appartement d'Eve.

De ses bras animés par l'énergie qui bouillait en elle, elle plaqua de force le corps couvert de sueur d'Alec contre le lit.

— C'est quoi, ton plan ? l'interrogea-t-elle d'une voix dure. Emmagasiner quelques souvenirs pour l'avenir avant de filer à l'anglaise une fois de plus ?

Il grogna et lui lécha la joue.

— Rattraper le temps perdu, répondit-il. Quant à l'avenir, tu t'en chargeras à coups de sessions quotidiennes.

— Dans tes rêves !

Elle lui mordit l'oreille, assez fort pour le faire jurer.

— Profites-en tant que ça dure, dit-elle.

Lorsqu'il redressa la tête, l'éclat dans son regard la fit violemment frémir. Une main plaquée contre le matelas, il s'enfonça puissamment en elle. Concentrée sur le martèlement de ses reins contre les siens et sur son orgasme imminent, elle ne perçut que trop tard le danger.

Alec leva sa main libre, laissant voir l'image d'un œil chauffé à blanc au centre de sa paume.

— Non, pas question ! s'exclama-t-elle en le repoussant par les épaules.

— Accepte-moi comme un sceau sur ton cœur, comme un sceau sur ton bras...

Il l'agrippa au niveau de la marque qu'elle portait au bras et la brûla de nouveau. Crachant un juron outragé, Eve lui décocha une droite dans la mâchoire.

6

Eve fronça les sourcils quand l'inconnu tourna au coin de la rue où elle habitait, passa devant son domicile et s'arrêta quelques maisons plus loin. À cette heure, son père devait somnoler sur le canapé, sa mère lire un roman à l'eau de rose dans son lit, à l'étage, et sa petite sœur discuter sur sa ligne téléphonique privée au lieu de dormir. C'était chez elle et elle s'y sentait bien, mais ce n'était pas là qu'elle avait envie d'aller. L'idée de quitter l'homme qu'elle tenait par la taille la paniquait.

— Fallait vraiment qu'on vienne ici maintenant ? demanda-t-elle.

Elle regrettait déjà d'avoir répondu honnêtement lorsqu'il lui avait demandé l'adresse.

Comme il coupait le contact, elle enchevêtra ses doigts pour le garder tout près d'elle. Il était si chaud, si solide, si massif. Rien à voir avec les gamins qu'elle côtoyait au lycée.

Il lui écarta gentiment les mains.

— Oui, c'est mieux pour toi, petit ange.

— On pourrait pas aller un peu ailleurs ? Il est encore tôt.

— Non.

— Pourquoi ? Pourquoi t'es venu ce soir si tu ne voulais pas traîner un peu avec moi ?

Elle le sentit soupirer.

— Je ne suis pas du genre à « traîner ». Et même si c'était le cas, ce ne serait pas avec toi.

— À cause de mon âge ?

Bon sang, elle en avait marre qu'on la traite comme une gamine.

— Entre autres, répondit-il.

Il tourna légèrement la tête et ce simple aperçu de son profil, même dans la faible lumière de l'éclairage public, fit à Eve un effet bœuf. Elle en eut le souffle court, le cœur battant. Ses cuisses ouvertes enserraient les hanches fines de l'inconnu, ses seins étaient pressés contre son dos. Il devait lui aussi ressentir au moins une partie de cette puissante attirance, sans quoi il ne l'aurait pas attendue à la sortie du glacier ce soir-là.

Mais Eve en voulait la preuve. Elle prit donc soin de se tortiller pour frotter ses mamelons érigés contre lui. Elle l'entendit inspirer entre ses dents.

— Descends de la moto, ordonna-t-il sur un ton qui ne souffrait pas la contradiction.

Elle obéit en faisant la moue.

— Comment tu t'appelles ?

Il resta silencieux pendant de longues secondes, à l'observer de son regard brûlant. Elle vit bien qu'il hésitait à lui répondre.

— Alec Caïn, dit-il finalement.

Eve hocha la tête et rajusta la courroie de son sac.

— Merci pour la balade, Alec.

Elle prit la direction de sa maison. Quelques instants plus tard, le moteur de la moto reprit vie. Malgré un désir quasi irrépressible de regarder en arrière, la fierté d'Eve l'emporta.

Elle savait que s'il ressentait le même genre d'émotion qu'elle lorsqu'ils étaient ensemble, il reviendrait.

Une main appuyée sur les carreaux humides, Eve avança sa tête baissée sous le jet d'eau puissant de sa pomme de douche.

Sept jours. Elle avait perdu sept jours de sa vie.

Elle savait qu'un changement majeur était advenu en elle durant cette courte période. Les marques sur son bras gauche avaient parfaitement guéri ; elles évoquaient à présent une sorte de tatouage tribal. Exactement comme celui d'Alec.

Au terme d'une semaine sans manger et pratiquement sans boire, Eve aurait dû être faible et déshydratée. Ce n'était pourtant pas le cas. Au contraire, elle se sentait incroyablement bien, tapant impatiemment du pied sur le sol de pierre de la douche sous l'effet d'une énergie débordante.

Elle coupa l'eau puis saisit la serviette propre qu'elle avait posée sur son panier à linge. Elle s'essuya rapidement puis enveloppa ses cheveux humides dans un turban improvisé avant de retourner vers la chambre.

Impossible d'ignorer l'homme étendu nu sur le ventre en travers de son lit. Alec avait opté pour les draps blancs, un choix qui faisait naître des palpitations dans le cœur d'Eve. Ainsi paré, le lit ressemblait à un nuage. Et sur cette toile de fond, la masculinité ténébreuse d'Alec lui donnait l'air d'un ange déchu.

Jamais elle n'oublierait la nuit où elle avait perdu sa virginité. Il s'était allongé sous elle au milieu des draps blancs, incarnation d'un fantasme de *bad boy* qui l'encourageait d'une voix rauque.

Avec un soupir, Eve fit courir son regard sur les muscles de son dos jusqu'aux fossettes visibles au-dessus de son fessier parfait.

— Ayez pitié, murmura-t-elle, reprenant les mots qu'il avait employés la veille.

Elle détourna le regard pour examiner la pièce. Elle remarqua les gants de toilette empilés sur sa table de nuit en acajou. Elle tâcha d'imaginer à quoi la semaine écoulée avait pu ressembler pour lui, l'intimité qu'impliquaient les soins qu'il lui avait prodigués. L'homme sur lequel elle n'aurait jamais compté pour rester auprès d'elle s'était montré fiable durant les pires heures de sa vie. Que fallait-il en penser ?

Elle serra les mâchoires. Alec savait précisément ce qui lui était arrivé sept jours plus tôt. Et il lui avait fait subir exactement la même chose la nuit précédente. Par sa faute et celle du mystérieux individu ailé, elle était transformée. Physiquement. Mentalement. À tous points de vue. Elle percevait le Changement à la manière d'une drogue en train de se répandre dans ses veines.

Pivotant sur ses talons, Eve s'empara du petit kimono en soie suspendu derrière la porte et quitta la pièce. Elle se rendit dans la cuisine en quête de nourriture et de café ; elle savait qu'elle en aurait grandement besoin pour faire face à la confrontation à venir.

Alec suivit du regard Evangeline Hollis qui émergeait du parking du lycée. Elle traversa Euclid Street pour se rendre à l'épicerie Circle K. *Il se délectait des moindres détails de sa silhouette : ses jambes longues et sveltes, ses courbes discrètes mais harmonieuses, les reflets dorés de sa peau bronzée de Californienne et sa soyeuse chevelure noire. Elle marchait avec trois autres filles mais ne leur ressemblait en rien. Pas parce qu'elle était asiatique, mais parce qu'elle était bien au-dessus d'elles, au-delà d'elles. Tout en elle respirait la promesse d'une sexualité explosive et une assurance qu'il admirait.*

Parfois, il se maudissait d'avoir eu l'envie soudaine de s'arrêter pour acheter une bouteille d'eau à l'épicerie le jour de leur rencontre. S'il avait continué sa route, il ne serait pas dans cette situation. Il avait néanmoins conscience que destin et coïncidence étaient des concepts propres aux mortels. Un plan divin était à l'œuvre et, d'une façon ou d'une autre, ce petit ange y était impliqué. Malheureusement pour elle.

Désireux de la protéger, Alec avait lutté contre son besoin puissant d'aller à sa rencontre. Il avait pris l'autoroute en direction de San Diego. Une ville de plus parmi toutes celles qu'il avait visitées au fil de sa vie de nomade. Sa moto était passée en vrombissant devant le 1313 Harbor Boulevard. Disneyland, l'endroit le plus joyeux de la planète.

Puis il avait compris la source de son attirance envers elle. Lorsqu'elle l'avait gratifié d'un « salut » silencieux, il avait perçu les débuts d'une connexion, quelque chose dont il n'avait plus fait l'expérience depuis si longtemps qu'il en avait pratiquement oublié le ressenti.

Pourquoi elle ? *se demanda-t-il désespérément.* Elle est jeune. Trop jeune.

De plusieurs siècles sa cadette. Mais Alec connaissait la réponse. La jeune fille représentait son fruit défendu. Placée là pour le tenter avec ce qu'il ne pourrait jamais avoir. Il suffirait d'une seule bouchée pour qu'Eve soit sienne, mais le prix qu'elle paierait alors les détruirait tous les deux.

Pourtant, malgré les conséquences dont il était parfaitement conscient, Alec s'était surpris à quitter l'autoroute pour rebrousser chemin vers elle. Et à présent, deux semaines plus tard, il était là, à l'observer depuis son poste à l'ombre d'un grand arbre, empli du désir de la sentir se cambrer sous lui.

Une seule bouchée. Et il était affamé.

Il n'arrivait pas à oublier la sensation de ses seins contre son dos, de ses doigts curieux tâtant discrètement son ventre, du son de sa voix lorsqu'elle avait voulu l'amadouer : « On pourrait pas aller un peu ailleurs ? »

Oui, *avait-il eu envie de répondre.* Partons d'ici pour ne jamais revenir.

La tentation. L'outil préféré de Dieu pour vous mettre à l'épreuve.

Mais Alec ne se laisserait pas piéger. Il partirait aujourd'hui même, si douloureux que cela puisse être. Il était venu l'observer une dernière fois, après quoi il partirait en puisant sa force dans l'idée qu'il avait résisté à ses propres besoins pour préserver ceux d'Eve.

Alec était sur le point de se détourner, enfin prêt à remonter en selle en la laissant derrière lui, quand Eve s'arrêta au coin de la rue et tourna la tête dans sa direction. Il se figea. Attendit. En se demandant si elle l'avait vu.

Elle haussa un sourcil, le regard fixé sur lui. Puis elle lui envoya un baiser moqueur assorti d'un doigt d'honneur avant de tourner les talons et de s'éloigner tranquillement.

Dommage pour toi, *semblait-elle vouloir dire.*

Elle le provoquait. Le tentait. Sans comprendre que c'était elle qu'il cherchait à préserver et non lui-même. Ce serait elle qui paierait le prix s'il cédait. Sa punition à lui serait de savoir qu'il était la cause de son malheur.

Il serra les mâchoires avec une telle force que ses dents crissèrent.

Enfilant ses lunettes noires, il remonta sur son engin et reprit sa route.

Marquant un temps d'arrêt sur le seuil entre le salon et l'entrée, Alec scruta attentivement la posture des épaules d'Eve. Elle s'était habillée d'un kimono rouge sang qui s'arrêtait aux genoux. Ses cheveux noirs retombaient jusqu'au milieu du dos, les mèches épaisses oscillant au gré de la brise salée qui entrait par la porte ouverte du balcon.

Elle semblait détendue, sa hanche appuyée contre le montant de la porte-fenêtre coulissante, une tasse de café entre les mains et le regard tourné vers l'océan. Alec savait néanmoins que tous les sens d'Eve étaient en éveil, son ouïe beaucoup plus fine, son odorat désormais d'une acuité inhumaine. Lorsqu'elle atteindrait l'apogée de sa puissance, sa vitesse et son endurance feraient baver d'envie les meilleures athlètes olympiques… si elle décidait de se déplacer assez lentement pour qu'ils puissent la voir. Tout en elle respirait à présent le chasseur, le prédateur.

Rajustant la serviette qu'il avait nouée autour de sa taille, Alec traversa le grand appartement. Il admirait la situation qu'elle s'était bâtie. Une Chrysler 300 flambant neuve l'attendait dans le garage du rez-de-chaussée et elle était si près de la plage que le balcon du séjour surplombait le sable.

Elle allait le détester de foutre ainsi en l'air son existence idéale.

— Bonjour, petit ange.

Eve se retourna vers lui. Malgré des heures de galipettes fougueuses, elle paraissait en pleine forme. Ses yeux noirs en amande encadrés de cils charbonneux brillaient d'un éclat lumineux. Elle guérirait désormais à une vitesse exceptionnelle. Extérieurement, du moins. Intérieurement, par contre…

Il passa une main dans ses cheveux mouillés. Comprendrait-elle ses explications ? Et quand bien même, serait-il moins responsable de ce qui lui était arrivé ?

Lorsqu'il fut à quelques pas, elle leva une main pour lui faire signe de ne pas approcher davantage.

— Qu'est-ce que je suis devenue ? demanda-t-elle.

— Tu es une Marquée.

Il s'exprimait calmement malgré le bouillonnement de son for intérieur.

— Tu es plus forte, plus rapide…

— Plus forte, plus rapide, plus tout ? lança-t-elle avec un rire incrédule. Comme la femme bionique, c'est ça ? C'était quoi, cette fièvre qui m'a prise ?

Alec croisa les bras contre son torse nu et décida que c'était à lui de faire preuve de patience. Elle avait amplement le droit d'être en colère et perturbée.

— Une punition. La sexualité des femmes a été retournée contre elles depuis que ma mère a goûté au fruit défendu. Pourquoi crois-tu que l'accouchement soit si douloureux ?

— T'as perdu la tête ? Quel rapport entre moi et l'accouchement ? demanda-t-elle.

Puis elle fendit l'air de la main.

— Non, laisse tomber. Explique-moi seulement pourquoi je suis punie.

— Pour m'avoir tenté.

— Ça fait dix ans que je ne t'ai pas vu ! s'emporta-t-elle. T'as pris ton pied et tu t'es tiré !

Eve n'avait jamais été capable de lui dissimuler quoi que ce soit. Elle était blessée. Le savoir lui serrait la gorge et rendait son ton plus bourru.

— Je t'aime, lâcha-t-il.

Il la vit nettement frémir. Elle tendit le bras pour s'agripper au montant de la porte.

— Va te faire voir !

— Evangeline...

— Va au diable !

— Mon travail consiste plutôt à lui renvoyer ses démons. Et désormais, c'est aussi ton job.

— T'es un grand malade. T'as besoin d'aide.

D'un geste du menton, elle lui désigna la porte d'entrée.

— La ville est pleine de psys. Va-t'en dégoter un. Je te laisserai même emprunter les *Pages jaunes*. En souvenir du bon vieux temps.

Pourtant, Alec se rapprocha d'elle.

— Est-ce qu'il t'a montré ses ailes, petit ange ? En les déployant largement pour t'intimider, peut-être ?

Les phalanges des doigts d'Eve étaient blanches de crispation, de même que les coins de ses lèvres.

— Je parie qu'il a fait tout un numéro au moment de te marquer, non ? Comment a-t-il annoncé la chose ?

Adoptant une voix grave, il gronda :

— « Porte la marque de Caïn ! »

La tasse de café s'échappa des mains d'Eve et se brisa sur le parquet en une gerbe d'éclaboussures. Ses genoux se dérobèrent sous elle et Alec bondit pour la retenir.

Il la porta jusqu'au sofa et s'y assit en la prenant sur ses genoux. Il lui blottit la tête sous son menton et la berça. Une étreinte pour se réconforter autant que pour apaiser Eve.

— Pourquoi est-ce que tu es venu me tenter ? lui demanda-t-elle sur un ton accusateur, son souffle chaud caressant la gorge d'Alec. Comment aurais-je pu te résister ? Une fille de mon âge... face à un type comme toi...

Elle laissa échapper un sanglot. Alec glissa une main dans ses cheveux et la serra fort contre lui.

Le souvenir de la nuit en question le hantait encore. Il avait loué une suite, avait acheté toutes les fleurs odorantes qu'il avait pu trouver chez le fleuriste et illuminé la pièce à l'aide d'une profusion de bougies. Il avait pris la virginité d'Eve sur des draps de satin blanc couverts de pétales de rose.

— Je n'aurais pas pu faire différemment, dit-il à mi-voix.

— Tu savais que tu ne resterais pas, avant même de me séduire.

Il lui répondit sans cesser d'embrasser le sommet de son crâne.

— En partant, je voulais t'épargner de la souffrance. J'espérais que si nous nous séparions, tu aurais droit au même avenir que si tu ne m'avais jamais rencontré.

Eve se débattit pour échapper à son étreinte ; elle le repoussa avec une telle ardeur qu'elle tomba à terre. Furieuse, elle se redressa et le gifla.

— Tu n'es qu'un connard !

Mâchoires serrées, Alec tendit l'autre joue.

Avec un juron, Eve se releva, son kimono de travers. Alec se leva à son tour pour lui faire face, en s'assurant que sa serviette était toujours en place.

— M'épargner de la souffrance ? lança-t-elle en le fusillant du regard. C'est bidon, Alec ! T'as intérêt à trouver mieux que ça.

— Que veux-tu que je te dise ?

Elle se passa les deux mains dans les cheveux avant de gronder :

— Quelque chose qui ait du sens. Quelque chose de sincère et de crédible.

— Je suis désolé, petit ange.

Elle leva vers lui un regard interloqué.

— C'est tout ? Tu es *désolé* ?

— Ce serait mieux si je te disais que si c'était à refaire je recommencerais ?

Elle détourna la tête.

— Arrête.

— Arrêter quoi ?

— De me regarder comme ça.

— Tu es amoureuse, décréta Alec avec un sourire désabusé.

Ils se regardèrent longuement.

— Navrée de te ramener sur terre, mais j'ai des choses plus importantes que toi dans ma vie, affirma-t-elle, l'air sévère. Tu es facilement remplaçable.

— Il se trouve que non, mais nous y viendrons plus tard. En attendant, tu ne peux pas faire comme s'il ne s'était rien passé la nuit dernière.

— Ça n'avait pas la signification que tu crois.

Elle le contourna pour se diriger vers la cuisine. Alec lui emboîta le pas.

— Ça signifie qu'on est dans le pétrin. Et aussi que t'en sortir va s'avérer beaucoup plus compliqué que prévu.

Elle sortit deux mugs de son placard et changea de sujet.

— Tu vas me parler de ce mec ailé ?

— Oui, mon frère, quand vas-tu lui parler de moi ?

Cette voix ! Eve fit brusquement volte-face. Un homme s'avança depuis le balcon comme s'il était chez lui. L'homme qui l'avait possédée puis abandonnée, inconsciente, dans l'escalier. Son sourire avait quelque chose de sensuel et de légèrement cruel. Eve en frémit, mais pas seulement de peur.

Dans un grondement de fauve, Alec bondit à travers la pièce avec une vitesse et une férocité qui terrifièrent Eve. Il empoigna son frère au niveau de la taille pour le jeter à terre. La lutte qui s'ensuivit n'avait rien d'une prise de bec entre frères. C'était un combat à mort, et le spectacle eut sur elle un effet inattendu.

Sa marque s'enflamma tandis que son pouls s'emballait. L'odeur du sang déclencha chez elle une réaction physique qui ressemblait à une fureur sanguinaire. Un grondement animal s'éveilla dans sa poitrine.

Alec souleva son frère dans les airs à la manière d'un catcheur professionnel et le laissa retomber sur le plateau de verre de la table basse, qui se brisa. L'instant d'après, il termina le travail en lui écrasant sur le crâne un grand bol en cristal décoratif.

Le bruit affreux du crâne défoncé aurait dû horrifier Eve, lui donner envie de vomir. D'ailleurs, elle avait même commencé à se diriger vers l'évier lorsque Alec disparut. Il s'était évanoui sans laisser de trace.

Une seconde plus tôt, il s'était redressé d'un bond, son corps dénudé constellé de sueur et d'éclaboussures sanglantes. Et l'instant d'après, il n'était plus là.

Eve s'immobilisa, les yeux écarquillés, si stupéfaite qu'elle en oublia sa réaction naturelle. Puis son regard se posa sur l'homme étendu mort sur le sol.

Elle pivota immédiatement vers l'évier, le cœur au bord des lèvres. Mais son corps refusait de coopérer.

— Mon Dieu... hoqueta-t-elle, cramponnée au rebord en granit pour ne pas tomber.

Un élancement brûlant de la marque sur son bras lui arracha un sifflement de douleur.

— Ouais, c'est là qu'il est allé, lança une voix pince-sans-rire depuis le salon.

Comme le cadavre se relevait, son visage défiguré reprit son aspect normal sous les yeux d'Eve, le crâne enfoncé se regonflant à la manière d'un ballon. Des ailes se déployèrent dans le dos de l'inconnu et il les agita, battant rapidement l'une puis l'autre avant de les rétracter.

— Caïn ne tire jamais les leçons de ses erreurs, commenta-t-il avec un clin d'œil à Eve.

Il avait retrouvé l'apparence de l'homme d'affaires en costume Armani de la tour Gadara.

— Je suis devenue folle, souffla Eve. Bonne pour l'asile...

Le frère d'Alec se mit à rire.

— Inutile de flipper, poulette. Il va revenir. Et en un seul morceau, lui aussi.

— Vous êtes mort... marmonna Eve. Et moi, je crois que je vais m'évanouir.

— Tu es trop solide pour ça. Toutes les réactions physiques que tu pouvais avoir face au stress sont de l'histoire ancienne.

— Bon sang, mais vous êtes quoi ?

Quand il sourit, l'arrondi arrogant de ses lèvres lui rappela celles d'Alec.

Des frères.

Ça lui sautait aux yeux, à présent. Tous les traits que l'inconnu partageait avec Alec et qui l'avaient attirée vers lui sept jours plus tôt étaient *réellement* des points communs. Son sang. Ses gènes. Ses caractéristiques. Mais l'éclat chaleureux et aimant qui brillait dans les yeux sombres d'Alec n'existait pas chez cet homme. Son regard ne reflétait que malice et désir masculin.

Une combinaison qui, étrangement, était plus facile à accepter pour elle à cet instant.

— Je suis le mec qui t'a fait hurler de plaisir lors de trois orgasmes consécutifs, poulette.

— Je constate que les gènes du connard touchent toute la famille.

La réalité de cette situation impossible – le fait d'être en train de parler à un inconnu avec qui elle avait baisé dans un lieu public et devant une caméra, un étranger qui s'avérait être le frère d'Alec, doté d'ailes, un type qui une minute plus tôt était à l'état de cadavre – la frappa de plein fouet. Elle s'appuya lourdement sur son plan de travail.

— Je crois que m'évanouir un bon coup me ferait du bien, souffla-t-elle.

— Reed, reprit-il d'une voix plus douce, son sourire salace laissant place à une expression plus sincère. Je m'appelle Reed, Evangeline.

— Qu'est-ce que vous m'avez fait ?

— Est-ce qu'Alec t'a expliqué que tu es marquée, maintenant ?

Reed s'installa sur un tabouret de bar et préleva une pomme dans la corbeille de fruits.

— Damnée et condamnée à pourchasser les pires fléaux qui soient afin de rendre le monde plus sûr pour tous ?

— Le côté damnée, j'avais compris. Quant à savoir par qui, c'est beaucoup moins clair.

— Disons que tu devrais revoir ta décision d'être agnostique.

Eve ouvrit le robinet pour s'asperger le visage d'eau froide.

— Bon Dieu... Merde ! siffla-t-elle comme sa marque s'enflammait.

Il sourit.

— Tu chauffes, tu chauffes...

— Ah, ah.

S'efforçant d'agir normalement, Eve prit l'un des mugs qu'elle avait sortis un peu plus tôt et le remplit de café fumant.

— Pourquoi maintenant ? Ça fait dix ans.

— Les rouages de la justice tournent aussi lentement là-haut qu'ici-bas.

Elle lança un regard inquiet par-dessus son épaule.

— Quelle est l'implication d'Alec dans tout ceci ? Est-ce qu'il va bien ?

— Pas d'inquiétude. Ce n'est pas la première fois qu'il me tue. Quant à son implication...

Reed haussa les épaules.

— Disons qu'il aurait pu t'épargner bien des soucis en ne se laissant pas guider par son entrejambe.

Eve préleva un pot de lait concentré dans le réfrigérateur et s'en servit une généreuse rasade.

— J'avais compris. Il est censé respecter une sorte de vœu de célibat ?

À vrai dire, l'idée lui plaisait. Mais Reed se mit à rire.

— Ah ! Elle est bien bonne.

Soudain renfrognée, Eve reposa le lait concentré et referma la porte du réfrigérateur avec plus de force que nécessaire.

— Ma petite, tu as beau t'appeler Eve, dans cette histoire-là, tu joues le rôle de la pomme. « On peut regarder mais pas toucher », s'amusa Reed avant de mordre à pleines dents dans la Red Delicious qu'il tenait à la main.

— C'est dégueulasse. Qui torture les gens de cette façon ?

— Libre arbitre, répondit-il en mastiquant avec un plaisir évident. On a toujours le choix, mais parfois, le bon choix est évident. Et quand tu décides de ne faire que ce qui t'arrange, tu en subis les conséquences.

Reed se passa la langue sur les lèvres.

— Si Alec avait fait le bon choix, tu serais désormais mariée avec deux enfants. Et heureuse comme tout.

Le regard plongé dans son café, Eve se demanda à quoi cette vie aurait ressemblé.

— Bon. Et à quoi sert la marque ? demanda-t-elle après un moment en observant Reed par-dessus sa tasse.

Il avait les cheveux nettement plus courts qu'Alec, des lèvres plus fines et dégageait une espèce de magnétisme animal. À l'inverse de la tenue très *grunge* d'Alec, les vêtements de Reed étaient parfaitement coupés. Il arborait un pantalon gris ajusté et une chemise noire habillée au col déboutonné et aux manches roulées.

— Eh bien, la marque a plusieurs utilités. À l'origine, elle te place en attente d'une audience. Le tribunal est engorgé et il est important d'obtenir un rendez-vous aussi vite que possible.

— Une audience ?

— Tout le monde a droit à son audience, poulette, dit-il avec un sourire.

Un sourire qui, inutile de le nier, faisait de l'effet à Eve. Elle n'était pas attirée que par ses points communs avec Alec.

— Mais l'ajout d'Alec à la marque annule l'audience et constitue une sorte d'arrangement avec le procureur. Au lieu de défendre ta cause, tu vas chercher l'indulgence de la cour directement sur le terrain.

— Pourquoi ai-je l'impression qu'il ne m'a pas fait une faveur ?

Reed haussa les épaules.

— Ça dépend comment on voit les choses. C'était le seul moyen pour lui de s'assurer d'être en permanence auprès de toi. Si tu étais passée en jugement, tu aurais été assignée au prochain poste disponible dans la branche où tu es la plus qualifiée. Tous les postes ne nécessitent pas de mentors et tous ne mènent pas sur le terrain.

— Et que suis-je censée faire sur le terrain ?

— Traquer démons, faeries sauvages, créature renégates issues d'autres dimensions, sorciers et sales bêtes en tous genres. Tu vas devoir bosser pour obtenir l'absolution, tout comme Alec le fait depuis des siècles.

— Des siècles ?

Elle avait craqué pour un homme vieux de plusieurs *siècles* ? Eve reposa son café avant qu'il ne lui échappe de nouveau des mains.

— Il est immortel ? demanda-t-elle.

— Presque. Les Marqués guérissent vite, il en faut beaucoup pour les tuer. Il n'y a pas de limites de temps pour prouver ta valeur, et cette histoire de « septuple vengeance » a tendance à éloigner tout ce qui pourrait nuire à ta santé.

— Septuple vengeance ?

— C'est mentionné dans la Genèse. « Et le Seigneur lui dit : celui qui tuera Caïn subira une septuple vengeance. Et le Seigneur apposa sa marque sur Caïn, afin que nul ne soit tenté de le tuer. » Tu portes la marque. Tu es protégée.

— Comment ça marche, ce truc du septuple ?

— Quoi qu'un démon puisse faire au Marqué, il subira la même chose en retour. Sept fois.

Eve haussa les sourcils.

— J'imagine que ça peut faire mal.

— En général, oui. Comme je te le disais, c'est généralement très dissuasif. Seules les créatures les plus maléfiques, les plus ignobles et les plus démentes passent outre.

— Génial.

Reed se leva et contourna l'îlot de cuisine. Impossible d'ignorer ce sur quoi il avait soudain reporté son attention. Elle releva le menton. Il posa les mains sur le plan de travail derrière elle, de manière à ce qu'elle ne puisse s'échapper.

— En plus d'apprendre à tuer et à faire face à la terreur qu'inspire le Mal, tu vas devoir gérer Alec et tes émotions quant à ce qui t'est arrivé par sa faute.

Il leva le fruit à moitié dévoré à hauteur des yeux d'Eve.

— Et puis il y a les pommes.

Elle leva un sourcil interrogatif en espérant dissimuler la réaction physique à la proximité de Reed. Tous ses sens se souvenaient de lui : son odeur, la force et la chaleur de sa silhouette massive, la brutalité de sa passion. Et les orgasmes qu'il avait déclenchés en elle.

— Les pommes ? demanda-t-elle à mi-voix, les yeux braqués sur ses lèvres recourbées dans un sourire carnassier.

Reed fit courir la partie entamée de la pomme depuis la gorge d'Eve jusqu'à son décolleté. Frissonnante, celle-ci passa une main dans le dos pour s'agripper au plan de travail. Puis Reed baissa lentement la tête, sans cesser de la regarder, en lui laissant le temps de s'esquiver. Dans un mouvement languide, il remonta du bout des lèvres le long du sillage sucré qu'il avait tracé sur le cou d'Eve. Il lui mordilla le menton puis fit mine de s'emparer de sa bouche. Mais elle détourna la tête.

Il rit, un son de gorge qui résonna dans l'air chargé d'électricité. Puis il changea de tactique et glissa une main sous le kimono d'Eve pour lui caresser le sein. Et, tout en refermant ses doigts autour de son mamelon pour le pincer sans vergogne, il immisça sa langue dans les replis de son oreille.

— Les pommes, poulette. Les tentations. Et l'exercice de ton libre arbitre.

Les hanches de Reed étaient plaquées contre les siennes. Il plia les genoux afin que la bosse de son entrejambe vienne s'enchâsser au creux des doux replis de son sexe. Il appuya en douceur, comme pour l'inciter à répondre. Elle laissa échapper un hoquet, mais garda les mains sur le plan de travail. Son corps était tellement à fleur de peau qu'elle se sentait prête à arracher ses vêtements à la moindre provocation. N'importe où. N'importe quand.

— Je me suis demandé, souffla-t-il contre son oreille, ce que tu avais de si spécial pour que Caïn s'emballe comme ça.

Il referma son autre main sur les fesses d'Eve et la poussa à se frotter contre lui tandis qu'il continuait de titiller son mamelon. Des caresses dont l'onde de choc se répercutait entre les cuisses d'Eve.

— Maintenant, je sais, ajouta-t-il.

Il plongea sa langue au fond de son oreille et elle sentit ses genoux céder sous elle.

— La baise la plus torride que j'aie jamais vécue. Ta chatte humide aspirant ma queue. Et ces bruits que tu fais... ces petits gémissements... gronda-t-il. J'ai envie de te prendre, là, tout de suite. Très fort, très profond. Te marteler à grands coups de queue et te regarder jouir jusqu'à n'en plus pouvoir.

Il baissa la main qu'il avait posée sur ses fesses pour lui lever la jambe et la plaquer contre sa hanche. Ses coups de reins se firent plus audacieux, plus fiévreux, son souffle plus marqué.

— Tu fais désormais partie des prédateurs, Eve. Et les prédateurs aiment baiser.

— Lâche-moi !

Eve le saisit par les épaules et le repoussa en arrière. Reed vola à travers la pièce pour aller s'écraser sur le tapis du séjour.

— Mon Dieu… ! souffla-t-elle.

Cette fichue marque à son bras s'était de nouveau embrasée et lui donnait le tournis. Reed se releva dans un mouvement gracieux et éclata d'un grand rire.

— Tu vois ? Tu commences à piger.

Baissant la main pour rajuster son pantalon, il attira l'attention d'Eve sur la tache humide parfaitement visible à l'endroit où elle s'était frottée contre lui.

— Fais attention aux pommes, poulette.

Avec un clin d'œil canaille, il disparut – littéralement ! – de la même manière qu'Alec.

Celui-ci se rematérialisa quelques instants plus tard. Il était toujours nu, mais toute trace de sang avait disparu. Une grimace féroce enlaidissait son beau visage.

Eve saisit la pomme et la lança vers lui.

7

Alec attrapa la pomme et la broya entre ses doigts.

C'était sa patience qui faisait de lui un bon chasseur. Contrairement à la plupart des Marqués, il ne visait pas la quantité mais la qualité. Les Infernaux étaient semblables à tous les organismes parasites. Ils apprenaient, s'adaptaient, mutaient. Ceux qui survivaient à des tentatives répétées de les éliminer devenaient plus forts et plus redoutables.

Quand on convoquait Alec pour tuer une cible, il était prêt à patienter pendant des jours, des semaines, des mois ou même des années avant de frapper. Les affrontements à rallonge étaient épuisants et attiraient trop l'attention. Il préférait un assassinat rapide et attendait patiemment le bon moment.

Raison pour laquelle il s'agaçait de son incapacité à se montrer patient face à Abel. Son frère lui faisait l'effet d'un ongle crissant sur un tableau noir. Impossible de faire comme s'il n'était pas là... et encore moins de lui pardonner. La rancune était trop profondément ancrée en lui.

D'un pas rapide, il s'approcha du compacteur d'ordures dans la cuisine et desserra le poing pour y laisser tomber la pomme réduite à l'état de pulpe. Puis il observa avec détachement le jus épais et collant qui gouttait de ses doigts.

Quand Eve émit un petit bruit, il se tourna vers elle. Elle se tenait à quelques pas de lui, les joues rouges et les yeux brillants. Sexuellement excitée.

Un grondement rauque s'échappa de la gorge d'Alec.

— Tiens-toi à l'écart de lui !

Elle redressa le menton, prête à se lancer dans une dispute, puis pivota finalement sur elle-même et se redressa sur la pointe des pieds pour ouvrir un placard et en sortir une bouteille de Baileys.

— Si tu cherches un moyen de planer un peu, ce n'est pas dans cette bouteille que tu le trouveras.

Eve interrompit son geste.

— Ton corps ne réagira plus à l'alcool – ni à aucun autre psychotrope – de la même façon qu'avant.

Eve baissa le bras et écrasa son poing sur la table. Elle reporta son attention vers lui, les yeux étrécis de colère.

— T'es en train de me dire que je ne peux plus planer ?

— Tu peux encore avoir des orgasmes jusqu'à la fin des temps. Ça ne te fait pas assez planer ?

— Je suis baisée...

— Quand tu veux, je suis tout à ton service.

— Oh, la ferme ! répliqua-t-elle. Tout ça est entièrement ta faute.

— C'est tout ce que t'as à proposer ? se moqua-t-il.

Il était échauffé, à deux doigts de la colère. Une fois de plus, il avait été puni pour avoir tué son frère. Ce qui lui donnait envie d'en découdre. Ou d'une étreinte sauvage et animale. Mais puisque c'était l'origine des ennuis d'Eve, il se contenterait d'une bonne dispute.

— Ta vie vient de t'exploser au visage et « la ferme » est tout ce que tu trouves à dire ?

Il ressentit une poussée de satisfaction en la voyant serrer les poings. Si elle s'énervait contre lui, elle arrêterait de penser à Abel.

— Je ne sais pas, rétorqua-t-elle. Je me sens un peu comme une superhéroïne. Assez forte pour te botter ton petit cul nu. Peut-être que ça nous ferait du bien à tous les deux ?

Alec se dirigea en riant vers l'évier pour se laver les mains.

— Tu me dis ça après m'avoir vu tuer un homme ? Tu as du cran, petit ange. Et Dieu merci, parce que tu vas en avoir besoin.

— Ne traite pas ça à la légère, Alec.

Il ferma le robinet et se rapprocha d'elle. Il se servit de ses hanches pour la plaquer contre le placard puis lui caressa les joues de ses mains humides.

— Je prends tout ça très au sérieux.

— J'ai l'impression d'avoir perdu la tête.

— Tu n'as rien perdu du tout. Tu es toujours la femme intelligente et sexy de mes souvenirs.

— Je n'étais pas une femme à l'époque, grommela-t-elle.

Il lui lissa les sourcils puis suivit la courbe de ses pommettes.

— Tu veux aussi débattre là-dessus ?

Avec un soupir, Eve blottit sa joue au creux de la paume d'Alec.

— Tu l'as tué.

— Ouais.

Elle leva vers lui des yeux verts emplis d'un mélange de révulsion et de fascination circonspecte.

— Explique-moi... Il a dit que ce n'était pas la première fois.

— « Suis-je le gardien de mon frère ? » psalmodia-t-il à mi-voix.

Eve cligna les paupières, surprise, avant de faire la moue.

— Tu vas vraiment me citer les Écritures quand je...

Elle ne termina pas sa phrase et Alec vit une lueur de compréhension chasser le doute et l'agacement. Elle n'avait jamais réussi à lui cacher quoi que ce soit. Mais elle devrait à présent apprendre à demeurer parfaitement impassible. Les Infernaux n'hésiteraient pas à exploiter la moindre faiblesse perçue.

— La marque de Caïn, murmura-t-elle. Alec Caïn.

— Je sais que ça paraît incroyable, dit-il d'une voix crispée.

— Je te crois.

Elle eut un geste impatient de la main accompagné d'un petit rire presque aboyé.

— Je ne suis même pas si surprise que ça. Pas après tout ce qui s'est passé depuis une semaine... Sept jours. Merde, j'imagine que ce n'est pas une coïncidence.

— Les coïncidences n'existent pas.

— Qu'est-ce qui se passe avec ce truc ? demanda-t-elle en recouvrant de sa main la marque sur son bras. Qu'est-ce que ça signifie ?

— C'est le symbole d'une vocation, petit ange. Une...

— Je croyais que c'était une punition.

— Elle a aussi cette fonction.

La façon dont elle se mordillait la lèvre attestait de son malaise, mais la force intérieure qui l'avait attiré chez elle était toujours là.

— Tuer des démons et des fées ? Regarde-moi, Alec. J'ai l'air de savoir faire un truc pareil ?

— Tu es capable de faire face à n'importe quelle situation. Bien plus que la plupart des Marqués.

— La plupart des Marqués ? répéta-t-elle, les yeux écarquillés. Il y en a d'autres ?

— Des milliers.

— Bon Dieu… Aïe ! Bon sang, ce truc n'arrête pas de s'échauffer !

— Parce que tu prononces inutilement le nom du Seigneur. Une mauvaise habitude à perdre.

Eve tordit la bouche dans une grimace entêtée.

— C'est n'importe quoi ! Pourquoi moi ? Pourquoi ?!

Alec soupira avec assez de force pour faire voleter quelques mèches des cheveux d'Eve. Impossible de nier sa culpabilité face à ce qui lui arrivait. Mais il n'allait pas non plus y revenir sans cesse.

— Après que mon père a été créé, préféra-t-il raconter, les anges ont reçu l'ordre de s'agenouiller devant lui, car il était façonné à l'image du Seigneur.

— Dieu ne se prend pas pour de la merde, hein ? lâcha Eve avec un reniflement moqueur.

— Attention ! l'avertit Alec en la secouant brièvement. Tu vas t'attirer des ennuis à parler comme ça.

— Si les ennuis n'arrivaient que quand je parle…

— Certains des anges ont refusé, reprit Alec. Ils prétendaient être supérieurs à l'homme…

— J'aurais tendance à être d'accord avec eux.

— Ceux qui s'opposaient à la volonté de Dieu ont été bannis des cieux. Ils sont tombés sur Terre, où ils se sont accouplés à l'homme pour produire les nephilim, des demi-anges pleins d'animosité envers le Seigneur. Ma famille a commencé à perdre son statut au sein de la chaîne alimentaire.

— Alors Dieu t'a enrôlé ?

Il eut un petit rire sans joie.

— Il a dit que le péché veillait devant notre porte et qu'il était de mon devoir d'en prendre le contrôle.

Si je réussissais, je serais pardonné pour la mort de mon frère. Sinon, les Infernaux me tueraient.

— Pourquoi personne ne connaît cette partie de l'histoire ?

— C'est dans la Bible, petit ange. La chronologie des événements est un peu modifiée, mais c'est mentionné.

— Donc tu n'as pas eu le choix.

— On a toujours le choix. C'est mon frère Seth qui m'a poussé à accepter l'offre. Dans la mesure où j'avais... de l'expérience, ça semblait logique. Finalement, j'ai apprécié de me voir confier un objectif. Je suis doué dans ce que je fais.

— Tu as encore un autre frère ?

Une idée qui horrifiait visiblement Eve.

— Trente-deux en tout, et vingt-trois sœurs. Ils ne sont pas tous ici sur Terre. Beaucoup se sont déjà élevés.

— Oh, là, là... Ta pauvre mère, grimaça Eve.

— Rappelle-toi que sans télévision, sans radio, sans événements sportifs, le sexe constituait la meilleure forme de loisir.

— Je préférerais l'abstinence si cela m'évitait d'accoucher d'autant d'enfants.

— Je ne te crois pas, la taquina-t-il.

Il était on ne peut plus conscient de son état d'excitation bouillonnante.

Derrière la peur et la confusion, Alec humait chez elle le parfum épicé du désir brut. Combinée à la brise iodée qui leur parvenait depuis le balcon resté ouvert, l'odeur était puissante et attirante. Eve était par nature une créature éminemment sexuelle. Une inclination encore renforcée à présent.

— Revenons à tes explications, dit-elle. Tu as commencé à tuer les nephilim ?

— Oui, ce qui m'a valu l'ire de Sammael.

— Sammael ?

— Satan.

— Oh. Je vois.

— Tandis que les nephilim se mettaient à se reproduire entre eux et avec les déchus, Sammael a entraîné leurs rejetons, instillant en eux une haine féroce pour tout autre que lui. La tâche était devenue trop lourde pour moi seul. Il y avait trop de cibles à tuer, trop de variations et de mutations.

— Donc Dieu a entrepris de marquer d'autres gens ?

— Des pécheurs. De quoi leur offrir une chance de se faire pardonner leurs fautes.

— Je ne suis pas une pécheresse. Et toute cette histoire est super tordue. Il y a des millions de fanatiques à travers le monde qui tuent quotidiennement en son nom, mais pourquoi faire appel à eux, hein ? Ce serait beaucoup trop logique. Non, mieux vaut recruter de force des pigeons récalcitrants dans mon genre. C'est plus marrant. Leur serrer la vis et s'amuser de les voir galérer !

Alec sentit son estomac se nouer.

— Evangeline... dit-il. Tu n'as pas à L'apprécier, mais il faudra que tu respectes Son pouvoir.

— Qu'est-ce qu'il pourrait me faire de plus ? rétorqua-t-elle en le repoussant.

Il envisagea brièvement de résister puis songea que sa quasi-nudité constituait peut-être un avantage. Alec était par nature un chasseur, un prédateur. Il savait qu'il devrait approcher Eve avec prudence. Manœuvrer habilement, s'adapter et céder quand c'était nécessaire pour pouvoir la garder auprès de lui. Il fallait qu'elle le voie arriver car lui sauter dessus par surprise ne ferait qu'entamer un peu plus sa confiance. Or elle devait lui faire confiance. Sans quoi il n'aurait aucune chance de pouvoir la garder en vie.

Comme si elle avait perçu son intention, Eve lui lança un coup d'œil suspicieux et resserra la ceinture de son kimono.

— Tu lui as rendu visite comme ça ? Avec tes bijoux de famille à l'air ?

Il haussa les épaules.

— Ce n'est pas comme si j'avais eu le choix.

— Je ne vais pas pouvoir aller plus loin, Alec. C'est toi qui m'as mêlée à tes histoires, fais en sorte de m'en sortir.

— J'essaie.

— Démène-toi un peu plus !

Elle laissa échapper un petit grognement qui évoquait un chaton en colère.

— Écoute, reprit-elle, je ne suis même pas capable de regarder un film d'horreur. Je flippe quand je dois marcher seule dans un parking souterrain. Devenir une femme bionique ne changera pas ma nature. Je ne suis pas capable de tuer qui que ce soit ! Je n'ai pas ça en moi.

— Dit la fille qui m'a accueilli à la porte avec une arme chargée.

— L'autodéfense, c'est une autre histoire, répliqua-t-elle avant de lui tourner le dos pour boire de longues gorgées de son café refroidi.

— Il ne t'aurait pas marquée si tu n'étais pas capable de faire face.

Manquant s'étrangler, Eve le fusilla du regard par-dessus son épaule.

— Tu me parles d'un dieu qui a promis à Moïse qu'il irait au paradis s'il bossait comme un taré et se gâchait la vie avant de revenir sur sa parole à la dernière minute.

Alec serra les mâchoires, les mains croisées derrière la tête.

— Je commence à me dire qu'Il ne t'a pas choisie à cause de moi mais à cause de toi. Tu as beaucoup à apprendre.

— Ouais, ouais. Ton frère m'a dit que j'avais le droit à un procès. Creusons cette idée.

— Il est trop tard pour ça.

Eve se figea, saisie d'angoisse.

— À cause de ce que tu as fait ?

Il hocha la tête en détestant le sentiment d'inquiétude inhabituel qui lui plombait les tripes. Il fallait qu'Eve lui fasse implicitement confiance. Mais elle avait toutes les raisons de ne pas le faire. Le champ de bataille n'était pas un endroit où l'on doutait de la personne qui couvrait ses arrières. Pas si l'on voulait survivre.

— Je ne pourrai pas t'aider si je suis à l'autre bout de la planète. J'ai fait ce qu'il fallait pour pouvoir rester auprès de toi.

Eve sortit de la cuisine pour emprunter le couloir menant à sa chambre. Il la suivit.

— Où vas-tu ?

— Je n'ai pas très envie de ta compagnie, là, maintenant.

— Ange…

Eve fit volte-face dans un tourbillon de cheveux d'ébène et de soie rouge sang. Un mouvement agile et profondément gracieux. Sensuel, même.

— Je te sortirai de là, promit-il en tâchant de réprimer sa réaction de désir.

Il était tellement dur que c'en était douloureux. Eve baissa les yeux et ses lèvres s'ouvrirent sur un hoquet silencieux. Puis elle désigna son érection d'un doigt tremblant de colère.

— Range-moi ça ! Ça m'a causé assez d'ennuis comme ça !

Elle partit se réfugier dans sa chambre et claqua la porte.

— Mes affaires sont chez toi, lui lança-t-il en souriant.

Une seconde plus tard, son jean et son tee-shirt lui furent balancés en pleine figure.

— Tu préfères quand je ne porte pas de sous-vêtements ? demanda-t-il.

— Tais-toi et rhabille-toi !

Mais un léger tremblement dans sa voix indiquait à Alec que l'idée lui faisait un certain effet.

— Nous n'avons pas fini de discuter.

— Lâche-moi un peu, d'accord ?

Il se dirigea vers la chambre d'amis en traînant des pieds. Cette seconde chambre était meublée dans le même style moderne et minimaliste que celle d'Eve et faisait à peu près la même taille. De lourds panneaux en pin laqué suspendus à des tringles métalliques fixées au plafond servaient de portes pour les placards qui occupaient l'intégralité du mur droit.

Le parquet, constitué du même bois, était recouvert de plusieurs tapis blancs cotonneux aux formes irrégulières. Un système d'étagères intégrées occupait la moitié inférieure du mur du fond, la moitié supérieure étant décorée de photos en noir et blanc dans des cadres argentés.

Le lit, large et proche du sol, était disposé sur la gauche. Matelas king size, devina Alec. Il était recouvert d'une couette en satin couleur chocolat et d'oreillers couleur crème aux bordures brunes et rouille.

La vision de ce lit parfaitement fait était à la fois attirante et déprimante. Il était exténué. Tandis que le corps d'Eve se transformait et accumulait de l'énergie, le sien s'était épuisé à force d'inquiétude, de culpabilité et de manque de sommeil. S'il avait eu le choix, il se serait lové auprès d'elle plutôt que de lutter contre l'envie de s'effondrer le nez dans l'oreiller, seul.

La solitude lui pesait. Ce qui ne faisait qu'ajouter à la situation merdique dans laquelle il se trouvait.

Son désir de faire ce qui était le mieux pour Eve – lui rendre la vie à laquelle elle avait droit – était en opposition directe avec le besoin qu'il ressentait depuis longtemps de mettre un terme à son éternelle errance. Pour la première fois, ce rôle de mentor lui offrait la possibilité de prouver qu'il était capable de collaborer efficacement avec quelqu'un d'autre.

Enfin, après des siècles d'existence nomade, il s'était vu assigner un point de repère fixe. Au travers de son action de mentor auprès d'Eve, il pourrait apprendre ce dont il avait besoin pour réaliser ses ambitions. S'il se familiarisait suffisamment avec toutes les subtilités du système des Marqués, il aurait peut-être une chance de pouvoir plaider sa cause, d'invoquer le droit à la stabilité. Il pourrait enseigner à d'autres ses meilleures techniques de terrain... s'il avait une structure de référents et de Marqués à sa disposition.

Il rêvait depuis longtemps du jour où il convaincrait Jéhovah qu'il serait plus productif à la tête de sa propre compagnie. Tout le monde savait que le développement du système de la marque n'avait que trop traîné. Alec voulait être celui qui prendrait les rênes quand la nouvelle compagnie serait créée. Nul n'avait plus d'expérience de terrain que lui.

Comme d'habitude, on ne lui proposait qu'un choix cornélien. Il avait besoin d'Eve pour pouvoir avancer. Mais ce n'était pas ce dont *elle* avait besoin.

Il sentit ses paupières se fermer d'épuisement.

— Ne me fais pas ça, gronda-t-il en levant les yeux au ciel. Tu sais très bien que ce n'est pas le moment que je m'endorme.

Mais ses souhaits restèrent lettre morte, comme à chaque fois. Il devait être châtié pour avoir tué Abel, et Jéhovah avait attendu le bon moment pour ce faire. L'écarter de l'action à un moment crucial constituait une manière simple et efficace de le remettre à sa place, c'est-à-dire à la traîne.

Malgré tous ses efforts, Alec s'écroula tête la première sur le matelas et perdit connaissance.

Lorsqu'il s'éveilla, quelques heures plus tard, sa colère rejaillit comme s'il avait continué de bouillir à petit feu durant sa sieste forcée. Les cris des mouettes et le bruit des vagues s'écrasant sur la plage lui rappelèrent d'innombrables autres réveils. Sa vie était trop pleine de ces journées toutes identiques qui se fondaient banalement les unes dans les autres. Il avait envie d'une existence différente, avec quelqu'un à ses côtés. Il aurait voulu que ce soit Eve, mais c'était impossible.

Il faudrait qu'il trouve le moyen de la libérer puis de la laisser partir. De nouveau. Il ignorait où il trouverait la force de la quitter une deuxième fois, mais il le ferait. Même si ça devait le tuer.

— Eve ! lança-t-il d'une voix forte.

Il se passa les mains dans les cheveux et se leva.

Elle n'était plus là. Il le sentait. Son absence laissait un vide palpable dans la maison. Mais surtout, cela signifiait que la vie d'Eve était en danger. Une Marquée sans entraînement constituait une cible de choix, presque irrésistible, pour les Infernaux.

Jurant dans sa barbe, Alec se rhabilla à la hâte et sortit en courant dans la rue.

Avec une profonde respiration, Eve ouvrit la portière de sa voiture et émergea sous le soleil du sud de la Californie.

Elle prit un moment pour lisser son tee-shirt aux couleurs d'un parc d'attractions. Si elle s'était servie un peu de sa tête au lieu d'agir à l'instinct, elle aurait trouvé quelque chose de plus approprié pour aller à l'église qu'un pantalon de jogging et un tee-shirt délavé.

Sans être religieuse elle-même, elle respectait les convictions de ceux qui l'étaient. Mais elle n'avait pas prévu de se retrouver là.

Elle tourna son regard vers l'église catholique. D'une architecture contemporaine, elle rappelait les constructions du sud-ouest des États-Unis. Aux yeux d'Eve, on était plus proche du christianisme moderne que du catholicisme européen. Mais qu'en savait-elle vraiment ?

C'était d'ailleurs la raison de sa présence. Elle ne s'était jamais attaquée à un projet sans mener d'abord des recherches approfondies. Durant son enfance, ses parents – membres de la convention baptiste du Sud – l'avaient initiée à la religion. Mais ses souvenirs des études de la Bible étaient pour le moins flous.

Eve fit le tour de sa voiture et traversa le vaste parking en direction des portes de bois sculptées qui protégeaient l'intérieur du lieu de culte. Quelques véhicules étaient garés devant l'église. Certains arboraient des autocollants ou des emblèmes religieux, mais la plupart ne laissaient rien voir de la dévotion de leurs propriétaires. Le genre de dévotion qui pouvait inciter quelqu'un à se rendre à l'église en milieu de semaine.

Eve ouvrit la porte et entra. L'endroit était frais et silencieux. L'intérieur était aussi propre et minimaliste que l'extérieur. Les poutres apparentes du plafond, dont les arches culminaient à plus de dix mètres au-dessus de la nef, formaient un motif complexe et élégant. Juste en face d'elle, une statue en bronze de la Crucifixion jaillissait hors du mur, baignée par l'éclat d'un projecteur massif.

Cette vision fit frissonner Eve. Elle trouvait la représentation d'un tourment éternel plus effrayante qu'inspirante.

Comme chaque fois, elle s'arrêta sur le seuil pour guetter un éventuel sentiment d'émerveillement ou de contentement. Tant de gens disaient avoir l'impression de revenir dans un endroit accueillant et familier quand ils pénétraient dans la maison de Dieu. Pour sa part, elle éprouvait la même chose que si elle était entrée dans une supérette.

Des bruissements de voix sur sa droite attirèrent son attention vers une alcôve qui abritait une statue grandeur nature de la Vierge Marie derrière une profusion de cierges allumés. Deux personnes s'y étaient agenouillées, une femme et son enfant, recueillis dans la prière.

— Puis-je vous aider ?

Eve se figea en entendant cette voix masculine à la fois rauque et chaleureuse. Le timbre n'aurait pas dépareillé sur un service de téléphone rose ; autant dire qu'on ne s'y attendait pas dans une église.

Intriguée, Eve pivota vers son interlocuteur. Elle fut surprise de découvrir un individu dégarni et corpulent arborant un col de prêtre.

— Bonjour, parvint-elle à dire malgré sa stupéfaction.

— Bonjour, répondit-il.

Ce n'était pas la même voix. Eve fronça les sourcils.

— Je suis le père Simmons. Voici le père Riesgo, précisa le prêtre en désignant quelqu'un derrière Eve.

Celle-ci se tourna pour voir de qui il s'agissait. Elle faillit rester bouche bée, mais se reprit à temps.

— Mon père.

Plus jeune que le père Simmons d'au moins vingt ans, le père Riesgo semblait si peu à sa place dans ses habits de prêtre qu'on aurait pu croire à un déguisement. Dans son visage aux traits taillés à la serpe brillaient deux yeux d'un vert extraordinaire. Sa joue était barrée d'une cicatrice qui aurait pu provenir d'un coup de couteau. Avec ses cheveux noirs lissés en arrière en une courte queue-de-cheval, il évoquait plus le hors-la-loi que le missionnaire.

— Bonjour, dit-il à son tour.

Son sourire exposa de magnifiques dents blanches.

— En quoi puis-je vous aider ? demanda-t-il.

— J'ai besoin d'une bible.

Les deux prêtres clignèrent plusieurs fois les paupières, décontenancés. Eve se traita intérieurement d'idiote. D'accord, son père ne possédait pas de bible et celle de sa mère était écrite en kanji. Mais elle aurait dû se rendre dans une librairie plutôt que de conduire sans but jusqu'à trouver une église dans laquelle se ridiculiser ainsi.

Le père Simmons posa une main sur l'épaule du père Riesgo.

— Je vais entamer les préparatifs, dit-il.

Après la journée qu'elle venait de vivre, il n'y avait rien d'illogique à ce qu'on la laisse aux bons soins du père Riesgo. Peut-être la considéraient-ils comme une timbrée qu'il allait falloir mettre dehors par la force. Eve n'arrivait pas à décider si c'était drôle ou triste.

Riesgo hocha la tête puis attendit que l'autre prêtre se soit éloigné pour reporter son attention vers Eve. Il la dévisagea longuement.

— Comment vous appelez-vous ?

Elle grimaça et lui tendit la main.

— Pardon. Evangeline Hollis.

— Ravi de vous rencontrer, mademoiselle Hollis.

Sa poignée de main était aussi vive et ferme que le reste de sa personne. Il désigna le banc le plus proche mais elle fit non de la tête.

— D'accord, reprit-il de cette voix à se damner. Vous faites partie de la paroisse ?

— Pour être honnête, mon père, je ne suis même pas catholique.

— Dans ce cas, pourquoi être venue ici à Sainte-Marie ?

Eve hésita un instant ; elle n'avait aucune envie d'en rajouter dans la stupidité. Riesgo était le genre d'homme avec qui l'on n'avait pas envie de se montrer facétieux. Ses yeux verts semblaient capter les moindres détails, et l'expression ferme de sa mâchoire carrée n'incitait pas aux faux-semblants. De toute façon, Eve opta pour la vérité simplement parce que c'était sa nature.

— Je n'en suis pas sûre, admit-elle. Je voulais rafraîchir ma mémoire à propos de certains récits bibliques, notamment celui d'Abel et Caïn, et je me suis rendu compte que je n'avais pas de bible. Votre église s'est simplement trouvée sur mon chemin au mauvais moment.

— Ou peut-être était-ce le bon moment.

Quand Eve fit un pas hésitant vers la sortie, Riesgo la suivit.

— Nous proposons des cours, mademoiselle Hollis. Le rite d'initiation chrétienne. Nous serions ravis de vous voir y participer. Pour beaucoup, la Bible est un voyage qui nécessite un guide. Je ne voudrais pas que vous vous sentiez perdue ou dépassée.

— J'apprécie votre offre, mais je ne souhaite pas rejoindre votre église. J'ai seulement besoin d'informations pour mes recherches.

Le sourire de Riesgo illumina de nouveau son visage.

— Vous trouverez la Bible chez Walmart[1]. Ils la vendent aux alentours de cinq dollars, je crois.

— Bien sûr, répondit-elle en se maudissant. J'aurais dû y penser. Merci.

Elle s'avança un peu plus vers la porte et le père Riesgo lui emboîta le pas, toujours souriant.

— Mademoiselle Hollis ?

— Oui ?

Il sortit de sa poche une carte de visite qu'il lui tendit.

— Si vous avez des questions, n'hésitez pas à nous contacter.

Eve accepta la carte par pure politesse.

— Vous êtes trop gentil, dit-elle. Mais il y a d'autres églises plus près de chez moi, donc je doute de vous déranger de nouveau.

Le père Riesgo était déjà déconcertant de nature, mais à cet instant, l'intensité de son expression fut franchement saisissante. On ne pouvait pas le qualifier de beau selon les critères habituels, mais il ne manquait vraiment pas de charisme. Ceci, combiné à sa voix virile, devait sans doute attirer un paquet de femmes à la messe.

— Hum...

Son air sceptique mit Eve sur la défensive.

— Je n'ai pas le sens de l'orientation, dit-elle.

---

1. Chaîne de supermarchés américaine. (*N.d.T.*)

Il secoua la tête.

— Je ne crois pas. Vous êtes en quête de réponses et votre quête vous a menée jusqu'ici. Vous voulez bien patienter un instant ? J'ai quelque chose pour vous.

— Je suis pressée, répondit-elle.

Elle craignait un long sermon et une tentative de l'enrôler dans la congrégation.

— Ça ne prendra qu'une minute. Je fais vite.

Il s'éloigna d'un pas rapide le long de la travée centrale. Elle le regarda partir, fascinée, en notant distraitement que son vêtement sévère n'arrivait guère à dissimuler la grâce de ses mouvements.

Va-t'en, s'ordonna-t-elle mentalement.

Eve battit en retraite vers la porte. Elle se dit que si elle atteignait le parking avant le retour du prêtre, ce serait la preuve que rien ne la retenait ici. Une urne pour recueillir les dons, fermée par un cadenas, était installée près de la sortie. Elle y déposa la carte de visite et tendit la main vers la poignée de la porte.

À peine avait-elle posé les doigts sur le métal froid que Riesgo réapparut à l'autre extrémité de l'allée avec un sac rouge sombre à la main. La curiosité souvent malvenue d'Eve l'emporta : l'attitude à la fois enthousiaste et pleine de ferveur du prêtre lui interdisait de partir sans se retourner.

Il la rejoignit en un instant et reprit précipitamment la parole :

— La semaine dernière, j'ai ressenti le besoin d'acheter ceci…

Il plongea la main dans le sac pour en sortir un livre.

— Je n'aurais pas su dire pourquoi. Ma sœur possède une bible qui se transmet dans ma famille depuis des générations et ma mère n'est plus de ce monde.

Eve accepta la bible qu'il lui tendait avec des gestes hésitants. L'ouvrage était recouvert d'un cuir bordeaux aussi doux que du satin et décoré de broderies en forme d'élégants motifs floraux et de papillons colorés. Un travail aussi soigneux était forcément coûteux.

Eve contempla le livre, confuse.

— Elle est à vous, annonça-t-il.

Elle leva vers lui un regard stupéfait.

— Je ne peux pas accepter !

— Je l'ai achetée pour vous.

— Mais non.

— Si, vraiment, affirma-t-il, le regard brillant.

— Vous êtes fou.

— Je crois aux miracles.

Elle fit mine de lui rendre l'ouvrage.

— Reprenez-la, dit-elle.

— Non.

— Je vais l'abandonner dans un coin, menaça Eve.

— J'en doute.

— Vous avez tort.

— Et si vous l'empruntiez ? suggéra-t-il.

— Pardon ?

— Il vous faut une bible. J'en ai une. Empruntez-la. Et quand vous aurez terminé, rapportez-la.

Eve plissa le nez. Le prêtre croisa les bras, manière d'indiquer clairement qu'il ne changerait pas d'avis.

— Vous vous trompez à mon sujet, affirma-t-elle. Je n'ai rien d'une âme perdue qu'il faut enrôler.

Elle avait déjà été enrôlée ailleurs. C'était bien là le problème.

— Très bien, répliqua-t-il simplement. Faites vos recherches et rapportez-la. L'Évangile est fait pour être lu, pas pour rester au fond d'un sac dans un tiroir.

En ressortant de l'église quelques minutes plus tard, Eve avait encore du mal à croire qu'elle tenait une bible à la main. Troublée par les étranges péripéties qui venaient agiter le fleuve autrefois tranquille de sa vie, elle s'arrêta sur le trottoir à la sortie du parking et laissa échapper un grognement dépité.

— Je n'aime pas ça, annonça-t-elle à voix haute.

Elle supposait que la proximité de l'église ne pouvait qu'améliorer ses chances d'être entendue dans les hauteurs.

Une goutte d'eau atterrit sur sa joue. Puis une autre sur le bout de son nez. Sourcils froncés, elle contempla le ciel bleu et sans nuages. Une gouttelette vint s'écraser pile dans son œil.

— Aïe ! Merde...

Un gloussement aigu la poussa à reporter son attention sur le bâtiment. Elle se frotta les yeux à la recherche de l'origine de ce rire. Au moment même où sa vision s'éclaircit, un ruisselet liquide l'atteignit au milieu du front.

Eve bondit en arrière et s'essuya le visage d'un revers de la main. Elle releva la tête vers la voûte du porche au-dessus de sa tête.

— Ah, ah ! s'exclama une voix pleine de jubilation.

Eve écarquilla les yeux en découvrant d'où elle provenait puis les étrécit de colère lorsqu'elle comprit que l'eau qui l'aspergeait était en réalité de l'urine.

De l'urine de gargouille.

La petite créature de ciment faisait à peu près la taille d'un bidon de quatre ou cinq litres. Il arborait des ailes minuscules et un large sourire. Il se mit à sauter d'un pied sur l'autre en tournoyant sur lui-même. Une danse de joie frénétique qui aurait dû l'envoyer s'écraser au sol.

— Joey a marqué la Marquée ! Joey a marqué la Marquée ! entonna-t-il sans cesser de pisser partout.

— J'y crois pas..., souffla Eve en se pinçant.

Un coup à l'arrière du crâne lui fit tomber le sac des mains et confirma qu'elle n'était pas en train de faire un cauchemar.

— Vous devriez avoir honte !

Une main plaquée sur son crâne endolori, Eve pivota pour faire face à son agresseur : une vieille dame voûtée brandissant un sac à main affreusement lourd.

— Ce n'est pas ce que vous croyez ! gémit Eve en massant la bosse qui enflait sous ses doigts.

— Frappe-la encore, mémé ! suggéra le garnement à l'air angélique au côté de la vieille dame.

— Ouste ! ordonna celle-ci en agitant son sac d'un air menaçant.

Eve ne savait plus si elle devait rire ou pleurer.

— N'en jetez plus, c'est bon !

— Pécheresse ! lança l'enfant.

— Je ne suis pas une pécheresse ! Ce n'est pas ma faute.

La peau chaude d'une large paume se posa sur l'épaule d'Eve tandis que le sac qu'elle avait laissé tomber réapparaissait dans son champ de vision.

— Tenez.

Le père Riesgo. Elle aurait reconnu sa voix entre mille.

Eve releva la tête vers la voûte derrière eux. La gargouille n'était plus là. La petite créature gothique n'aurait d'ailleurs pas été à sa place sur la façade moderne de l'église.

— Mon père ! dit la mégère au sac à main d'une voix soudain radoucie.

— Je vois que vous avez rencontré Mlle Hollis, lui répondit-il avec un coup d'œil à Eve. Ne soyez pas trop prompte à la juger, madame Bradley. Je place de grands espoirs en elle.

Eve prit le sac qu'il lui tendait et s'éloigna au pas de course.

— Merci. Au revoir.

Filant vers sa voiture, elle parvint à oublier le regard noir que Mme Bradley dardait vers elle. Elle fut néanmoins incapable de chasser l'impression d'être observée par une force bien plus ténébreuse et malveillante. Une sensation qui la terrifiait au plus profond de son être.

Une fois installée derrière le volant, elle verrouilla les portières et relâcha la respiration qu'elle avait retenue sans s'en rendre compte.

— Je vais me sortir de cette galère, promit-elle à quiconque pouvait l'entendre.

Elle fouilla dans son sac à main pour récupérer les lingettes que sa mère, une infirmière à la retraite, l'avait poussée avec insistance à avoir toujours sur elle.

Après s'être nettoyé le visage et les mains, Eve mit le contact. Elle fit ensuite le tour du pâté de maisons à la recherche de « Joey ». Elle n'avait aucune idée de ce qu'elle ferait si elle retrouvait ce petit merdeux, mais elle refusait de se laisser pisser dessus sans rien dire.

8

Au terme d'une heure de vaines recherches, Eve gara sa voiture sur sa place réservée dans le garage de sa résidence. Les doigts serrés sur le volant, elle se fit violence pour ne pas regarder l'espace désormais vide où se trouvait la Harley d'Alec lorsqu'elle avait pris la route. Il était peut-être parti pour cinq minutes, ou cinq ans, ou pour toujours.

La première fois qu'ils avaient fait l'amour, il avait disparu avant qu'elle se réveille. Elle l'avait attendu toute la matinée dans leur chambre d'hôtel. Fatiguée. Endolorie. Et follement, bêtement amoureuse. Elle s'était imaginé qu'il reviendrait pour elle. Aucun homme ne pouvait étreindre une femme comme il l'avait fait et ne pas revenir ensuite.

Elle ne s'était résolue à partir qu'après que la femme de chambre lui eut signifié qu'elle devrait payer pour une nuit supplémentaire si elle ne quittait pas les lieux.

S'étaient ensuivis des jours d'attente, d'espoir et de chagrin. Puis des semaines et des années s'étaient écoulées.

Dix ans plus tard, Eve se retrouvait dans la même situation, assaillie par les mêmes émotions. Elle avait envie de se mettre des claques !

Les gens intelligents apprenaient de leurs erreurs ; ils ne s'obstinaient pas à commettre toujours les mêmes.

Un petit coup sec sur la vitre de la voiture la sortit soudain de ses rêveries. Elle tourna un regard effrayé au-dehors et découvrit Mme Basso qui l'observait, visiblement inquiète.

— Eve ? Tout va bien ?

Ses épaules crispées s'affaissèrent de soulagement. Elle ouvrit la portière.

— Vous m'avez fait peur.

— On dirait que vous êtes à fleur de peau aujourd'hui, commenta Mme Basso.

Elle tenait son courrier et ses clés entre ses doigts frêles. Les boîtes aux lettres étaient toutes situées au rez-de-chaussée, à quelques pas du parking.

Eve sortit de la voiture avec un sourire qui se voulait rassurant.

— J'ai beaucoup de choses en tête.

— Je parie que l'une d'entre elles fait dans les un mètre quatre-vingt-dix et quatre-vingt-dix kilos.

Eve cligna les paupières, prise de court.

— Il vous cherchait, expliqua Mme Basso. Il semblait inquiet de vous savoir partie.

— Est-ce qu'il a dit où il allait ?

Ou s'il reviendrait ?

— Non. Il avait un grand sac avec lui. Ne vous faites pas de souci. S'il a un peu de jugeote, il reviendra. Vous le méritez.

— Merci.

Eve posa gentiment la main sur l'épaule de Mme Basso pour l'embrasser sur sa joue ridée.

— Venez, remontons ensemble.

L'idée de retrouver son appartement vide déprimait Eve. Elle envisagea brièvement d'aller plutôt chez ses parents, mais elle doutait de pouvoir faire face à sa mère. Certains jours, les bizarreries de celles-ci avaient le don de lui faire oublier le reste. Mais le plus souvent, cela la rendait folle. Et puisque sa santé mentale était déjà vacillante, mieux valait garder ses distances pour le moment.

— Je crois que je vais marcher un peu pour m'éclaircir les idées, dit-elle en secouant la tête.

— Je me sentirais plus rassurée si vous montiez. Vous avez eu une semaine difficile.

Eve eut un petit rire dénué d'humour. Elle aurait aimé pouvoir expliquer ce qu'elle traversait. Une part d'elle-même croyait son amie capable de comprendre.

— Je ne serai pas absente longtemps. J'en ai pour quelques minutes.

— D'accord, soupira Mme Basso. Ça tient toujours pour le cinéma ?

— Absolument.

Eve regarda sa voisine repartir vers les ascenseurs puis quitta la résidence par la sortie pour piétons.

C'était une belle journée et la présence de la foule qui se pressait pour prendre un bain de soleil sur la plage rassurait Eve. Innombrables témoins. Ce qui était à la fois une bonne et une mauvaise chose. Cette visibilité qui garantissait sa sécurité l'obligeait à être vue à un moment où elle avait surtout besoin d'intimité.

Elle marcha le long de la plage en gardant la tête baissée pour décourager toute interaction. Elle était trop occupée à réfléchir pour avoir envie d'échanger des banalités avec les gens qu'elle croisait.

Si elle voulait se sortir de cette histoire de marque, il lui faudrait quelque chose de valeur avec lequel négocier.

Sous le souffle du vent, des mèches de ses cheveux balayaient son visage et son front. Ses perceptions sensorielles accrues magnifiaient la sensation à un point presque insupportable. Ce n'était pas dérangeant, mais étrange. Déconcertant.

Eve avait toujours contrôlé tous les aspects de sa vie, même étant enfant. Sa mère, une Japonaise, était un mélange inattendu entre le bushido à l'ancienne et la nonchalance hippie des années 1970. Son père, venu d'Alabama, était tellement calme qu'elle se demandait la moitié du temps s'il était éveillé ou endormi. Employé pendant vingt ans au sein d'une compagnie de télécoms, Darrel Hollis s'exprimait avec la voix d'un opérateur téléphonique sur le point de mourir d'ennui. En réponse à l'indifférence aimante de ses parents, Eve était devenue responsable et indépendante à l'extrême. Chaque chose avait sa place et pouvait être proprement compartimentée. L'architecture d'intérieur correspondait magnifiquement à cette façon de penser hyperstructurée. Assassiner des monstres au service de Dieu, non.

— Hé, mignonne !

L'appel était porté par le vent, en même temps qu'une odeur infâme. Tout en plissant le nez de dégoût, elle tourna la tête pour voir qui l'interpellait ainsi. Certains de ces hommes vous laissaient passer votre chemin sans histoires, d'autres pouvaient se montrer plus téméraires. Elle voulait voir à quel genre de nuisance elle avait affaire.

L'homme assis sur une serviette noire posée sur le sable, ses jambes étendues devant lui, s'était redressé sur ses bras entièrement tatoués. Il avait les cheveux clairs et les yeux bleus. Son visage avait quelque chose d'étranger et un éclat dur brillait dans ses iris couleur saphir. Il arborait un simple short improvisé grossièrement coupé sous le genou et un sourire salace qui fit frissonner Eve.

Il tapota l'emplacement à côté de lui d'un geste qui était tout sauf engageant.

— Viens t'asseoir avec moi, proposa-t-il d'une voix à l'accent guttural sur un ton qui se voulait enjôleur.

Une larme couleur indigo marquait le coin de son œil, indiquant qu'il s'agissait d'un repris de justice. Alors qu'elle s'apprêtait à détourner le regard, il agita sa langue de manière obscène.

— Mon Dieu ! s'exclama-t-elle avant de trébucher en arrière, les pieds dans l'eau.

Elle était tellement horrifiée par l'appendice bifide et incroyablement long qui avait jailli de la bouche de l'inconnu qu'elle sentit à peine la marque s'enflammer de façon réprobatrice sur son deltoïde.

Une éraflure rouge apparut en travers du visage du démon qui siffla comme le serpent auquel sa langue faisait penser.

— *Du Miststück* ! cracha-t-il.

Elle n'avait aucune idée de ce que cela voulait dire. Sans doute rien de bon. Le voyant se relever d'un bond, Eve s'écarta pour l'éviter.

— Ne m'approchez pas.

— Me dis pas quoi faire !

L'intonation menaçante qu'il avait employée la mit brusquement en colère. Une vague de chaleur et d'animosité se répandit dans ses veines.

— Nom de Dieu, encore un taré !

L'inconnu rejeta la tête en arrière comme si elle l'avait frappé. Lorsqu'il reporta son attention vers elle, ses yeux luisaient d'un éclat bleu intense et inhumain, contre nature. Il bondit sur elle. Avec un cri suraigu, Eve se tourna pour s'enfuir... avant de heurter quelque chose de chaud et de dur.

— Laisse-la tranquille ! lança une voix ténébreuse sur un ton d'avertissement.

Des bras virils se refermèrent autour d'elle et Eve se débattit brièvement avant de humer le parfum familier de sa peau. C'était le paradis comparé à la puanteur qui flottait dans l'air ; elle s'en remplit les poumons avec soulagement.

— Reed.

Elle s'accrocha à pleines mains à sa chemise de costume.

— Tu ne peux pas t'interposer, déclara l'agresseur avec suffisance.

— Tu risquerais la colère de tes frères pour elle ? s'étonna Reed.

— Elle m'a frappé la première.

— Je n'ai pas... commença Eve.

Mais Reed lui plaqua brutalement le visage contre son torse. Elle envisagea un instant de le mordre, mais sa libido hyperactive reprit le dessus, mélangée à l'agressivité impulsive issue de la marque palpitante. C'était comme un syndrome prémenstruel, à la puissance mille.

— Elle te taquinait, affirma Reed d'une voix traînante. En pensant que tu étais assez grand pour y faire face.

— Et elle, elle est assez grande pour faire face aux conséquences ?

— Tu veux avoir aussi affaire à moi ? répliqua Reed. Tu n'es pas sur la liste ; rien ne m'interdit de m'impliquer.

Un flot de mots incompréhensibles aux accents allemands s'échappa des lèvres de l'agresseur et Eve se libéra de la prise de Reed pour le regarder. Frappée par l'aura de malfaisance qui l'enveloppait, elle vit ses tatouages se tordre et onduler à même sa peau, comme dotés de vie.

Eve scruta des yeux les alentours en se demandant si elle était la seule à voir cet homme ainsi. Les badauds étaient toujours aussi nombreux, mais aucun d'entre eux ne semblait prêter attention à la scène tendue qui se déroulait sous leurs yeux.

Reed posa sa main au creux du dos d'Eve ; un soutien des plus précieux face à un monde sans queue ni tête.

— Va-t'en, dit-il. Oublions cet incident.

— Je n'oublierai pas, rétorqua l'homme, bras croisés. On se reverra ! promit-il à Eve.

— Si tu fais ça, l'avertit Reed, tu déclencheras une guerre qu'aucun de nous ne souhaite.

— Parle pour toi.

Le regard d'Eve oscillait entre les deux hommes en colère pour tenter de comprendre ce qui se cachait derrière ces mots. Ils parurent se défier du regard pendant un temps, puis l'inconnu blond se rassit sur sa serviette, dans une pose si détendue qu'elle constituait clairement une insulte.

Tu n'es pas une menace pour moi, affirmait sa posture.

Reed vida lentement ses poumons, une façon de maîtriser l'emportement qui montait en lui. Reculer face à un défi n'était pas dans sa nature, mais il n'avait pas le choix. Toute manœuvre offensive de sa part placerait la responsabilité de cette confrontation non autorisée directement sur ses épaules. Or, il n'avait pas besoin de s'attirer plus de foudres qu'il n'en avait déjà subies pour son récent affrontement avec Caïn.

Caïn le héros. Caïn le brave. Caïn l'invincible. Peu importait le nombre de fois où il enfreignait les règles, Caïn s'en sortait toujours indemne, sa réputation renforcée par son immense audace.

Et voilà que Caïn recevait celle qu'il désirait tandis qu'on reprochait à Reed d'avoir goûté à ses charmes malgré ses protestations assurant qu'elle était on ne peut plus consentante. Lui, qui se conformait toujours aux règles sans les remettre en question, avait rarement été récompensé par ce qu'il désirait vraiment.

On lui avait clairement signifié de ne pas toucher à Evangeline.

Mâchoires serrées, Reed prit Eve par le coude et s'éloigna avec elle. Pas question de rester sagement dans le rang, cette fois. S'il était contraint de récolter lui-même ce qui lui était dû, il commencerait par elle.

— Bon sang, mais qu'est-ce qui se passe ? demanda-t-elle d'une voix sifflante.

— Une grosse foirade, gronda-t-il. Où est Caïn ?

— Il dort. Et comment se fait-il que vous ayez deux noms de famille différents ? C'est bizarre.

— Toi aussi, tu finiras par devoir changer de nom. Quelqu'un qui ne meurt pas finit par attirer l'attention.

— Pas question !

Il lui fit remonter la plage puis, sans prévenir, la poussa vers la terrasse d'un restaurant mexicain. Une musique festive émanait d'enceintes invisibles et l'odeur épicée de la nourriture lui chatouillait les narines. Il entendit gronder l'estomac d'Eve et secoua la tête.

— Tu n'as pas mangé ?

— J'avais autre chose en tête. Au passage, je n'ai pas d'argent et la terrasse est réservée aux clients du resto.

Il haussa un sourcil dans sa direction.

— Je ne suis pas le genre à faire payer les filles que je sors.

— Parce que c'est un rendez-vous galant, là ?

— Maintenant, oui.

— Je ne suis pas vraiment d'humeur. Pas après ce timbré sur la plage.

— C'était un nix, lui apprit Reed. Et tu ferais bien de surveiller tes paroles. Si je n'étais pas arrivé au bon moment, tu serais morte à l'heure actuelle.

— Je n'ai rien dit !

Eve se laissa tomber sur la chaise en plastique qu'il avait tirée pour elle. Leur table se trouvait dans le coin formé par deux panneaux de plexiglas. De quoi leur offrir une vue sur la plage tout en protégeant leurs assiettes du sable charrié par le vent marin.

— Tu as prononcé le nom du Seigneur, expliqua-t-il. Ce qui constitue une arme face aux démons. Rarement mortelle mais toujours douloureuse.

— Comment voulais-tu que je le sache ? C'est lui qui m'a interpellée. S'il m'avait laissée tranquille, rien de tout ça ne serait arrivé.

— Une Marquée inexpérimentée et ignorante. Tu fais une cible idéale. Je devrais tordre le cou de Caïn pour s'être endormi en plein boulot. Irresponsable, comme d'habitude, termina-t-il avec un reniflement de mépris.

— Qu'est-ce qu'un nix ?

Il sourit intérieurement en remarquant qu'elle avait préféré ignorer la pique envers Caïn. La première fois qu'il l'avait vue, Eve était habillée de manière stricte et très professionnelle. Seuls ses cheveux détachés dénotaient une certaine touche de fantaisie dans sa tenue. Son attitude « on regarde mais on ne touche pas » avait attisé son intérêt, mais c'était au moment où leurs regards s'étaient croisés qu'il avait dépassé la simple envie d'énerver Caïn. Le responsable du cliché voulant que les femmes asiatiques soient timides et réservées avait vraiment dû fumer la moquette.

— Un démon aquatique, répondit Reed tout en faisant signe au serveur. Les nix étaient autrefois concentrés autour de l'Europe, mais ils ont fini par se répandre à travers toutes les villes côtières.

— Il n'avait pas l'air d'un démon, marmonna Eve.

— À quoi ressemblent les démons, selon toi ?

— Pas à ça. À part les tatouages zarbis, il me faisait penser à un prof de ski, le genre qu'on verrait bien avec un col roulé, assis près d'une cheminée en pierre dans un chalet.

— Tu as de l'imagination.

Ses lèvres s'incurvèrent.

— Mais il ne s'agissait pas de tatouages. On parle d'*emblèmes*, des marques qui nous renseignent sur ses affiliations et son rang.

— Comme au sein des gangs ?

— Exactement. Même en enfer, il y a une hiérarchie. Et celle-ci est constamment menacée par les guerres interfactions. Il est probable que ce soient les Infernaux qui aient transmis aux mortels cette façon d'imprimer des symboles dans leur chair.

Reed se tourna vers le serveur qui s'approchait, un jeune Hispanique arborant des lunettes Oakley, plusieurs anneaux aux oreilles et un tablier *El Gordito* par-dessus son jean.

— Deux Modelos, commanda Reed.

— Et deux shots de tequila, ajouta Eve.

— Ça ne va pas...

— ... Me faire d'effet ? Je m'en fiche.

Elle parvint à esquisser un sourire à l'intention du serveur.

— Et une assiette de tacos, s'il vous plaît. Avec beaucoup de salsa. Épicée.

— Une deuxième pour moi, dit Reed.

Eve attendit qu'ils soient de nouveau seuls pour reprendre la parole.

— Les emblèmes du type avaient l'air de bouger. D'onduler.

— Il essayait de t'intimider.

Ce qui, il n'avait pas manqué de le noter avec une certaine admiration, n'avait guère fonctionné.

— Les Infernaux peuvent les agiter à volonté et seuls leurs semblables et les Marqués sont capables de le voir.

— C'est pour ça que personne ne lui a prêté attention sur la plage ?

— Exactement. Certains Infernaux, surtout s'ils sont de haut rang, affichent leurs emblèmes de la manière la plus ostensible possible. D'autres préfèrent les garder hors de vue, se la jouer discret. Sans pouvoir les retirer, ils peuvent les déplacer vers des endroits de leur corps où personne n'aura envie de regarder.

Il eut un haussement d'épaules élégant.

— En pure perte, d'ailleurs, vu qu'ils puent tellement qu'on les sent arriver à des kilomètres. Et quand leur tour est venu, impossible d'y couper. Emblèmes cachés ou pas, une fois sur la liste, ce n'est plus qu'une question de temps.

— C'était ça, cette odeur ? On se serait cru dans les égouts.

— Parfum d'âme en train de pourrir. Difficile de passer à côté.

Les yeux écarquillés d'Eve exprimaient une telle horreur que Reed ressentit une pointe de compassion… tout en songeant avec plaisir que ce dégoût grandissant pour sa nouvelle situation créerait forcément un fossé entre elle et Caïn.

Eve appuya ses avant-bras sur la table et se pencha vers lui pour planter son regard dans le sien.

— Comment faire pour me sortir de ce guêpier ?

— Il n'existe aucun moyen...

— Je n'y crois pas. Il y a forcément un moyen.

Reed se renfonça confortablement dans son siège.

— Et pourquoi ça ?

Elle crispa les mâchoires.

— Parce que je me sens victime, voilà pourquoi. Et je ne suis pas du genre à me laisser faire sans rien dire.

— Une victime... répéta simplement Reed.

— Tu n'aurais pas la même impression si tu étais à ma place ? demanda-t-il sur un ton de défi.

Peut-être. *Sans doute.*

— Tu te retrouves à présent en position de pouvoir, tergiversa Reed, et dotée des moyens de changer le monde, de le rendre plus sûr pour tous. Ne peux-tu y voir une bénédiction plutôt qu'une malédiction ?

— La marque de Caïn, une bénédiction ? Ton numéro est très au point, mais ne pousse pas le bouchon trop loin. Je ne suis pas une imbécile.

— Mon numéro ?

Le serveur était de retour avec les deux bouteilles de bière, les deux verres à shot et les tacos accompagnés de sauce salsa. Eve se recula pour lui faire de la place. Reed continua à l'observer, le sourire aux lèvres.

— Tes vêtements. Ton côté arrogant, lança-t-elle avec un geste impatient qui englobait Reed de la tête aux pieds. Ton petit numéro, quoi.

— Style et assurance, poulette. Il se trouve que ce sont deux qualités que j'apprécie. Tout comme toi, d'ailleurs, termina-t-il en baissant d'un ton.

Elle secoua la tête, mais l'expression de son regard confirmait qu'il disait vrai.

Reed tendit la main pour prendre la sienne. Elle avait des doigts longs et fins, une peau soyeuse. Cela ne durerait pas. Le maniement fréquent d'une arme finirait par laisser des traces sur sa peau malmenée.

— Tu n'as pas besoin de l'admettre à haute voix.

— Et je n'en ferai rien.

Il lui retroussa la manche pour exposer son poignet et se pencha dessus. Eve le regarda, fascinée, entrouvrir les lèvres et lui caresser la veine du bout de la langue. Reed captait son excitation montante, il savait qu'elle serait chaude et moite. Sa libido désormais hyperactive était, pardonnez l'expression, un véritable don du ciel pour les plans de Reed, bien décidé à coucher de nouveau avec elle.

Les Marqués mettaient quelques années avant de bien se contrôler. Les sens surdéveloppés et les émotions fluctuantes causaient beaucoup de dégâts jusqu'à ce qu'on apprenne à passer outre ou à les maîtriser. La façon la plus rapide et la plus efficace d'apaiser toute cette tension consistait à faire sauvagement l'amour. Reed comptait bien être celui vers lequel Eve se tournerait pour évacuer la pression.

Il se redressa sans la quitter des yeux. Puis il saisit la salière d'une main tout en caressant doucement le creux de la paume d'Eve du bout de son autre pouce.

— À quoi mène ton petit manège ?

Elle avait voulu le rembarrer sèchement, mais sa voix sonnait plus rauque que d'habitude.

— Au lit.

— Pas avec moi.

Reed sourit et saupoudra sa peau humide d'un peu de sel. Puis il saisit l'un des verres à shot, lécha le poignet d'Eve et avala d'un trait la tequila.

Eve lui tendit une tranche de citron vert.

— Tu n'es pas venu en quête d'une partie de jambes en l'air.

— Comment peux-tu en être certaine ? demanda-t-il avant de mordre avec plaisir dans la pulpe acide.

— Tu es de ceux qui aiment qu'on leur coure après plutôt que l'inverse.

— Tu ne me connais pas aussi bien que tu l'imagines. Mais ça changera.

— Je te l'ai dit, je veux me sortir de cette situation.

Avec un geste désinvolte, Eve avala son shot, immédiatement suivi d'une longue gorgée de bière, avant de lâcher un grognement déçu.

— D'accord. Ça craint. J'ai l'impression de boire de l'eau.

— On ne négocie pas avec Dieu, Eve.

— On peut négocier avec n'importe qui, tant qu'on a quelque chose qu'il veut et qu'il ne peut pas se procurer ailleurs.

Elle tourna la tête vers la portion de rue visible de là où elle se trouvait. Le regard de Reed suivit la même direction. Des joggeurs et des fans de rollers slalomaient parmi les 4 x 4 et les voitures de sport.

— Est-ce que certaines de ces personnes sont des… Infernaux ? demanda-t-elle.

— Sans doute.

Elle reporta son attention sur lui.

— Ils coexistent paisiblement avec nous ?

— Uniquement si tu considères que vivre au milieu de l'avidité, de la dépression, du meurtre et du mensonge est « paisible ».

Reed leva sa bouteille et but longuement au goulot.

— La destruction totale de l'humanité n'est pas leur but. Ils ont besoin de mortels pour se distraire.

— Formidable… soupira Eve. Tu as parlé d'une liste ?

— Il arrive toujours un moment où un Infernal dépasse les bornes une fois de trop.

— Il faut d'abord qu'ils dépassent les bornes ?

— Nous ne sommes pas des justiciers autoproclamés, répondit-il avec un petit rire. On ne se balade pas en quête de méchants à rosser pour le plaisir. Il y a un équilibre en tout. Un yin et un yang, si tu veux. Nous attendons les ordres. Mais une fois qu'ils tombent, le sort en est jeté.

— Qu'est-ce qui se passe à ce moment-là ?

— Le Marqué le plus proche ayant les compétences nécessaires est envoyé pour éliminer le fautif.

— Qui prend cette décision ? Dieu ?

— Le Seigneur chapeaute directement Caïn. Les seraphim s'occupent de tous les autres.

L'expression du visage d'Eve trahissait sa curiosité.

— Explique-moi comment ça fonctionne, demanda-t-elle finalement.

Reed lui répondit par un sourire indulgent.

— Ce sera sans doute plus facile à comprendre par comparaison avec votre système judiciaire. Chaque pécheur fait l'objet d'un procès en son absence et le Seigneur juge chaque affaire. Le Christ tient lieu d'avocat commis d'office. Jusque-là, tu me suis ?

— Je regarde les polars à la télé.

— Bon, très bien. S'il y a condamnation, l'un des seraphim envoie à une compagnie l'ordre de traquer l'Infernal.

— Une compagnie ?

— Vois ça comme vos agences de caution judiciaire. Un archange endosse la responsabilité de ramener le coupable, à la manière d'un garant de caution. Mais ce n'est pas lui qui part sur le terrain. Les Marqués font le sale boulot et récupèrent une récompense, exactement comme un chasseur de primes. Sauf que dans ce cas précis, la prime se compte en indulgences. Ceux qui en accumulent suffisamment arrivent au terme de leur pénitence.

— Quand tu parles de ramener le coupable, c'est genre « mort ou vif » ?

— Mort.

— Mort façon sang partout et tripes dehors ou une sorte de mort magique ?

— Il n'y a rien de magique là-dedans.

Il posa la main sur celles d'Eve dans un geste qui se voulait réconfortant.

— Parfois c'est crade, parfois non. Tu apprendras la différence. L'entraînement est aussi intensif que complet.

— M'entraîner à la chasse aux Infernaux ? Non merci, répondit-elle en secouant la tête.

— Certains Marqués trouvent le boulot très glamour.

— Pour moi, le glamour, c'est boire du champagne vêtue d'une jolie petite robe noire.

Reed esquissa un sourire.

— J'ai hâte de voir ça.

— Comment m'extirper de ce truc ?

— De la robe ? T'en fais pas, je t'aiderai.

— Pfff. Pas la robe. Ce truc de chasseuse de primes.

— Impossible.

— Je ne te crois pas. Je demande à parler à quelqu'un d'autre.

Cette fois, Reed sourit franchement.

— À mon supérieur ?

— Ouais. Pourquoi pas ?

— Tu le rencontreras bien assez tôt. En attendant, les cours ne devraient pas tarder à démarrer. Tu seras avertie dès qu'il sera temps.

— Les cours ?

Eve dévisagea Reed sans comprendre. La tête lui tournait même si, à son grand agacement, ce n'était pas dû aux effets de l'alcool. Puis elle aperçut quelque chose derrière son épaule et se redressa.

— Attention. On a de la compagnie.

Reed ne tressaillit même pas.

— Il était temps qu'il se pointe.

— Qu'est-ce que vous foutez ici ? aboya Alec en s'arrêtant devant leur table.

— On t'attendait, répliqua-t-elle en poussant une chaise vers lui.

Alec saisit le dossier et se laissa tomber sur le siège. Puis il se tourna vers Reed.

— Tu veux quoi ?

— Bonjour à toi aussi.

— Je veux savoir comment me débarrasser de cette marque, dit Eve.

— Je n'ai pas encore trouvé, répondit sombrement Alec. Mais j'y travaille.

— C'est impossible, affirma Reed.

Eve croisa les bras.

— Écoutez. Je pars du principe que rien n'est impossible. Il faut simplement trouver comment s'y prendre.

— Tu ne sais même pas en quoi consiste ce travail, poulette.

— Ne l'appelle pas comme ça ! gronda Alec.

Reed se contenta de sourire.

Eve les fusilla tous les deux du regard.

— Ce que je sais, c'est que je refuse de me faire pisser dessus et provoquer quotidiennement pour le restant de mes jours. J'ai un métier que j'aime, une maison pour laquelle je me suis saignée et une vie qui me convient, même si elle n'est pas parfaite. Je n'ai aucune envie de chasser vos démons et autres sales bestioles.

— *Passer* dessus, la corrigea Reed.

— Quoi ?

— Tu as dit « pisser dessus » au lieu de « passer dessus ».

— Je sais très bien ce que j'ai dit. Et ce n'était pas une erreur. Je suis sortie faire une course pendant qu'Alec dormait et j'ai croisé une gargouille dotée d'un sens de l'humour pourri et d'une grosse vessie.

Alec se figea.

— Une gargouille ?

— À quoi ressemblait-elle ? s'enquit Reed.

— À une gargouille, répondit-elle, pince-sans-rire. Faite de pierre grise ou de ciment, avec de petites ailes et une grande bouche. Celle-ci était plutôt mignonne, avec un visage qui faisait penser à un Ewok.

— Non, intervint Alec. À quoi ressemblaient ses *emblèmes* ?

Elle fronça les sourcils.

— Elle n'en avait pas.

— Elle avait forcément des signes d'appartenance visibles, contesta Reed. Les Infernaux sont tous marqués, comme toi.

— Alors celui-là a dû se fourrer l'emblème dans le derrière parce que j'ai pu voir l'intégralité de son corps, même le dessous de ses pieds. Il sautillait dans tous les sens et tournait sur lui-même en riant comme un idiot.

— Peut-être que ta vision ne fonctionne pas encore très bien, suggéra Alec. Ils ne peuvent pas dissimuler leurs emblèmes dans leurs cavités corporelles. Sur les fesses, les organes génitaux ou même sous les cheveux, oui. Mais il faut que ce soit sur la peau.

— Puisque je vous dis que ce petit gars n'avait rien sur lui, insista Eve. Et je sais que ma « vision » fonctionne puisque j'ai très bien vu les emblèmes du sale type sur la plage.

— Un sale type sur... (Alec se renfrogna.) Tu as croisé une autre créature ?

— Comme tu peux le voir, ta petite sieste était une riche idée, se moqua Reed.

— Va te faire voir ! gronda Alec qui semblait prêt à tuer de nouveau. L'idée venait sûrement de toi.

— Pas cette fois. J'étais trop occupé à garder en vie ta petite copine.

— Tu n'es même pas capable de rester en vie toi-même.

Eve se leva.

— Où tu vas ? aboyèrent à l'unisson les deux frères.

— Loin de vous deux. Je prendrai mon déjeuner à emporter. Ça vous donnera l'occasion de vous étriper pour savoir lequel d'entre vous doit régler la note.

— Assieds-toi, petit ange.

Eve se figea. Il y avait quelque chose d'indéniablement autoritaire dans la voix d'Alec. Une facette de lui qu'elle ne connaissait pas. Encore plus délicieuse que les autres.

Fichue libido.

Irritée par ses désirs ingérables, Eve se laissa retomber sur son siège.

— Raconte-moi ce qui s'est passé, ordonna Alec. Dans les moindres détails.

Lorsqu'elle eut terminé, les deux hommes se regardèrent.

— Quoi ? demanda Eve.

— Le tengu s'est attaqué à toi, répondit Reed. Il n'aurait pas dû.

— Tengu ?

— Le démon que tu as pris pour une gargouille.

— J'ai l'impression d'être une gamine dans la cour de récré avec une affichette TAPEZ-MOI accrochée dans le dos, maugréa-t-elle.

Elle se tourna vers Alec. Son affichette à lui aurait plutôt annoncé SI ON ME CHERCHE, ON ME TROUVE. Si Eve devait en porter une, elle voulait la même.

— Il faut qu'on mette la main sur lui, dit-il en pianotant du bout des doigts sur la table.

Le serveur revint avec leurs plats et ils attendirent qu'il dispose les assiettes. Alec commanda la même chose qu'eux puis observa attentivement Eve qui commençait à manger.

— Pourquoi devrait-on le retrouver ? demanda-t-elle entre deux bouchées de son premier taco.

— Pour savoir à qui il est affilié.

— Grâce à ses emblèmes ?

— Oui.

— Bon, comme vous voulez.

Un début de sourire apparut aux coins des lèvres d'Alec.

— Tu boudes ?

— C'est juste qu'aucun de vous ne me croit. Ce truc était entièrement gris, de la tête aux pieds. Pas une once de couleur et pas le moindre dessin sur lui.

— Il se peut tout à fait que tes perceptions ne se soient vraiment activées qu'au moment où tu as croisé le nix sur la plage, lui expliqua Reed tout en s'essuyant la bouche avec une serviette en papier. Elles fluctuent pas mal durant les deux premières semaines.

Alec lâcha un juron.

— Un nix ?

— C'est grave ? demanda Eve dont le regard passait d'un frère à l'autre.

— Carrément, oui ! Je parie que tu l'as mis en rage avec ta langue bien pendue.

— Ma langue n'a rien à se reprocher.

Les deux hommes braquèrent leurs yeux vers ses lèvres. Qui se mirent à la picoter. Eve se racla la gorge.

— Et le tengu aussi, c'est grave ? demanda-t-elle pour dissiper la soudaine tension dans l'air.

— Tous les démons sont à prendre au sérieux, affirma Reed. Mais si l'on parlait de nuisibles, disons qu'un tengu est un moustique quand le nix est un rat. Nos ressources étant limitées, on considère généralement les tengu comme du menu fretin. Nous ne les poursuivons pas aussi activement que d'autres Infernaux.

— On fera une exception pour celui-ci, affirma sombrement Alec.

Eve s'essuya les doigts.

— Je viens avec vous, annonça-t-elle. Si cette chose avait des emblèmes, je veux les voir.

— Il en avait forcément, poulette. Aucun doute là-dessus, répondit Reed avant de porter sa bière à ses lèvres.

— C'est toi qui le dis.

Elle reporta son attention vers Alec.

— Qu'allez-vous faire de lui ?

Alec haussa les épaules.

— Le rudoyer un peu pour voir quel genre d'infos il peut nous donner.

— À moins qu'il n'ait des talents cachés, le combat me paraît inégal. Il était tout petit.

— Je m'intéresse plutôt au démon pour lequel il travaille. Les tengu sont des démons mineurs qui ne font preuve ni d'ambition ni d'initiative. Prendre le risque d'attirer l'attention de cette façon ne leur ressemble pas. Ils aiment causer des problèmes, oui, mais toujours indirectement.

— Ça ne sera pas dangereux, si ?

Le regard d'Alec s'adoucit.

— Tu n'auras qu'à nous le désigner du doigt et nous laisser faire.

— Ça, je peux.

Eve piocha dans son riz à l'aide de sa fourchette et tenta de se concentrer sur le repas. Pas si simple.

Elle était trop euphorique, une réaction qu'elle trouvait plus perturbante qu'agréable.

— Maintenant... reprit Alec d'une voix où perçait la frustration, raconte-moi ce qui s'est passé avec le nix.

9

Au moment d'ouvrir la porte de son appartement, Eve s'ébahit de la vitesse avec laquelle on l'avait remplacée. Mais dès qu'elle passa le seuil, l'admiration fit place à l'appréhension.

Il y avait quelqu'un chez elle.

Alec perçut son hésitation. Il la prit par le bras et la tira en arrière puis vint se placer devant elle dans une posture défensive. Humant l'air, il lui adressa un coup d'œil interrogateur.

Elle soupira. Inutile d'avoir un odorat surdéveloppé pour reconnaître les effluves de curry et de riz cuit à la vapeur.

— C'est ma mère.

Une étrange expression passa sur les traits d'Alec. Surprise et circonspection, peut-être. Puis un début d'enthousiasme.

La visite de Miyoko Hollis n'aurait pas pu tomber plus mal. Elle accorderait à la présence d'Alec chez Eve beaucoup plus d'importance qu'elle n'en avait aux yeux d'Eve. Et à en juger par le sourire malicieux qui venait d'apparaître sur ses lèvres viriles, il l'avait très bien compris.

— Evie-san ? appela sa mère.

— Ouais, maman, c'est moi.

Eve plissa les yeux à l'intention d'Alec. Elle priait intérieurement pour que son père ne soit pas là. Car s'il était là et s'il avait vu les affaires d'Alec dans la chambre de sa fille, il s'attendrait à la voir avec une bague au doigt. Malgré son éducation japonaise traditionnelle, Miyoko était finalement moins vieux jeu que son mari quant à l'art de faire la cour.

— Tiens-toi bien, ordonna Eve.

— Bien sûr, répondit Alec.

Une promesse contredite par l'éclat de son regard.

La tête de la mère d'Eve émergea de derrière le pilier central de la cuisine. Sa chevelure d'un noir de jais – celle-là même qu'elle avait transmise à Eve – cascadait en courtes boucles permanentées qui la faisaient paraître aussi jeune que sa fille. Son visage s'éclaira en découvrant Alec. Elle n'était pas moins sensible qu'une autre à la beauté masculine.

— Oh, bonjour, dit-elle en s'avançant.

Elle faisait à peine un mètre cinquante et portait un tablier destiné à protéger un débardeur en tricot couleur citron vert et une jupe multicolore. Une minuscule croix sertie d'un diamant décorait son cou. Les Hollis étaient chrétiens, des baptistes du Sud pour être précis, même s'il leur arrivait de se rendre à certains festivals de l'église bouddhiste d'Orange County pour profiter des spectacles et de la nourriture. Eve avait été baptisée enfant, mais s'était éloignée de l'église au collège en refusant d'accompagner la famille aux événements de la paroisse. Cela restait une source de conflit entre elle et les siens. Ils ne comprenaient pas son rejet des religions organisées. Mais il faut dire qu'ils n'avaient jamais essayé de comprendre.

Eve fit les présentations, son regard attiré par les deux valises posées, l'air de rien, contre le canapé.

— Où est papa ?

— Il est reparti pêcher avec ses copains, près d'Acapulco.

Pas de pot.

Miyoko était naturellement maternante. Lorsque son mari partait en goguette, elle avait besoin de quelqu'un auprès de qui s'activer et s'inquiéter. Et puisque la sœur d'Eve, Sophia, habitait dans le Kentucky, Eve était la cible toute désignée de cette agitation.

Après la journée infernale qu'elle venait de passer, voilà que sa mère et Alec se retrouvaient chez elle au même moment. Eve redoutait la suite des événements.

— Ravi de vous rencontrer, madame Hollis, dit Alec.

— Je vous en prie, appelez-moi Miyoko.

— *Konichiwa,* Miyoko-san, répondit-il en s'inclinant.

Eve capta l'expression de surprise ravie du visage de sa mère. Mais le charme d'Alec ne suffirait pas à compenser son apparence de *bad boy*. Ses cheveux un peu trop longs, son jean usé, son physique musculeux et ses bottes de motard éraflées le classaient immédiatement dans la catégorie « inacceptable ». S'agissant des prétendants d'Eve, les standards de qualité de sa mère étaient impossibles à atteindre. L'impeccable apparence de Reed lui aurait sans doute permis de s'en approcher, mais son arrogance l'aurait également recalé. De tous les hommes qu'elle avait rencontrés durant les dix dernières années, aucun n'avait jamais obtenu l'approbation de sa mère durant plus de cinq minutes.

— Ça sent délicieusement bon, la complimenta Alec.

— Curry japonais, répondit-elle avec un grand sourire. En avez-vous déjà mangé ?

— Oui. C'est l'un de mes plats préférés.

Une déclaration qui prit Eve par surprise. Puis elle se rappela qu'Alec était en vie depuis des siècles et qu'il avait voyagé aux quatre coins du globe.

— J'en ai préparé deux versions, expliqua sa mère.

Elle repartit vers la cuisine où l'attendaient oignons, carottes et pommes de terre plus ou moins pelés et découpés.

— La forte et la douce.

— Pourquoi une douce ? lui demanda Eve.

Elle récupéra une canette de soda dans le réfrigérateur et la leva vers ses visiteurs en guise de question. Tous deux hochèrent la tête et elle sortit trois boissons avant de refermer la porte du pied.

— J'ai invité Mme Basso à manger avec nous. Elle est toute seule, la pauvre. Je ne sais pas comment elle fait.

— Contente qu'elle ait dit oui, répondit simplement Eve.

Elle posa les canettes sur le plan de travail et ouvrit le lave-vaisselle. Vide.

— Tu ne devrais pas laisser tes affaires là-dedans, lui reprocha sa mère. J'ai rangé la vaisselle pour toi.

— Ce n'était pas nécessaire. Je me débrouille très bien toute seule.

— Ça ne me gêne pas.

Ce qui était peut-être vrai, songea Eve, mais n'empêcherait néanmoins pas sa mère de lui rappeler que c'était elle qui s'en était chargé.

Eve se tourna vers le placard où se trouvaient les verres, mais Alec l'avait devancée et les sortait déjà. Il lui en tendit un puis passa les deux autres sous le distributeur de glaçons.

Elle le regarda faire avec un mélange d'horreur et de plaisir. Aussi impossible que cela puisse paraître, l'homme qui l'avait dépucelée dix ans plus tôt était là, devant elle, dans son appartement, et se comportait comme s'il avait toujours vécu avec elle.

Leurs regards se croisèrent.

— Vous êtes là pour combien de temps, Alec ? demanda sa mère.

— À vrai dire, je suis ici pour mes affaires et ça pourrait durer un bon moment.

Il déposa les deux verres remplis de glaçons devant Eve pour prendre celui qu'elle tenait à la main.

— Ah ? Et que faites-vous ? demanda Miyoko sur un ton légèrement circonspect.

— Je suis chasseur de têtes.

— Pour quelle société ?

— Megiddo Industries, répondit Alec avec un sourire. Nous sommes spécialisés dans la prévention des catastrophes.

— Comme c'est intéressant.

Une lueur approbatrice s'était allumée dans le regard de la mère d'Eve. Celle-ci pouvait presque voir s'activer les rouages de son cerveau tandis qu'elle réévaluait Alec. Mais les choses se détérioreraient si Miyoko faisait des recherches sur la société d'Alec et découvrait qu'il l'avait baratinée.

— Comment avez-vous rencontré Evangeline ?

— On s'est connus il y a des années, quand elle était...

— ... À l'université, intervint Eve avant de prendre une longue gorgée de soda.

Miyoko, qui s'apprêtait à saisir une poignée de légumes, interrompit son geste, sourcils froncés. Alec appuya sa hanche contre le plan de travail, tout sourire.

— Je vais prendre une douche, annonça Eve en posant son verre vide.

— Ne laisse pas ça là, la gronda sa mère.

— Je suis chez moi, maman, répliqua Eve.

Elle récupéra néanmoins le verre pour le poser dans l'évier.

— Je peux faire quelque chose pour vous aider ? proposa Alec tandis qu'Eve sortait de la cuisine.

— Vous voulez bien émincer les oignons ? Ils me font pleurer.

En remontant le couloir, Eve s'efforça de chasser son sentiment d'être envahie. Sa mère était de toute évidence arrivée depuis quelques heures. La machine à laver tournait et un parfum de nettoyant pour sol flottait dans l'air. Ce qui posait la question de savoir depuis combien de temps Alec s'était lancé à sa recherche.

« Tu as de la chance de ne pas être morte », avait-il dit à la fin du récit de sa rencontre avec le nix.

Elle refusait d'imaginer une vie où se promener sur la plage revenait à prendre le risque de se faire tuer. Même l'église ne constituait pas un sanctuaire. Aucun endroit n'était sûr.

Elle frissonna de tout son corps.

Au terme d'une douche aussi longue que brûlante, elle se sentit un peu mieux. Elle enfila un survêtement en velours rouge sombre et laissa ses cheveux défaits pour qu'ils sèchent naturellement. En arrivant dans le couloir, elle tomba sur Alec qui émergeait de la chambre d'amis. Il s'était changé : chemise à col américain et pantalon de ville large. À la fois respectable et appétissant. Eve le dévora des yeux.

Il esquissa un sourire en coin.

— J'ai beaucoup de facettes que tu n'as pas encore vues, petit ange.

— La faute à qui ?

— Pas la tienne, admit-il en se rapprochant.

L'odeur de sa peau la rendait toute chose.

— Je suis en train de me transformer en nymphomane.

— Je suis disponible.

— Pendant combien de temps ? répliqua-t-elle. Je me demande sans arrêt à quel moment je vais te chercher des yeux pour découvrir que tu t'es envolé.

— Je resterai avec toi jusqu'à ce qu'on trouve le moyen de te libérer.

— Donc c'est temporaire.

— Tu voudrais donc que ce soit permanent ? demanda-t-il.

Son regard était brûlant. Eve réfléchit longuement à la question avant de se contenter d'un petit haussement d'épaules. Franchement, elle ignorait ce qu'elle voulait. Une semaine plus tôt, elle aurait répondu une belle carrière, un mari aimant, deux enfants et un chien. Tout ce qu'il y a de plus normal. Et de rassurant.

— Ma mère a prévu de passer la nuit ici, dit-elle.

Il hocha la tête. La nouvelle n'avait en rien entamé l'intensité de son expression.

— J'avais remarqué. Elle a catégoriquement refusé de prendre la chambre d'amis. J'ai proposé de lui trouver un hôtel, mais elle affirme que le futon dans ton bureau sera très bien.

Eve soupira.

— Elle n'aime pas dormir dans un grand lit sans mon père. Elle ne déplie même pas le futon, elle dort dessus comme si c'était un canapé.

— Une épouse comme je les aime.

— Je t'imagine mal marié.

— Ce n'est pas parce que ça n'a pas marché la première fois que je suis condamné à l'échec.

Elle se figea.

— Comme je te le disais, ajouta-t-il en l'observant sous ses paupières mi-closes, il y a beaucoup de choses que tu ignores à mon sujet.

— Tu ne m'as pas donné l'occasion de te découvrir.

— Mais à présent, tu l'as.

Eve s'adossa au mur. Alec s'avança et appuya la paume sur le mur près de sa tête, comme pour la retenir. Les souvenirs de leur nuit torride submergèrent l'esprit d'Eve. Ce désir dévorant. Cette faim ardente au creux du ventre. Le talent et la passion qu'il avait déployés pour assouvir l'un comme l'autre.

Elle percevait la chaleur de sa peau à quelques centimètres seulement de la sienne. Et si elle se concentrait sur son ouïe, elle était capable de discerner le martèlement de plus en plus rapide de son cœur.

— Ton pouls s'accélère, chuchota-t-elle.

— Parce que je suis avec toi. Le sexe est l'une des rares occasions où nous faisons pleinement l'expérience de nos réactions physiques.

— Mais nous ne faisons rien, là.

— Dans ma tête, si.

Eve sentit trembler sa lèvre inférieure. Il serait tellement simple de se tourner vers lui en quête de soutien et de réconfort, mais c'était justement ce qui l'avait mise dans le pétrin. Et lorsqu'elle parviendrait à se débarrasser de la marque, Alec disparaîtrait dans le même temps.

Ce qui ne l'empêchait pas d'avoir envie de lui. Très envie…

Les grondements affamés de son estomac brisèrent le charme. Même embarrassante, l'interruption était bienvenue.

— Je n'arrive pas à croire que j'aie déjà faim, dit-elle à voix basse. D'habitude, une assiette de tacos me tient toute la journée.

— Ton corps subit des transformations majeures. Il a besoin de carburant pour faire face.

— Est-ce qu'il redeviendra comme avant une fois que je serai... libre ?

Alec soupira. Son souffle passa tel un minuscule baiser sur les lèvres d'Eve.

— Je l'ignore, petit ange. Je n'ai jamais rencontré d'ancien Marqué.

— Vraiment ? s'enquit-elle en se mordillant la lèvre.

— Vraiment.

Il appuya sa tempe contre la sienne. Elle perçut la tension sexuelle qui l'habitait.

— Je trouverai un moyen, promit-elle, autant pour elle-même que pour lui.

— Et je t'aiderai.

Ils s'écartèrent l'un de l'autre quand la sonnette retentit. Eve fut la première à détourner les yeux.

— Et pour la gargouille ? demanda-t-elle au moment d'entrer dans le séjour.

— On retrouvera sa trace demain, dit Alec.

Avisant son regard interrogateur, il ajouta :

— Il ne peut pas aller bien loin. Les tengu tirent leur énergie des habitants des immeubles qu'ils décorent. Ils déclenchent des sentiments d'anxiété et de peine pour s'en nourrir ensuite. S'éloigner de trop reviendrait à mourir de faim.

— Fascinant.

— Tous les Infernaux ont leurs préférences et leurs failles. Les nix doivent rester près de l'eau, de même que les kappas. Les trolls vivent près des bois. Au fil de tes leçons, tu apprendras les caractéristiques de chaque branche. Le savoir est une arme.

Exploiter l'une de leurs faiblesses peut te sauver la vie.

Eve tendit la main vers la poignée de la porte.

— Combien de branches y a-t-il ?

— Quelques centaines. Mais chacune d'elles peut comporter des milliers de subdivisions.

— Mon D...

Elle se retint à temps.

— Fais gaffe.

— J'essaie !

Eve ouvrit la porte. Immédiatement, son humeur s'allégea. Mme Basso se tenait sur le seuil, vêtue d'un pantalon olive et d'un pull sans manches assorti, le tout rehaussé par un collier couleur émeraude. Un ample chemisier blanc ajoutait une note féminine et décontractée à l'ensemble.

Eve étreignit sa voisine.

— Vous êtes superbe, dit Mme Basso.

— Et vous aussi, répondit Eve avant de lui présenter Alec.

Mme Basso tenait à la main un sac en papier et une bouteille de chianti. Quand Eve proposa de la débarrasser, elle déclina en rougissant un peu.

— Evie-san ! appela sa mère. Tu veux bien mettre la table ?

— Oui, maman.

Eve se tourna vers Alec.

— La télécommande est sur la table basse si vous avez envie de regarder la télé tous les deux.

Alors qu'elle se dirigeait vers la cuisine, Eve capta des bribes de murmures dans son dos. Elle tendit l'oreille, curieuse d'en savoir plus sur Alec et sa façon d'interagir avec les autres. Il avait raison : elle ne savait rien de lui en dehors de l'attirance incendiaire entre leurs deux corps. Peut-être devrait-elle chercher à en apprendre plus, ne serait-ce que dans l'espoir de trouver quelque chose qui lui déplairait assez pour l'aider à tourner la page.

Tandis qu'elle retirait quatre assiettes du placard, les voix dans le séjour se firent un peu plus fortes. Pas parce qu'Alec et Mme Basso s'étaient déplacés ou avaient haussé le ton, mais parce que l'ouïe d'Eve s'affinait. Le moindre bruit lui paraissait amplifié, comme si ses oreilles disposaient d'une molette de réglage que quelqu'un aurait soudain tournée à fond.

— Je vous ai apporté ceci, monsieur Caïn, dit Mme Basso.

Eve entendit le sac en papier changer de mains.

— Merci.

La surprise dans la voix d'Alec la fit sourire.

— C'était l'une des recettes préférées de mon défunt mari. J'ai ajouté certaines épices qui sont parfois difficiles à trouver.

Eve s'appuya contre le pilier et tendit le cou pour les voir. Ils étaient face à face dans le séjour, leurs silhouettes baignées dans la lumière blanche des lampes encastrées. Alec faisait presque trente centimètres de plus que la voisine ; on avait l'impression de voir un homme discutant avec une enfant. Il regardait à l'intérieur du sac et son expression perplexe ne fit qu'intriguer Eve un peu plus.

— Ajoutez une tasse de chianti à la sauce juste avant de servir, indiqua Mme Basso. Puis savourez le reste au verre. Vous verrez, c'est un plat qui crée une atmosphère raffinée et romantique.

— Romantique ?

Eve disposa rapidement les assiettes en réprimant le sourire qui lui montait aux lèvres.

— Evangeline me ressemble beaucoup par certains côtés, répondit Mme Basso en s'éclaircissant la voix. Nous pouvons paraître plus dures que nous ne le sommes vraiment. Je crois qu'une soirée tranquille devant un bon repas lui ferait très plaisir.

Alec tourna la tête en direction d'Eve qui pivota rapidement et se dirigea vers le tiroir de l'argenterie en faisant mine de n'avoir rien entendu de leur conversation. Elle sentit le regard d'Alec braqué sur son dos et se mordit la lèvre pour ne pas rire. Écouter Mme Basso donner des conseils en séduction à Alec était hilarant.

— N'oublie pas les fourchettes, lui lança sa mère tout en versant le curry dans un plat. Même lorsqu'on prévoit de n'utiliser que les cuillères, il faut toujours mettre des fourchettes.

— Chut, maman... répondit Eve avec un geste impatient de la main.

— Pourquoi tu chuchotes ?

— Heu... toussota Alec.

— Je m'inquiète pour Evangeline, reprit Mme Basso d'une voix plus forte. Une jeune et belle femme vivant seule. Ça n'est jamais complètement sûr, et de nos jours... Nous vivons une époque difficile.

— Ce n'est pas moi qui vous contredirai, répondit gravement Alec.

— C'est une fille tellement charmante, à l'intérieur comme à l'extérieur. J'aimerais bien la voir rencontrer quelqu'un. Et cet après-midi, quand vous êtes parti... Eh bien, elle avait l'air un peu perdu. Je crois que ça veut dire quelque chose.

— Madame Basso...

— J'espère que ça marchera entre vous, c'est tout. Mais j'arrête de vous embêter. J'ai l'impression d'être une vieille commère qui se mêle de ce qui ne la regarde pas.

Les doigts crispés sur le rebord du tiroir, Eve battit des cils pour ne pas pleurer. Elle était profondément touchée.

C'est à cet instant qu'elle avisa le grand bol transparent posé sur le plan de travail. Rempli d'eau, il accueillait un magnifique nénuphar blanc.

La mère d'Eve était une horticultrice amatrice à la main remarquablement verte. Elle apportait souvent plantes et fleurs issues de son jardin. Mais jamais rien de ce genre. Eve était en arrêt devant tant de perfection.

— Le nénuphar est superbe, maman, commenta-t-elle d'une voix légèrement chevrotante.

— N'est-ce pas ? Je réserve encore mon jugement à propos de ton Alec, mais ce genre d'attention est bon signe… s'il continue sur cette voie. Les hommes font toujours beaucoup d'efforts au début, puis ils se laissent aller. Quoi qu'il en soit, tu devrais le disposer sur la table, comme décoration.

— C'est de la part d'Alec ?

Eve jeta un coup d'œil par-dessus son épaule. Alec était dans le séjour, assis sur le canapé auprès de Mme Basso.

— J'imagine. À moins que tu n'aies un autre petit ami en réserve.

— Ce n'est pas mon petit ami.

Reed lui aurait-il fait ce genre de cadeau ? Elle ne savait pas quoi en penser.

Miyoko émit un « hum » qui trahissait son scepticisme.

— Le plante est arrivée pendant que tu étais sous la douche et qu'Alec se changeait. Le livreur était sympathique. Il n'a pas voulu de pourboire. Bel homme, au passage. Il m'a fait penser à l'acteur blond dans *Un homme d'exception*.

Eve se figea, fourchettes dans une main et couteaux dans l'autre. Elle avait l'impression que son cœur aurait dû s'emballer. Mais il n'en était plus capable. Plus maintenant.

— Paul Bettany ?

— Oui, c'est ça. Il faisait très scandinave. Il avait un petit accent, d'ailleurs.

Le nénuphar revêtait à présent une toute nouvelle signification, passant du statut de superbe cadeau à celui d'avertissement menaçant. Le nez assailli par les relents d'une présence malsaine, Eve comprit. Et ses mains se mirent à trembler.

Le nix savait où elle habitait.

Dès qu'il entendit la porte des toilettes se refermer derrière Miyoko, Alec quitta le séjour pour rejoindre Eve. Il la trouva dans son bureau, assise devant son ordinateur.

Son espace de travail était une vaste pièce capable d'accueillir sans mal un grand bureau et une table à dessin pour réaliser ses visuels. On y trouvait également un futon moderne couleur caramel, une table basse et trois bibliothèques.

— Ta voisine est... intéressante, dit-il.

Elle rit.

— Elle a pensé que tu avais besoin de quelques conseils en séduction.

— Je savais bien que tu te payais ma tête.

Il posa les mains sur les épaules d'Eve et entreprit de la masser. Son regard se posa sur l'écran. Elle cherchait des informations sur Google à propos des nix.

— Qu'est-ce que tu veux savoir ? demanda-t-il. Je t'en apprendrai sûrement plus que Google.

— Est-ce que je pourrais le tuer avec une balle de pistolet ?

Un sombre sourire apparut sur les lèvres d'Alec. Elle ne croyait pas avoir l'étoffe d'une Marquée, mais lui n'en avait aucun doute. Ce qui ne changeait rien au fait qu'il allait devoir trouver le moyen de lui rendre son ancienne vie.

— C'est possible, si tu lui fais sauter le crâne alors qu'il est sous sa forme de mortel, répondit-il. Ça ne fonctionnera pas s'il est sous forme liquide. La décapitation élimine n'importe quelle créature, à l'exception de l'hydre. Tu peux aussi déshydrater les nix en les éloignant de l'eau. À l'inverse des humains, un nix se desséchera en moins de deux heures. Mais ce n'est pas aussi simple qu'il y paraît : n'importe quelle source d'humidité suffit à les recharger. Eau du robinet, flaques, larmes, air humide. À moins de le balancer au milieu d'un désert, la mort n'est pas garantie.

— C'est tout ?

— Le feu fonctionne bien. Les épées enflammées marchent très bien, d'après ce qu'on m'a dit.

— Et où est-ce que je pourrais m'en procurer une, exactement ?

Eve soupira et fit pivoter son fauteuil, ce qui obligea Alec à la lâcher et reculer d'un pas.

— Ta formation t'apprendra comment en invoquer une.

— Un jour. Peut-être. S'il ne m'a pas déjà tuée.

Il lui effleura la mâchoire du bout des doigts.

— Tu sais que je te montrerais si je savais comment m'y prendre. Mais je n'ai jamais trouvé et puisque j'ai réussi à survivre aussi longtemps sans épée de feu, apprendre ce tour ne faisait pas partie de mes priorités.

Le trouble se lisait dans les yeux noirs d'Eve.

— Que penses-tu de son cadeau ?

Alec croisa les bras.

— Qu'il a l'intention de te tuer.

Cette simple idée lui nouait les tripes. Il se souvint d'avoir un jour dîné dans un restaurant de sushis où l'on servait le poisson encore vivant. L'abdomen ouvert en deux, bouche haletante. Il avait l'impression d'être comme ce poisson.

— Il peut ? demanda-t-elle à mi-voix. Il y est autorisé ?

— Deux cas de figure possibles ici : soit il agit seul avec l'espoir de justifier le meurtre après coup, soit son action est approuvée.

— Qu'est-ce qui est pire ?

— Les deux craignent carrément.

— Je m'en doutais.

— Pourquoi a-t-il fallu que tu sortes de la maison, Eve ?

— Tu insinues que c'est ma faute ? répliqua-t-elle en se levant. Tu veux vraiment me mettre ça sur le dos ?

Alec se passa une main sur le visage.

— Non. Arrête, je ne te mets rien sur le dos.

Elle redressa le menton. Malgré sa silhouette fine et son pyjama en flanelle Betty Boop et débardeur assorti, elle avait quelque chose de redoutable. Elle *était* redoutable. Eve était capable de le renverser d'un simple regard noir.

— Je suis sortie de la maison parce que j'avais besoin d'une bible pour en savoir plus. C'est comme ça que j'ai croisé le tengu. Je suis partie vers la plage pour prendre un peu l'air après cette rencontre. Et c'est là que je suis tombée sur le nix.

— Merde, commenta-t-il dans un soupir.

— Tu disais qu'il n'y avait pas de coïncidence.

— Exact.

— Alors, qu'est-ce qui se passe ?

— J'aimerais bien le savoir.

Les possibilités étaient nombreuses. Et aucune d'elles n'était de bon augure.

— Tu as trouvé une bible ? demanda Alec.

— Oui.

— Tu as peur ?

— Je suis terrifiée.

— Bien. Ça t'incitera à rester vigilante.

Il lui tendit les bras. Eve hésita un instant puis s'abandonna à son étreinte.

Le plus sûr consisterait à s'éloigner d'elle, afin que son parfum ne marque pas la peau d'Eve et qu'on ne puisse pas se servir d'elle contre lui. Mais il n'existait personne susceptible de la protéger comme lui était prêt à le faire. Si on envoyait Eve sur le terrain, il tenait à être avec elle. C'était la seule solution pour ne pas devenir fou d'inquiétude.

— Qu'est-ce qu'on va faire ? demanda-t-elle.

— Si le nix agit seul, le tuer mettra un terme à tout ça. S'il a obtenu la permission de s'attaquer à toi, deux résultats sont possibles : soit cette traque était classée comme personnelle, auquel cas sa mort y mettra fin. Soit il s'agit d'un affront à tout son groupe et ils enverront quelqu'un d'autre finir le boulot.

— Ça craint...

Elle leva les yeux vers lui.

— Que puis-je faire pour t'aider ?

— Rester toujours avec moi. On surveillera tes arrières. Je vais me renseigner, voir ce qui se raconte.

— On va le traquer ?

— *Je* vais le traquer.

— Je ne peux pas me lancer là-dedans en aveugle.

— Ange...

Eve fit une moue entêtée.

— Je dois savoir à quoi je me frotte, Alec. Et être autre chose qu'une gêne pour toi.

— J'espère que tu n'es pas en train de me demander de te laisser gérer le truc toute seule, comme si on était partenaires ?

— Bien sûr que non.

Elle lui sourit et il sentit son souffle se bloquer dans sa poitrine. À cet instant, elle ressemblait énormément à la jeune fille qu'elle était lors de leur première rencontre.

— Je te dis simplement que j'ai besoin d'informations et de savoir que tu feras appel à moi si tu en as besoin. Promets-moi simplement que tu ne vas pas t'obstiner à me laisser dans l'ignorance.

L'instinct d'Alec le poussait à la maintenir le plus possible à l'écart. Mais il savait que cela ne ferait qu'exacerber son ressentiment et son entêtement, même si elle n'irait pas jusqu'à commettre une imprudence. Son escapade en quête d'une bible prouvait qu'elle faisait toujours des recherches approfondies sur tout, une tendance qu'il avait remarquée la première fois qu'il lui avait fait l'amour. Elle avait récité les bons et les mauvais côtés de plusieurs méthodes de contraception en vente libre jusqu'à ce qu'il parvienne à s'arrêter de rire pour occuper les pensées d'Eve par tout autre chose.

— Mon travail consiste à ouvrir la voie, petit ange. Moi, j'ai besoin d'être sûr que tu m'écouteras, même si cela implique de te tenir à l'écart. Et pour l'heure, je ne veux plus que tu sortes de l'appartement sans moi.

Elle resta pensive pendant quelques instants.

— Que sommes-nous l'un pour l'autre ?

Il haussa un sourcil et fit glisser ses mains au bas du dos d'Eve pour lui agripper les fesses.

— Sois sage, dit-elle.

— Tu aimes quand je ne le suis pas, ronronna-t-il en frôlant son oreille du bout des lèvres.

Il la sentit frissonner et se presser un peu plus contre lui. S'impliquer plus profondément avec elle alors que leur séparation à venir ne faisait aucun doute était une mauvaise idée. Mais il ne pouvait pas résister.

Une fois qu'il l'aurait laissée partir, elle ne pourrait plus revenir vers lui, même si elle le voulait. Mais s'il la gardait auprès de lui, s'il tentait d'accomplir leur pénitence à deux dans l'espoir qu'un jour il serait celui dont elle avait besoin, il la perdrait.

Evangeline Hollis avait quasiment le mot « famille » tatoué sur le front. Un mari, deux enfants, un chien et une petite maison dans un joli jardin. Sa sœur était mariée avec des enfants. Ses parents avaient fêté leurs noces d'argent. Si elle sortait avec peu d'hommes, ce n'était pas lié à une peur de l'engagement mais plutôt à la crainte de perdre son temps avec quelqu'un qui ne lui conviendrait pas.

Alec ne pouvait pas lui offrir la vie à laquelle elle aspirait et, en toute honnêteté, il doutait d'en être un jour capable. C'était un tueur, un meurtrier. Tout le monde avait un talent ; le sien consistait à ôter la vie. Jamais il ne serait le père de famille fiable qu'Eve désirait et méritait.

— J'ai déjà assez de soucis en tête pour le moment, dit-elle d'une voix rauque. Je ne sais pas quand tu vas repartir, ce que je suis censée faire, vers où m'emmène cette histoire de marque ni comment diable je vais pouvoir retrouver une vie normale.

Alec sourit. Le chasseur en lui aimait à triompher d'obstacles avant d'arriver à ses fins.

Elle se dégagea de sa prise.

— Je n'ai pas besoin d'autres complications, dit-elle. Maintenant, réponds à ma question : qu'est-ce que tu représentes pour moi ?

— Chaque Marqué sur le terrain a un mentor. L'entraînement est très complet, mais rien ne remplace l'expérience réelle. Les mentors guident les Marqués débutants durant la transition entre les cours et la réalité de la rue.

— Ça a l'air bien organisé. Entraînement. Mentors.

— Ça l'est. Très organisé, même.

Eve hocha la tête.

— D'accord. Donc maintenant, je sais comment tuer un nix. À quoi dois-je m'attendre de sa part ? Il va s'en prendre à moi par les méthodes habituelles ? Est-ce qu'il a des capacités particulières dont je devrais me méfier ?

— Ils peuvent tuer par un baiser. Leurs lèvres se collent aux tiennes et ils t'emplissent les poumons d'eau jusqu'à ce que tu te noies. Ils peuvent aspirer toute trace d'eau en toi, te déshydrater à mort. Mais ça prend du temps. Il serait obligé de t'immobiliser. Et ils tuent aussi de manière classique.

— Donc le meilleur choix est celui du bon sens : me tenir à bonne distance.

— Exactement. Avec un peu de chance, ton corps s'habituera rapidement à la marque et tu sentiras son odeur s'il approche.

— J'ai déjà humé ses effluves tout à l'heure, répondit-elle en plissant le nez. Un parfum résiduel sur l'extérieur du vase.

Alec se passa de nouveau la main sur le visage.

— D'habitude, les Marqués commencent par être agressés par toutes les odeurs à la fois. Puis ils apprennent à maîtriser leurs sens jusqu'à pouvoir se concentrer sur les détails. Tu fonctionnes de manière inverse. Comment as-tu fait pour capter si vite quelque chose d'aussi infime ?

— Comme si je le savais ! répondit Eve en bâillant. C'est la question de trop pour aujourd'hui. Je vais dormir, je suis crevée.

— Besoin d'un peu de compagnie ? demanda-t-il.

Elle lui décocha un sourire en coin qui lui fouetta les sangs.

— Pas ce soir. Je te rappelle que j'héberge ma mère.

— Bien vu. Demain, nous partirons à la recherche de ton petit copain de pierre.

— Youpi ! J'ai trop hâte, répondit-elle, pince-sans-rire, avant de s'éloigner avec un petit geste coquin de la main.

10

— Ça fait loin de chez toi, non ? demanda Alec comme Eve s'engageait sur le parking de l'église Sainte-Marie.

— J'aime bien conduire au hasard quand j'ai besoin de réfléchir.

Eve leva les yeux vers le toit de l'église avant de reporter son attention sur la recherche d'un emplacement où se garer.

— Il y a du monde, fit-il remarquer.

La présence d'Alec dans sa voiture faisait un drôle d'effet à Eve. Pendant des années, elle se l'était représenté en selle sur sa moto. Il y semblait parfaitement à sa place, presque indissociable de sa monture, comme un cow-boy viril sur son cheval d'acier.

Mais lorsqu'il avait proposé de l'emmener, elle s'était empressée de décliner. Elle avait besoin d'avoir l'esprit clair pour engranger les tonnes d'informations qu'il lui communiquait. Et elle savait qu'elle n'aurait jamais réussi à se concentrer avec les cuisses serrées contre lui et les bras passés autour de sa taille.

— On peut dire ça, répondit-elle.

Eve arrêta la voiture, coupa le contact et défit sa ceinture. Ne sachant à quoi s'attendre, elle avait opté pour un jean usé, une paire de Vans et un haut boutonné à manches courtes.

— Paré ?

Il la dévisagea, une lueur curieuse dans le regard.

— Pourquoi ne m'as-tu pas simplement demandé ce que tu voulais savoir ?

— Tu dormais.

— C'est un prétexte, répliqua Alec avec un reniflement de dérision.

— J'ai envie de lire la Bible par moi-même. Où est le problème ?

— Ce sont des propos rapportés. Une grande partie tient plus de la fable que de la vérité.

— Tandis que toi, tu me ferais le récit objectif des événements ?

Pour toute réponse, Alec sourit et ouvrit la portière côté passager. Eve demeura un instant assise tandis qu'il descendait de voiture, les yeux braqués sur ses fesses et ses longues jambes. Lui aussi avait enfilé un jean. Il portait des Doc Martens coquées et un tee-shirt d'un bleu sombre. Eve n'en revenait pas qu'il puisse paraître aussi normal alors qu'il était si loin de l'être.

Elle sortit de la voiture avant qu'il puisse lui ouvrir la portière.

— Et maintenant ?

— On va examiner l'église, répondit Alec en enfilant ses lunettes de soleil. Après quoi on commencera à explorer le périmètre jusqu'à trouver où il habite.

— Je croyais que les églises étaient sacrées.

— Reste avec moi, petite, et tu découvriras plein de trucs que tu ne savais pas.

— Et plein que je ne veux pas savoir, maugréa-t-elle.

Elle claqua la portière et rangea les clés dans sa poche. Ils se faufilèrent entre les rangées de voiture, Alec ouvrant la marche.

— Où l'as-tu aperçu ?

— Là-haut, répondit-elle en désignant le fronton. Je n'étais pas toute seule, mais personne d'autre ne paraissait le voir.

— Ils ne portent pas la marque.

— La chance.

Le regard ironique qu'il lui décocha par-dessus son épaule la fit sourire.

— Mademoiselle Hollis ?

C'était la voix rauque et grave, reconnaissable entre toutes, du père Riesgo. Eve se retourna ; son sourire s'agrandit à la vue du prêtre qui s'approchait. Elle sentit qu'Alec se postait juste derrière elle.

— Mon père, le salua-t-elle.

Le col de prêtre ne lui paraissait pas moins incongru que la veille. Elle présenta les deux hommes l'un à l'autre et fut surprise quand Alec tendit la main en s'exprimant dans une langue étrangère. Le père Riesgo répondit de même, avec une poignée de main ferme et une lueur ravie dans ses yeux verts.

Il se tourna ensuite vers Eve.

— Voici sans doute celui qui vous a poussé à vous intéresser à l'église.

— Heu...

— En effet, répondit Alec, avec un grand sourire narquois.

— Parfait. J'imagine que c'est le signe d'une relation qui se renforce.

Le prêtre jeta un regard vers Eve.

— Nous proposons de merveilleux cercles de parole pour les couples qui pourraient vous plaire.

— Eve est un peu têtue, affirma Alec en passant un bras sur ses épaules.

— Plus les gens sont têtus et plus ils peuvent devenir dévots, répondit sans hésiter Riesgo. Êtes-vous venus assister à la messe de ce matin ?

Eve secoua la tête.

— C'est un autre genre de recherche qui m'amène. Je suis architecte d'intérieur. On m'a dit qu'il existait un bâtiment de style gothique dans ce quartier. Ça vous dit quelque chose ?

— Vous êtes venus à l'église pour ça ? s'étonna-t-il. Pourquoi ne pas avoir sillonné les alentours en voiture pour le chercher ?

Elle se tourna vers Alec. Une lueur amusée brillait dans ses yeux derrière ses lunettes noires. Eve se renfrogna en constatant qu'il n'avait aucune intention de l'aider.

— C'est lui qui me l'a suggéré, dit-elle en le désignant d'un geste du pouce.

Il réagit en lui passant les deux bras autour de la taille.

— J'ai réussi à te faire aller à l'église deux jours de suite, non ? Quand je te disais que les miracles existent…

Eve lui lança un coup de coude dans le ventre, avec pour seul résultat un bras endolori et un éclat de rire d'Alec. Le père Riesgo sourit.

— La messe commence dans une heure. J'espère que vous serez tous les deux en mesure d'y assister.

Avec un au revoir maladroit de la main, Eve s'éloigna, forçant Alec à lui emboîter le pas.

— Tu vois ? demanda-t-il comme ils quittaient le parking. Personne ne te voit comme une cause perdue.

Elle continua à marcher.

— Tu boudes, petit ange ?

— Non, je cherche mon « ami ».

Il poussa un soupir sceptique et lui prit la main pour glisser ses doigts entre les siens.

Ils tournèrent au coin d'une rue et quittèrent l'allée latérale paisible pour s'engager dans l'artère principale. Le bruit enfla de manière notable, renforçant chez Eve l'impression d'abandonner tout sentiment de sécurité pour pénétrer dans un monde inconnu et dangereux. Les voitures filaient sur Beach Boulevard à cette allure propre au sud de la Californie, équilibre unique entre impatience et oisiveté distraite. Les véhicules décapotables avaient tous rabattu leurs toits et les autres gardaient les vitres grandes ouvertes, laissant s'échapper dans l'air un mélange éclectique de rap, de country, de pop et de rock alternatif.

Le ciel était d'un bleu pastel, ensoleillé, sans l'ombre d'un nuage. Avec le mélange parfait de lumière naturelle et de petit vent frais...

Un vent qui apporta des relents infâmes juste sous le nez d'Eve. Les effluves lui firent plisser le nez. Les mots lui manquaient pour décrire une telle puanteur. Elle n'avait jamais rien senti d'aussi infect de toute sa vie.

Alec réagit instantanément. Il raffermit sa prise sur la main d'Eve et ralentit son pas pour se calquer sur le sien, tout en adoptant une démarche de prédateur. Alors même qu'elle remarquait ce changement, Eve s'aperçut que son propre corps réagissait, lui aussi. Ses perceptions se rétrécirent et s'affinèrent. Les bruits de fond disparurent, sa vision s'aiguisa, ses muscles se contractèrent. Un flot brûlant d'adrénaline se répandit dans ses veines. Cette soudaine pulsation de puissance avait quelque chose de brutal. Et d'excitant. Pas tout à fait au sens sexuel.

— Je les sens, murmura-t-elle en frissonnant.

Elle se sentait prête à battre le vent à la course, à déchirer un bottin à mains nues.

De l'euphorie. C'était ça. Causée par une pulsion agressive. Comment les deux pouvaient-elles être mêlées ?

— Ouais...

Il scruta les alentours puis désigna du doigt un homme en costume qui montait dans une Range Rover à quelques mètres de là.

— En voilà un.

— Où est son emblème ?

— Caché sous ses vêtements ou ses cheveux ? C'est un démon mineur, raison pour laquelle il demeure sous forme humaine pour occuper un emploi à plein temps.

La bouche sèche, Eve tira sur le bras d'Alec. Il lui jeta un coup d'œil distrait puis marqua un temps d'arrêt.

— Je me sens bizarre, bredouilla-t-elle.

Alec laissa échapper un ronronnement rauque.

— Tu es superbe. La marque te rend torride, petit ange.

Eve avait l'impression qu'un immense brasier flambait en elle. Elle respira profondément et fut assaillie par une avalanche d'odeurs : gaz d'échappement, goudron chaud, café fraîchement préparé, âme en putréfaction...

— Berger allemand, laissa-t-elle échapper, surprise par la conviction avec laquelle elle avait identifié le chien dont elle venait de capter les effluves.

— Bien joué. Tu vois le mec de l'autre côté de la rue, avec son café de chez Starbucks ? Quel arôme ?

Elle huma l'air pour passer au crible le flot de parfums et d'odeurs d'adoucissants.

— Aucun. C'est du café noir.

— Excellent.

Alec inclina le menton en direction d'une échoppe plus bas dans la rue.

— Tu peux lire les gros titres du journal du kiosquier, là-bas ?

— Non. La une est tournée vers le bas, gros malin.

Elle étrécit les yeux.

— Mais je distingue très bien le bâtiment en brique à plus d'un kilomètre là-bas, avec une minuscule gargouille au coin du troisième étage.

Il sourit. Son enthousiasme était presque palpable.

— Tout ça t'amuse, lui reprocha-t-elle en tâchant d'oublier l'excitation qu'elle ressentait à son tour.

— Je suis doué pour ça, la reprit-il. Tu n'aimes pas te sentir douée pour quelque chose, quoi que ce puisse être ?

Eve lui lâcha la main pour l'attraper par le coude et le tirer de l'autre côté de la rue.

Deux choses la frappèrent lorsqu'ils arrivèrent sur le trottoir d'en face. Un : elle avait assez de force pour le faire changer de cap. Et deux : ils avaient traversé la rue avant que le compteur sur le panneau destiné aux piétons ait eu le temps de compter deux secondes[1].

Personne ne pouvait marcher aussi vite. Ce n'était pas humainement faisable.

Elle s'arrêta brusquement tandis que son cerveau tentait de rattraper son retard sur son corps.

— Waouh.

— Ton Changement avance bien, commenta Alec.

Il lui passa une main dans le dos, son regard tourné vers la rue.

---

1. Aux États-Unis, un nombre grandissant de passages piétons a remplacé la simple silhouette rouge clignotante par un décompte précis des secondes restantes pour traverser. (*N.d.T.*)

— Ceci dit, il va falloir apprendre à rester discrète en public. Nous avons beau pouvoir nous déplacer trop vite pour être vus, ça demeure risqué. Si l'on ne fait pas attention, on peut très vite déclencher une panique générale. Les Infernaux se nourrissent de négativité et ils n'ont pas besoin de rab.

— Je ne l'ai pas fait exprès.

— Je sais. Je te préviens, c'est tout.

Eve se redressa et vida ses poumons.

— D'accord. Je suis prête.

Ils reprirent leur route à une allure plus tranquille. Toutefois, ils étaient sur le qui-vive.

Plus ils approchaient du bâtiment et plus Eve se sentait nerveuse tandis que la concentration d'Alec allait grandissant. Des vagues de sons et d'odeurs s'abattaient sur elle comme sur une jetée, parfois avec fracas, parfois de façon plus étouffée. L'effet était déboussolant et, le temps d'arriver à destination, elle en avait le tournis.

— L'immeuble est en cours de construction, constata-t-elle après avoir remarqué que certaines des fenêtres aux étages portaient encore l'autocollant du fabricant.

— Et je ne perçois aucune odeur. Ça ne doit pas être le bon endroit.

— Alec, on ne peut pas dire que les gargouilles courent les rues dans le coin. Et celles de cet immeuble sont identiques à la bestiole que j'ai vue.

— Si un tengu se trouvait ici, sa puanteur se serait répandue partout. Comme on peut sentir un marché de poisson à plusieurs pâtés de maisons des quais.

Eve croisa les bras.

— Bon, très bien.

— D'accord, dit-il.

Il agrippa la poignée de l'entrée et secoua la porte.

— C'est fermé.

Eve jeta un coup d'œil à travers la vitre. Un bureau d'accueil et un panneau destiné aux noms des futurs locataires étaient en place, mais l'installation n'était pas terminée. Une pancarte gisait au sol, face contre terre. Eve se dit qu'il devait s'agir du numéro de la société de gestion immobilière.

Elle inclina la tête sur le côté.

— T'entends ? demanda-t-elle.

— Quoi.

— On dirait un compresseur d'air.

Elle recula jusqu'au bord du trottoir et s'appuya contre un parcmètre avant de lever la tête.

— Il va falloir accéder au toit, dit Alec.

— D'accord, mais comment on fait ? demanda Eve en se tournant vers lui. Un saut bionique ?

Alec lui fit une grimace.

— Non.

— Tant mieux, soupira Eve, soulagée. J'ai le vertige.

— On va escalader la façade.

Eve se cramponna au parcmètre.

— Sur trois étages ? Ça fait quasiment seize mètres au-dessus du sol. T'es dingue ?

— Non, je plaisante.

Il lui fit un clin d'œil et lui tendit la main.

— Faisons le tour pour voir s'il y a une autre entrée, proposa-t-il.

Eve passa devant lui en maugréant et entreprit de chercher une ruelle menant à l'arrière du bâtiment. Elle en trouva une juste après le magasin de chaussures de sport à quelques numéros de là.

Une fois arrivés sur place, ils découvrirent une clôture grillagée protégeant l'accès de l'entrée à venir d'un parking souterrain. Une dizaine d'ouvriers équipés de casques et de ceintures porte-outils allaient et venaient sur le chantier. Le panneau fixé à la clôture indiquait qu'ils travaillaient pour D&L Construction.

— On dirait que l'accès est surveillé, fit remarquer Eve.

Elle faisait référence à l'individu qui, porte-bloc à la main, notait les entrées et les sorties.

— Ça se fait habituellement sur un chantier ?

— Parfois. Ça dépend des dangers potentiels et de la taille des lieux. Mieux vaut limiter les risques d'accident et de vol.

Elle examina de nouveau le bâtiment dans son ensemble.

— Avec ce genre de design rétro, il semble logique que l'intérieur soit dans la même veine, avec des éléments de décor anciens et coûteux.

— Excusez-moi ! lança Alec comme ils approchaient du vigile, un colosse à la silhouette si massive qu'on l'imaginait volontiers avalant des stéroïdes comme autant de bonbons. Ce sera quel genre d'immeuble une fois terminé ?

— Un immeuble de bureaux. Haut de gamme.

— Il serait possible de faire un petit tour ? Je cherche à déménager ma société.

Le garde secoua la tête.

— Pour ça, il faudra prendre rendez-vous avec la société immobilière, dit-il.

Il porta la main à la poche de sa chemise puis fronça les sourcils.

— Désolé, reprit-il, je n'ai plus de cartes de visite. L'immeuble intéresse beaucoup de gens, j'en distribue une bonne dizaine par jour. À mon avis, l'endroit sera déjà plein avant l'inauguration.

— C'est prévu pour quand ? s'enquit Alec.

— Je n'en suis plus très sûr. Les travaux ont pris du retard. La plomberie et le câblage électrique ne sont pas encore terminés…

Le garde haussa les épaules avant de poursuivre :

— Si vous voulez bien patienter une minute, je vais aller chercher d'autres cartes.

Il était sur le point de s'éloigner quand un groupe d'ouvriers chahuteurs tourna au coin de l'entrée. Les gobelets en carton qu'ils tenaient à la main laissaient deviner qu'ils revenaient d'une pause.

— Désolé, reprit le garde avec une grimace. Je dois d'abord faire entrer ces gars. On a des problèmes avec la pointeuse alors je note leurs horaires, par sécurité.

Il baissa la voix avant d'ajouter :

— Ils s'énervent si leurs heures sont mal décomptées, et vu que le contremaître vient de partir déjeuner, il n'y a personne pour faire tourner la boutique.

Alec sourit.

— J'ai rendez-vous dans une heure et il faut que je me change entre-temps. Ça vous ennuie si je vais moi-même chercher la carte de visite ? Je vous en rapporterai un petit paquet.

Eve tâcha de ne pas paraître surprise. Qu'y avait-il de si pressé ?

Le regard du garde se fit lointain. Il agita vaguement la main en direction d'une caravane garée non loin.

— Elles sont sur un présentoir, sur le bureau du contremaître.

— Merci.

Alec prit Eve par le bras et pénétra dans le chantier avec elle.

— Comment as-tu fait pour qu'il nous laisse entrer aussi facilement ?

— La marque nous rend… persuasifs.

Elle eut un hoquet en se remémorant l'attirance presque irrésistible qu'elle avait ressentie pour Reed.

— C'est bien cool, la persuasion Jedi, mais quel intérêt dans ce cas précis ? Il faudra qu'on revienne avec l'agent immobilier.

— Les impasses ne sont parfois qu'apparentes. Il faut toujours chercher un chemin détourné.

— Une carte de visite en guise de chemin détourné ?

Elle patienta tandis qu'Alec gravissait les quelques marches métalliques pour frapper à la porte de la caravane. Pas de réponse.

— Le contremaître vient de partir déjeuner, tu te souviens ? Un bureau inoccupé et plein de précieux dossiers, ça, c'est une voie détournée. Allons-y ! dit-il en ouvrant la porte avec un sourire.

Après un dernier coup d'œil aux alentours, Eve saisit la rampe et se propulsa au sommet des marches. Elle était rapide, mais Alec l'était plus encore. Le temps de refermer le panneau derrière elle, il était déjà plongé dans les papiers éparpillés sur le grand bureau.

L'intérieur de la caravane était d'un seul tenant. Sur le côté droit se trouvaient quelques casiers et un vieux sofa affaissé. Sur la gauche, le bureau était accompagné de plusieurs meubles de rangement métalliques comportant chacun six tiroirs superposés. Quelqu'un avait épinglé au mur les plans du bâtiment ; le sol de linoléum, lui, était nu et couvert d'éraflures.

— Qu'est-ce que tu fabriques ? demanda-t-elle.

Il releva la tête vers elle. Avec ses lunettes noires suspendues dans son dos, il avait l'air très détendu pour quelqu'un qui fouinait là où il n'avait rien à faire.

— Ces gargouilles ressemblent à ton tengu, non ? demanda-t-il.

— Elles ont sans doute été fabriquées au même endroit. Qui s'en est chargé ?

Eve lançait des regards inquiets vers la porte.

— Alors je monte la garde ?

— Pas question, petit ange. Viens ici et dis-moi où chercher. Tous ces trucs liés au bâtiment et à l'architecture, c'est du chinois pour moi.

— Tu parles. Je parie que tu parles couramment chinois.

— Un peu, mon neveu ! Maintenant, ramène tes jolies fesses par ici et aide-moi un peu.

Il fit lentement courir son regard sur chaque recoin de la pièce.

— D'après le témoignage du garde, on dirait que ce chantier a connu un paquet de problèmes : contretemps, employés indisciplinés, pannes d'équipement.

— Ça n'a rien d'inhabituel. Certains projets sont plus difficiles que d'autres.

— C'est vrai. Et certains endroits sont infestés de tengu.

— Je pensais que tu ne me croyais pas.

Il la dévisagea.

— Tu veux me prouver que j'ai tort ou bien... ?

— Tu veux juste me faire plaisir.

— Et ça t'ennuie ?

Elle soupira.

— Qui va monter la garde ?

Elle contourna le bureau et écarta Alec d'un coup de hanche pour se poser sur le vieux fauteuil poussiéreux et réparé à coups de ruban adhésif. Elle agita la souris de l'ordinateur pour réveiller celui-ci et entreprit de fouiller dans les fichiers.

— Pas de temps à perdre, dit sombrement Alec. Mettons tous les deux la main à la pâte. Reste aux aguets, c'est tout. On les entendra arriver.

— Heu...

Elle contemplait l'écran, sourcils froncés, son cerveau concentré sur la nécessité de trouver ce qu'ils cherchaient au plus vite.

— Aux aguets ?

— Ouais.

Alec se dirigea vers les casiers à tiroirs. Au bout de quelques instants, il demanda, d'une voix amusée :

— Ange ? Tu m'écoutes ?

— Hein ?

— C'est bien ce que je pensais. Tu n'es pas très douée pour faire deux choses à la fois.

— Quoi ?

Elle tourna le regard vers lui.

— Chut. Je ne peux pas me concentrer quand tu parles.

Alec éclata de rire.

Eve se remit silencieusement au travail, assistée par le fonctionnement optimisé de son corps. Par le passé, une telle situation l'aurait laissée couverte de sueur, le cœur battant, les doigts tremblants. À présent, avec la marque, ces activités illégales ne déclenchaient chez elle qu'une profonde excitation.

— J'ai le nom de l'artisan, lança-t-elle avec un coup d'œil à Alec. Maçonnerie Géhenne.

Il referma le tiroir sur lequel il était penché.

— Alors on y va.

Quelque chose dans sa voix dérangea Eve. Elle ferma les fenêtres qu'elle avait ouvertes sur l'ordinateur et le remit en veille puis se leva.

— Qu'est-ce qui ne va pas ? demanda-t-elle.

— Tu as déjà entendu parler de ces maçons ?

— Oui.

Eve chercha du regard les cartes de visite de la société immobilière. Il n'y en avait pas. En ouvrant un tiroir, elle trouva la boîte dans laquelle les cartes avaient été livrées, mais celle-ci était vide à l'exception d'un pense-bête rappelant d'en commander de nouvelles.

— Ils n'ont plus de cartes de visite.

— On a ce qu'on cherchait, affirma Alec avant d'ouvrir la porte. Je ne crois pas que le nom de l'entreprise de maçonnerie soit une coïncidence.

— Ah bon ?

Eve sortit de la caravane et laissa échapper un soupir de soulagement en constatant que personne ne semblait leur prêter attention.

— Dans la Bible, la Géhenne était un endroit près de Jérusalem où se pratiquaient des activités religieuses interdites. Elle a été condamnée pour devenir un lieu de châtiment pour les pécheurs.

— Ah.

Eve s'arrêta et leva les yeux vers deux gargouilles à peine visibles depuis son poste d'observation. Elle se concentra intensément en tâchant de faire appel à sa vision améliorée. Comme par un effet de loupe, les créatures de pierre apparurent plus nettement dans son champ de vision, immobiles en position accroupie, leur faciès figé dans un sourire grimaçant. Elles étaient identiques à celle qui avait uriné sur Eve.

Celle-ci voulut humer l'air, mais Alec lui prit le bras et la tira vers la sortie en riant.

— Tu frôles le ridicule, dit-il.

— J'essaie d'utiliser mes superpouvoirs.

— On a ce qu'on voulait.

Ils retournèrent jusqu'à l'entrée où Eve expliqua au garde qu'il n'y avait plus de cartes de visite. Puis Alec et elle reprirent le chemin de l'église.

— Méfie-toi de tes rêves, dit-elle à mi-voix.

Alec se tourna vers elle.

— Quoi ?

— Ça faisait un moment que je rêvais de changements dans ma vie. Un autre employeur, une coupe de cheveux plus courte ou une nouvelle déco pour mon appartement. On voit où ça m'a menée.

— Tu es une femme aventureuse, commenta-t-il, mains dans les poches. La façon dont on s'est connus le prouve.

— Je ne me suis jamais considérée comme telle.

— Tu as envie d'une famille ?

Son ton avait quelque chose de différent, une sorte d'appréhension crispée. Eve fit la moue.

— On est au XXIe siècle, Alec. Une femme peut avoir à la fois une carrière et une famille.

— Inutile d'être sur la défensive. Je posais simplement la question.

— Il faudra que j'aille au bureau, demain. En espérant que M. Weisenberg ne m'aura pas virée d'ici là, dit-elle en guise de réponse.

Ils s'arrêtèrent au feu et patientèrent pour traverser.

— Tu veux retourner travailler ? s'étonna Alec, sourcils visibles au-dessus de ses lunettes. Sachant tout ce que tu sais, tu voudrais aller bosser comme si de rien n'était ? Et si ton patron s'avère être un nix ? Ou ton collègue un succube ? Tu feras mine de ne pas le voir ?

— Tu n'es pas drôle.

— Je n'essaie pas de l'être.

Il appuya son épaule contre le réverbère et l'observa.

— Ils sentiront ton odeur. Ils seront ce que tu es.

Eve fourra les mains dans ses poches.

— Que veux-tu que je fasse ? Je dois travailler. J'ai des factures à payer. Je ne peux rien faire tant qu'on ne m'aura pas convoquée pour la formation, n'est-ce pas ? Il n'y a personne à qui je pourrais m'adresser pour me débarrasser de cette fichue marque ?

— Tu peux m'aider à découvrir ce que fabrique l'entreprise Géhenne.

— Pourquoi ? Tu n'as pas besoin de moi.

Alec se redressa.

— Ce n'est pas la question. Ce qui compte, c'est de servir la cause. Et il y a vraiment quelque chose qui cloche dans cette histoire.

Il la prit par le coude et lui fit traverser la rue. Ils croisèrent un groupe de touristes ; les femmes tournèrent la tête pour suivre Alec de leurs regards admiratifs.

— S'il s'avère que j'ai raison de penser que le tengu se cache dans cet immeuble, est-ce qu'en l'identifiant je risque de faire inscrire son nom sur la liste ? s'enquit Eve. Est-ce que se soulager sur une Marquée, c'est signer son arrêt de mort ?

— On n'en est pas là.

— Reed a dit qu'il y avait une liste. Qu'on ne faisait pas justice tout seuls.

— C'est vrai. Ceci dit, si le tengu avait tenté de te tuer, tout serait possible. La légitime défense l'emporte sur la liste.

— Alors qu'est-ce que tu es en train de faire ? demanda-t-elle.

Il haussa ses épaules musculeuses.

— J'enquête. Rien de plus.

Eve gardait les yeux braqués droit devant elle, mais ses pensées étaient ailleurs. Une partie d'elle-même s'enthousiasmait à l'idée de mener des recherches directement sur le terrain, les mains dans le cambouis. Elle avait envie de ressentir le frisson de la découverte et la décharge d'adrénaline qui accompagnait le moment du déclic. C'était l'un des aspects de son métier qui lui plaisait le plus ; la quête de solutions à tous les problèmes.

— Tu ne dis rien, remarqua-t-il comme ils tournaient au coin de la rue et que l'église apparaissait au loin devant eux.

— D'après le nom, qu'est-ce que tu en penses ? demanda-t-elle.

— Il est possible qu'au moment où la société de maçonnerie a livré les gargouilles sur le chantier le tengu se soit trouvé dans le camion. Il a peut-être fait une pause pendant qu'ils déchargeaient et en aura profité pour aller se soulager. Lorsqu'il a perçu ta présence, il a pu se dire qu'il allait s'amuser à tes dépens sans risque de répercussions avant de disparaître.

— Ce qui expliquerait qu'il n'y a pas d'odeur par ici ?

— C'est l'hypothèse la plus logique. Les bâtiments occupés par les tengu ont un taux de suicide plus élevé que les autres. Plus d'entreprises qui coulent. Extorsion. Expulsions. Détournements de fonds. Adultère. Rends-toi dans n'importe quel centre commercial en faillite dans le pays et tu trouveras tous les signes d'une infestation de tengu. Celui-ci est plus téméraire que les autres ; on peut donc s'attendre à ce qu'il nous donne plus de fil à retordre.

— Ta théorie incite aussi à se demander jusqu'où s'étend la distribution de ces gargouilles, ajouta Eve. Si tu as vu juste quant à l'implication de la société de maçonnerie, il se pourrait que ce ne soit pas un incident isolé.

— Exactement, confirma Alec avec un sourire approbateur.

Une fois arrivés à quelques mètres de sa voiture, Eve désactiva l'alarme. Elle remarqua que de nombreux emplacements du parking étaient à présent occupés. Le son étouffé d'un chant de choral leur parvint depuis l'église. Les arroseurs automatiques qui aspergeaient la pelouse voisine traçaient des arcs-en-ciel dans l'air saturé de gouttelettes.

L'un des gicleurs au coin de la pelouse était cassé et laissait échapper un ruisseau d'eau qui serpentait sur l'asphalte. Il n'attira l'attention d'Eve que parce que la chaussée était parfaitement lisse. Un cas rare en Californie.

Elle avait beaucoup voyagé au fil de sa vie : des expéditions en famille lorsqu'elle était jeune et des déplacements professionnels sur site une fois adulte. Nulle part ailleurs aux États-Unis elle n'avait vu de routes aussi décolorées et craquelées qu'en Californie. Les trous étaient rebouchés à coups de nappes de goudron qui faisaient des taches noires semées au hasard sur le gris délavé de la chaussée, souvent plus visibles que les marquages de sécurité.

Ce n'était cependant pas le cas sur le parking de Sainte-Marie. Signe supplémentaire d'une congrégation active et vivace.

Plus encore, l'asphalte évoquait pour Eve l'image de sa propre vie. Celle-ci aussi avait perdu de ses couleurs au fil des années. Quand des fissures étaient apparues, elle avait mis un pansement dessus avant de reprendre sa route. Son sentiment d'insatisfaction lui faisait presque l'effet d'une crise de la quarantaine. Mais à vingt-huit, c'était bien trop tôt.

— Je t'aiderai, laissa-t-elle échapper en croisant le regard d'Alec de l'autre côté de la voiture. Mais seulement dans la mesure où ça n'interfère pas avec mon travail.

— Marché conclu.

Le voyant sourire, Eve ne put s'empêcher de fixer les lèvres pleines d'Alec. Puis elle secoua la tête, agacée par ces pensées sexuelles qui ne cessaient de revenir, et fit un pas de côté pour pouvoir ouvrir en grand la portière. Alors qu'elle baissait la tête vers le siège du conducteur pour s'installer derrière le volant, une puissante odeur d'égout la fit brusquement reculer. Cherchant des yeux la crotte de chien dans laquelle elle avait sans doute marché, elle croisa un regard d'un bleu cristallin plein de malveillance.

Un visage. Dans la flaque à ses pieds.

Avec un cri suraigu, Eve lui décocha instinctivement un coup de pied qui fit disparaître le faciès du nix dans une explosion de gouttelettes.

À peine son pied avait-il touché le sol que les gouttes se regroupèrent pour former une corde liquide qui s'enroula autour de sa cheville et tira. Fort.

Eve chuta.

Avant de heurter le sol, elle vit, terrifiée, le visage du nix qui la toisait avec une délectation sadique.

11

Sentant ses genoux céder sous elle, Eve tenta à l'aveuglette de se raccrocher à la voiture. Elle poussa un cri quand ses avant-bras heurtèrent la fine bordure métallique du haut de la portière. Elle s'y agrippa de toutes ses forces tandis que l'eau qui formait un lasso liquide autour de ses chevilles la tirait vers le sol.

Puis Alec apparut et la saisit par la taille tout en psalmodiant dans une langue qu'elle ne reconnut pas.

Une chose, toutefois, était claire : il était furieux. Sa large silhouette tremblait de colère et sa voix était vibrante de menace.

Eve rua violemment contre la flaque, quitte à se cogner les tibias contre le bas de la portière. Les molécules d'eau projetées aux alentours se reformèrent avant de s'évaporer à une vitesse surnaturelle et de disparaître totalement.

— Tout va bien... murmura Alec à son oreille. Il est parti. C'est bon. Calme-toi.

— Me calmer ?

— Je n'arrive pas à croire qu'il t'ait attaqué alors que j'étais là, grogna-t-il. Il savait bien qu'il n'aurait pas la possibilité de te faire du mal. Il cherchait seulement à te terroriser.

Eve hoqueta, ce qui lui fit prendre conscience qu'elle pleurait.

— « Seulement » ? Franchement, ça me suffit !

— Cette fois, il est allé trop loin.

Il l'aida à se redresser et l'escorta vers le siège passager.

— Je vais conduire, dit-il. Tu es trop secouée.

— Je suis surtout en colère !

C'était vrai. Elle avait peur, c'était indéniable, mais elle se sentait surtout furieuse. Ses avant-bras et ses tibias étaient endoloris et elle avait l'impression qu'un vent de colère brûlant soufflait à travers tout son être.

— Il va falloir ajouter ce nix à la liste de nos affaires urgentes.

— Nom de Dieu, tu peux le... Aïe ! Merde ! siffla-t-elle comme sa marque grésillait.

— Surveille tes paroles.

Alec lui ouvrit la portière puis fit le tour et s'installa au volant. Il fit reculer le siège pour accueillir ses grandes jambes puis mit le contact et passa en marche arrière.

— Ça va ?

— Non. Ça ne va pas.

Il lui serra gentiment le genou puis passa le bras derrière son appuie-tête afin de manœuvrer pour quitter le parking.

Le trajet jusqu'à l'appartement d'Eve se déroula en silence. Eve essuya ses larmes, examina ses bras qui étaient déjà en train de guérir et inspira profondément pour reprendre ses esprits.

Une fois garé sur sa place attitrée à côté de la Harley, Alec demeura assis, les mains posées sur le volant. Il gardait les yeux braqués sur le mur en ciment du parking. Eve sortit de la voiture.

En passant sous la voûte qui menait au hall d'entrée, elle s'arrêta près des boîtes aux lettres et attendit qu'Alec la rejoigne. Il déposa les clés dans sa paume tendue et elle ouvrit sa boîte. Un flot de courrier s'en échappa et s'éparpilla sur les dalles de marbre.

Avec un juron, Eve récupéra ce qui était resté coincé à l'intérieur. Certaines des enveloppes étaient déchirées, des prospectus chiffonnés et trois avis de passage lui indiquaient d'aller chercher des paquets qui ne rentraient pas dans la boîte.

Alec haussa les sourcils et lâcha un sifflement admiratif. Il lui tendit le courrier qu'il avait ramassé par terre.

— Tu es très demandée.

— Ça faisait plus d'une semaine que je n'avais pas ouvert ma boîte, lui rappela-t-elle.

Elle s'approcha d'une poubelle toute proche et entreprit de trier grossièrement la masse de courrier. Elle jeta les prospectus, coupons de promotion et autres catalogues. Il y avait aussi une lettre de sa sœur qu'elle plaça au sommet de la pile, ses doigts s'attardant un peu plus que nécessaire sur l'enveloppe. Elle mit de côté une publicité pour Del Taco qui lui rappelait soudain qu'elle avait faim... puis se figea, les yeux écarquillés.

— Quoi ?

Alec jeta un coup d'œil par-dessus son épaule et s'immobilisa à son tour. Puis il avança le bras pour lui prendre des mains la carte postale et la retourner.

— Elle est timbrée, ce n'est pas un envoi de masse.

— Ouais.

Un grand frisson la parcourut ; elle avait l'impression d'avoir été traversée par un fantôme.

— Le cachet indique qu'elle a été postée la veille du jour où j'ai été marquée.

Eve reprit la carte et lut l'inscription au dos. C'était une invitation à venir visiter l'immeuble de style gothique infesté par les tengu. « Olivet Place » était le nom de l'endroit. Mais la date imprimée sur la carte indiquait que l'événement n'aurait pas lieu avant plusieurs mois, et le collage de photos sur le recto incluait des espaces vides avec des notes du type « Insérer photo du hall ». C'était un brouillon qui n'aurait pas dû être posté.

— Quelqu'un voulait que j'aille voir cet immeuble, dit-elle, sourcils froncés.

— On dirait bien.

— Pourquoi ?

— C'est toute la question.

Alec l'enveloppa de ses bras, le menton posé au creux de son épaule.

— Ça ne sent pas bon, ajouta-t-il.

— Non, tu crois ?

Elle expira bruyamment, le regard rivé sur le morceau de papier cartonné entre ses doigts, soudain très menaçant.

— Quelles sont les chances pour qu'on m'attire par la ruse dans un bâtiment démoniaque au moment même où je me fais marquer ?

— Inexistantes, je dirais, répondit sombrement Alec.

Son ton avait quelque chose de légèrement possessif.

— Est-il possible que les méchants aient été mis au courant à l'avance ? Les deux événements sont forcément liés, non ? La coïncidence paraît trop grosse.

— Les coïncidences n'existent pas.

Eve n'en dit rien, mais elle était heureuse qu'Alec soit auprès d'elle. Oui, c'était lui qui l'avait plongée dans cette histoire au départ, mais au moins était-il présent pour l'aider à faire face aux conséquences.

— Alors qu'est-ce qu'on fait ?

— Mademoiselle Hollis ?

Elle sursauta en entendant son nom. Alec pivota gracieusement sur lui-même et s'interposa entre elle et l'homme qui venait de l'interpeller. Le nouveau venu, grand et mince, revêtu d'un impeccable costume gris trois-pièces, se tenait immobile, les mains jointes dans le dos. Il avait les yeux et les cheveux aussi gris que ses habits et le sourire esquissé sur ses lèvres fines ne s'étendait pas au reste de son visage.

Une limousine noire était garée derrière lui.

— Oui ? demanda-t-elle en contournant Alec malgré un murmure d'avertissement de sa part.

— M. Gadara voudrait vous parler, dit l'inconnu d'une voix monocorde.

— Maintenant ?

— Oui.

— Comment êtes-vous entré ici ?

Le parking était fermé par un portail qui nécessitait l'usage d'une télécommande ou d'un code réservé aux résidents.

L'inconnu haussa un sourcil gris.

— Gadara Enterprises gère cette résidence au nom de votre copropriété.

Eve jeta un coup d'œil à Alec. Celui-ci était visiblement tendu, mâchoires crispées.

— Je vais avoir besoin d'un moment pour me changer, dit-elle.

— J'ai bien peur que ce ne soit pas possible, répliqua l'homme en gris en pivotant sur ses talons pour lui indiquer la portière arrière de la limousine. M. Gadara doit prendre un vol à 16 heures.

— Mon jean est mouillé, lui fit-elle remarquer.

Elle n'était pas maquillée, ses cheveux étaient rassemblés en une queue-de-cheval grossière et elle devait avoir le front et le bout du nez brillants. Par ailleurs, elle n'oubliait pas que Gadara lui avait posé un lapin durant leur précédent rendez-vous. Ce qui ne l'incitait guère à se montrer conciliante.

— J'aurai aussi besoin de prendre mon book, dit-elle.

— M. Gadara connaît déjà votre travail.

— Il ne peut pas s'attendre à me recevoir dans ces conditions.

L'homme gris se contenta de patienter, sans répondre.

— Bon, très bien, concéda Eve.

— Je t'accompagne, annonça Alec qui n'avait pas quitté l'inconnu des yeux.

— Ce serait malvenu, intervint l'homme gris.

Eve étrécit les yeux.

— Il viendra avec moi si je le souhaite.

— M. Gadara n'appréciera pas cette proposition, mademoiselle Hollis, répondit l'homme gris.

— Et pour ma part, je n'apprécie pas les rendez-vous de dernière minute, rétorqua-t-elle.

— Comme vous voudrez. Je vais l'informer de votre sentiment.

L'étrange chauffeur fit mine de rentrer dans la limousine.

Eve prit une décision rapide. Elle pouvait continuer à protester face aux galères qui s'accumulaient sur son chemin ou décider d'agir pour changer la donne. Elle se tourna vers Alec.

— J'ai laissé une veste dans le coffre de la voiture. Tu veux bien aller me la chercher ?

Alec parut surpris puis contrarié par cette demande.

— Tu ne vas pas te rendre là-bas toute seule.

— C'est bon. Je savais que tu n'apprécierais pas d'être laissé en arrière.

Elle lança un coup d'œil vers l'homme gris qui avait marqué un temps d'arrêt. Il ne parut pas capter le sous-entendu, mais les lèvres pincées d'Alec témoignaient que lui avait compris.

— Tu n'auras qu'à y mettre aussi le courrier, lui suggéra-t-elle avec un grand sourire innocent.

Elle referma la boîte aux lettres et lui tendit les clés.

Alec se dirigea vers la voiture en lui lançant un regard noir par-dessus l'épaule. Tandis qu'il était occupé à trouver le bon bouton pour actionner l'ouverture du coffre, Eve se glissa sur le siège arrière de la limousine.

— Allons-y.

Sans hésiter, l'homme gris monta en voiture et la limousine s'ébranla. Eve grimaça intérieurement en entendant Alec leur crier quelque chose. Elle savait qu'il allait lui en vouloir, mais jugeait préférable d'accéder aux demandes de Gadara pour voir ce qu'il pouvait en ressortir. Elle avait reçu la marque au sein de la tour de Gadara, après qu'il lui eut posé un lapin.

Puisque Alec affirmait que les coïncidences n'existaient pas, Eve estimait nécessaire de revenir aux origines de la situation. Et s'il fallait y aller seule pour cela, alors elle irait seule. Elle n'était pas sans ressources ; pas avec ses nouvelles capacités. Elle ne savait sans doute pas grand-chose sur ces histoires de marque, mais elle avait les moyens de se défendre. Sans compter qu'Alec serait sur ses talons.

La peur n'entrait pas en ligne de compte. Ou alors elle était si terrifiée que son cerveau était trop choqué pour s'en apercevoir. Sans les réactions physiques associées, difficile à dire. Elle en était plutôt reconnaissante : l'absence d'émotions lui permettait de garder l'esprit clair.

Elle retira l'élastique qui lui nouait les cheveux et se recoiffa avec les doigts. Par chance, elle avait hérité des boucles épaisses de sa mère, lesquelles se démêlaient assez facilement.

— Comment avez-vous su que je n'étais pas au bureau ? demanda-t-elle dans une tentative maladroite d'initier la conversation.

Le sourire grimaçant qui apparut sur le visage de l'homme gris lui donnait l'air plus constipé que joyeux. Il ne dit rien.

— Est-ce que M. Gadara part en vacances ? Ou bien s'agit-il d'un voyage d'affaires ?

De nouveau, aucune réponse.

Eve rattacha ses cheveux puis regarda défiler le paysage au-dehors. Malgré ce silence pesant, le trajet jusqu'à la tour Gadara fut rapide. Sans aucun doute grâce aux feux de signalisation de Beach Boulevard qui restèrent tous verts sur leur passage. Elle avait à peine eu le temps de rassembler ses pensées que la limousine s'arrêtait en face des portes à tambour de l'entrée. L'endroit était toujours aussi fréquenté ; des individus pressés allaient et venaient sans interruption.

En emboîtant le pas de l'homme gris, Eve se lamenta de ne pas être en tailleur et talons. Ceux-ci constituaient une sorte d'armure. En jean et tee-shirt – et aussi puante qu'un démon – elle se sentait pire que nue.

Ils traversèrent le hall bondé en direction des ascenseurs dans leurs tubes de verre. Contrairement à sa dernière visite, elle trouva le parfum sucré des fleurs de l'atrium presque écœurant. Elle fit de son mieux pour désactiver son odorat digne de Spider-Man, mais en vain. Et puis quelque chose d'autre attira son attention : la porte donnant sur la cage d'escalier où elle avait été marquée.

Les souvenirs l'assaillirent en une rafale de visions torrides. Elle eut l'impression de sentir de nouveau l'odeur de Reed, de percevoir son contact rugueux contre sa peau. Des souvenirs qui étaient à la fois dérangeants et excitants.

Elle laissa échapper un grognement rauque. Sa libido était décidément devenue une vraie plaie !

— Par ici, mademoiselle Hollis, dit l'homme gris en désignant un ascenseur à l'écart des autres.

Eve tourna le dos à ce qui relevait du passé pour mieux aborder le futur. Elle remarqua alors les regards insistants posés sur elle. De plus en plus nombreux. Elle tira discrètement sur l'ourlet de son haut et redressa le menton, puis poussa un soupir de soulagement quand les portes de l'ascenseur se refermèrent.

L'homme gris inséra une clé dans un panneau de la cabine et l'ascenseur fila sans s'arrêter vers le sommet de la tour. Eve baissa les yeux vers le hall et vit les occupants rapetisser jusqu'à ressembler à de minuscules fourmis. Des insectes aussi industrieux que sans importance. Était-ce ainsi qu'elle apparaissait aux yeux de Dieu ? Était-ce pour cela qu'il se fichait d'avoir mis sa vie sens dessus dessous ?

Le carillon retentit et les portes s'ouvrirent. Pivotant sur elle-même, Eve se retrouva face à un vaste bureau luxueusement aménagé. Dans le coin opposé à l'ascenseur, un grand bureau en acajou sculpté faisait face à la baie vitrée. Deux sièges en cuir marron étaient placés face au bureau, un feu crépitait dans la cheminée surmontée d'un tableau de la Cène.

— Mademoiselle Hollis. Ravi que vous ayez pu vous libérer au pied levé.

Elle se retourna pour découvrir Gadara. Il lui tournait le dos, le nez plongé dans un dossier extrait d'un meuble de rangement encastré dans le mur. Il remit le dossier à sa place et referma le tiroir. Celui-ci reprit sa place au sein d'une façade imitant un coffre à tiroir en bois précieux.

— Monsieur Gadara.

Il se tourna vers elle et lui sourit.

— Je vous en prie, appelez-moi Raguel.

Elle l'avait déjà vu en photo, mais les clichés ne lui rendaient pas justice. Simplement vêtu d'une *guayabera*[1] et d'un pantalon en lin, Gadara n'était pas moins impressionnant que s'il avait porté un costume-cravate. Il était d'origine afro-américaine, avec une peau couleur expresso. Ses cheveux poivre et sel étaient coupés court, ses pommettes constellées de petites taches solaires. Ses yeux sombres reflétaient une intelligence aussi vive que vénérable.

Il l'examina de la tête aux pieds avant d'esquisser ce qui ressemblait à un hochement de tête approbateur.

— Je suis navré d'avoir raté notre précédent rendez-vous, dit-il.

L'ombre d'un sourire apparut sur les lèvres d'Eve. Le ton qu'il avait employé était tout sauf un ton d'excuse. Voyant qu'elle ne répondait pas, Gadara étrécit les yeux.

— Voulez-vous toujours le poste ?

---

1. Chemise légère très prisée en Amérique latine. (*N.d.T.*)

— Tel que vous l'avez décrit, ce poste tiendrait du rêve devenu réalité. Je suis certaine que vous en avez conscience.

Il lui désigna l'un des sièges devant son bureau puis, une fois qu'elle fut assise, s'installa en face d'elle, une cheville nonchalamment repliée sur son genou et les bras posés sur les accoudoirs. Une attitude à la décontraction trompeuse, comme s'il s'agissait d'une visite de courtoisie. Mais le regard de Gadara était celui d'un oiseau de proie, et lorsqu'il saisit une télécommande sur son bureau, Eve se tint sur ses gardes.

— Dans ce cas, je ne suis pas certain qu'entrer par effraction sur mon chantier ait été un choix judicieux, dit-il d'une voix lente.

D'une pression sur un bouton, il fit descendre devant les fenêtres un écran qui bloquait la lumière extérieure et servait de surface de projection.

Eve se figea en découvrant une vidéo incriminante où on la voyait accéder à l'ordinateur sur le site du tengu.

Gadara sourit.

— Je pourrais vous faire arrêter.

Eve se ressaisit.

— Si c'était votre souhait, vous l'auriez déjà fait.

— Effectivement.

— Alors, que voulez-vous ?

— Que vous fassiez votre travail de la manière dont vous êtes censée le faire, répondit-il sur un ton tranchant.

Les émotions imprévisibles d'Eve s'enflammèrent. Sa bouche cracha une réponse avant que son cerveau puisse la rattraper.

— Je ne travaille pas pour vous, monsieur Gadara ! Pas encore, en tout cas.

— Cela fait huit jours que vous travaillez pour moi. Une situation que je commence à regretter.

— Huit jours ?

Eve se leva, incapable de contenir son agitation soudaine. Elle se sentait moins inquiète qu'irritée. Depuis sa transformation, elle se braquait très vite.

— Vous êtes un électron libre, mademoiselle Hollis. Et c'est la dernière chose dont j'aie besoin au sein de ma compagnie.

— Votre compagnie ?

Eve se souvint de sa conversation avec Reed à la plage. « Vois ça comme vos agences de caution judiciaire. Un archange endosse la responsabilité de ramener le coupable, à la manière d'un garant de caution. »

Gadara était-il l'archange ? Elle fut prise de vertiges.

Le téléphone sur le bureau de Gadara émit une sonnerie discrète. Il décrocha.

— Oui ?

Une lueur de satisfaction s'alluma dans ses yeux sombres.

— Faites-le entrer.

Eve se tourna vers la porte, s'attendant à voir entrer Alec. Elle fut néanmoins étrangement surprise lorsqu'il apparut sur le seuil. Plus d'un mètre quatre-vingts de masculinité en colère et battue par le vent.

— Raguel ! aboya-t-il avec un regard mauvais à l'intention d'Eve. Je n'apprécie pas que vous convoquiez ma Marquée en dehors de ma présence.

— Je voulais voir si elle vous défierait, Caïn, et si vous seriez en mesure de l'arrêter le cas échéant. Malheureusement, vous semblez tous les deux incapables d'obéir aux ordres.

L'écran remonta dans le plafond et les lumières tamisées retrouvèrent leur éclat. Alec avait néanmoins eu le temps d'apercevoir la vidéo affichée à l'écran.

— Vous avez intérêt à trouver une meilleure tactique que l'intimidation, lança-t-il. Ça fonctionne peut-être sur d'autres novices, mais pas sur celle-ci.

Le regard d'Eve passait de l'un à l'autre. Elle avait l'impression d'être devenue myope et incapable de voir l'image que tout le monde regardait. Une chose, cependant, était douloureusement claire : Alec et Gadara se connaissaient. Ce qui ne présageait rien de bon.

— Que se passe-t-il ? s'enquit-elle.

— Vous avez enfreint l'une des règles de base de l'initiation, dit Gadara à Alec. Emmenez une Marquée sur le terrain avant sa formation…

— Nous n'étions pas sur le terrain.

Gadara se leva et posa les deux mains sur le bureau. Toute nonchalance brusquement évanouie, il était effrayant.

— Foutaises ! Elle empeste le démon. Peu importe qu'il s'agisse d'une mission autorisée ou non.

— Je ne peux pas la laisser seule ; les Infernaux lui courent tous après. Elle est trop vulnérable.

— Vous auriez dû demander de l'aide à son référent.

— Je l'aurais fait si je savais de qui il s'agit.

— Je pensais que c'était évident. C'est Abel qui s'occupera d'elle.

— Vous vous fichez de moi ? Après la façon dont il l'a marquée ?

— Peut-être voudriez-vous voir l'enregistrement ? proposa Gadara d'une voix onctueuse. Le marquage n'était pas aussi unilatéral que vous semblez avoir envie de le croire.

— Ça a été enregistré ? croassa Eve, consciente qu'elle aurait rougi jusqu'aux racines des cheveux si ses réactions physiologiques fonctionnaient encore comme avant.

Alec gronda, poings serrés.

— Ne jouez pas avec moi, Raguel. Je ne suis pas l'un de vos pions.

— Non, admit Gadara en souriant. Mais *elle*, si.

Alec se crispa.

Eve fit un pas en avant.

— Je veux cet enregistrement, exigea-t-elle.

— Il tient ta vie entre ses mains, et toi, tu veux une *sex tape* ? grogna Alec.

— Ouais.

Elle tourna un regard noir vers Gadara.

— Si vous ne voulez pas de moi ici, virez-moi. Je ne m'en plaindrai pas.

— Il ne le fera pas, affirma Alec d'une voix sourde.

— Qu'est-ce qui te fait dire ça ?

— Parce que toi et moi faisons partie d'une même offre et qu'avoir l'exécuteur personnel de Dieu dans son équipe est un gros coup auquel il ne renoncerait pour rien au monde.

— Putain ! s'exclama-t-elle. C'est galère sur galère avec toi.

— J'ai aussi mes bons côtés, si tu te décides à les exploiter. Quoi qu'il en soit, le mieux qu'il puisse faire est de te transférer dans une autre compagnie. Seul Dieu est en mesure de te libérer complètement.

Eve fusilla Gadara du regard.

— Je déteste qu'on me laisse dans le flou. Expliquez-moi comment ça fonctionne.

Gadara désigna le siège qu'elle avait quitté.

— Asseyez-vous, mademoiselle Hollis, et je vous expliquerai tout cela... puisque votre mentor ne l'a pas fait, ajouta-t-il avec un coup d'œil à Alec.

— Économisez votre salive, répondit sèchement Alec. Vous n'arriverez pas à nous monter l'un contre l'autre.

Il rapprocha le second siège de celui d'Eve et s'y laissa tomber. Puis il lui prit la main et la serra dans la sienne.

Gadara contempla fixement ce témoignage d'affection avant de se radosser dans son siège comme s'ils avaient tout le temps du monde.

— Tout comme l'enfer possède plusieurs rois…

— ... Le paradis a ses caïds, termina Alec.

— Je n'apprécie pas ce terme, commenta Gadara.

— Il n'y a que la vérité qui blesse.

— Je ne vois aucune blessure.

— Ouais, ouais…

Eve écrasa les doigts d'Alec en guise d'avertissement.

— Continuez, ordonna-t-elle.

Gadara haussa les sourcils devant son ton.

— Le système autour de la marque est vaste. Il est nécessaire qu'il soit organisé et autonome. Des fonds communs de placement ont été montés afin de générer les revenus nécessaires pour subvenir aux besoins d'un grand nombre de Marqués et de leurs diverses activités au sein de la société des mortels. Certains de ces fonds ont eu plus de succès que d'autres. Au bout du compte, sept d'entre nous sont montés en puissance. Nous sommes grossièrement répartis en fonction des sept continents, mais nous nous coordonnons régulièrement et ceux qui œuvrent sur les plus grandes zones sont épaulés par les responsables des territoires plus réduits. Par exemple, les compagnies d'Afrique et d'Antarctique travaillent en tandem.

Il sourit, exposant des dents très blanches par contraste avec sa peau sombre.

— Je suis responsable de tous les Marqués d'Amérique du Nord. Soit un effectif de vingt mille individus.

— Mon Dieu… Aïe !

Eve grimaça comme la marque s'échauffait brutalement.

— Attention ! lancèrent les deux hommes à l'unisson.

— Donc toutes les personnes que j'ai croisées dans le hall d'entrée sont des Marqués ? grommela Eve en se massant le bras. C'est pour ça que ça sent comme si le sol avait été lavé avec du parfum ?

— Certains sont aussi des mortels avec qui nous faisons affaire.

— Et vous ?

— Je suis un archange, mademoiselle Hollis.

Après un instant de réflexion, elle jugea préférable d'interroger Alec à propos de Gadara plutôt que Gadara lui-même.

— J'ai donc été assignée à votre compagnie parce que je suis nord-américaine ?

— Non.

La voix de Gadara avait quelque chose d'apaisant, d'hypnotique. Plus il parlait et plus elle se sentait rêveuse.

— Habituellement, les Marqués sont replacés ailleurs afin de rendre la transition plus facile. Il est moins traumatisant de démarrer une nouvelle vie quand on n'est pas entravé par l'ancienne.

— Pourquoi est-ce que ça n'a pas été mon cas ?

— À cause de lui, répondit l'archange en désignant Alec d'un élégant mouvement du poignet. Il a tenté de vous faire libérer. Et quand sa requête a été refusée, il a demandé à ce que l'on ne vous éloigne pas de votre famille. Je le suspecte d'avoir fait pression sur quelqu'un quelque part pour obtenir satisfaction.

Eve tourna la tête vers Alec, qui regardait droit devant lui, mâchoires serrées. Ses yeux la picotaient.

— Un authentique sacrifice, ronronna Gadara. Banni depuis toutes ces années, contraint à errer à travers le globe. Il aurait pu vous faire assigner à sa terre natale. Je suis certain qu'elle lui manque.

— La ferme, gronda Alec. Vous ne savez pas de quoi vous parlez.

Eve raffermit sa prise sur la main d'Alec pour lui témoigner sa gratitude.

— Et maintenant ? demanda-t-elle.

— Vous travaillez désormais pour moi. Votre démission de chez Weisenberg Group est devenue effective hier, au terme d'une semaine de préavis. Vos compétences profanes seront sans doute mises occasionnellement à contribution mais, pour l'essentiel, votre rôle consiste à vous former au mieux et à écouter les consignes de votre mentor, de votre référent et de moi-même.

— J'écoute surtout mes tripes, répondit-elle.

Elle n'était pas du genre à croire qui que ce soit aveuglément et préférait l'annoncer clairement.

— Je ne tolérerai pas l'insubordination, répliqua Gadara.

Eve haussa les épaules.

— Ça me va. Tant que c'est clair entre nous.

Les lèvres de l'archange se recourbèrent sur une très nette expression de défi. Ce côté prédateur ne lui allait pas. Il était bien trop raffiné, sa voix bien trop cultivée et ses mots trop pesés pour cela.

— Que cherchiez-vous cet après-midi ?

— Un tengu.

Gadara écarquilla les yeux. Alec lui expliqua ce qu'il en était. Quand il eut terminé, l'archange était visiblement contrarié.

— J'imaginais que vous vous soucieriez un peu plus de votre novice, le réprimanda-t-il. Jamais vous n'auriez dû lui faire prendre de tels risques.

— Quels risques ? rétorqua Alec. Elle s'est déjà fait pisser dessus et menacer à deux reprises. Le vrai risque aurait été de ne rien faire du tout. Comme je vous l'ai dit, je ne peux pas la laisser seule. Le nix sait où elle habite.

Les yeux de Gadara brillèrent d'un éclat glacial.

— Vous êtes son mentor. Si vous souhaitez laisser le contentieux entre votre frère et vous mettre votre élève en danger, c'est votre choix. Je me garderai bien d'intervenir en la matière. Quant à votre enquête, menez-la jusqu'à son terme, y compris l'élimination de la menace.

Eve fronça les sourcils. Alec, lui, laissa échapper un hoquet.

— Vous voulez lui assigner une mission avant qu'elle soit formée ? Impossible.

— À vous de choisir, Caïn. Laissez votre frère faire son travail, ou bien faites-le pour lui.

— Ce n'est pas à vous d'en décider. Abel est le seul habilité à lui confier une mission.

Gadara lâcha un éclat de rire grave et retentissant. Un son étrangement plaisant, d'autant plus qu'il n'était pas censé l'être.

— Abel a l'esprit de corps. Une attitude que vous feriez bien d'imiter.

— Vous enfreignez tous les deux le protocole, répondit Alec d'une voix qui tenait presque du grondement bestial. Ça ne m'étonne pas de vous... mais Abel ? Il n'a jamais enfreint les règles de toute sa vie. Vous m'accusez de la mettre en danger alors qu'Abel serait prêt à la sacrifier ?

— Il est parfaitement acceptable de poursuivre hors des chemins balisés quand il s'agit de la seule voie raisonnable.

— Eve et moi n'avons fait aucun écart.

— C'est discutable, non ? Je doute que ni vous ni moi ayons envie d'en référer plus haut, au risque d'en subir tous les deux les conséquences. Mieux vaut gérer cela à notre niveau, non ?

Alec se redressa de toute sa hauteur face au bureau. Gadara n'en parut pas impressionné, mais Eve remarqua cependant des rides plus marquées aux coins de sa bouche et de ses yeux.

Gadara craignait Alec. Une information qu'elle garderait soigneusement en mémoire pour l'avenir.

— En quoi est-ce raisonnable d'envoyer en chasse une Marquée sans entraînement ? demanda Alec d'une voix qui ne dissimulait rien de son agacement.

— Si les Infernaux pensent qu'elle se cache ou que nous la protégeons, ils redoubleront d'efforts pour s'attaquer à elle. Avec vous comme mentor, elle doit se montrer plus coriace que le Marqué moyen. Nous ne pouvons nous permettre de la laisser paraître faible ou effrayée. Nous devons agir immédiatement comme si elle était prête.

— Non.

Eve se leva à son tour.

— J'en suis capable, dit-elle.

Alec tourna vivement la tête vers elle.

— Ange…

— Vraiment, c'est bon.

Elle planta son regard dans celui de Gadara. Les Infernaux n'étaient pas les seuls à devoir apprendre qu'elle était coriace.

— Brave fille, murmura Gadara, l'air satisfait.

— Je me passerai de votre condescendance, l'avertit-elle. Il y a autre chose que je devrais savoir ? Ou est-ce que je peux y aller ? La semaine a été longue.

Gadara ouvrit un tiroir et en sortit un petit trousseau de clés qu'il lui lança.

— Ces clés vous donneront accès à cet immeuble et à votre bureau. Toutes vos affaires ont été apportées ici depuis les locaux de votre ancien employeur. Vous serez payée par virement direct, et un compte à votre nom a été mis en place pour vos notes de frais.

— Quels sont mes horaires ?

— Vingt-quatre heures sur vingt-quatre, sept jours sur sept. Le bureau n'est qu'une façade. Vous en aurez besoin pour renforcer votre couverture, mais l'essentiel de votre travail se fera sur le terrain. Vos frais domestiques - prêt immobilier, automobile et autres dépenses courantes - seront pris en charge par la compagnie. On vous a également confié la rénovation de l'un de mes casinos à Las Vegas. Mais ce chantier ne démarrera que dans plusieurs mois.

Eve était si interloquée qu'il lui fallut un moment avant de pouvoir répondre.

— Et moi qui croyais que seul le diable exauçait les rêves en échange de votre âme.

— Qui lui a tout appris, d'après vous ?

Gadara tira un cigare d'une boîte en bois posée sur son bureau.

— Tout ce dont vous aurez besoin a été installé dans votre appartement.

— Vous avez envoyé quelqu'un chez moi ? demanda-t-elle en tapant du pied sur la moquette. J'imagine que votre affiliation avec la copropriété n'est pas une coïncidence ?

— Les coïncidences n'existent pas, mademoiselle Hollis.

Alec saisit Eve par le coude.

— On en a fini avec lui. Partons.

— Pas si vite, grogna-t-elle. Je veux cet enregistrement.

— Et moi, la paix dans le monde, répondit Gadara. J'aimerais également fumer ce cigare, mais je me dois de traiter mon corps comme un temple. Nous n'obtenons pas toujours ce que nous voulons.

— Ça reste à voir, répliqua Eve.

Elle lui décocha un sourire sinistre puis repartit vers l'ascenseur.

— Caïn.

Elle frissonna en entendant cette voix raffinée prononcer le nom d'Alec. Caïn, ce personnage tristement célèbre dont tout le monde connaissait l'histoire. Mais après avoir rencontré les deux frères, Eve savait que la réalité était bien plus complexe que les quelques paragraphes mentionnés dans la Bible canonique.

Alec marqua un temps d'arrêt.

— Oui ?

— J'ai été autorisé à vous créditer chaque exécution de démon, ceci en considération de votre responsabilité supplémentaire en tant que mentor de Mlle Hollis. Le double d'indulgences devrait diviser par deux la durée de votre servitude, si vous savez tirer votre épingle du jeu.

L'immobilité absolue qui saisit alors Alec alarma Eve. Elle posa doucement la main sur sa hanche. Il l'attrapa et la serra fort entre ses doigts.

— Ce n'est pas un jeu, répliqua-t-il sèchement.

— Simple façon de parler, affirma Gadara.

— Alec ? murmura Eve en voyant qu'il continuait de regarder droit devant lui, sans bouger.

Il secoua la tête, comme par dégoût, puis reprit la direction de l'ascenseur en emmenant Eve avec lui.

Lorsque les portes se refermèrent sur eux, Eve glissa ses doigts entre les siens. Elle s'apprêtait à dire quelque chose, mais ses yeux s'arrêtèrent sur la caméra montée dans le coin de la cabine. Elle préféra rester silencieuse jusqu'à ce qu'ils aient quitté l'immeuble.

Dès l'instant où ils se mirent à respirer la pollution ambiante plutôt que les effluves des Marqués, elle se tourna vers lui en lâchant :

— Le double d'indulgences. Il essaie de t'acheter ?

Elle fit de son mieux pour réprimer le rire hystérique qui montait en elle.

— Ça ne marchera pas.

— C'est forcément tentant.

Le ton avec lequel il répondit était aussi tranchant que le regard qu'il lui décocha.

— Ange… Ça ne marchera pas. Point final.

— Tu l'as qualifié de caïd. Comme dans la mafia ?

— Tu l'as entendu parler et tu as vu comment il travaille. Ils sont tous comme ça. Nous avons toujours le choix, mais cela ne veut pas dire que toutes les options sont égales ou favorables.

— Donc ce portrait qu'il a dressé de sept gros bonnets travaillant en harmonie, c'était des conneries ?

— Je dirais qu'ils collaborent à peu près aussi aimablement que les Démocrates et les Républicains.

Il décrocha le casque pour passager à l'arrière de sa moto puis détacha la queue-de-cheval d'Eve.

— Et ils sont tout aussi politicards, ajouta-t-il.

— Merveilleux.

Après lui avoir passé le casque, Alec ajusta la courroie sous son menton. Puis il lui embrassa le bout du nez.

— Ceux qui sont bien vus ont droit à de plus gros avantages.

— Visiblement, il a un problème personnel avec toi, affirma-t-elle. Et par ma faute, ton avenir est plus ou moins entre ses mains.

Alec s'installa sur la moto. Eve s'assit à califourchon derrière lui et passa ses bras autour de sa taille.

— La seule personne qui ait quoi que ce soit de moi entre les mains, c'est toi, répondit-il par-dessus le bruit du moteur.

— Faudra que tu trouves une meilleure explication que ça ! lui cria-t-elle.

— Je sais...

Il fit reculer la moto et Eve sentit les muscles puissants de ses cuisses se contracter entre les siennes.

— Mais pas ici, dit-il.

Et ils jaillirent hors du parking dans un rugissement mécanique.

12

En posant le pied sur le toit de la tour Gadara, Reed enfila ses lunettes de soleil et contempla la vue majestueuse qui s'offrait à lui. Un hélicoptère patientait sur l'héliport tout proche. Ses pales immobiles luisaient sous le soleil de fin d'après-midi. Les reflets sur les vitres des immeubles alentour rendaient cette belle journée plus lumineuse encore. Au loin, Reed aperçut une portion d'océan bleuté. Un petit vent agita ses cheveux, lui caressa la nuque et emplit ses narines d'un air libéré de la puanteur des Infernaux.

— Abel.

Il tourna la tête et vit Raguel émerger de l'escalier menant au toit. Il était vêtu pour un séjour dans les tropiques, chapeau de paille sur la tête et sandales de cuir aux pieds. Un cigare éteint au coin des lèvres, il s'approcha avec une élégante nonchalance.

— Raguel.

Reed tendit une main que Raguel serra au creux de sa paume chaude et ferme.

L'archange retira son cigare avant de déclarer :

— Vous aviez raison. Caïn n'avait encore rien expliqué à Mlle Hollis.

Reed fourra les mains dans les poches de son pantalon et sourit. Eve savait à présent à quoi s'en tenir, ce qui signifiait que des choses intéressantes n'allaient pas tarder à se produire.

— Excellent. Quand commence la prochaine période de formation ?

— Le début de l'entraînement de Mlle Hollis dépend de votre frère. Il a entamé une enquête à propos d'une infestation de tengu sur l'un de mes chantiers immobiliers. C'est quelque chose que je prends au sérieux ; je lui ai donc demandé de mener l'affaire à son terme.

— Quel rapport avec Eve ?

— Dans la mesure où il refuse de confier Mlle Hollis à vos bons soins pendant son enquête, nous allons devoir attendre qu'ils aient terminé.

— *Ils ?* Vous voudriez qu'Eve l'assiste sur le terrain ?

— Caïn a refusé qu'il en soit autrement.

— Ce n'est pas à lui d'en décider.

— Non. C'est ma décision.

Reed s'immobilisa. Raguel fit quelques pas de plus avant de se rendre compte qu'il était seul et de se retourner.

— Vous avez envoyé Eve en mission ? s'étonna Reed. Sans me consulter ?

À vrai dire, il était plus surpris par le bouillonnement d'émotions qu'il ressentait que par cette entorse flagrante au protocole.

Eve était certes un membre de la compagnie de Raguel, mais lui assigner une mission relevait normalement de la seule prérogative de Reed. Reed appréciait les règles. On pouvait même dire qu'il y était très attaché. Il était plus facile de dépasser les attentes lorsque celles-ci étaient clairement établies. Et sa position en tant que référent constituait son unique point d'entrée dans la dynamique du duo

Eve-Caïn. Il n'avait aucune intention d'y renoncer sans rien dire.

Raguel haussa les épaules.

— C'était peut-être légèrement présomptueux, mais je savais que vous seriez d'accord.

— Ce n'est pas le cas !

L'archange adopta une mine surprise.

— Ah ? Quelle meilleure façon d'apprendre à votre frère à se plier au fonctionnement du système ?

— Et Eve ?

— Quoi, Eve ?

— Ne faites pas l'ignorant, grogna Reed. Enveloppée qu'elle est par les miasmes de Caïn, il faudra qu'elle soit au sommet de sa forme, pas au fond du panier des Marqués débutants.

Raguel se balança d'avant en arrière sur ses talons, le sourire aux lèvres.

— Quelle virulence. C'est comme si l'idée de votre frère avec Mlle Hollis vous répugnait.

— Ne soyez pas ridicule, souffla Reed. Ça n'a rien à voir avec Caïn. Il s'agit de mon devoir en tant que référent d'Eve. Je n'aime pas perdre mes Marqués.

— Au contraire, il s'agit avant tout de Caïn, et Mlle Hollis est sans importance, rétorqua Raguel avec un geste impatient à l'intention du pilote d'hélicoptère. Elle ne constitue qu'un moyen pour arriver à une fin : elle servira d'aiguillon pour ramener votre frère dans les clous.

Reed serra les poings au fond de ses poches.

— Ça vient d'au-dessus ? Ou c'est votre idée ?

— Simple bon sens.

Le moteur de l'hélicoptère s'ébranla dans un bruit strident, ses pales fendant l'air sur un tempo de plus en plus rapide.

— Caïn représentera toujours un risque s'il n'apprend pas à se conformer aux règles.

— Il est incorrigible. Vous pensez vraiment réussir là où Jéhovah a échoué ? Vous prenez la grosse tête.

— Pas du tout, répondit Raguel avec un sourire. Vous sous-estimez simplement Mlle Hollis et l'effet qu'elle a sur votre frère.

— Vous pensez à elle en tant que femme et non en tant que Marquée.

— Tout comme vous.

La pique ne fit pas réagir Reed.

— Je vais la retirer de l'affaire. Elle doit d'abord recevoir une formation adéquate.

— Si vous faites cela, je serai contraint de transférer Mlle Hollis vers une autre compagnie et un autre référent.

— Foutaises. Vous n'abandonneriez pas Caïn pour un motif aussi insignifiant.

— Vous voulez parier ? cria Raguel pour couvrir le bruit généré par les hélices. Il serait moins compliqué de le laisser faire foirer une autre entreprise.

— Foirer ? Son taux de réussite est de cent pour cent.

— Plus pour très longtemps s'il refuse de tenir compte de votre rôle de référent et gère Mlle Hollis seul. L'un d'entre eux se fera tuer. Très en vue comme il est, la perte de Caïn ou de sa Marquée sous ma tutelle remettrait en cause des siècles de prestige. Je ne laisserai pas une telle chose se produire.

Reed crispa les mâchoires.

— N'attendez pas que je respecte les règles si vous n'en faites rien, dit-il.

— Vous finirez par causer ma perte, tous les trois. Ou la vôtre.

Raguel se rapprocha jusqu'à n'être plus qu'à quelques centimètres de Reed.

— Quel que soit votre intérêt pour Mlle Hollis, je vous suggère de faire en sorte qu'il demeure strictement professionnel. Vous voilà placé dans une position idéale pour exercer votre ascendant sur votre frère par le biais de Mlle Hollis. Votre priorité devait être de les maintenir ensemble. À présent, j'ai un vol à prendre. Si vous avez encore des doutes à mon retour, nous pourrons en reparler plus en détail.

— Elle sera peut-être morte d'ici là.

— Si telle est la volonté de Dieu.

Une main posée sur son chapeau pour éviter qu'il ne s'envole, Raguel courut jusqu'à l'hélicoptère et s'installa à l'intérieur.

La volonté de Dieu...

Reed cracha la bile qu'il avait dans la bouche. La main de Dieu était bien loin de cette situation, séparée des événements par les différents échelons de seraphim, de hashmallim et d'anges. Depuis un moment déjà, Reed se demandait s'il y avait un enseignement à tirer de la distance entre Jéhovah et le monde. Peut-être se tenait-Il en retrait pour leur rappeler qu'ils n'étaient pas capables de se débrouiller seuls.

Il avait envie de croire que le but était de les édifier : plus ils travailleraient dur et plus ils apprécieraient le fruit de leur labeur. Mais en vérité, les machinations telles que celle-ci mettaient toujours sa foi à l'épreuve.

— Maudit sois-tu, Caïn.

Une fois de plus, son frère perturbait l'ordre des choses et l'on attendait de Reed qu'il s'incline et s'adapte pour que tout fonctionne.

Tandis que l'hélicoptère décollait, l'esprit de Reed passa en revue les différentes options qui s'ouvraient à lui avec la même fureur que celle du vent qui lui ébouriffait les cheveux. Il avait envie d'une nouvelle occasion avec Eve, mais agir ainsi risquerait d'écarter définitivement Caïn. Or, sans lui, Reed perdrait la possibilité de réaliser ses ambitions.

Il ne pouvait se le permettre. Cette situation constituait sa meilleure chance de prouver la conviction depuis longtemps acquise qu'il était prêt à être promu archange.

Reed savait sans l'ombre d'un doute qu'il était capable de tenir les rênes d'une compagnie. La population mondiale avait augmenté de manière exponentielle. Les sept compagnies existantes, avec leurs effectifs insuffisants, ployaient sous la charge de travail tandis que les archanges à leur tête étaient trop considérés. Ils étaient en quête permanente de l'approbation de Dieu et ne cessaient de se quereller. Un accroissement des effectifs était nécessaire et Reed était déterminé à saisir cette opportunité le moment venu.

Sauter Eve était très excitant, mais le plaisir était éphémère. En se tenant à l'écart de ses charmes, il pourrait profiter de la satisfaction durable de gouverner quelque chose que Caïn croyait être sa seule propriété.

Il n'aurait pas dû hésiter ainsi. La meilleure des deux options – Eve ou la réalisation de ses objectifs – était évidente.

— Eve, grogna-t-il en se passant la main dans les cheveux.

Elle était aussi désarmée et vulnérable qu'une petite souris, et les Infernaux tournoyaient déjà autour d'elle tels des faucons affamés. Tout comme lui, d'ailleurs...

Gare aux pommes tentatrices.

Il aurait dû deviner ce qui allait se passer dès le moment où elle lui avait décoché ce regard torride dans le hall ce jour-là. Merde.

Reed fit volte-face et redescendit du toit.

Alec s'arrêta à un feu rouge et maintint sa moto en équilibre, une jambe posée à terre. Il connaissait la soif de reconnaissance de Raguel envers Dieu et savait depuis le début que maintenir Eve sur le lieu de son ancienne vie serait risqué. Mais il n'aurait jamais imaginé que l'archange la mettrait délibérément en danger. S'il avait cru cela possible, il aurait demandé une autre compagnie. L'Antarctique, peut-être. Ou l'Australie.

Il serra le guidon à s'en faire blanchir les phalanges.

Il se retrouvait prisonnier de la seule chose dont il se souciait, acculé, piégé entre un Dieu désapprobateur, un frère hostile et un archange trop ambitieux prêt à tout pour arriver à ses fins. Et Eve. Eve, fougueuse et sexy, était le ciment de toute l'affaire.

Raguel partait du principe qu'Alec souhaitait se débarrasser de la marque et revenir à une vie normale. C'était sa plus grosse erreur. Il s'imaginait que l'attrait des indulgences doublées et l'accès à la liberté que cela sous-entendait seraient irrésistibles. Il ne comprenait pas qu'Alec n'avait qu'une unique compétence, un seul talent : tuer. Alec n'était pas plus capable de s'en détourner pour mener une existence « normale » que de cesser d'aimer Evangeline Hollis. Mais son ambition de prendre la tête de sa propre compagnie restait un secret pour tous. Il garderait cette idée pour lui jusqu'au jour où il pourrait y voir autre chose qu'un rêve utopique.

Eve.

Malgré le tourbillon de ses pensées, rien ne pouvait lui faire oublier la sensation de son corps chaud et doux niché contre son dos. Elle était si délicate, si fragile. Il allait devoir l'entraîner lui-même pour le moment, une solution loin d'être idéale. Il travaillait seul depuis si longtemps. Il n'avait aucune idée sur la manière de s'y prendre, sur quoi se concentrer… ni sur quoi que ce soit d'autre. Il était complètement désemparé.

Eve lui tapota la cuisse et éleva la voix pour se faire entendre par-dessus le bruit du moteur.

— Retournons à la maison. Je veux voir comment va ma mère.

La maison. Avec Eve. Un sourire amer se dessina sur ses lèvres. Derrière sa personnalité meurtrière, une petite partie de lui-même était profondément éprise de ce rêve.

Il hocha la tête. Quand le feu passa au vert, il modifia sa trajectoire pour prendre la direction de chez Eve. Cette fois, il n'eut pas besoin d'attendre l'arrivée d'un autre résident pour ouvrir l'accès au parking. Eve entra le code et il alla se garer sur l'emplacement voisin de celui où elle laissait sa voiture. Monsieur et madame. Occuper ainsi la place réservée au conjoint d'Eve l'affecta d'une manière inattendue. Il se sentit durcir.

Descendre de moto s'avéra soudain plus délicat, mais il y parvint sans trop de mal.

L'idée que le temps passé ensemble était limité… la menace qui planait sur elle… la peur qu'il puisse ne pas suffire à la protéger… les phéromones qu'exsudait sa marque…

Il sentit son corps réagir par un désir primitif de revendiquer ce qui lui revenait. Lorsque Eve retira son casque et secoua sa chevelure, cela lui fit l'effet d'une cape qu'on agite devant le taureau enragé. Il lutta pour maîtriser son envie féroce de la plaquer contre le mur pour la chevaucher jusqu'à l'orgasme. Il recula de quelques pas afin de mettre un peu de distance entre eux.

Elle se tourna vers lui et s'immobilisa. Il vit la chaleur se répandre en elle, allumer dans ses yeux sombres une soif de sexe à la hauteur de la sienne. Ce n'était plus la jeune fille timide et inexpérimentée qu'il avait aimée dix ans plus tôt. Plus celle qui avait frémi lorsqu'il l'avait touchée et pleuré au moment où il l'avait embrassée. C'était désormais la femme qu'elle était devenue qui *le* faisait frémir.

Eve fixa la sangle de son casque au dosseret de la selle et murmura :

— Attrape-moi.

Ce fut l'unique avertissement auquel il eut droit avant qu'elle bondisse sur lui. Si fine soit-elle, la marque lui conférait force et vitesse. Il tituba sous l'impact ; ses clés et son casque atterrirent sur le sol de ciment. Eve lui emprisonna les hanches de ses jambes et referma ses bras autour de son cou. Sa bouche s'écrasa sur la sienne, ses lèvres pulpeuses pressées en travers des siennes avec une ardeur qui lui coupa à la fois le souffle et la chique.

Elle serra les cuisses et se redressa, le forçant à incliner la tête en arrière de manière à pouvoir le toiser de haut. Cette posture dominatrice fit un tel effet à Alec qu'il sut tout de suite qu'il n'attendrait pas d'être arrivé à l'étage pour entrer en elle. L'entêtant parfum d'Eve embrasait ses sens et tout son être. Il n'y avait pas de fragrance plus merveilleuse au monde que cette senteur de cerises mûres et sucrées. Et, tel un supplément de chantilly, la marque intensifiait l'odeur, la rendait plus somptueuse encore.

Il lui tint les fesses d'une main et plongea la deuxième dans son épaisse chevelure soyeuse. Comme Eve se tortillait contre lui, il arracha ses lèvres aux siennes afin de reprendre son souffle. En retour, elle agrippa ses cheveux par poignées pour l'obliger à lui accorder toute son attention. Le regard d'Alec croisa le sien et fut pris au piège. Elle était aussi excitée que lui, mais la lueur déterminée qu'il lisait dans ses yeux indiquait qu'elle n'avait pas encore entièrement succombé au désir.

Alec en fit donc sa mission. Il lâcha sa chevelure et referma sa paume sur son sein qu'il pétrit avec force. Sentant son mamelon durcir entre ses doigts, il ne put retenir un grondement de plaisir.

Eve se pencha un peu plus vers lui. Leurs souffles haletants se mélangèrent, les mèches d'Eve dissimulant leurs visages derrière un rideau d'ébène.

— Quelqu'un nous observe, n'est-ce pas ? chuchota-t-elle. Et nous écoute ?

— Quoi ?

Il abaissa son bras afin que l'entrecuisse brûlant d'Eve vienne frotter contre son membre endolori. Il la fit aller et venir sur toute sa longueur puis elle reprit l'initiative, ondulant contre lui dans un mouvement fluide qui le fit frissonner.

— Mon appartement, reprit-elle, un éclat fiévreux dans le regard. Les communs. Caméras. Micros. Aucune intimité nulle part, n'est-ce pas ? Gadara nous observe et nous écoute.

La réalité de la situation dissipa les brumes du désir d'Alec. Il se souvint que Raguel était administrateur des lieux.

— Sans doute, grogna-t-il. Probablement. Oui.

— On ne peut pas discuter librement ?

— Qui parle de discuter ?

Un raclement de gorge derrière eux leur rappela soudain à quel point leurs ébats étaient publics.

Ils tournèrent la tête pour découvrir Mme Basso, debout près des boîtes aux lettres. Elle leur tournait le dos et s'escrimait avec la serrure de sa boîte. Mais il était évident qu'elle en avait vu plus qu'aucun d'entre eux ne l'aurait souhaité.

— Repose-moi, siffla Eve.

Alec obtempéra aussitôt.

— Si le baiser n'a pas choqué Mme Basso, mon érection en furie risque de le faire.

— Tiens-toi bien ! ordonna-t-elle en lui donnant une tape.

— C'est *toi* qui m'as attaqué, petit ange !

— Je t'ai fait sourire, répliqua-t-elle avec un clin d'œil.

Il la dévisagea quelques instants sans rien dire, saisi par un sentiment de déjà-vu remontant à dix ans, puis laissa échapper un petit rire.

— J'ai perdu la main, dit-il tout en rajustant son entrejambe dans une vaine tentative pour retrouver un semblant de confort. Tu me roulais des pelles en pensant à Gadara.

— J'ai entendu le bruit de la caméra.

Alec marqua un temps d'arrêt. Il n'était pas si étonné de n'avoir rien entendu. Mécontent, oui, mais pas vraiment surpris. Pour la première fois de sa vie, on lui avait donné quelque chose qu'il désirait et il en profitait pleinement. Non, ce qui le stupéfiait, c'était l'ouïe fine d'Eve.

— Tu as entendu le bruit de la caméra, répéta-t-il.

Elle répondit par un sourire malicieux.

— J'imagine qu'on n'avait pas encore atteint le point où la cervelle entre en ébullition.

— La prochaine fois, promit-il.

Il se pencha pour ramasser son casque et ses clés.

— Tu es futée, petit ange. Ça me plaît.

— Et si je n'avais pas été aussi fan de James Bond et Jason Bourne ? On serait en train de concurrencer la fameuse *sex tape* de Pamela Anderson.

Alec encaissa sans rien dire. Ce n'était pas agréable à admettre, mais elle avait raison.

— Je n'ai jamais été mentor auparavant. J'apprends sur le tas.

— Super.

— Mais j'apprends vite, affirma-t-il.

Il jeta un coup d'œil vers le hall. Mme Basso s'était éclipsée.

— Ça vaudrait mieux, soupira Eve.

Elle s'approcha du coffre de la voiture pour y récupérer le courrier qu'il y avait déposé un peu plus tôt.

— Sans quoi on est vraiment mal barrés.

Alec sourit. Elle n'allait pas s'effondrer en larmes ou lui faire une scène. Bénie soit-elle.

— Allons-y, dit-elle. On a du pain sur la planche.

Elle reprit la direction de l'ascenseur, d'un pas déterminé.

— Il va falloir que je trouve un truc à dire à ma voisine. Bonjour la honte.

— Elle agira peut-être comme s'il n'était rien arrivé.

Il la suivit en observant la façon dont elle se mouvait pour faire mentalement la liste des techniques d'autodéfense dans lesquelles elle était susceptible d'exceller. Ses jambes étaient longues et souples, on devinait les contours de ses biceps. Il songea que la boxe thaïe constituerait sans doute un bon début.

— Argh. Je déteste quand les gens font ça, gémit-elle. Je préfère encore mettre clairement les choses sur la table pour dissiper les tensions.

Fonceuse, songea-t-il avec affection. Typique de son petit ange.

Un bruissement mécanique les suivit : le son des caméras de surveillance bien décidées à les garder à l'œil.

— Maman ? appela Eve en ouvrant la porte.
— Elle n'est pas là ! lui répondit la voix de sa mère.
Une vague de soulagement l'envahit. Elle sourit à Alec qui se contenta de secouer la tête. Lorsqu'il déposa son casque et ses clés sur la console près de la porte, elle lut une étincelle d'amusement dans son regard. Mais rien qui puisse faire oublier sa posture : il semblait porter tout le poids du monde sur ses épaules.
Miyoko apparut dans le couloir, une pile de linge fraîchement lavé dans les bras. Avec ses couettes et ses pieds affublés de chaussons Hello Kitty, elle ressemblait à une adolescente.
— Vous avez faim ? demanda-t-elle.
Le ventre d'Eve émit un gargouillis d'assentiment.
— J'ai toujours faim en ce moment.
— Tu es peut-être enceinte.
— Maman ! protesta faiblement Eve en coulant un regard vers Alex.
Elle n'avait pas pris la pilule pendant la semaine d'acclimatation à la marque. Après quoi ils avaient roulé dans les draps pendant des heures…
Mâchoires serrées, Alec fit brièvement non de la tête. Mais comment pouvait-il en être sûr ?
Ce n'était cependant pas une question à poser sur l'instant.
— À moins que tu ne sois nonne ou stérile, c'est une possibilité, répondit sa mère.
Eve se rendit dans la cuisine. Plusieurs décennies à exercer en tant qu'infirmière avaient rendu Miyoko

franche et directe lorsqu'il s'agissait d'évoquer les questions de santé.

Eve déposa son courrier sur le plan de travail puis récupéra un soda dans le réfrigérateur en songeant qu'elle se serait sans doute versé un shot de rhum si seulement cela en avait encore valu la peine. Puis elle pensa aux bébés et aux effets de l'alcool sur les fœtus. Elle remit le soda à sa place pour prendre une briquette individuelle de jus d'orange.

— Ne laisse pas ces lettres ici, lui dit sa mère qui, après avoir posé le linge sur le canapé, l'avait suivie dans la cuisine.

— Je suis chez moi, maman, répondit Eve.

Elle tourna le bouchon et but longuement.

— Et qui entretient ta maison ?

— Qui t'a demandé de le faire ? Je maintiens l'appart en ordre et je suis une adulte. Ne fais pas comme si je ne pouvais pas survivre sans toi.

Le visage de Miyoko se figea.

— Je sais que tu n'as pas besoin de moi, dit-elle. Tu n'as jamais eu besoin de moi.

Alec arriva à son tour.

— Et si je nous faisais des sandwichs ? proposa-t-il.

— J'ai préparé de l'*onigiri*, répondit Miyoko, lèvres pincées.

— Merveilleux, répondit Alec.

Une main posée au creux de la taille d'Eve, il s'était exprimé d'une voix douce destinée à apaiser les tensions.

— J'adore l'*onigiri*, ajouta-t-il.

Eve également. Ce qui était sans doute la raison pour laquelle sa mère avait façonné ces petites « boules » de riz. Le riz vapeur, aromatisé à l'aide d'assaisonnements divers appelés *furikake*, était découpé en petits pâtés triangulaires. Eve en avait mangé durant toute son enfance, avec un plaisir sans cesse renouvelé.

Fermant les yeux, elle prit le temps d'expirer lentement.

Elle détestait se sentir sur la défensive au contact de sa mère. Après toutes ces années, elle aurait dû être capable de ne pas prendre la mouche quand celle-ci pointait du doigt certains de ses défauts. Mais Miyoko avait toujours su déclencher des réactions explosives chez sa fille. Elle pouvait se montrer condescendante et critique puis joyeuse et pleine de louanges l'instant d'après. Eve savait que leurs accrochages étaient en partie dus à leurs différences culturelles. Sa mère était arrivée aux États-Unis vers vingt-cinq ans et retournait tous les ans au Japon. Bien que désormais citoyenne américaine naturalisée, Miyoko restait une femme japonaise avant tout.

— Excuse-moi, maman.

Elle posa sa boisson et s'appuya lourdement contre le plan de travail. Elle se prit à souhaiter – comme elle l'avait déjà fait mille fois auparavant – vivre une relation plus sereine avec ses propres enfants le jour où elle en aurait.

— J'ai eu une très mauvaise journée, expliqua-t-elle. Mais j'apprécie tout ce que tu fais pour moi.

Sa mère demeura silencieuse pendant plusieurs longues secondes, sa silhouette menue crispée de colère et d'indignation.

— Cette humeur grincheuse aurait-elle un rapport avec ton nouveau travail ? demanda-t-elle.

— Comment es-tu au courant ?

Eve était superstitieuse. Elle n'aimait pas partager une bonne nouvelle qui n'était pas confirmée à cent pour cent.

— Je suis ta mère. Je sais beaucoup de choses.

Eve gémit intérieurement.

— Quelqu'un est passé durant notre absence ? s'enquit Alec.

Il plongea la main dans la boîte posée sur le comptoir pour y prélever une galette de riz généreusement saupoudrée de *furikake* au bœuf. Il la tendit à Eve puis en choisit une autre – enveloppée dans de l'algue *nori* – pour lui-même.

— Oui. Deux jeunes gens. Ils ont laissé une mallette et une boîte pour toi.

— Où sont-elles ? demanda Eve en se redressant.

— Je les ai posées dans ton bureau.

— Ils ont dit quelque chose ?

— Ils étaient très gentils, répondit Miyoko avec un sourire un peu forcé. J'ai fait du café et ils m'ont un peu parlé des réalisations de M. Gadara. J'ai l'impression que c'est une superbe occasion pour toi.

Eve frissonna à l'idée que des sbires de Gadara aient approché sa mère pour tâcher de la charmer et de l'impressionner. De la rallier à leur cause. Des loups déguisés en agneaux.

— Et c'est donc pour ça que tu es grincheuse ? insista sa mère. Changer de poste est l'un des événements les plus stressants qui soient. Il faut que tu prennes plus de vitamine B.

— En partie, répondit Eve.

Voire totalement. Elle jeta un coup d'œil à Alec qui observait son jus d'orange avec un regard d'une étrange intensité.

— Tu ne m'avais pas dit que tu envisageais de démissionner, ajouta Miyoko avec agacement.

— Je ne voulais pas m'attirer la poisse. Travailler pour Gadara Enterprises représente un pas de géant pour ma carrière et je n'étais pas certaine d'y arriver. Et puis je n'ai passé qu'un seul entretien.

— Qui t'a valu une offre ? répondit sa mère en essuyant le plan de travail immaculé à l'aide d'un torchon. Tu ne devrais pas être si étonnée. Tu es belle et intelligente, toute personne un peu sensée devrait s'estimer heureuse de t'avoir auprès d'elle.

L'irritation d'Eve s'était entièrement dissipée.

— Merci.

Miyoko haussa les épaules.

— C'est la vérité. Il est juif ? Ou du Moyen-Orient ?

— Gadara ? C'est un Afro-Américain. Pourquoi ?

— Son nom. Il apparaît dans la Bible.

— Ah bon ?

Elle coula un regard vers Alec qui s'emparait d'un nouvel *onigiri*.

— Gadara est l'endroit où le Christ a changé les démons en cochons, expliqua-t-il avant de mordre une bouchée.

— Il l'a choisi exprès ? demanda Eve.

Miyoko secoua la tête.

— Les gens ne choisissent pas leur nom, voyons. À part peut-être les célébrités. Bref, je vais terminer avec le linge et puis je rentrerai à la maison.

— Papa revient aujourd'hui ?

— Demain. Mais j'ai des choses à préparer.

Eve soupira. Elle se sentait très mal d'avoir blessé sa mère.

— J'aurais bien aimé que tu restes.

— Tu as un invité. Tu n'as pas besoin de moi.

— Ce n'est pas une question de besoin mais d'envie, maman.

— Pas aujourd'hui.

Miyoko se détourna et repartit vers le séjour où elle s'assit sur le canapé pour plier le linge.

Alec massa Eve entre les omoplates.

— Ça va ?

— Non. Ma vie est craignos.

— Je pourrais t'aider à oublier tout ça un moment, ronronna-t-il à voix basse.

Elle fit volte-face pour le regarder droit dans les yeux. Elle ouvrit la bouche... puis la referma. La cuisine n'était pas le meilleur endroit pour aborder le sexe et ses inévitables ramifications. Elle le saisit par le col et le tira jusqu'à son bureau.

— Je suis stérile, annonça-t-il abruptement avant qu'elle commence à parler.

Eve en resta bouche bée. Alec était l'homme le plus viril qu'elle ait jamais rencontré.

— Q... Quoi ?

— Je t'ai vue remplacer ton soda par un jus d'orange. Tu n'es pas enceinte.

Elle se redressa vivement, blessée. Il avait prononcé ces mots d'une manière si irrévocable. Son regard était froid, distant, ses lèvres pincées.

— Dieu t'en garde, c'est ça ? dit-elle avec un sourire moqueur. Tu ne voudrais pas de ce genre de complications, j'imagine.

— Ne prétends pas me dire ce que je voudrais ou non, répliqua-t-il. Aucun châtiment venu du ciel ou des enfers n'est aussi douloureux que la perte d'un enfant. Et pourtant, je serais peut-être capable de le vivre de nouveau pour toi. Mais ce n'est pas possible, Eve.

— Pourquoi ?

— J'ai failli perdre la tête quand le dernier de mes enfants est mort. J'ai dit à Dieu des choses que je regrette. Je ne comprenais pas pourquoi je devais être puni ainsi, en plus du reste. Pourquoi j'étais condamné à une vie interminable tandis que mes enfants connaissaient une existence de mortels.

Eve sentit sa gorge se serrer de compassion.

— Alec...

— Dieu nous en garde effectivement, petit ange, répondit-il, bras croisés. La marque stérilise désormais tout le monde. Les Marquées n'ont plus leurs règles et les Marqués ne produisent plus de spermatozoïdes.

Le temps parut suspendre son vol avant de s'écraser brutalement sur le crâne d'Eve. Des années de rêves et d'espoirs remontèrent en elle tel un torrent pour jaillir sous la forme d'un flot de larmes brûlantes.

— Est-ce que c'est définitif ?

— Je ne sais pas. Eve...

Il vibrait de tout son être. Elle pouvait sentir le trouble qui l'agitait. Alec vivait avec l'impression que chacun de ses actes était un faux pas. Une nouvelle erreur dans une existence pleine d'erreurs.

Il était passionné, impulsif, têtu. Mais pouvait-elle le tenir responsable de ce qui lui arrivait ? Il n'avait pas pu prévoir l'impact que ses décisions auraient sur les autres. Des tas de saloperies arrivaient tous les jours. Viols, passages à tabac, vols avec violence, maltraitance... et toutes sortes d'autres trucs affreux. Fausses couches, accidents, famine. Mais être une victime était un choix personnel, et Eve refusait d'être une victime.

— Ange ?

Alec fit un pas vers elle. Un mouvement maladroit, saccadé, qui contrastait avec sa démarche de fauve habituelle.

— Donne-moi un instant...

Elle se détourna pour sécher ses larmes... et se figea en découvrant une haute silhouette remarquablement bien habillée dans l'encadrement de la porte.

— Rude journée, poulette ? chuchota Reed en l'examinant attentivement.

— Et ça ne semble pas près de s'arrêter.

Elle s'essuya les joues avec impatience.

— Que puis-je faire pour t'aider ? demanda Reed.

— Casse-toi, gronda Alec. Tu as fait assez de dégâts comme ça.

— Tu aimerais bien pouvoir me virer, hein ? rétorqua Reed.

Inutile de nier la réalité de la situation. Rien n'arrivait au hasard. Eve n'avait pas besoin d'être religieuse pour le savoir. Et se plaindre réclamerait plus d'énergie que d'agir pour changer les choses. Plutôt que de s'effondrer, elle sentait sa détermination renforcée. Une chose à la fois.

Comprendre l'histoire avec le tengu.

Régler le cas du nix.

Se débarrasser de la marque.

Tout cela était faisable.

— Je vais prendre une douche, annonça-t-elle.

Elle voulait quitter son jean que l'eau projetée par le nix avait raidi une fois séché.

— Puis j'irai enquêter en ligne pour en apprendre plus sur la société de maçonnerie Géhenne. Quant à vous deux, vous pouvez vous entretuer ou aider ma mère à plier le linge.

Ils la regardèrent sans rien dire.

— Ou préparer le dîner, si vous savez cuisiner. Je suis affamée.

Puis elle leur fit au revoir de la main et sortit.

13

Eve gardait les yeux braqués sur son écran d'ordinateur, très concentrée. Elle s'était autorisé une bonne crise de larmes sous la douche. Une douche désormais décorée d'une croix en aluminium suspendue au pommeau de douche. Eve, agnostique de longue date, avait à présent un crucifix dans sa douche et la marque de Caïn sur le bras.

Sa situation l'avait d'abord fait rire, puis étaient venues les larmes, impossibles à arrêter. Elle avait tout laissé sortir, frustration et colère, tristesse et inquiétude. Elle était certaine qu'elle venait de verser plus de larmes sous cette douche qu'au cours de toute sa vie. Après quoi elle s'était juré que c'était le seul moment d'apitoiement qu'elle s'offrirait. C'était trop éprouvant.

Le résultat, ceci dit, n'était pas très joli à voir. Elle se sentait essorée comme un torchon de vaisselle. Reed et Alec l'avaient tous les deux regardée d'un air coupable et circonspect. Elle avait fini par battre en retraite vers son bureau pour épargner tout le monde.

Reed avait plié le linge avec sa mère tandis qu'Alec préparait un ragoût copieux pour le dîner. Miyoko avait insisté pour émincer les légumes et suggéré un choix d'épices, puis elle était rentrée chez elle, visiblement à contrecœur. Toujours aussi têtue.

Eve s'attendait à recevoir un appel dès le lendemain pour lui demander pourquoi Reed – son superviseur – était venu dîner et plier son linge. Elle espérait avoir trouvé une bonne excuse d'ici là.

Pour l'heure, elle interrogeait Google pour rassembler des informations à propos de l'entreprise de maçonnerie Géhenne. Elle prit aussi le temps de s'intéresser à Megiddo Industries. La société existait. Et Alec était identifié comme son président et fondateur. Le nom « Megiddo » apparaissait également comme un lieu plus connu sous le nom d'Armageddon. Alec s'était présenté comme un chasseur de têtes spécialisé dans la prévention des catastrophes. Eve ne put que rire devant son sens de l'humour noir.

— Qu'est-ce qu'il y a de si drôle ? demanda Reed.

Levant les yeux, Eve le vit debout sur le seuil, comme au moment de son arrivée. Il affectait une pose insolente, les mains dans les poches, sa chemise bleu pâle ouverte sur sa gorge. La pièce était plongée dans le noir, si bien que la lumière derrière lui rendait sa silhouette dangereusement attirante.

Elle haussa les épaules avec une nonchalance feinte. Peu importe ce qu'il pouvait dire ou faire, elle n'arrivait pas à chasser les souvenirs de leur rencontre.

— Rien. Quoi de neuf ?

— Et de ton côté ?

— Je fais des recherches sur les maçons qui ont créé le tengu, répondit-elle en reportant son attention sur l'écran.

— Ça avance bien ?

— Ça va. Difficile de savoir si on a trouvé ce que l'on cherche quand on ne sait pas ce que c'est.

Il s'avança vers elle. Toujours cette démarche masculine à la limite de l'arrogance. Les deux frères avaient beau se mouvoir de manière très différente, ils lui faisaient tous deux autant d'effet.

— Où est Alec ?

— Il vérifie le balcon pour s'assurer qu'il n'y a aucune fuite d'eau.

— À cause du nix ?

— Oui.

— Il pourrait entrer de cette manière ?

— Il peut entrer partout où il y a une source d'eau.

Reed vint se poster près d'elle et la dévisagea de ce regard indéchiffrable qu'elle commençait à connaître sans toutefois le comprendre. Elle captait sans mal le côté « j'ai envie de toi » mais le reste – la confusion, les regrets et la compassion – lui échappait.

Eve fit pivoter son siège et se pencha en arrière pour soutenir son regard. Reed était intimidant, mais elle maintint un air serein, presque indifférent. Avec les méplats de son visage uniquement éclairés par l'éclat du moniteur, il avait moins l'air d'un ange que d'un démon.

— Géhenne est une entreprise essentiellement locale, dit-elle. Leur siège est à Upland, ici, en Californie.

— C'est à... quoi ? Quarante-cinq minutes de route ?

— Plus ou moins, en fonction de la circulation.

Il hocha la tête.

— Leur nom de domaine n'a que quelques années, reprit-elle. De toute évidence, l'entreprise est récente. Mais on dirait qu'ils sont vite devenus solvables.

La lumière s'alluma et Alec entra dans le bureau. Il fusilla son frère du regard.

— Nous devons nous y rendre, dit-il. Jeter un coup d'œil sur place, voir ce qu'ils y font.

— Vas-y donc, répliqua Reed. Je resterai avec elle. Pas la peine de la mettre inutilement en danger.

Alec s'approcha du bureau.

— Arrête les conneries, dit-il. Tu aurais dû y penser avant de l'assigner à cette mission. On ne peut pas avoir le beurre et l'argent du beurre.

— Moi, l'assigner ? répondit Reed avec incrédulité.

Eve se tourna vers lui pour tâcher de confirmer visuellement la surprise qu'elle avait captée dans sa voix. Elle le vit adopter immédiatement une expression destinée à ne rien laisser paraître. Mais l'étonnement qu'elle avait aperçu pendant une fraction de seconde suffit à faire naître un doute. Reed était-il réellement aux commandes ?

— Tu ne l'as pas fait ? demanda-t-elle.

— Il ne te dira pas la vérité, l'avertit Alec.

Reed croisa les bras.

— Ne parle pas pour moi.

— Tu n'auras pas le droit à un deuxième tour de manège, frérot. Mets-toi bien ça dans la tête. Tu ne seras plus jamais seule avec elle.

Eve se leva.

— Ça suffit. Je trouve cette histoire de « tour de manège » insultante.

— Désolé, petit ange, maugréa Alec.

— Je fais mes propres choix, dit-elle. Et pour l'heure, j'aimerais vraiment retourner dans l'immeuble aux gargouilles pour y regarder de plus près.

— Pourquoi ?

— Parce qu'il est trop tard pour faire le trajet jusqu'à Upland ce soir. Et que je me sens fébrile, comme s'il fallait absolument que j'agisse. Je n'aime pas cette impression.

Elle dévisagea les deux hommes.

— Ça ne peut pas faire de mal d'aller voir.

— L'endroit sera fermé.

— Et c'est le genre de trucs qui t'arrêtent d'habitude ? lui lança-t-elle sur un ton de défi.

— Ce sera gardé, intervint Reed. Mais tu devrais avoir reçu un badge Gadara Enterprises. Comme vous êtes de la maison, les gardes ne vous causeront pas de problèmes.

Il se tourna vers Alec, une lueur de triomphe dans le regard.

— Tu as encore beaucoup à apprendre, *frérot*.

Eve baissa les yeux vers la boîte noire laquée qu'on lui avait livrée plus tôt dans la soirée. Elle souleva le couvercle serti d'une croix en ivoire et fouilla à l'intérieur.

— Ils en ont aussi laissé pour toi, Alec, dit-elle en désignant un carton posé sur le sofa. Là-dedans.

— Pas question ! gronda-t-il. Raguel peut toujours rêver s'il espère me voir rejoindre tranquillement les rangs de ses sous-fifres.

La boîte d'Eve, de la taille d'une grande boîte à chaussures, était remplie d'un assortiment d'articles allant du baume pour les lèvres à une espèce de bombe lacrymogène.

Elle en sortit également ce qui ressemblait à un portefeuille en cuir et l'ouvrit. À l'intérieur se trouvait une carte d'identification assortie de la photo d'identité prise le jour de son entretien initial. Elle frissonna en songeant que tout le monde savait qu'elle était sur le point d'être marquée quelques minutes plus tard, mais que personne n'avait rien dit ni rien tenté pour l'aider. Si la situation avait été inversée, elle aurait conseillé à la candidate de s'enfuir à toutes jambes sans se retourner.

— C'est ça, confirma Reed qui regardait par-dessus son épaule.

Eve passa le doigt sur le logo Gadara en relief. Un filigrane réfléchissant compliquait la tâche d'un éventuel faussaire. Les symboles constituaient une combinaison d'images familières – telles que la croix – et d'autres qui évoquaient les hiéroglyphes.

— Je croyais que tous les employés de Gadara étaient des Marqués. Ils ne peuvent pas simplement capter mon odeur ? Quel est l'intérêt d'un tel badge ?

— Les employés qui travaillent dans la tour Gadara sont des Marqués, expliqua Reed. Ils forment une sorte de système de première alerte pour assurer la sécurité de Raguel. Impossible pour un Infernal de s'infiltrer dans l'immeuble sans être détecté. Mais les filiales et les entreprises satellites emploient des mortels.

— Assurer sa sécurité ? Je croyais que c'était un archange. Qui voudrait s'en prendre à lui ?

— Un Infernal en quête d'une grosse promotion.

— Mais un archange lui mettrait une raclée, non ?

— À condition de le voir venir. Les dirigeants des sept compagnies mènent des existences de simples mortels, en dehors des sept semaines par an où ils sont libres d'utiliser leurs pouvoir pour entraîner les Marqués.

— Ils perdent leurs pouvoirs ?

— Ils ont le choix, la corrigea Alec. Ils peuvent se servir de leurs dons, mais en sachant qu'il y aura des conséquences. À eux de décider si la transgression en vaut la peine.

Eve émit un reniflement moqueur.

— Encore un exemple de Dieu s'escrimant à rendre les gens fous.

— Par quel autre biais pourraient-ils comprendre les hommes, petit ange ? Les archanges doivent faire preuve d'empathie pour conserver leur motivation. Ils ont refusé de s'incliner devant l'homme comme Dieu l'ordonnait. Quel meilleur moyen de mesurer leur erreur que de se retrouver à la place d'un mortel ?

— De l'empathie ? reprit Eve avec un sourire dénué d'humour. Franchement, à leur place, je serais plutôt frustrée et amère. Pourquoi devrais-je perdre le privilège d'user de mes pouvoirs pour protéger des gens qui n'en ont rien à faire de moi ? À moins que les archanges soient véritablement angéliques – et ce n'est pas l'impression que m'a donnée Gadara –, ce truc de châtiment-pour-qui-utilise-son-pouvoir, c'est le meilleur moyen de semer la zizanie.

— Les concepts « angélique » et « démoniaque » sont des inventions humaines, déclara Reed.

— C'est bien ce que j'avais compris. Gadara a dit que les démons tiraient leurs mauvais tours du même sac à malice que les anges. Ils sont frères, non ? Des fruits issus du même arbre, nés du même père ? Il semble logique qu'ils soient enclins aux mêmes vices, notamment à la colère lorsqu'on les prive de quelque chose alors qu'ils n'y sont pour rien.

Reed se renfrogna.

— Pourquoi est-ce qu'on discute de ça ?

Eve laissa tomber le portefeuille sur son bureau et se leva.

— Parce que c'est nécessaire. Quand les archanges retrouveront-ils le plein usage de leurs pouvoirs ?

— Après l'Armageddon.

Alec croisa les bras et se campa au sol, pieds écartés. La posture d'un homme prêt à agir, voire à se battre.

— Il serait donc envisageable qu'ils aient envie d'accélérer le mouvement ? suggéra Eve.

— Tu raisonnes comme une mortelle, répliqua Reed.

— Je t'offre un scoop : je *suis* une mortelle. Cette marque sur mon bras n'y changera rien. Osez me dire que vous n'avez jamais envisagé que les dirigeants des compagnies puissent jouer sans respecter les règles.

Reed haussa les sourcils.

— Je ne pense pas comme ça.

Eve se tourna vivement vers Alec.

— Je sais que toi, tu y as pensé. Tu n'aimes pas porter des œillères.

— Qu'est-ce que tu sous-entends ? s'agaça Reed.

Eve haussa les épaules.

— Gadara te présente comme un employé loyal, Reed. Quelqu'un qui respecte les règles établies. Tu as une vision précise de la façon dont le monde doit tourner et tu ne t'autorises pas à le percevoir autrement.

— Ne joue pas les psys avec moi ! tança-t-il en faisant un pas vers elle. Si tu veux passer au crible la cervelle de quelqu'un, pourquoi ne t'attaques-tu pas plutôt au maniaque ultra-violent avec qui tu baises ?

— J'ai touché la corde sensible, on dirait.

— Tu racontes n'importe quoi. Tu veux que j'inverse les rôles pour voir si ça te plaît ?

— Baisse d'un ton, l'avertit Alec. Continue à la provoquer et c'est à moi que tu auras affaire.

— La ferme, gronda Reed, les poings serrés. Si elle se lance dans des théories du complot délirantes, il faudra qu'elle affronte toute seule les conséquences.

La violence de ses propos intriguait Eve. Alec accueillait ses questions avec une légère crispation, mais Reed, lui, était tendu à l'extrême. Elle choisit de s'adresser d'abord à Alec.

— Donc, en dehors de la tour Gadara, certains employés sont des mortels.

Il opina du chef.

— Et si je leur montre cet insigne, ils me laisseront entrer, mais ils enregistreront également notre passage, n'est-ce pas ? La carte de crédit, les micros, les caméras... tout cela constitue une méthode d'espionnage cybernétique en lieu et place d'une surveillance alimentée par les pouvoirs divins, non ?

— Exact. À quoi tu penses ?

— À rien.

Eve se leva et contourna le bureau. Elle en avait déjà bien assez dit à quiconque l'écoutait par le biais des micros dissimulés dans son appartement. Elle garderait le reste pour elle en attendant l'occasion de pouvoir s'exprimer librement.

— Le temps de me préparer et on y va.

Reed fit mine de la suivre, mais Alec s'interposa.

— Laisse-la tranquille.

— Je fais simplement mon boulot, répondit Reed d'une voix dangereusement douce.

— Détends-toi, Alec, intervint Eve.

Un grognement sourd de prédateur emplit l'air. Eve quitta la pièce en secouant la tête. Les deux frères allaient devoir trouver seuls le moyen de travailler ensemble.

Alors qu'elle refermait la porte de sa chambre, le battant s'arrêta à mi-chemin et fut repoussé en arrière. Reed entra et balaya la pièce du regard avant d'arrêter son attention sur le lit.

— Feng shui, murmura-t-il. Tu crois au moins un peu en quelque chose.

— Quel rapport entre la foi et le feng shui ?

Elle le regarda fermer la porte, secrètement impressionnée par sa capacité d'observation.

— Tu essaies de puiser dans des énergies invisibles dont tu ne peux prouver la réalité. Peu importe que tu penses ou non que Dieu en est à l'origine, au moins tu reconnais qu'il existe des forces extérieures à toi.

— Tu vas me donner mal au crâne.

Il rit, un son de velours qui vint caresser la peau d'Eve.

— Tu ne peux plus avoir la migraine, dit-il.

— C'est ce que tu crois.

Elle se dirigea vers le placard dont elle fit coulisser la porte en bois. Il lui avait fallu du temps pour trouver deux panneaux en pin blanchi de la bonne taille. Mais le jeu en valait la chandelle. Le soir, elle aimait contempler le grain du bois avant de céder au sommeil.

— Écoute... commença Reed.

Son ton grave incita Eve à reporter son regard vers lui.

— Quand les Marqués partent en chasse, ils changent.

— C'est-à-dire ?

— Leurs sens s'aiguisent. Tu feras sans doute l'expérience d'un rétrécissement du champ visuel. On le voit chez les félins qui s'aplatissent au sol et se préparent à bondir. Ils sont tellement absorbés par ce qu'ils font qu'ils ne captent plus rien d'autre.

— Je crois que ça m'est déjà arrivé.

— C'est possible. Tous les mentors sont spécialement entraînés à élargir leur champ de perception pour y inclure leur élève. De la même manière que l'on utilise les feux de route plutôt que les feux de croisement.

Eve sortit le plus usé de ses jeans.

— Et Alec n'a pas reçu cette formation.

— Exactement. Il est très fort dans ce qu'il fait, mais je crains qu'il ne te laisse sans protection. À toi d'être d'autant plus vigilante. Garde bien à l'esprit que tu dois rester attentive à tout ce qui se passe autour de vous.

— Tu me dis ça pour nuire à l'image que j'ai de ton frère ou bien c'est sérieux ?

— Ah, j'aimerais bien être capable de lui inventer des défauts aussi graves, répondit-il en s'adossant à la porte. Il va falloir que tu me fasses confiance, poulette. C'est mon boulot de te garder en vie et de t'aider à faire pénitence.

— Je ne dirais pas que m'envoyer tuer des trucs avant d'être formée soit une bonne manière de me garder en vie, répliqua-t-elle avec ironie.

La crispation des mâchoires de Reed serait restée imperceptible si Eve ne l'avait pas guettée. Gadara les tenait tous en laisse. Elle savait sur quoi il s'appuyait pour manipuler Alec : elle. Mais quel était l'intérêt de Reed dans tout cela ? Pourquoi Gadara faisait-il également pression sur lui ? Elle aurait tout intérêt à le découvrir.

Reed lança un nouveau coup d'œil au lit d'Eve, impeccablement fait, et un petit sourire joua sur ses lèvres.

— Tu ne couches pas avec Caïn.

— Qu'en sais-tu ?

— Son odeur est moins présente ici que dans le reste de l'appartement.

— Ma mère vient de laver les draps et faire le lit.

— Ouais, ouais.

Il la dévisagea de ses yeux sombres sous des paupières mi-closes. Reed avait quelque chose d'un bâton de dynamite : torride et explosif. La partie d'Eve qui rêvait de soirées tranquilles à la maison était choquée de voir à quel point cette façon d'être l'attirait.

Elle se détourna, bien décidée à se préparer pour la mission en cessant de penser au sexe.

— Ne va pas t'imaginer, dans ton arrogance, que son absence a un quelconque rapport avec toi.

— C'est forcément en lien avec un événement récent. Tu fantasmes sur lui depuis dix ans, et maintenant qu'il est ici, tu le maintiens à distance ?

Elle repensa à leur étreinte intense dans le parking et sourit.

— Ma vie privée ne te regarde pas.

— Continue à te répéter ça, tu finiras peut-être même par y croire. Mais ça n'en deviendra pas vrai pour autant.

— C'est ça. Bon, autre chose ?

— Oh que oui, j'ai autre chose pour toi, poulette. Viens donc le chercher.

Elle lui lança un regard méprisant par-dessus son épaule.

— Beurk. Là, tu passes de l'arrogance à la grossièreté.

Il baissa les yeux.

— Désolé.

Elle soupira. Extérieurement, Reed était d'une élégance sans faille. Mais intérieurement… Il était très brut de décoffrage. Bizarrement, elle n'avait pas forcément envie de le voir changer. Mais elle voulait comprendre pourquoi il se comportait ainsi.

— D'où tu sors ces répliques de mauvais goût ?

Il se redressa et saisit la poignée.

— Du diable si je le sais, marmonna-t-il en sortant dans le couloir.

La porte se referma derrière lui avec un clic discret.

— Il fait froid, maugréa Eve en resserrant son manteau.

Alec lui passa un bras sur les épaules et ravala la question qui lui venait évidemment à l'esprit. Il faisait bien vingt degrés dehors, une température que beaucoup de monde aurait jugée plaisante. Et la marche rapide qui les rapprochait de leur destination aurait maintenu au chaud la plupart des gens.

Le froid que ressentait Eve trouvait sa source en elle, et s'expliquait soit par la transformation de son corps, soit par son humeur maussade. La même humeur qui habitait Abel quand il avait quitté la maison.

Prêt à faire face aux provocations ou aux fanfaronnades de son frère, Alec avait été surpris de voir Abel quitter la chambre d'Eve et disparaître sans un mot. Envolé en un clin d'œil. La téléportation était un don partagé par tous les anges, Alec excepté. Il était le seul *mal'akh* à qui cette capacité avait été retirée, un autre exemple de la façon dont on lui refusait même les avantages les plus élémentaires. Il n'avait pas eu droit à beaucoup de bonnes choses au fil de sa longue existence, et à présent, la seule qui comptait pour lui était en danger.

L'intimité. Il n'était pas préparé à ce qu'un tel lien se noue entre Eve et Abel. Le sexe était le sexe. Ce n'était rien comparé à l'intimité spirituelle qu'il voyait se développer entre eux. Il était dévoré de jalousie. Abel et lui s'étaient déjà servis de femmes pour s'irriter mutuellement par le passé, mais ils n'avaient jamais nourri de sentiments comparables pour l'une d'elles. C'était une menace face à laquelle Alec se sentait démuni. Après des siècles d'une existence devenue routinière, il se retrouvait soudain confronté à trop d'inconnues.

— L'endroit paraît différent de nuit, commenta Eve à mi-voix.

Il se tourna vers l'immeuble. Soigneusement éclairé par des projecteurs, l'endroit paraissait majestueux et bien établi, comme s'il était là depuis des décennies.

Arrivé à quelques mètres de l'entrée principale, Alec inspira profondément. Pas de puanteur, aucun signe d'infestation. Il ralentit le pas et leva les yeux vers les gargouilles. Deux d'entre elles étaient visibles depuis la ruelle, toutes deux parfaitement à leur place.

— Qu'est-ce qu'il y a ? demanda Eve en fouillant dans sa poche pour récupérer son insigne.

— Il n'y a pas d'odeur, petit ange.

Elle haussa les sourcils.

— Tu ne vas pas recommencer avec ça.

— J'avais envie de te croire.

— Et je t'en suis reconnaissante, répondit-elle avec un sourire.

Elle présenta brièvement son insigne au garde puis ouvrit la voie de cette démarche féline qui avait autrefois incité Alec au péché. (Bon, autant être honnête, c'était toujours le cas.)

— Ange ! lança-t-il avec un sifflement à son intention. Tu te sens d'humeur joueuse ?

Elle s'arrêta devant les ascenseurs et lui fit un clin d'œil. Un deuxième garde en uniforme s'approcha pour leur expliquer que les ascenseurs n'étaient pas encore opérationnels. Ils allaient devoir emprunter les escaliers.

— On fait la course jusqu'au sommet ! s'écria Eve sur un ton de défi.

Elle agrippa la rampe et s'élança dans l'escalier.

Alec avait de plus grandes jambes. Il aurait pu la rattraper. Mais il était bien plus amusant de rester derrière elle. Ils déboulèrent sur le toit dans une explosion de rire... mais le spectacle qui les attendait transforma rapidement leur gaieté en silence stupéfait.

— Merde alors...

Alec dérapa légèrement sur le toit en métal avant de retrouver son équilibre.

Eve, encore peu habituée à sa force nouvelle, faillit plonger la tête la première dans le feu de joie à l'origine de leur surprise. Au lieu de quoi elle tituba en arrière et tomba sur les fesses.

— Aïe !

Avec l'impression d'être sous l'effet d'une drogue hallucinogène, Alec, bouche bée, contempla le tengu qui dansait autour du brasier en lâchant des gloussements ravis. Aucun de ses sens liés à la marque ne réagissait à la présence de la bestiole. Seule la vue de mortel ordinaire avec laquelle il était né lui permettait de percevoir le démon. Et pourtant ses sens de Marqué ne l'avaient pas trahi. Il discernait clairement le brasier infernal grâce à eux. S'agissant d'un sortilège démoniaque qui n'émettait ni éclat ni ombre, il était impossible de le voir avec les yeux d'un Sans-marque.

Mais si ses sens de Marqué fonctionnaient normalement, il aurait dû sentir le tengu et voir ses emblèmes. Des informations qui révéleraient quel roi infernal il servait et comment l'éradiquer. Au lieu de quoi Alec se retrouvait démuni et dans la mouise. Et Eve avec lui.

Il pivota sur lui-même en quête d'autres gargouilles, mais d'énormes climatiseurs lui bouchaient la vue. Allaient-ils devoir faire face à d'autres tengu ?

— La jolie Marquée, la jolie Marquée ! chantait le tengu.

Son regard perçant était braqué sur Eve, toujours à terre. Il ne paraissait même pas avoir aperçu Alec.

— La jolie Marquée est venue voir Joey.

— Essaie encore de me pisser dessus et je te botte les fesses ! le prévint-elle en se relevant.

— Les fesses de Joey sont en pierre, jolie Marquée. La jolie Marquée se cassera le pied en bottant les fesses de Joey !

Le tengu éclata de rire, sans cesser de se trémousser frénétiquement sur une musique que lui seul entendait.

— Mon pied à moi est plus massif, gronda Alec.

Le tengu se tourna vers lui et se fendit d'un grand sourire.

— Caïn, Caïn, content de te revoir.

— Tu le connais ? demanda Eve en se rapprochant.

— Aucune idée. Sans emblèmes, je n'en sais rien.

— Qu'est-ce qu'on fait ?

— On le capture.

— Et comment on s'y prend ? demanda-t-elle avec un reniflement dubitatif.

— La jolie Marquée veut danser ? s'exclama Joey avant de se précipiter sur elle.

Alec bondit pour s'interposer. L'impact de la tête de pierre contre son estomac lui arracha un grognement. Il chuta sur le dos et roula à terre avec le tengu qui se débattait. Ils allèrent s'écraser contre les briques d'un muret de sécurité érigé sur le pourtour du toit.

La créature était chaude au toucher, chargée des ondes maléfiques du brasier infernal. Tandis qu'il luttait pour maîtriser le démon, Alec sentit ses paumes se calciner. L'odeur de la chair brûlée envahit l'air et il envisagea brièvement de balancer ce fichu tengu par-dessus le muret pour l'envoyer se briser sur le sol en contrebas. Mais non, il fallait le conserver intact afin qu'ils puissent l'étudier.

D'où sortait cette bestiole ?

Aidé par son poids et sa petite taille, le tengu parvint à remonter le long du torse d'Alec. Comme il se redressait, prêt à abattre ses deux poings rassemblés à la manière d'une massue, Eve lui décocha un grand coup de pied. Sa botte s'écrasa sur le visage du tengu, qui fut projeté en arrière. Il atterrit en hurlant dans les flammes.

Alec se releva d'un bond.

— Il faut éteindre le brasier, dit-il. Le feu lui redonne des forces et on va s'épuiser avant lui.

Le tengu jaillit des flammes tel un missile chauffé au rouge et Eve se baissa pour esquiver. Le démon passa au-dessus de sa tête et s'écrasa dans un climatiseur de la taille d'une camionnette. L'un des tuyaux attaché à l'appareil se brisa en éclaboussant les alentours.

— Cette eau fonctionnera ? demanda Eve.

— Seulement si c'est de l'eau bénite.

— Merde, comment tu veux qu'on ramène de l'eau bénite jusqu'ici ?

Du bout du pied, elle projeta quelques gouttes vers le feu. Le tengu se dégagea du climatiseur violemment cabossé et chargea droit sur Eve en hurlant des paroles inintelligibles.

— Donne-moi une seconde, je réfléchis ! s'écria Alec.

Puis il plaqua le démon enragé avant qu'il atteigne Eve.

Eve les observait avec une fascination horrifiée. Les deux combattants étaient complètement différents en taille, mais paraissaient de force presque égale. Le tengu donnait visiblement du fil à retordre à Alec. Elle jeta des regards autour d'elle à la recherche d'une arme improvisée.

— *Adjutorium nostrun in nomine... Domini !* cria Alec.

— Quoi ?

Eve contourna le climatiseur au pas de course... et fut renvoyée en arrière avec une force stupéfiante. Le souffle coupé, elle ne put que contempler, bouche bée, la créature assise sur elle. Un second tengu.

— Je tuer toi, annonça le tengu d'une voix féminine et chantante en décalage complet avec son visage effrayant.

Alec continuait à éructer contre son adversaire dans une langue qu'Eve supposait être du latin.

Elle écarta vivement la tête comme le tengu femelle abattait son poing. Le crissement du métal déchiqueté près de son oreille lui parut douloureusement assourdissant. Mais la sensation se dissipa aussi vite qu'elle était arrivée. Exploitant l'élan du tengu, Eve projeta la créature par-dessus sa tête et roula sur le ventre. Elle se releva précipitamment, juste à temps pour faire face à une nouvelle attaque.

— Alec ! cria-t-elle.

D'un coup de pied, elle repoussa le démon qui roula dans la mare d'eau grandissante. Eve en avait assez d'être mouillée. Plus qu'assez.

Le tengu se glissa dans les flammes et en ressortit un instant plus tard, rieur. Au même moment, Alec projeta son tengu contre le second. La collision brisa la jambe de l'un et le bras de l'autre. Les deux récupérèrent leurs membres arrachés et plongèrent dans le brasier.

Debout face à l'eau qui continuait de gicler, Alec fit le signe de croix.

— *Commixtio salis et aquae pariter fiat in nomine Patris, et Filii et Spiritus Sancti.*

Sa voix gagna en volume, les mots formant une incantation fluide et pleine de nuances.

Eve se tourna vers le climatiseur défoncé avec l'espoir que sa super-force était pleinement opérationnelle. Elle saisit l'extrémité de la canalisation d'eau fendue et tira de toutes ses forces, jusqu'à en arracher un morceau. Elle pivota sur elle-même en brandissant le tuyau à la manière d'une batte.

Lorsque Joey fondit sur elle, elle lui balança un coup digne d'un joueur de base-ball qui le projeta hors du toit. L'impact avait brisé le tuyau. Elle le lâcha avec un juron et se mit en quête d'un moyen de le remplacer.

— Eve ! aboya Alec tandis que le fracas du tengu brisé résonnait depuis la rue. Il nous en faut un vivant !

Elle grimaça.

— Désolée. Je ne maîtrise pas ma force.

Avec un cri de vengeance suraigu, le tengu femelle sautilla vers Eve en faisant tournoyer sa jambe brisée en guise de gourdin. Alec lança un coup de poing, mais l'attaque précipitée manquait de précision. Atteinte au bas du flanc, la gargouille partit en vrille. Elle heurta Eve à une vitesse d'autant plus accrue et la jeta à terre.

Le tengu atterrit sur ses cuisses et leva ses bras de pierre avec l'intention de défoncer le crâne d'Eve à coup de jambe. Eve poussa un cri et se protégea la tête. Les yeux fermés, elle attendit que pleuvent les coups.

À cet instant, une odeur ignoble lui envahit les narines. Son estomac se rebiffa et elle faillit s'étrangler. Un rugissement envahit l'air, semblable au son d'une puissante cascade. Le sol s'anima dans son dos et l'emporta sur plusieurs mètres. Elle ouvrit brusquement les paupières et vit la scène se dérouler comme au ralenti.

Toute l'eau répandue formait à présent une vague semblable à un raz-de-marée miniature. Un visage par trop reconnaissable apparut au centre du mur liquide. Le tengu poussa un cri et lâcha sa jambe.

— Elle est à moi ! rugit le nix.

Puis la masse bouillonnante et écumante du nix projeta le tengu par-dessus le rebord du toit… et Eve avec !

14

— Alec !

Eve se retrouva ballottée à l'intérieur de la vague comme un surfeur tombé de sa planche. Son dos racla contre les briques du muret de sécurité et elle passa par-dessus bord en agitant désespérément bras et jambes.

Elle tenta de se raccrocher et se brisa une phalange au passage. Puis elle chuta, emportée par le tengu accroché à sa jambe et par le nix qui enveloppait son corps tout entier dans un vortex d'eau tourbillonnante.

Au moment où elle perdait de vue le rebord du toit, une main jaillit dans sa direction et se referma sur son poignet avec la force d'un étau. Elle releva la tête et ne put que contempler, horrifiée, la façon dont son élan et la gravité tiraient inexorablement Alec vers le bas. Il se retrouva avec la moitié supérieure du corps suspendue dans les airs. Eve poussa un cri, non par peur de la chute – même si elle était affreusement sujette au vertige –, mais pour Alec qui semblait sur le point de tomber avec elle.

— Tu vas mourir ! lui cria-t-elle tout en lançant des ruades désespérées contre le tengu hurlant. Lâche-moi !

— Pas question.

Il l'agrippa des deux mains.

— *Deus, invictae virtutis auctor, et insuperabilis imperii rex, ac semper magnificus triumphator...*

Tandis qu'Alec continuait à psalmodier, Eve oscillait d'un côté puis de l'autre. Ses épaules peinaient sous le poids énorme des créatures accrochées à elle. Elle avait l'impression d'être sur le point de se déboîter les deux bras. À vrai dire, elle était presque sûre que cela aurait déjà été le cas si elle n'avait pas été dotée d'une force surhumaine.

Elle baissa la tête et, visant les yeux du tengu femelle, lui décocha un grand coup de talon. Alec glissa encore un peu sur le rebord. Ses hanches étaient désormais tout ce qui les retenait de faire une chute de trois étages.

— *Per Dominum nostrum !* rugit-il.

La masse liquide explosa d'un coup, avec assez de force pour faire perdre prise au tengu et projeter Eve contre la façade en briques. D'un effort dantesque, Alec la hissa jusqu'à lui. Il s'effondrèrent sur le toit dans un enchevêtrement de corps et de membres endoloris. En bas, l'impact du tengu contre le sol déclencha l'alarme d'une voiture garée non loin.

— Putain, mais qu'est-ce qui s'est passé ? haleta Eve en chassant ses mèches détrempées de devant son visage.

Allongé sous elle, Alec se mit à rire.

— J'ai demandé à ce que l'eau soit sanctifiée. Dieu en a fait de l'eau bénite et elle a éjecté le nix.

— Comment tu peux rire ? demanda-t-elle en lui donnant une tape dans l'épaule. Ce job craint ! Et on a fait chou blanc.

— Nous sommes en vie. Et tu avais raison.

Il lui passa une main derrière la nuque et l'embrassa avec force. Le mouvement réveilla involontairement la douleur dans son doigt cassé qui lui arracha un petit cri.

Alec l'allongea à côté de lui et se redressa en position assise pour lui prendre la main et l'examiner.

— Ange…

Elle ne voulait pas regarder. Qu'elle soit encore physiquement en mesure de vomir ou non, l'idée de voir son doigt tout tordu la rendait malade.

— Approche, murmura-t-il.

Il se pencha vers elle et s'empara de ses lèvres, d'abord de façon douce et tendre puis avec plus d'intensité. Surprise par ce baiser et le début de désir qu'il faisait naître en elle, Eve ne s'aperçut qu'il avait modifié sa prise qu'au moment où il lui remit brusquement le doigt en place.

Alors qu'Eve poussait un hurlement, la porte de l'escalier s'ouvrit à la volée et deux gardes se précipitèrent vers eux. Ils dérapèrent dans l'eau et glissèrent sur plus d'un mètre avant de retomber sur les fesses.

— Ma vie est de mieux en mieux, gémit Eve.

Sur le court trajet entre l'ascenseur de sa résidence et sa porte d'entrée, Eve laissa derrière elle une longue traînée humide. Dans son dos, elle entendait clairement le clapotement de l'eau à l'intérieur des bottes d'Alec.

Ils avaient été contraints d'appeler Gadara pour que les agents de sécurité les relâchent. Ce qui avait pris plus longtemps qu'elle ne l'aurait voulu. Si Gadara avait mis si longtemps à répondre, c'était sans doute parce qu'il serrait des mains à Las Vegas tandis qu'elle poireautait là, trempée et endolorie.

Elle refusait d'y penser, cette idée la mettait trop en rogne.

Elle était gelée. Elle n'était plus en mesure de frissonner de froid ni de claquer des dents, mais elle n'en avait pas moins l'impression d'être une glace à l'eau. Sa tenue n'arrangeait rien. Son manteau imprégné d'eau pesant une tonne, elle avait dû l'enlever, ainsi que son haut. Malheureusement, sa voiture ne contenait qu'un trench en cuir noir. Lequel, associé à son soutien-gorge en dentelle noire et son jean taille basse, lui donnait l'air d'une prostituée. Pas de quoi améliorer son humeur.

Alec avait d'abord tenté de lui remonter le moral avant de comprendre que le silence était préférable.

Eve examina le doigt qu'elle s'était fracturé. Il était à présent complètement guéri, sans gonflement ni hématomes visibles. Si seulement sa psyché pouvait se remettre aussi facilement. Personne n'aurait dû être confronté à certaines épreuves. Être emportée par un raz-de-marée sur un toit, agressée par des créatures diaboliques ou suspendue à plus de quinze mètres au-dessus du sol, par exemple.

— T'as tes clés ? demanda Alec.

— Ouais.

Mme Basso ouvrit sa porte au moment où ils passaient devant chez elle. Elle les détailla tous les deux de la tête aux pieds.

— On dirait deux rats qui ont failli se noyer, dit-elle.

— C'est tout à fait ça, maugréa Eve, qui parvint néanmoins à esquisser un sourire.

— Qu'est-ce que vous êtes allés faire, si je peux vous poser la question ?

— Heu… du surf ?

— Avec ces vêtements ?

— L'idée nous est venue à l'improviste.

Mme Basso se tourna vers Alec, qui haussa les épaules. Elle secoua la tête.

— Les jeunes d'aujourd'hui... Je me sens épuisée rien que de penser à la façon dont vous vous faites la cour. Qui a décidé que partager un milk-shake au chocolat et un film en plein air ne suffisait plus ?

Eve laissa échapper un petit rire. Mme Basso lui rappelait que, pour certaines personnes, la vie suivait son cours normal. Elle aurait tellement voulu que ce soit aussi son cas, ne serait-ce qu'un court instant.

— Vous n'êtes pas la seule, dit-elle. Moi aussi, je suis épuisée. On se voit demain.

— Monsieur Caïn, je pourrais vous parler un instant ? demanda Mme Basso.

Alec haussa les sourcils, surpris, mais hocha la tête.

— Bien sûr. Laissez-moi juste le temps de me changer.

— Bien entendu.

— Vous voulez passer d'ici cinq minutes ?

Mme Basso coula vers Eve un regard qui lui donna le sentiment qu'elle ne devrait pas être là quand sa voisine parlerait à Alec.

— Je vais prendre un bon bain chaud, dit-elle en se dirigeant vers son appartement.

L'idée avait quelque chose d'ironique après plusieurs jours passés à se faire tremper jusqu'aux os, mais elle ne voyait pas de meilleur moyen pour se réchauffer.

Une fois passé le seuil rassurant de son foyer, elle entreprit de se déshabiller en avançant dans le couloir puis fit coulisser les persiennes qui dissimulaient la buanderie et fourra ses vêtements mouillés dans le lave-linge. Un sifflement discret lui fit tourner la tête. Alec se tenait à l'autre extrémité du couloir, côté séjour. Si son regard avait été moins torride, elle aurait pu se sentir embarrassée qu'il la voie ainsi dénudée. Elle ne doutait pas de ressembler effectivement à un rat tombé à l'eau.

— La vue est superbe chez toi, dit-il d'une voix grave et rauque.

— Tu fantasmes sur les rongeurs mouillés ?

— Je fantasme surtout sur toi. Mouillée, nue et sexy en diable.

— Quel charmeur… répondit-elle sur un ton d'invitation. Mais je vois mal ce que tu pourrais faire pour moi en moins de cinq minutes.

Un petit sourire se peignit lentement sur les lèvres d'Alec.

— Je peux m'assurer que l'eau de ton bain est sûre.

— Ce n'est pas aussi sexy que ce que j'avais en tête, soupira Eve.

— Ne juge pas trop vite.

Il s'approcha avec cette démarche sensuelle qui lui mettait toujours l'eau à la bouche. Puis, la prenant par le bras, il la guida à travers la chambre à coucher jusqu'à la salle de bains, laquelle était séparée de l'endroit où elle dormait par les penderies. C'était là que se trouvait sa baignoire encastrée à remous, prête à faire s'évaporer tous ses soucis.

Si seulement c'était aussi simple…

Alec mit le bouchon, ouvrit les robinets et bénit l'eau. Eve se surprit à se balancer doucement en écoutant le rythme apaisant de ses paroles.

— Tu ferais mieux de t'installer avant de t'écrouler de sommeil, lui dit-il une fois la baignoire remplie et le rituel accompli.

— La marque ne devrait pas me protéger de l'épuisement ?

— Le sommeil nous rappelle que nous ne sommes pas invincibles.

— Si tu le dis...

Il lui embrassa le bout du nez et prit l'un de ses seins au creux de sa paume.

— Il va falloir que tu déménages dans un coin paumé où il n'y a pas de voisine trop curieuse, lui chuchota-t-il en caressant du bout du pouce son mamelon dressé.

— Dès demain, j'épluche les annonces immobilières. Mais elle n'est pas trop curieuse, précisa-t-elle. Elle s'inquiète pour moi, c'est tout.

Alec sortit avec un sourire et elle se laissa glisser dans l'eau fumante en soupirant d'aise. Agacée par la vision de la croix suspendue au pommeau de douche à côté d'elle, elle ferma les yeux. Quelques instants plus tard, elle entendit frapper à la porte d'entrée. Un son qu'elle n'aurait jamais perçu sans son ouïe ultra-développée.

Un murmure de voix étouffées arriva jusqu'à ses oreilles. Elle se concentra pour tenter de percevoir ce qu'elles disaient. Le Changement lui donnait l'impression de porter un stéthoscope.

— M. Basso avait vu une publicité à la télévision, tard le soir, expliquait Mme Basso. Il a décidé de prendre un abonnement mensuel. Maintenant qu'il n'est plus là, ils ne me servent plus à rien.

— Je ne comprends pas, murmura Alec.

— Prenez la boîte.

Un bruit indiqua que la boîte en question changeait de main.

— Vous êtes un jeune homme en pleine forme, mais nager tout habillés la nuit... et cette histoire dans le parking...

Mme Basso se racla la gorge.

— Oh, pardon, j'ai honte. Je devrais me mêler de mes affaires.

De nouveau, ce bruit évoquant des haricots secs dans un petit pot. Eve fronça les sourcils.

— « Amélioration des performances masculines » ? s'étrangla Alec.

Eve se redressa si vivement qu'un peu d'eau déborda de la baignoire.

— Les murs sont minces, souffla Mme Basso. Il y a deux nuits… Aucun homme ne peut maintenir un tel rythme indéfiniment.

Le silence d'Alec était assourdissant. Eve se mordilla la lèvre. Il était coi tandis qu'elle se sentait sur le point d'exploser de rire.

— Je suis aussi embarrassée que vous, croyez-moi, reprit Mme Basso. Si vous voulez bien m'écouter jusqu'au bout, je vous promets de ne plus jamais m'immiscer dans vos affaires. « Les femmes qui ont du désir font les meilleures épouses », disait souvent mon défunt mari. Je sais que cela peut être épuisant, ceci dit, et même intimidant. Mais ne laissez pas tomber sans avoir fait de votre mieux. Ne la laissez pas tomber, point final. Jamais vous ne retrouverez une fille comme Evangeline.

— Je sais.

Alec avait beau parler d'une voix très basse, Eve l'avait parfaitement entendu. Sa gorge se serra et ses yeux la piquèrent.

Elle saisit son repose-tête gonflable recouvert de tissu-éponge et se radossa dans la baignoire, paupières closes. Il fallait admettre que la vie n'était pas si mal quand on était bien entouré. Ce qui lui fit penser à sa meilleure amie, Janice.

Eve espérait que son voyage en Europe tenait toutes ses promesses. Elles avaient toutes les deux passé l'année à se plaindre d'avoir le sentiment de stagner. Elles avaient d'abord accusé le manque d'hommes valables. Puis il avait bien fallu admettre que ce n'était qu'une excuse bien connue pour esquiver le véritable problème : elles-mêmes. Janice avait décidé qu'un changement total d'environnement lui apporterait une nouvelle perspective. Et en tant que barmaid, elle pouvait aisément exercer son métier partout où elle allait. Eve avait prétendu que son travail la retenait sur place, mais ce n'était pas tout à fait vrai. Elle n'avait simplement pas su comment annoncer un tel projet à ses parents. Et l'idée de passer des mois à voyager semblait aller à l'encontre de son désir de se poser.

— Salut.

La voix d'Alec interrompit le fil de ses pensées. Au même moment, elle constata que les remous du bain avaient cessé. Elle cligna les paupières et leva vers lui un regard ensommeillé.

— Hmmm ?

— Il faut que tu sortes, petit ange, répondit-il en tendant les bras vers elle. Tu es restée si longtemps dans le bain que ta peau commence à se rider. Ce qui n'est pas rien, surtout pour une Marquée.

— Quoi ?

— Tu t'es endormie.

Il la sortit de la baignoire comme il l'aurait fait d'une enfant, sans se soucier de l'eau qui ruisselait sur son boxer. À l'exception de celui-ci, il était nu et à croquer. Quand sa super-libido se contenta d'un vague soubresaut d'intérêt, Eve comprit qu'elle devait être à moitié morte d'épuisement.

— Pas étonnant, marmonna-t-elle.

Il la posa sur le tapis de bain et l'essuya à l'aide d'une serviette.

— T'es doué pour jouer les baby-sitters, commenta-t-elle. Tu fais ça souvent ?

Une question qui n'était qu'à moitié une plaisanterie. Elle se demandait s'il s'était déjà occupé d'une femme avec autant de tendresse par le passé.

— Seulement avec les Asiatiques super canons, répondit-il en lançant la serviette dans le panier à linge.

Elle recula d'un pas pour mieux le regarder. Longues jambes musculeuses, ventre plat, biceps superbement dessinés et un renflement épais là où il fallait. Elle s'humecta les lèvres.

— Où sont les trucs pour la performance masculine ?

Il croisa les bras.

— Pardon ?

— Tu penses que ça marchera sur moi ?

— Tu n'as pas l'équipement nécessaire, répondit Alec avec un sourire.

— Ah ouais ? Et si tu demandais à ton équipement s'il a envie du mien ? Tu seras peut-être étonné de sa réponse.

— Tu tiens à peine debout !

— Je peux m'allonger.

Elle faillit protester lorsqu'il l'agrippa et la hissa sur son épaule, mais décida plutôt d'en profiter pour baisser son boxer et admirer le mouvement de ses fesses musclées. Il lui donna une tape sur le derrière.

— Sois sage.

— T'aimes quand je ne le suis pas, répliqua-t-elle, reprenant les mots qu'il avait lui même prononcés un peu plus tôt.

— Et aussi quand t'es réveillée.

— Un détail, soupira Eve.

Alec la laisser tomber sur son lit avec un léger rebond. Puis il la borda avant de déposer un baiser sur le bout de son nez.

— Bonne nuit, petit ange.

— Où tu vas ? demanda-t-elle dans un bâillement.

— Au lit.

— J'en ai un juste ici.

Il remonta son boxer humide.

— On ne dormira pas si je me joins à toi. Or, tu as besoin de repos. Nous avons une téléconférence avec Raguel demain.

Elle renifla puis se blottit contre son oreiller.

— Je prends une journée de congé demain.

— Pas de ça dans ce métier.

— Ça reste à voir.

Elle l'entendit glousser comme il refermait la porte.

— Ça sent super bon !

Alec, qui était occupé à faire frire du bacon, sourit en entendant la voix d'Eve. D'un coup d'œil pardessus l'épaule, il vit qu'elle avait revêtu son kimono rouge et portait une serviette sur la tête.

— Il y a du café chaud, dit-il.

— Est-ce que ça me fera de l'effet ?

— Non.

— Heureusement que j'aime le goût du café, de toute façon.

Pieds nus, elle s'avança jusqu'à la cafetière et se servit une tasse avant de s'installer sur l'un des tabourets de l'autre côté de l'îlot de cuisine. Alec y avait déposé le journal qu'elle ouvrit immédiatement pour en entamer la lecture.

— Après le petit déjeuner, il faudra qu'on appelle Raguel.

— Je t'ai déjà dit que je prenais un jour de congé.

Alec reposa la fourchette dont il se servait pour retourner le bacon.

— Ne fais pas l'entêtée. L'affaire va bien au-delà de toi et moi, petit ange.

— Parce qu'on n'a pas pu sentir leur odeur ?

— Ni voir leurs emblèmes. S'il existe quelque part une nouvelle faction capable d'opérer en dehors du système, toutes les compagnies doivent en être informées.

Eve fit la moue.

— Tu n'as pas besoin de moi pour en parler à Gadara.

— Explique-moi, je t'écoute.

Eve interrompit sa lecture et releva la tête. Elle avait l'air en pleine forme, revigorée et alerte, mais l'absence de cernes sous ses yeux ne dissimulait pas sa lassitude.

— J'ai besoin d'une pause, Alec. Au moins pour quelques heures...

Elle laissa le journal retomber sur le plan de travail.

— Juste un petit moment de vie normale, expliqua-t-elle. Pour préserver ma santé mentale. Rappelle-toi tout ce qui s'est passé dans ma vie durant les deux dernières semaines...

— Je comprends.

— Vraiment ?

Elle pianota du bout des doigts sur le papier qui recouvrait le comptoir.

— Alors occupe-toi seul de Gadara. Je n'aurai rien à ajouter à ce que tu vas lui dire.

— D'accord.

Il reporta son attention sur le bacon en train de cuire et tâcha de dissimuler son agacement face au mouvement de retrait d'Eve. Il avait passé la matinée à siffloter de contentement. La question soulevée par l'existence de ces tengu et les répercussions que cela aurait sans doute sur tout le système de la marque l'emplissaient d'une certaine excitation. Il semblait évident qu'une nouvelle compagnie allait devoir être créée. Et il était le seul à avoir une expérience concrète de cette nouvelle menace.

Mais Eve était malheureuse, peut-être même effrayée. Des émotions tout à fait justifiées. Il se sentait mal de n'avoir pensé qu'à lui-même.

— Tu es en colère, remarqua-t-elle.

— Pas contre toi.

Un silence s'ensuivit. Tout en gardant un œil sur le bacon, Alec entreprit de faire frire les œufs et de préparer des pancakes dans une autre poêle. Derrière lui, il captait le bruissement des pages de journal que lisait Eve. Une scène de vie domestique tranquille à laquelle il manquait toutefois le sentiment d'intimité dont il avait tellement envie.

— Il y a un article à propos d'une série de mutilations animales, murmura Eve. Certains pensent que ça s'apparente à un rituel.

— Alors c'est sans doute le cas.

— C'est ce que je me suis dit. Ce qui m'a interpellée, c'est que le dernier animal – un dogue allemand – a été retrouvé à l'arrière d'un camion de l'entreprise Géhenne. Ça ne peut pas être une coïncidence. Parce que les coïncidences n'existent pas, n'est-ce pas ?

Alec éteignit la gazinière et la rejoignit. Il lut l'article par-dessus son épaule. L'*Orange County Register* évoquait une récente compétition d'arts martiaux au stade d'Upland. Plus bas sur la même page était mentionnée une recrudescence de chiens mutilés ou tués dans la région. Deux carcasses avaient été retrouvées sur le parking du stade une semaine plus tôt, l'une d'elle à l'arrière d'un camion de Géhenne stationné là pour un chantier.

— Ça sent mauvais, commenta Alec.

— Ça sent le petit déj, rétorqua-t-elle. Et j'ai faim.

Il posa ses lèvres sur le sommet de son front.

— Bien, Votre Majesté.

Il retourna vers la cuisinière et termina la cuisson puis garnit deux assiettes et les déposa sur l'îlot.

— Tu vas me faire grossir, s'exclama Eve en contemplant son assiette qui débordait de nourriture.

Il sourit.

— Ne mange que ce dont tu as envie.

— Mais tout me fait envie !

— Je t'aiderai à finir si nécessaire.

— Très généreux de ta part.

— Je suis tout à ton service.

Et c'était bien là le cœur du problème, comprit-il soudain en plantant sa fourchette dans un œuf cuit à point. Il ne pouvait pas servir à la fois les intérêts de Dieu, les siens et ceux d'Eve. Il allait falloir renoncer à quelque chose.

Il se surprit à souhaiter qu'elle en vienne à aimer porter la marque. Ainsi, il pourrait tout avoir. Puis il repensa à la nuit précédente, à la terreur qu'il avait ressentie en la voyant emportée par-dessus le muret du toit. S'il avait été en mesure d'avoir un infarctus, il en aurait fait un dans la seconde.

— Je crois que je vais aller au cinéma avec Mme Basso aujourd'hui, annonça Eve avant de mordre dans un morceau de bacon croustillant. Pendant que tu discuteras avec Gadara. Le ciné est loin de l'eau et de l'immeuble des tengu. Il faut que ma tête soit mise à prix avant que quelqu'un puisse s'attaquer à moi, c'est bien ça ? Donc on ne devrait pas rencontrer de problème.

Alec déglutit avec difficulté. L'idée d'Eve sortant seule en ville le terrifiait.

— Je préférerais que tu t'abstiennes.

— Je sais.

Elle posa les coudes sur le plan de travail et appuya son menton au creux de ses paumes.

— Si tu penses que le risque est réel, je ne sortirai pas. Je ne suis pas idiote. Mais si c'est simplement que tu t'inquiètes, s'il te plaît, laisse-moi y aller. J'aimerais vraiment passer deux ou trois heures à voir les gens mener une vie ordinaire. J'en ai besoin, même si ça ne dure pas.

Alec regarda par la fenêtre. C'était un jour de grand soleil. Pas de pluie, pas de brume. Si elle se rendait directement au cinéma et revenait juste après, il ne devrait rien lui arriver.

— Ne va pas aux toilettes sur place, dit-il.

— D'accord. Parlons un peu de la raison pour laquelle je ne peux pas y aller. Ce nix qui me traque. Je n'arrive pas à comprendre quel est son problème. Je te jure que je ne lui ai rien fait. Quand il a dardé sa langue de serpent, ça m'a fait flipper. J'ai balancé sans réfléchir un commentaire qui lui a infligé une blessure. Il a bien dû voir que je ne savais pas ce que je faisais et que je ne représentais pas une menace pour lui. Pourquoi il se comporte comme si j'avais écrasé son chien ?

Alec fit tinter les dents de sa fourchette sur le bord de l'assiette.

— Je l'ignore, avoua-t-il. C'est franchement inhabituel. Je vais en parler à Raguel, voir ce qu'il en dit. On ne peut rester les bras ballants à attendre que le nix frappe de nouveau. On va le retrouver et l'exécuter.

— Ça me va.

Eve se leva, défit la serviette qui retenait ses cheveux et la posa sur le dossier de son tabouret.

— Je fais un saut chez Mme Basso pour voir si elle veut toujours aller au ciné. Elle avait envie de voir le nouveau film avec Hugh Jackman et la séance du matin est dans une heure.

Alec hocha la tête et continua à manger sa nourriture devenue insipide, toutes ses pensées tournées vers le nix. Il entendit Eve tirer les multiples verrous puis ouvrir la porte.

Peut-être que s'entretenir seul à seul avec Raguel était la meilleure chose à faire. Agir séparément d'Eve pourrait l'aider à altérer l'image d'un duo inséparable. Leurs chemins finiraient forcément par diverger. C'était indispensable… pour le bien d'Eve.

Après quoi Alec devrait poursuivre seul sa trajectoire actuelle. Ce qui serait difficile si on jugeait qu'il n'était utile qu'auprès d'Eve.

Évidemment, une partie de lui se demandait secrètement s'il serait encore bon à quelque chose sans elle.

En sortant dans le hall, Eve laissa sa porte d'entrée ouverte. Presque contre son gré, elle tourna les yeux vers Alec et ralentit le pas au moment de franchir le seuil. Le voir ainsi dans sa cuisine – totalement à son aise et uniquement vêtu d'un tee-shirt et d'un boxer – était aussi bizarre que d'être attaquée par les tengu. L'incongruité de sa présence dans sa vie après dix ans d'absence mettait en lumière une possibilité qu'elle n'avait pas envisagée jusqu'à présent. Et si son retour et l'apposition de cette fameuse marque ne représentaient pas un détour dans sa vie ?

Et si le détour en question était en réalité les dix dernières années écoulées ?

L'idée était un peu folle, mais comment expliquer autrement qu'elle ne se soit pas déjà transformée en épave traumatisée à jamais ? Ou qu'elle se sente plus à l'aise dans cette nouvelle peau que dans l'ancienne ?

Quant à ses avances sexuelles à l'intention d'Alec… Elle aurait pu prétendre que c'était un contrecoup logique après avoir frôlé la mort ou mettre cela sur le compte de sa super-libido. Mais elle se serait menti à elle-même. Et même si sa vie était sens dessus dessous, il lui fallait plus que jamais garder la tête sur les épaules.

Eve s'arrêta devant chez Mme Basso et frappa à la porte. En attendant que la vieille dame lui réponde, elle resserra la ceinture de son kimono. Elle balaya le hall du regard, admirant les rayons de soleil qui s'y glissaient depuis sa porte entrouverte, puis s'étira en se demandant brièvement si elle aurait dû s'habiller avant de sortir de chez elle. Par chance, c'était un jour de semaine et la plupart des résidents n'étaient pas chez eux.

Elle actionna la sonnette, songeant qu'on ne pouvait peut-être pas l'entendre frapper depuis les pièces du fond. Sa marque se mit à la picoter, puis devint brûlante comme lorsqu'elle invoquait en vain le nom du Seigneur. Elle se massa le bras, sourcils froncés. Pourquoi ce fichu truc se réveillait-il maintenant ?

— Madame Basso ? appela-t-elle, au cas où sa voisine aurait choisi de ne pas répondre de crainte d'avoir affaire à un démarcheur.

Ceux-ci n'étaient pas censés accéder au bâtiment. Ceux qui étaient pris sur le fait étaient rapidement éjectés des lieux, mais la façon la plus simple de s'en débarrasser restait encore de ne pas leur ouvrir.

La marque d'Eve l'élançait cruellement. Irradiant de son bras, une énergie teintée de colère se répandit à travers son corps, l'emplissant d'un mauvais pressentiment. Ses narines palpitèrent et toutes les odeurs s'intensifièrent brusquement. Sa vision s'affina, magnifiant des détails aussi minuscules que les éraflures laissées par les clés autour du verrou.

Avant de prendre la pleine mesure de ce qu'elle faisait, Eve lança un grand coup d'épaule dans la porte de chez Mme Basso. Les verrous furent arrachés au montant dans une explosion d'esquilles de bois et le bruit de l'impact résonna dans le hall.

— Madame Basso !

Eve scruta rapidement la salle de séjour. La marque continuait à palpiter, alimentant son corps d'un flot constant d'adrénaline. Ses super-sens fonctionnaient à plein. Malgré les portes et fenêtres fermées, elle entendait la clameur des vagues sur le rivage et les cris des mouettes comme si elles se trouvaient à quelques mètres.

— Eve ?

Alec. Elle fit volte-face. Croisa son regard. Il se tenait sur le seuil, toujours nus pieds mais vêtu d'un jean enfilé à la hâte.

— C'est la marque, expliqua-t-elle. Elle me fait stresser à mort.

Il entra.

— Madame Basso ? appela-t-il d'une voix forte et claire.

— Elle est peut-être au restaurant ?

L'absence totale d'émotion sur le visage d'Alec était plus parlante que n'importe quelles paroles.

L'agencement de l'appartement était identique à celui d'Eve, mais la décoration complètement différente. Là où Eve avait opté pour un style moderne et minimaliste, le domicile des Basso affichait une élégance traditionnelle à l'italienne. Les peintures murales façon faux marbre et les meubles massifs recouverts de cuir donnaient envie de s'attarder pour profiter du confort et de l'ambiance chaleureuse.

Mais Eve était troublée par le silence, que seul le tic-tac d'une magnifique horloge sur le mur du séjour venait rompre. Elle contempla les grands chiffres du cadran et les arabesques décoratives en fer forgé, tout en s'émerveillant de la régularité de sa respiration et de son pouls. Mentalement, elle était paniquée, mais physiquement, elle semblait aussi stressée que si elle était venue partager un expresso et une part de tiramisu. Cette étrange combinaison de calme physique, d'adrénaline et d'hypersensibilité recelait un côté barbare qui était tout à la fois inélégant… et séduisant.

— *Eve.*

Celle-ci se figea en entendant son nom prononcé dans un murmure qui lui parut plus bruyant qu'un coup de feu.

— Madame Basso ?

Elle s'avança dans le couloir, d'abord à pas prudents puis de plus en plus vite.

— *Eve.*

— Madame Basso !

Faisant irruption dans la chambre à coucher principale, Eve poussa un soupir de soulagement en découvrant sa voisine debout près du lit. Habillée d'un pantalon blanc et d'un charmant chemisier rose pâle, elle semblait prête à attaquer la journée. Elle se tourna vers Eve en souriant et la détailla de la tête aux pieds.

— Joli pyjama, dit-elle.

Eve laissa échapper un petit rire ; sa réaction excessive lui semblait soudain ridicule. Les dons accordés par la marque avaient de toute évidence besoin d'un peu de rodage.

— Vous ne répondiez pas, j'ai eu peur, dit-elle.

— La matinée a été un peu… étrange.

Eve grimaça en songeant à son entrée brutale.

— Au sujet de votre porte…

— C'était ça, ce vacarme ? répondit Mme Basso avec un sourire. Vous avez tellement d'énergie.

Eve fronça les sourcils.

— Je venais voir si vous vouliez toujours aller au cinéma.

— J'aimerais beaucoup, mais j'ai bien peur de ne pas pouvoir.

Eve sentit la main d'Alec dans son dos. Elle leva les yeux vers lui. Il avait les lèvres pincées.

Mme Basso lui sourit.

— Prenez bien soin d'elle, monsieur Caïn.

— Comptez sur moi.

— Ça ne me gêne pas de patienter, dit Eve. Je n'irai pas sans vous.

— Vous devriez envisager de le garder, Evie, dit Mme Basso en désignant Alec d'un petit geste du menton. Surtout s'il réussit la recette que je lui ai apprise.

Mme Basso se retourna vers le lit, exposant la table de nuit au regard d'Eve. Un bol en verre transparent y était posé, à moitié rempli d'eau et garni d'un magnifique nénuphar blanc.

Les yeux écarquillés, Eve reporta son attention sur sa voisine, à présent penchée sur le matelas. Elle bordait une silhouette fragile gisant paisiblement au milieu des coussins. Une silhouette qui se fit plus nettement visible au travers du corps désormais translucide de Mme Basso.

Elles étaient doubles. L'une fantomatique et l'autre... morte.

Un sanglot s'échappa de la gorge d'Eve, rompant le silence. Elle se couvrit la bouche.

La chevelure grise étalée sur l'oreiller était humide, ainsi que la peau de Mme Basso. Laquelle semblait pourtant dormir.

Elle paraissait si paisible, si sereine.

Si inerte. Si dénuée de vie.

15

Eve accepta le sweat-shirt que lui tendait Alec et l'enfila. Elle était gelée jusqu'aux os, glacée de chagrin, de fureur et de peur. Ils se tenaient tous les deux à l'entrée de son appartement en s'efforçant de ne pas gêner les allées et venues des ambulanciers et des policiers qui avaient envahi l'appartement des Basso.

— Bon, récapitulons pour voir si j'ai bien compris, lui dit un inspecteur sur un ton qui indiquait qu'il ne croyait pas un mot de son récit.

Il s'était présenté comme l'inspecteur Jones. Un homme d'allure banale, vêtu d'un costume bon marché d'une nuance de marron qui, Eve en était sûre, n'existait plus depuis les années 1970. Son partenaire était l'inspecteur Ingram. Doté d'un goût vestimentaire plus sûr, il était aussi plus grand, plus gros et arborait fièrement une moustache en guidon.

Pour une raison inconnue, ces deux hommes agaçaient Eve. Ils étaient si ternes, si usés par la vie, avec leurs voix monotones et leurs regards sans éclat. Des types abattus par leur confrontation avec la lie de la société et sans la moindre idée de ce à quoi ils avaient réellement affaire au quotidien.

— Dans quel état avez-vous trouvé la porte de l'appartement des Basso ? s'enquit Jones.

— Elle était fermée à clé, répondit Eve.

Elle avait du mal à comprendre l'intérêt de revenir sans cesse au déroulement des événements. Elle avait déjà raconté son histoire à deux autres inspecteurs.

— Qui l'a enfoncée ?

— Moi.

— Malgré les deux verrous ? demanda Ingram qui n'en croyait visiblement rien.

— Oui.

— Pourriez-vous nous montrer de quelle façon vous vous y êtes prise ? En utilisant votre porte ?

Eve se retourna avec un soupir agacé. Elle ferma sa porte puis saisit la poignée d'une main avant de heurter le panneau avec son épaule.

— J'y ai mis un peu plus de force, bien entendu.

— Bien entendu.

Il nota quelque chose dans son calepin.

— Rien ne vous oblige à me croire sur parole, vous pouvez visionner les vidéos de sécurité.

— Nous n'y manquerons pas, répondit-il avec un sourire de façade. Vous avez déplacé le corps ?

— Je n'ai rien déplacé du tout.

— Le légiste affirme que le corps est mouillé mais pas le lit, l'informa Ingram. Quelqu'un a déplacé la défunte jusqu'à son lit. Puis l'y a bordée.

— S'il le dit.

— Mme Basso avait-elle de la famille dans le coin ? Ou des amis proches ?

— Pas que je sache.

— Des enfants ?

Eve secoua la tête.

— Tout suggère que la personne qui l'a portée jusqu'au lit et installée avec tant de soin devait se sentir proche d'elle. Connaissez-vous quelqu'un de ce genre ?

La lèvre inférieure d'Eve se mit à trembler et les larmes lui montèrent aux yeux.

— Non, dit-elle.

Imaginer les dernières minutes de la vie de Mme Basso la rendait malade. Elle essuya du bout des doigts les larmes qui lui coulaient sur les joues.

Alec, debout derrière elle, se décala pour passer légèrement devant. Une posture protectrice dont elle lui fut reconnaissante. Il lui tendit par-derrière une main qu'elle s'empressa de serrer dans la sienne.

— Mlle Hollis a affronté son lot de moments difficiles pour la journée, dit-il. Je crois qu'il est maintenant temps de la laisser tranquille.

Les deux inspecteurs plissèrent les yeux puis hochèrent la tête quasi à l'unisson. Ingram sortit une carte de visite qu'il tendit à Eve.

— S'il vous revient quoi que ce soit d'utile, merci de nous appeler en plus des deux inspecteurs auxquels vous avez parlé tout à l'heure.

Eve fronça les sourcils en examinant ce qui était inscrit sur la carte.

— Police d'Anaheim ? Vous êtes plutôt loin de votre juridiction, non ?

Puis un élément dérangeant retint son attention.

— Brigade criminelle ?

Alec serra les doigts d'Eve entre les siens.

— Vous pensez qu'il s'agit d'un meurtre ? demanda-t-il.

— Nous n'avons pas d'autres questions pour l'instant, dit simplement Jones. Merci pour votre coopération.

— Pourquoi pensez-vous qu'il s'agit d'un meurtre, inspecteur ? répéta Alec d'une voix à la sonorité étrangement altérée.

Si persuasive. Fascinée, Eve observa silencieusement les deux policiers en se demandant si le tour de passe-passe Jedi fonctionnerait sur eux.

Ingram et Jones restèrent cois un long moment avant que Jones finisse par répondre :

— Les nénuphars.

La marque d'Eve se mit à la picoter. Elle lâcha la main d'Alec pour se frotter le bras. Il lui décocha un bref coup d'œil avant de demander :

— En quoi les nénuphars constituent-ils un indice ?

— Ce n'est pas le genre de fleur qu'on trouve habituellement dans un appartement.

— C'est-à-dire ?

— Le nénuphar est une sorte de carte de visite.

— Combien en avez-vous trouvé ? s'enquit Alec.

— Une dizaine durant les six derniers mois.

Eve s'appuya lourdement contre la porte.

— Toujours à Anaheim ?

— Jusqu'à aujourd'hui.

Le nix était un tueur en série. À Anaheim. Là où vivaient les parents d'Eve.

— Inspecteurs !

Une jeune femme en coupe-vent bleu avait passé la tête au-dehors de l'appartement des Basso.

— Le légiste vous demande, dit-elle.

— Excusez-nous, fit Ingram.

— Que Dieu vous accompagne, murmura Alec.

Jones sourit gravement.

— Merci.

Eve rentra précipitamment chez elle et fila vers la console où elle rangeait son sac à main et ses clés. Elle entendit la porte se refermer.

— Qu'est-ce que tu fais ? demanda Alec.

— Mes parents habitent à Anaheim.

— Et ?

Il se tenait devant la porte, bras écartés pour lui barrer le passage.

— Si tu y vas maintenant, tu risques de le mener droit jusqu'à ta famille.

— Ils ne sont pas difficiles à trouver, Alec. Nous portons le même nom de famille. Merde, il a même pu suivre ma mère lorsqu'elle est partie d'ici !

— Laisse le système de la marque fonctionner comme il se doit.

— C'est-à-dire ? Foutre la merde dans la vie des gens ?

Alec s'approcha et l'attira à lui. Peu habituée à s'appuyer émotionnellement sur un homme, elle commença par lui résister avant de se laisser aller contre sa force virile, trop lasse pour s'opposer à lui. Il était si chaud, si dur. Aucune trace de mollesse chez lui, pas l'ombre d'une faiblesse. Solide comme un roc. Mais ce n'était pas réellement le cas, car sa présence à ses côtés n'était que temporaire. Comment quelque chose d'éphémère aurait-il pu être solide ?

— Allons à la tour Gadara, suggéra-t-il. On y aura accès aux ressources nécessaires pour protéger ta famille.

— Il faut que je les rejoigne. Ils ne pourront pas le repousser !

— C'est après toi qu'il en a, petit ange. Ils seront plus en sécurité si tu n'es pas auprès d'eux. Prends ce dont tu as besoin et allons-y. Si ça ne te rassure pas et que tu veux quand même les rejoindre, j'irai avec toi.

Eve récupéra son téléphone dans son sac à main et appela ses parents. La sonnerie retentit à quatre reprises, augmentant d'autant l'inquiétude d'Eve. Soudain, un cliquetis.

— Bonjour. Vous êtes bien chez Darrel et Miyoko Hollis...

Le répondeur. Une peur affreuse s'empara d'Eve. Puis quelqu'un décrocha.

— Allô ?

Eve se laissa aller contre Alec.

— Papa ? Tout va bien ?

— J'étais dans le jardin avec ta mère. Quoi de neuf ?

Il fallut à Eve quelques instants pour se reprendre.

— Rien, dit-elle. J'avais simplement envie d'entendre ta voix.

— Tu n'as pas l'air très en forme. Il y a un problème ?

Son père employait ce ton grave et pétri d'inquiétude qui donnait toujours à Eve l'envie de se confesser. Au fil des années, elle avait appris à tenir sa langue. Son père était une oreille attentive mais guère prompt à l'action. C'était Miyoko qui avait défendu ses enfants auprès des professeurs et directeurs d'écoles. Elle aussi qui ne leur permettait jamais d'oublier leurs erreurs, toujours prête à remettre le sujet sur le tapis lorsqu'elle jugeait le moment opportun.

— Ma voisine est décédée ce matin.

La voix d'Eve évoquait le coassement d'une grenouille, mais elle n'y pouvait rien. Elle avait la gorge aussi serrée que les poings. Alec fit courir ses mains le long de son dos, ce qui n'arrangea rien.

— Oh, je suis désolé, ma chérie, répondit son père. Je sais que tu l'aimais beaucoup.

— Oui. Vraiment beaucoup.

— Attends une seconde. Ta mère demande le combiné.

Le soulagement de son père était audible dans sa voix. Faire face aux émotions n'était pas son point fort.

Eve laissa échapper un soupir tremblant.

— Que s'est-il passé ? demanda Miyoko sur le ton net et précis d'une infirmière expérimentée.

Lorsque survenait une crise, elle se montrait toujours pragmatique.

— Mme Basso est morte ce matin.

— Crise cardiaque ?

— Je ne crois pas, dit Eve.

— Qu'ont dit les secours ?

— Ils ne m'ont pas parlé.

— Je vois. Demande-leur.

— Je ne peux pas.

— Pourquoi ?

Eve grimaça.

— Parce que je ne peux pas, maman. Et puis, est-ce si important de savoir comment elle est morte ? Elle n'est plus là et je suis anéantie.

La sonnette de l'entrée retentit. Alec déposa un rapide baiser sur le front d'Eve avant d'aller répondre.

— Il faut que j'y aille, dit Eve. Je vous rappelle tout à l'heure.

— D'accord. Ne tarde pas trop.

Eve referma son téléphone et le remit dans la poche dédiée de son sac à main de chez Coach. Elle n'était pas le genre à courir les marques de luxe, mais il lui fallait un sac qui tienne sur la durée. Rien de plus.

— Désolé de vous déranger de nouveau.

C'était la voix de l'inspecteur Ingram. Alec ne l'avait pas laissé entrer.

Eve frotta l'espace entre ses sourcils. Elle n'avait pas de mal de tête, mais se sentait clairement stressée. S'assurer que ses parents étaient en sécurité lui paraissait vital. Elle voulait que ce soit fait au plus vite.

— Excusez-moi, inspecteur, mais je suis très pressée, dit-elle avec impatience.

— J'ai juste besoin de savoir si vous avez touché quelque chose dans l'appartement de votre voisine.

Il avait une main sur la hanche et l'autre occupée à caresser sa moustache en guidon.

— Les experts du médico-légal feront leur boulot, bien sûr, mais c'est toujours pratique de savoir ce qu'on va trouver.

— Le téléphone dans le séjour, dit-elle. Pour appeler les urgences.

Il hocha la tête et jeta un coup d'œil à la pièce derrière elle.

— Chouette appart. Mon partenaire me dit que vous êtes architecte d'intérieur.

Eve recala la bandoulière de son sac à main sur son épaule.

— C'est exact. Maintenant, si vous voulez bien m'excuser...

Ingram se figea, son regard braqué sur quelque chose dans le dos d'Eve. Celle-ci se retourna pour voir ce qui avait attiré son attention.

Le bol qui avait autrefois contenu le nénuphar était posé, vide, sur la table basse. Alec l'avait mis là après qu'elle eut passé la fleur dans le broyeur. Eve grimaça intérieurement.

— Je peux faire autre chose pour vous ? demanda Alec en se plaçant dans le champ de vision du policier. Celui-ci se décala pour essayer d'examiner les lieux plus avant.

— Où avez-vous trouvé ce bol sur votre table ?

— Je l'ai acheté, répliqua-t-elle sèchement.

— Vous avez les tasses ?

— Quoi ?

Il la dévisagea. Son regard n'avait plus rien d'éteint. Il était aussi aiguisé qu'une lame de poignard.

— Les tasses qui vont avec ce bol à punch ?

— Je ne vois pas de quoi vous voulez parler.

— C'est un bol à punch de douze litres de chez *Crate & Barrel.* Il est livré avec dix petites tasses et une louche en plastique. Si vous avez acheté le bol, vous devez aussi avoir les tasses.

— Je ne l'ai pas pris chez *Crate & Barrel.*

— Où ça, alors ?

Eve haussa les épaules.

— Je ne me souviens pas. À l'Armée du Salut, peut-être ? C'était il y a un moment. Écoutez, il faut vraiment que j'y aille.

— Ah, ça explique l'absence de tasses, répondit Ingram en tirant sur sa moustache. Vous voulez savoir pourquoi j'en sais autant sur les bols à punch, mademoiselle Hollis ?

— Pas vraiment. Je...

— J'ai vu plusieurs exemplaires de ce bol particulier ces derniers temps, poursuivit-il. Trop, en fait. Pour tout dire, j'en ai vu un ce matin. Dans l'appartement voisin. Votre bol était livré avec une fleur à l'intérieur ?

— Non.

La marque d'Eve s'était mise à chauffer et elle serra les dents. Ce foutu symbole donnait l'impression de vouloir modifier son comportement, comme un collier électrique pour chien.

— C'est bon, je peux y aller ? demanda-t-elle.

Ingram tourna son attention vers Alec.

— Et vous, monsieur Caïn ? Vous êtes pressé, vous aussi ? J'aurais peut-être quelques questions à vous poser.

— Je n'ai rien à ajouter à ce que vous a dit Mlle Hollis, affirma Alec. Et, oui, je l'accompagne.

Eve admirait son sang-froid. Il semblait calme et détendu alors qu'elle se sentait sur les nerfs et agitée.

— Ça vous embête si je vous emprunte ce bol ? demanda le policier.

— À vrai dire, nous en avons besoin, répondit Alec avant qu'elle puisse ouvrir la bouche.

Elle le regarda, sourcil levé. Elle ne voulait pas de cet objet chez elle. Et une partie d'elle-même espérait que le nix avait laissé dessus un indice permettant de l'identifier. Des empreintes digitales, par exemple.

— Tu as promis d'apporter un bol à punch pour la fête des salariés, lui dit-il.

La tension était soudain palpable. Eve n'aurait jamais imaginé que le système de la marque pourrait avoir besoin du bol en tant que preuve. L'inspecteur était plus suspicieux que jamais. Elle le sentait à son odeur.

Elle fit une grimace d'excuse.

— Il a raison, inspecteur. Désolée. Vous pourrez le prendre dès qu'on aura fini.

— S'il n'est pas cassé ou perdu entre-temps.

Ingram posa de nouveau les mains sur ses hanches, une attitude qu'elle imaginait courante chez lui. La posture écartait les pans de sa veste, exposant un peu plus son ventre rebondi.

— J'essaie de coincer un tueur en série, mademoiselle Hollis. Et vous en savez plus que vous le prétendez. Si ce type vous a contactée, je dois le savoir. Et s'il vous a menacée, je peux vous aider.

Eve se figea l'espace d'un battement de cœur puis se décrispa aussitôt. Cet homme n'était pas son ennemi. C'était l'un des gentils, il se battait pour la bonne cause.

— Si je savais quoi que ce soit d'utile, je vous le dirais. Juré.

Cette fois, la marque ne s'enflamma pas ; elle avait dit la vérité. Rien de ce qu'elle pourrait révéler n'aiderait la police. Mais cela ne rendait pas la situation plus confortable.

L'inspecteur Ingram brandit sous son nez un doigt tremblant de frustration.

— Ne quittez pas la ville sans m'avoir dit où vous allez.

Elle aurait sans doute pu émettre des doutes bien fondés sur la légalité d'un tel ordre, mais n'en vit pas l'intérêt. Elle n'irait nulle part tant que le nix serait dans le coin.

— D'accord, dit-elle simplement.

Ingram s'éloigna. Alec récupéra le bol à punch et ils quittèrent l'appartement en fermant soigneusement la porte derrière eux. Eve fit la grimace en actionnant les multiples verrous. Elle avait autrefois cru que ce genre de précaution garantirait sa sécurité.

Mais personne n'était en sécurité.

Alors qu'ils empruntaient le couloir, un brancard émergea en roulant de chez les Basso. Eve s'immobilisa, anéantie par cette vision. Deux ambulanciers guidaient le brancard. Elle reconnut immédiatement l'un d'eux, même sans voir le nom Woodbridge brodée sur sa chemise. Il marqua un temps d'arrêt.

— Hé, dit-il. Je pensais bien avoir vu cette adresse récemment. Comment ça va ?

— C'était mon amie, répondit Eve en se forçant à relever le menton.

— Je suis navré, dit Woodbridge, ses yeux bleus pleins de sollicitude.

— Merci.

Alec vint se placer derrière elle et posa une main au creux de son dos. Un geste possessif qui ne fit qu'ajouter au stress d'Eve. Sa vie était déjà assez compliquée comme ça.

Elle regarda les ambulanciers emporter Mme Basso et fut soudain frappée par l'ampleur de cette perte. Elle songea à tous les films et tous les repas qu'elles ne partageraient jamais. Plus de visites inattendues pour égayer ses journées. Plus de petites courses à faire en plus lorsqu'elle se rendrait au magasin.

Eve se sentit soudain terriblement seule.

— On devrait y aller, murmura Alec en lui serrant doucement la hanche.

Avec un hochement de tête, elle passa devant les curieux debout dans le couloir et attendit que l'ascenseur revienne. Ce n'est qu'en pénétrant dans la cabine qu'elle relâcha enfin son souffle, qu'elle avait retenu jusque-là sans s'en rendre compte. Comme les portes se refermaient sur le chaos qui régnait à son étage, Eve comprit que son monde avait irrémédiablement changé.

Qu'elle parvienne ou non à se débarrasser de la marque, sa vie ne serait plus jamais la même.

Mettre les pieds dans une compagnie était toujours source d'excitation pour Alec, quelle que soit celle qu'il visitait ou l'endroit où elle se trouvait. Son corps tout entier vibrait d'une énergie nouvelle et son pouls s'accélérait d'un coup, comme si les autres Marqués partageaient leur énergie avec lui. Il inspira profondément pour inhaler le parfum des centaines de Marqués rassemblés dans un lieu unique.

À côté de lui, Eve émit un bruit étranglé. La voyant plisser le nez, il se demanda à quel stimulus sensoriel elle réagissait. Elle semblait trouver l'odeur dérangeante plutôt qu'agréable. Puis il songea que tout cela devait être déroutant pour elle. Elle avait déjà subi un choc terrible plus tôt dans la journée. Une chose à la fois.

La priorité pour Alec était de veiller à ce que les parents d'Eve soient en sécurité. Il savait qu'elle ne serait pas capable d'agir normalement tant qu'elle n'aurait pas été rassurée.

— Par ici, dit-il en l'escortant vers un groupe d'ascenseur à l'écart.

Contrairement à celles qui montaient directement jusqu'au bureau de Raguel, ces cabines ne donnaient accès qu'aux sous-sols de l'immeuble. C'était là, profondément enfoui sous terre, qu'était niché un petit complexe doté d'une morgue et de divers services spécialisés.

Eve ne parut pas prêter attention à leur itinéraire. Pendant la descente, elle garda le regard baissé, les yeux dans le vide. Alec rajusta sa prise sur le bol à punch et tendit la main vers elle pour caresser son bras nu. Elle était tellement plongée dans sa réflexion qu'elle ne réagit pas à sa tentative de communication.

Alec retira sa main et s'appuya contre la paroi. Il ne savait pas comment entrer en contact avec elle autrement que par le toucher. Ce qui lui donnait un sentiment… d'impuissance, qui à son tour le rendait fou.

Malgré le murmure d'une reprise instrumentale de Barry Manilow en fond sonore, dans le plus pur style des musiques d'ascenseur, un silence pesant envahit la cabine. Alec écouta le souffle d'Eve puis affina son ouïe pour capter les battements de son cœur. Ceux-ci étaient d'une régularité impossible, digne d'une machine. Il avait autrefois pris l'habitude d'écouter son propre pouls en maudissant la marque de l'avoir privé de toute possibilité de battre la chamade ou de faire un bond dans sa poitrine. L'humanité d'un individu était-elle corrélée à cet organe ? Et si c'était le cas, la disparition de telles fragilités signifiait-elle la disparition de l'âme des Marqués ?

Autrefois, Alec ne se sentait vraiment exister que lorsqu'il se trouvait au sein d'une compagnie. Il en était venu à désirer ardemment l'impression de renouveau que cela lui apportait. Jusqu'à sa rencontre avec Eve, c'était la seule façon pour lui de se sentir à ce point vivant. Il était effrayé de penser que la dernière fois qu'il était entré dans cet immeuble – dans sa quête pour retrouver Eve – il n'avait rien ressenti du tout avant de l'avoir rejointe.

L'ascenseur ralentit puis s'arrêta avec un « ding » sonore. Les portes s'ouvrirent et la mélodie de *Mandy* de Barry Manilow fut submergée par un vacarme infernal.

Le hurlement d'un spectre déchira l'air, ainsi que tous les tympans présents à la ronde. Les corps emmêlés de deux adversaires passèrent en roulant devant l'ascenseur. Le premier était recouvert d'une fourrure animale, le deuxième affublé de longues tresses flottantes d'un noir de jais. Un loup-garou et une lili. Un attroupement se forma autour d'eux, principalement composé d'Infernaux désireux de se nourrir de leur énergie négative.

Dans le coin à gauche, un bureau de réception était occupé par un loup, ou plutôt une louve, sous forme humaine celle-là. Vêtue d'un chemisier blanc et d'une jupe noire, elle se tenait debout et observait la mêlée avec un grand sourire. Une rangée de chaises était installée le long du mur de droite, occupées par des Marqués et des Infernaux qui attendaient que leur cas soit traité. Un œil non averti aurait pu croire que c'était Halloween. Un tel rassemblement d'Infernaux dénudés ou bizarrement vêtus ne pouvait pas s'expliquer autrement. En face de l'ascenseur s'ouvrait un couloir menant à divers bureaux. C'était là qu'Alec avait prévu d'aller, si tout ces gens voulaient bien dégager de son chemin.

Il sortit de l'ascenseur et tint la porte pour Eve. Celle-ci contemplait le chahut avec des yeux grands comme des soucoupes. Elle se pinça les narines et haussa la voix pour se faire entendre :

— Qu'est-ce que c'est que cet endroit ?

— L'enfer sur terre.

Il n'avait pas haussé le ton, mais le vacarme autour d'eux retomba comme s'il avait crié.

— Caïn, souffla la réceptionniste en clignant plusieurs fois les yeux avant de se laisser retomber sur son siège.

Tous ceux qui s'étaient levés se rassirent à leur tour. Le duo au sol s'était figé et le regardait, bouche bée. Une gueule béante dans le cas du loup, des lèvres boudeuses parfaites pour la lili. Agrippés l'un à l'autre dans une parodie d'étreinte, ils semblaient avoir oublié qu'ils s'entre-déchiraient quelques secondes plus tôt.

— Vous avez terminé ? demanda Alec, le sourcil en accent circonflexe.

— Ça pue ici, maugréa Eve d'une voix rendue nasillarde par son nez bouché.

La lili lâcha son adversaire et se releva.

— Il m'a insultée, affirma-t-elle.

— J'ai dit que t'étais bien roulée, grommela le loup-garou en se redressant.

Alec dévisagea la lili.

— Tu ne pouvais pas prendre ça pour un compliment ?

— Je pourrais mourir aujourd'hui, répondit-elle à mi-voix. Je tiens à tirer ma révérence dans le respect.

— Nous pourrions tous mourir aujourd'hui, commenta Eve en laissant retomber sa main.

Le loup reprit sa forme humaine. Nu. Une vision qu'elle accueillit avec un sifflement appréciateur. Alec serra les dents.

— C'est pas poli de laisser traîner ses yeux.

— Je risque plus de mourir que toi, répliqua la lili.

Elle fusilla Eve du regard avant de tourner ses yeux verts démoniaques vers Alec.

— Tu crains ! lui reprocha-t-elle. Je croyais que les frères aînés étaient censés protéger leurs sœurs.

— Je suis effectivement plus âgé que toi, mais je ne suis pas ton frère, rétorqua-t-il.

— Tu pourrais faire comme si, par principe, avança la lili.

Eve affichait un air stupéfait.

— C'est une lili, lui expliqua Alec.

Il la prit par le bras et l'éloigna du loup qui lui manifestait un intérêt évident.

— Il en meurt une centaine chaque jour. Elles ne savent jamais quand leur heure est venue.

— Son *frère* ?

— Dans ses rêves, répondit-il avec un reniflement moqueur. Ça fait une éternité que mon père n'a plus aucun contact avec Lilith. Et cette lili est trop impétueuse pour être plus âgée que moi.

— Je ne te suis pas. Qui est Lilith ?

Alec tourna la tête vers la réceptionniste qui venait de décrocher son téléphone.

— Caïn est là, annonça-t-elle à son interlocuteur.

Elle décocha à Alec un grand sourire accompagné d'un clin d'œil. Un œil séducteur enveloppé par l'emblème qui la désignait comme loup-garou anciennement au service de Mammon, le prince démon de l'avarice.

— Lilith était la première femme de mon père.

Tenant toujours le bol à punch d'une main, il guida Eve vers le couloir. Le bruit de leurs bottes résonna contre les parois de béton verni devant eux tandis que les chuchotements surexcités se déchaînaient dans leurs dos.

Eve écarquilla les yeux.

— Première femme ? Je croyais qu'Adam avait eu Eve et basta.

Il secoua la tête.

— Ne t'embête pas avec ça.

— Non, sérieusement. Pourquoi est-ce que j'ignorais un truc pareil ? Personne ne m'a jamais parlé de ça.

Alec tendit la main vers une porte de verre sur laquelle une inscription en lettres dorées indiquait « Expertise wiccano-légale ».

— Ange. Une chose à la fois, dit-il.

À l'intérieur, les plafonniers étaient éteints. Des lampes suspendues illuminaient de multiples postes de travail rassemblés en îlots spécialisés.

— Caïn !

Les accents rauques de cette voix venue du côté droit de la pièce rappelaient Larry King[1].

— Ça faisait bien longtemps que tu n'étais pas passé me voir.

Alec tourna la tête vers la vieille femme en robe qui sortait de l'ombre d'une démarche claudicante. En émergeant dans la lumière, elle passa de la sorcière bossue à la rousse incendiaire. L'espèce de suaire trop large dans lequel elle était enveloppée se changea en une robe de soirée moulante spécialement coupée pour la mettre en valeur.

— Salut, Hank, dit Alec en guise de salut.

1. Célèbre animateur de radio et de télévision américain ayant travaillé des années 1970 jusqu'en 2010. (*N.d.T*)

Il lui tendit le bol à punch.

— Il faut que je retrouve le nix qui a touché ce truc.

Un sourire engageant se forma sur les lèvres pulpeuses de Hank.

— Je ferai de mon mieux.

La femme inclina la tête pour observer Eve. Puis elle modifia de nouveau son apparence pour adopter celle d'un homme musculeux à cheveux roux coupés court. La robe s'était muée en chemise noire habillée et pantalon de costume.

— Ravi de vous rencontrer.

— Salut, répondit Eve, prise de court.

Alec la prit gentiment par le bras.

— Evangeline, je te présente Hank. Hank, voici Eve.

Hank s'humecta les lèvres.

— Salut, Eve.

Celle-ci esquissa maladroitement un petit salut de la main.

— On repassera plus tard, dit Alec en poussant Eve vers la porte.

— Ramène-la avec toi quand tu reviendras.

Comme Hank s'éloignait, il ou elle reprit la forme d'une vieille bique voûtée.

Une fois de retour dans le couloir, Eve prit une profonde inspiration en se demandant si les effluves des Infernaux avaient affecté son cerveau. Elle se tourna vers Alec.

— J'ai l'impression de revivre l'un des *trips* à l'acide de ma jeunesse.

— Impossible.

— Ce Hank, c'est quoi ?

— Un occultiste. Un démon qui se spécialise dans les arts magiques, capable de puiser à la source du pouvoir présent à travers toute la nature.

— Non, je voulais dire : c'est un homme ou une femme ?

— Je n'en suis pas sûr, avoua Alec avec un haussement d'épaules.

— Génial. C'est quoi, cette maison de fous ?

Elle tenta de respirer par la bouche pour ne pas risquer de capter une quelconque émanation, mais c'était inutile. L'odeur imprégnait les murs.

— À moins que mon nez ne se plante complètement, je dirais que la plupart de ces êtres sont démoniaques.

— Ton nez ne se plante pas.

Il désigna le hall par lequel ils étaient arrivés.

— C'est un mélange de choses, dit-il. Différentes entités infernales ont été gardées ici parce qu'elles se sont avérées utiles à leur manière.

— Gardées ?

Eve examina les alentours d'un œil attentif. Avec ses éclairages tamisés, ses portes en verre et son ambiance enfumée, le niveau souterrain de la tour Gadara lui rappelait un film noir des années 1950.

— Certaines sont maintenues ici contre leur gré, précisa Alec. D'autres viennent de leur propre chef, en quête de protection. Il n'y a pas de code d'honneur chez les damnés. Se mettre à dos le mauvais démon revient vite à signer son arrêt de mort.

— Ça, j'avais bien compris, maugréa-t-elle tout en notant la présence de quelques alcôves dotées de fenêtres offrant une vue sur une métropole nocturne. Le spectacle était remarquablement crédible, mais il faisait encore jour dans le monde au-dessus.

— C'est réel ? demanda-t-elle.

— Non. La plupart des Infernaux deviennent dingues quand ils se sentent confinés. Ils préfèrent la nuit au jour, donc Raguel a opté pour cette vue.

Alec s'arrêta devant une autre porte intitulée : Gestion de l'eau et de l'électricité, Orange County.

Eve fronça les sourcils, conscient qu'il n'existait pas de service de ce nom. Alec frappa au panneau et ils patientèrent.

— L'illusion d'être à la surface leur permet de continuer à fonctionner normalement.

La porte s'ouvrit vers l'intérieur, laissant apparaître un jeune échalas debout derrière un bureau installé face au seuil. Il portait un bleu de travail gris sur lequel était brodé son nom – Wilson – et des lunettes militaires « Contraceptor » ainsi surnommées pour leur capacité à rendre n'importe qui hideux.

Une cloison montée derrière lui bloquait la vue du reste de la pièce. Il était flanqué à gauche d'un meuble à tiroirs et à droite d'un grand palmier en pot. Il émanait des lieux une odeur de barbe à papa dont Eve conclut que Wilson était un Marqué et non un Infernal.

— Caïn, dit-il d'un air affable. Que puis-je pour vous ?

Eve émit un petit gloussement. Dès qu'Alec arrivait quelque part, tout le monde lui faisait des courbettes. L'image qu'elle avait depuis toujours d'un Caïn malfaisant et détesté était chaque jour un peu plus mise à mal.

Comme elle fermait la marche derrière Alec, un groupe de Marqués s'engagea dans le couloir. Ils étaient trois, un homme et deux femmes. Celles-ci affichaient un look étrange à base de bottes de marche, pantalons de treillis noirs et débardeurs de couleurs vives soigneusement déchirés aux endroits stratégiques. L'homme était vêtu d'un jean et d'un polo bleu ciel. Tous trois la détaillèrent sans aménité de la tête aux pieds.

— Elle n'est pas si terrible que ça, dit l'une des filles, le nez plissé, à l'intention de sa camarade.

— Caïn se tape toutes les meufs, dit l'homme. J'ai entendu dire que les Asiatiques étaient très chaudes au lit.

— Excusez-moi ? lança Eve.

— Pas d'excuses pour celles qui montent les échelons avec leur cul, siffla la seconde fille en passant devant elle.

Eve se retourna pour les regarder partir, saisie d'un étrange mélange de colère et de nausée.

— Pas d'excuses non plus pour vos tenues ! s'écria-t-elle dans leur dos. Un scoop au passage : les années 1980, ça fait un moment que c'est terminé !

— Ange ?

La voix d'Alec lui fit tourner la tête. Il tenait un porte-bloc à la main.

— Qu'est-ce que tu fais ? demanda-t-il.

— Rien. J'arrive.

Elle passa le seuil et la porte se referma derrière elle avec un cliquetis discret.

— Tiens, dit-il en lui tendant un formulaire. Donne toutes les infos concernant tes parents. Et les tiennes.

Elle examina le document et vit qu'il demandait les noms, adresses et numéros de téléphone d'une à trois personnes.

— D'accord.

Alec lui sourit. Son expression était chaleureuse et satisfaite, une manière de lui faire savoir qu'il appréciait son obéissance. Ce qui la surprit, étant donné qu'il semblait prendre pour dû celle des autres. Il semblait plus à l'aise dans son rôle de chef que ne l'était Gadara. Ce dernier manipulait les gens pour obtenir ce qu'il voulait ; Alec s'attendait simplement à ce que ses ordres soient exécutés.

Il s'était tourné vers Wilson.

— Un problème avec un nix, indiqua-t-il.

— On s'en occupera.

Eve releva les yeux vers lui.

— Comment ?

— Comme avec n'importe quel type d'infestation, on commence par empêcher le nuisible d'accéder à l'endroit concerné, expliqua Wilson. Dans le cas des nix, on place un élément dissuasif dans la canalisation centrale du lieu de résidence.

— Et quand vous aurez fait ça, je pourrai retirer les crucifix qui pendouillent dans ma salle de bains ?

— Vous pourriez, répondit Wilson, tout sourire. Mais il serait sans doute bénéfique pour vous de les y laisser.

Elle reporta son attention sur Alec.

— Puisque la résidence où j'habite est gérée par Gadara, pourquoi je n'ai pas eu droit à ce genre de truc dès le départ ? Ça aurait sauvé la vie de Mme Basso !

— On ne travaille pas comme ça, répondit Alec en glissant les mains dans les poches de son jean. Imagine que les Infernaux placent une barrière dans la ville de Baker en Californie. Cela empêcherait concrètement les Marqués de se déplacer entre le Nevada et la Californie. Nous devons régler les affaires une par une, Infernal par Infernal. Sans quoi nous nous retrouverions à nous affronter pour le territoire entier et les mortels seraient pris entre deux feux. Nous – Marqués comme Infernaux – avons besoin des mortels pour survivre. Et l'existence de ce besoin commun nous pousse à faire certaines concessions.

Eve fit claquer son stylo contre le porte-bloc.

Alec se balança légèrement d'avant en arrière.

— À quel moment, dans les deux jours écoulés, aurions-nous eu l'occasion de venir ici ? Qui plus est, tu étais en sécurité avec moi. Je n'aurais jamais imaginé qu'il s'en prendrait à ta voisine.

Sur le bureau, un téléphone se mit à sonner. Wilson décrocha. Eve se pencha de nouveau sur son formulaire.

— Ils sont ici, annonça Wilson dans le combiné. Oui, bien sûr. Je vais leur dire.

Il raccrocha.

— Raguel vous appellera dans dix minutes. Il souhaite que vous preniez l'appel dans son bureau.

Alec opina du chef. Eve passa le document à Wilson qui la gratifia d'un regard plein de compassion derrière ses lunettes.

— J'envoie immédiatement quelqu'un.

— Si vous pouviez envoyer deux personnes simultanément, suggéra-t-elle. Pour qu'on ne puisse pas suivre quelqu'un de chez moi jusqu'à chez mes parents ou inversement.

Elle reposa le stylo sur son bureau.

— Avec les mesures que vous allez prendre, mes parents seront en sécurité ?

— Le nix ne sait pas où ils habitent, lui rappela Alec. Sans quoi il se serait déjà attaqué à eux plutôt qu'à Mme Basso. Est-ce qu'il pourrait trouver un autre accès ? Oui. S'il découvre où ils vivent et qu'il a le temps, il trouvera une solution. Mais tout ça va le ralentir. Assez longtemps, j'espère, pour que Hank le retrouve.

Elle hocha la tête. Tout cela ne la rassurait guère, mais quelle autre solution avait-elle ?

— Une chose à la fois, répéta Alec dans un murmure. On va s'occuper du nix. Pour le moment, montons nous occuper de Raguel. Nous ferons tout ce qu'il y a à faire. Fais-moi confiance.

Elle eut un sourire triste.

— Tu fais ça bien, tu sais. Dommage que tu te retrouves coincé avec une fille comme moi, qui ne connaît rien à rien. On aurait dû te donner des trucs plus importants à gérer.

Malgré son expression toujours avenante, elle vit le visage d'Alec se fermer. Ou peut-être s'agissait-il plutôt d'un ressenti, l'impression qu'il se retirait en lui-même, comme si elle avait touché une corde sensible.

Ce détail lui mit l'esprit en ébullition. Sur le chemin du retour jusqu'à l'ascenseur, elle eut une idée qui ne lui était jamais venue auparavant : si les coïncidences n'existaient pas, comment se faisait-il qu'elle habite dans une résidence placée sous la tutelle de Gadara ?

Lui avait-il tendu une embuscade ? Et si oui, pour quelle raison ou dans quel but avait-on décidé de lui apposer la marque ?

Et que faudrait-il qu'elle fasse pour s'en débarrasser ?

16

— Bonjour, Caïn. Et mademoiselle Hollis.

Arrivés par ascenseur dans l'antichambre du bureau de Gadara, ils furent accueillis par le grand sourire du secrétaire de l'archange. C'était un homme ayant sans doute dépassé de peu l'âge de la retraite. Son parfum était cependant celui d'un Marqué. Eve se demanda ce qu'il pouvait avoir fait pour s'attirer des ennuis si tard dans la vie.

— Puis-je vous offrir quelque chose à boire ? proposa-t-il. Un café, peut-être ? Ou un soda ?

Eve déclina poliment. Alec se contenta de secouer la tête.

Le secrétaire les escorta dans le bureau de Gadara et leur fit signe de s'installer sur les deux sièges postés face à sa table de travail. Il pressa quelques touches pour faire descendre l'écran de projection et tamiser l'éclairage. Eve fut de nouveau impressionnée par la taille de la pièce, aussi vaste qu'une caverne et richement meublée. En tant qu'architecte d'intérieur, elle savait pertinemment que les choix sur la taille et la forme d'un endroit en disaient beaucoup sur un individu. Gadara ressentait clairement le besoin d'étonner et d'impressionner. Était-ce plutôt destiné aux mortels avec lesquels il faisait affaire ou aux Marqués sous ses ordres ?

— À quoi penses-tu ? voulut savoir Alec une fois le secrétaire sorti.

— Je ne sais pas si c'est très intéressant.

Elle s'exprimait sur un ton aussi sec que ses paumes. Après tout ce qu'elle avait traversé ces derniers jours, elle aurait dû être une épave bredouillante.

— Ça va ?

Eve le dévisagea. Même dans la pénombre, Alec était beau à tomber. Il avait des traits puissants, marqués, mais légèrement adoucis par ses cheveux longs. Elle trouverait certainement beaucoup de plaisir à pouvoir contempler chaque jour son visage. Si elle se l'autorisait.

— Je crois que je n'ai pas encore pris la pleine mesure de tout ce qui s'est passé. Repose-moi la question une fois qu'on aura eu l'occasion de souffler un peu.

Un bip discret résonna dans la pièce puis l'écran s'alluma. Le visage de Gadara apparut. Il y avait dans sa peau sombre et dans son regard une grande majesté et une touche de raffinement divin presque hypnotique. Eve fut de nouveau saisie par la force brute de son charisme, perceptible même à distance. Il se tenait devant une fenêtre qui donnait sur un panorama qu'Eve reconnut immédiatement : le fameux Strip[1] de Las Vegas. Gadara était en costume, une tenue plus formelle qui lui allait bien. De quoi renforcer son apparence d'homme de pouvoir influent.

— Nous avons un problème, annonça d'emblée Alec.

— En effet, répondit Gadara d'une voix traînante. Où est Abel ?

1. Avenue la plus célèbre de Las Vegas, bordée de casinos. (*N.d.T.*)

Eve haussa les sourcils.

— Il n'est au courant de rien.

— Exactement.

L'archange se radossa sur son siège et passa une main dans son épaisse chevelure grisonnante.

— Reed est son référent, Caïn. Il doit rester partie prenante de vos activités.

— C'est son boulot, répliqua Alec. Il ne devrait pas avoir besoin de mon aide pour le faire.

— Vous allez finir par causer la perte de Mlle Hollis.

— Si vous n'y parvenez pas avant nous.

— Je n'ai pas l'intention de me faire tuer, intervint Eve d'une voix douce.

Un bruit d'applaudissement esseulé lui fit tourner la tête. Vêtu d'un costume trois-pièces couleur graphite magnifiquement taillé, Reed émergeait de l'ascenseur en claquant des mains. La perfection absolue de son apparence – la coupe impeccable de sa tenue, ses cheveux noirs parfaitement coiffés et la courbe sensuelle de son accueillant sourire – était à couper le souffle.

— Bravo, ma chère ! lança-t-il. Ne les laisse pas te bousculer sans rien dire.

Alec se leva brusquement.

— Eve avait raison. Les tengu n'avaient ni emblème ni odeur.

Dans le silence qui s'ensuivit, on aurait pu entendre une mouche voler (ou un ange passer).

— Que voulez-vous dire par « Eve avait raison » ? demanda Gadara.

— Quand le premier tengu m'a attaquée il y a quelques jours, j'ai remarqué qu'il n'arborait pas d'emblème, expliqua-t-elle. Alec et Reed m'ont tous les deux affirmé que mes super-sens n'étaient pas encore pleinement développés et que c'était pour ça que je n'avais rien vu.

Gadara se mit à rire.

— Des « super-sens » ?

— Mais ils se trompaient, reprit-elle. Alec n'a rien vu non plus la nuit dernière. Et vous ne pouvez pas me dire qu'il ne maîtrise pas encore tous ses dons.

Reed s'approcha du bureau et s'y appuya.

— Ça ne s'est jamais produit auparavant. Pendant tous ces siècles, face à des millions d'Infernaux... Pas un seul n'a été en mesure de dissimuler ses emblèmes. Il y a forcément une explication.

— De quel genre ? demanda Eve.

— Peut-être qu'ils sont d'une couleur similaire à celle de la pierre dont il est fait.

— D'accord. Mais pourquoi est-ce qu'il n'émettait aucune odeur ? rétorqua-t-elle.

Gadara émit un bruit étrange qui attira sur lui tous les regards.

— Racontez-moi tout ce qui s'est passé, Caïn.

Alec résuma les événements de la nuit précédente et termina par l'annonce de la mort de Mme Basso.

Reed s'écarta du bureau pour poser une main sur l'épaule d'Eve.

— Vous étiez très proches ? demanda-t-il d'une voix douce.

— Oui. Je l'adorais.

— Toutes mes condoléances.

— La police est passée, dit Alec. Ils affirment que le nix tue depuis un moment déjà. Si c'est le cas, pourquoi n'a-t-il pas été exécuté ?

— L'ordre n'avait pas été donné jusqu'à aujourd'hui, répondit Gadara.

— C'est dégueulasse, commenta Eve.

Le regard de Gadara se durcit.

— C'est la façon dont nous œuvrons, mademoiselle Hollis. Nous ne sommes pas des redresseurs de tort.

— Il a tué au moins une dizaine de personnes ! Je ne parle pas de jouer aux redresseurs de tort, je parle de faire régner la justice et de protéger les innocents.

— Épargnez-moi vos leçons de morale, répondit froidement Gadara. Votre seul souhait consiste à vous débarrasser de la marque pour reprendre le cours de votre existence superficielle. Vous vous moquez bien de protéger les innocents.

Eve ne se serait pas sentie plus affectée s'il l'avait giflée.

— N'essayez pas de me culpabiliser parce que je veux retrouver la vie que je menais avant !

— Ne pas savoir est une chose, s'enfoncer volontairement la tête dans le sable en est une autre.

Reed vint se placer à quelques pas devant Eve.

— Ne vous en prenez pas à elle parce qu'elle a pointé du doigt les failles de notre dispositif, Raguel.

— Il faut que nous prenions une décision à ce sujet, intervint Alec.

Jambes solidement campées, bras croisés, il était impressionnant. Sûr de lui et inébranlable.

— Que suggérez-vous ? demanda l'archange.

— Les deux tengu rencontrés sur le toit n'avaient ni emblèmes ni odeur particulière. Ma première question serait de savoir si l'entreprise de maçonnerie Géhenne y est pour quelque chose. Ont-ils créé ces deux créatures ? Si oui, nous en connaissons la source.

— Prions pour que le phénomène s'arrête à de simples tengu, dit Reed.

Eve passa en revue les visages sombres des trois hommes.

— Si vous m'expliquiez les conséquences possibles ? proposa-t-elle.

Ce fut Gadara qui répondit d'une voix lasse.

— Nous n'avons pas assez de Marqués. Nous faisons travailler des mortels en renforts, tels que les gardes que vous avez croisés dans l'immeuble hier soir. Nous faisons également affaire avec les mortels. Si les Infernaux devenaient capables de se dissimuler à nos yeux, il n'y aurait plus aucune limite aux endroits et aux informations auxquels ils seraient susceptibles d'accéder.

— Les Infernaux se retrouveraient avec un avantage énorme, précisa Alec. Ils pourraient nous sentir arriver à un kilomètre tout en restant indétectables pour nous. S'ils ont conçu un moyen de masquer leur présence, nous devons y mettre un terme.

Eve se leva.

— Il faut donc découvrir comment ils ont fait. Aller faire un petit tour à Upland, où se trouve Géhenne.

Les trois hommes la dévisagèrent.

— Pas alors qu'un nix te traque, répliqua Alec.

— Sans parler des tengu, ajouta Reed.

Gadara, lui, souriait comme un parent fier de sa progéniture.

— Oui. Vous devriez y aller. Les tengu semblent vous apprécier, mademoiselle Hollis, et le nix a été assigné à un Marqué dans la matinée. N'est-ce pas, Abel ?

— En effet, répondit l'interpellé, lèvres pincées.

— Foutaises ! (La voix d'Alec évoquait un grondement de fauve.) Cette affaire est trop importante pour en faire une mission de formation de novice. Eve serait dépassée. Vous devez envoyer quelqu'un de plus expérimenté.

— Ah, mais il n'y a personne de plus expérimenté que vous, répliqua l'archange.

— Alors j'irai seul.

— Je suis du même avis, dit Reed.

— L'avis de qui ? lança Alec.

— Le tien.

En d'autres circonstances, Eve aurait pu éclater de rire devant l'évidente surprise d'Alec.

— Vous voyez, mademoiselle Hollis ? Les miracles existent vraiment, s'amusa Gadara.

Elle se tourna vers Alec.

— Je ne peux pas rentrer chez moi ; je ne suis pas prête. Et je ne peux pas aller chez mes parents. Si tu pars pour Upland, qu'est-ce que je vais faire ?

— Tu peux attendre que Hank te donne les résultats.

Elle laissa échapper un petit rire sans joie.

— Aucune envie de retourner au sous-sol. Les Infernaux me font flipper et certains des Marqués font preuve d'hostilité. Une fois que j'aurai été formée et que je pourrai me défendre toute seule, ça ne sera plus un problème. Mais d'ici là, non merci.

Alec fronça les sourcils.

— D'hostilité ? Qu'est-ce que tu veux dire ?

Reed s'avança d'un pas.

— Une certaine jalousie règne au sein des troupes, expliqua-t-il.

— Elle doit vous accompagner, déclara Gadara. Une fois qu'un mentor a été assigné à un Marqué, ils restent ensemble jusqu'à ce que le Marqué soit autonome.

— Ce n'est pas le moment de vouloir jouer dans les règles, s'agaça Alec.

— Ne vous avisez pas de me dicter ce que je peux ou ne peux pas faire, Caïn. Si vous vous séparez de Mlle Hollis, je considérerai cette séparation comme définitive et la mettrai en duo avec un mentor qui la gardera à proximité.

Eve mit les mains sur ses hanches.

— Vous savez que personne ne croit une seconde à votre discours sur le respect scrupuleux des règles, n'est-ce pas ? Pourquoi ne pas nous dire simplement la vérité ?

Un grand sourire apparut sur le visage de Gadara.

— Je pense qu'il est temps pour vous de mouiller la chemise, dit-il.

— C'est ça, rétorqua-t-elle avec un soupir de dédain. Croyez-moi, j'ai passé la semaine à être complètement trempée.

Alec se racla la gorge. Reed sourit.

— Vous savez très bien ce que je veux dire, maugréa-t-elle.

— Très bien, concéda Gadara avec un rire dans la voix. Que vous me croyiez ou non, je tiens à ce que vous mettiez les mains dans le cambouis. Que vous soyez personnellement témoin de ce que nous faisons et de pourquoi nous le faisons. Et je fais confiance à Caïn pour assurer votre sécurité.

« Je tiens à ce que vous mettiez les mains dans le cambouis. » Eve s'arrêta longuement sur cette phrase. Dans la mesure où Gadara ne lui faisait pas l'effet d'un homme particulièrement altruiste, surtout lorsque ses propres intérêts étaient en jeu, sa déclaration incitait Eve à se demander si son acceptation de la marque pouvait revêtir une quelconque importance. Et si c'était le cas, quelle conséquence pourrait avoir un rejet de sa part ?

— Dans ce cas, l'affaire est entendue, dit-elle.

Elle était déterminée à jouer avec les cartes dont elle disposait jusqu'au terme de la partie. Si Gadara insistait pour qu'elle y aille, il fallait qu'elle découvre pourquoi.

Et pour être franche, elle aussi avait envie d'y aller. Une trépidation devenue un peu trop familière envahissait déjà son être, une obscurité de velours noir, douce, chaude et sensuelle. Elle avait entamé la journée avec le désir de vivre quelques heures ordinaires. À présent, elle ressentait l'envie de tabasser une créature non humaine. Quelque chose qui lui opposerait de la résistance et sur lequel elle pourrait se déchaîner sans remords.

— L'affaire n'est pas entendue pour moi, rétorqua Alec.

Reed soupira.

— Fais bien attention à toi, Eve.

Poings serrés, Alec fusilla son frère du regard.

— Quoi ? Tu donnes ton accord pour qu'elle y aille ? T'es vraiment qu'un putain de gros lâche !

— Va te faire voir ! répliqua Reed. C'est ce qu'elle veut faire.

— Je m'en fous. Elle ne sait pas à quoi elle s'expose. Elle n'a pas été formée et elle est en rogne.

Eve leur fit un petit signe de la main.

— Heu, excusez-moi, les gars ? Je suis là, sous votre nez. Ne parlez pas de moi comme si je n'étais pas avec vous.

Alec se rapprocha d'elle et la serra dans ses bras.

— Désolé.

Eve appuya une main contre son ventre et inclina la tête en arrière pour le regarder dans les yeux.

— On ne s'en est pas si mal sortis hier soir. On est encore debout, tous les deux, non ?

— T'as failli t'écraser au bas de l'immeuble au milieu d'une flaque de sang… Tu trouves que ça aurait pu être pire ?

Son ton était à la fois exaspéré… et résigné.

— Son référent et moi sommes du même avis. La discussion est close, affirma Gadara.

Alec tourna vivement la tête et lança un regard noir vers l'écran.

— Vous feriez bien de prier pour qu'il ne lui arrive rien.

— Je prie quotidiennement, Caïn. Pouvez-vous en dire autant ?

Eve tira Alec vers la porte avant que la situation ne dégénère encore un peu plus.

— Ce n'est pas un jeu, Eve, lui lança-t-il comme les portes de l'ascenseur se refermaient sur la vision d'un Reed à la mine assombrie.

Agrippé à la main courante, Alec s'appuya en arrière et la dévisagea.

— Ça l'est visiblement pour Gadara, répondit-elle. Mais il rêve s'il croit que je vais jouer gentiment le rôle du pion sans tenter quelques coups de mon cru.

Reed regarda Eve disparaître derrière les portes de l'ascenseur puis se tourna vers Raguel.

— L'affaire est trop sérieuse pour laisser une seule équipe s'en charger.

— J'ai tendance à penser que c'est leur synergie qui est la cause du problème, et non un camouflage inventé par les Infernaux.

Raguel rajusta sa cravate avant de reprendre :

— J'ai rendez-vous avec Steve Wynn[1] dans une demi-heure. J'ai bon espoir d'être aussi élégant dans mon costume que vous l'êtes dans le vôtre.

— Vous plaisantez ? Vous n'allez vraiment tenir aucun compte de ce que Caïn et Eve viennent de vous dire ?

Raguel soupira et se détendit sur son siège.

1. Entrepreneur et milliardaire ayant largement contribué au développement de Las Vegas. (*N.d.T.*)

— Vous avez entendu le récit de votre frère. Il était aussi concentré sur Mlle Hollis que sur la chasse elle-même.

— Et alors ? Il faisait son travail.

— Vraiment ? Ou bien son cœur avait-il pris le contrôle de sa tête ? Entre le fruit du hasard et le fruit d'un calcul, la différence est énorme. Caïn n'a pas été formé.

Le malaise s'empara de Reed. Il savait reconnaître l'entêtement délibéré lorsqu'il y était confronté.

— Votre façon de jouer à pile ou face avec quelque chose de si potentiellement destructeur me laisse sans voix. Je ne comprends pas pourquoi vous n'optez pas d'office pour la voie de la prudence.

— Vous voulez faire mon travail à ma place ? demanda Raguel d'une voix dangereusement douce. Je vous en prie, allez-y. Gérez la situation comme vous l'entendez.

— Avec quelles ressources ?

Les dents blanches de Raguel apparurent au cœur de son visage à la peau couleur de café noir.

— Avec celles dont vous disposez. Je me dois de fonctionner dans le cadre défini par mon rang. Et vous aussi.

— Votre rang est supérieur au mien.

— Exactement, siffla l'archange. Ne l'oubliez pas !

L'écran s'éteignit, laissant Reed aux prises avec une soudaine inquiétude. Il était responsable de vingt et un Marqués au total, Eve y compris. À toute heure du jour ou de la nuit, l'un d'eux au moins se retrouvait engagé dans un combat à mort, celle du Marqué ou celle de sa proie. Telle une cascade invisible, le flot des ordres s'écoulait depuis les cieux directement dans la conscience de Reed. Celui-ci se trouvait obligé de passer rapidement d'une mission à l'autre. Il assignait les Marqués aux diverses traques en fonction de leur expérience, de l'endroit où ils se trouvaient et d'une multitude d'autres facteurs dont, notamment, les besoins de la compagnie à laquelle il était associé.

À sa connaissance, aucun référent n'avait jamais éclairci les rangs de ses troupes en les envoyant poursuivre une mission de sa propre conception tout en laissant les autres prendre le relais. Certains Marqués étaient plus à même de faire face à certains Infernaux. Assigner un Marqué moins talentueux à une traque parce que son équipier plus expérimenté était occupé sur une mission non officielle était si risqué que Reed s'étonnait même d'envisager la chose.

Mais quels autres choix avait-il ?

Il pouvait faire appel à un Infernal, soit l'un de ceux travaillant actuellement pour la compagnie, soit un individu désigné pour exécution. Reed lui proposerait un marché simple : la coopération ou la mort. Les Infernaux étaient des survivants, prêts à faire n'importe quoi pour s'en sortir. Mais ce n'était pas à lui de décider quels Infernaux méritaient de survivre et lesquels étaient destinés à brûler en enfer. Cette option était aussi hasardeuse que faire appel aux Marqués sous ses ordres. Reed ignorait quelles retombées une telle action clandestine pourrait entraîner, tout à fait hors du cadre de ses fonctions officielles. Mais elles seraient forcément désastreuses.

Il avait besoin du soutien de quelqu'un situé plus haut que lui dans la chaîne alimentaire. De quelqu'un capable de subir les foudres divines à sa place, si nécessaire.

Il avait besoin d'un archange.

Ce n'était pas totalement improbable. Tant qu'il offrait une contrepartie valable, il pouvait solliciter de l'aide. Caïn passait bien son temps à conclure des accords avec le diable...

Reed passa devant l'ascenseur et se dirigea vers l'accueil. Il s'arrêta face au bureau du Marqué âgé qui prenait les appels pour Raguel.

— Y a-t-il d'autres compagnies actuellement en visite chez nous ou censées arriver sous peu ? demanda-t-il.

Les compagnies s'informaient toujours de leurs visites mutuelles. La présence de deux archanges dans une même zone nécessitait des mesures de sécurité accrues. Et ils considéraient qu'il était du devoir de chaque visiteur d'avertir de sa venue. Cette précaution était perçue comme un témoignage de déférence.

— La compagnie européenne a envoyé sept Marqués hier, répondit le secrétaire. Sarakiel doit nous rendre visite la semaine prochaine.

Reed hocha sombrement la tête.

— Merci.

Évidemment, il fallait que ce soit Sara. Dieu le garde de se voir faciliter un peu les choses.

Tout en s'apprêtant à se téléporter jusqu'au bureau de Sara, Reed s'arma de courage. Elle lui ferait payer cher sa visite.

Le poète avait vu juste. Même l'enfer n'était rien face au courroux d'une femme éconduite[1].

Depuis Anaheim, le trajet jusqu'à Upland prenait une demi-heure dans les bons jours. Dire que la circulation autoroutière de la Californie du sud était

1. Citation tirée d'une pièce de théâtre de William Congreve, *L'Épouse en deuil* (1697). Cette réplique a depuis pris une valeur proverbiale dans les pays anglo-saxons. (*N.d.T.*)

atroce tenait de l'euphémisme. Les embouteillages fréquents pouvaient rajouter des heures à la plupart des trajets, et les accidents transformaient souvent les voies en parkings.

Ce jour-là, le trafic n'était pas si terrible : c'était le début d'après-midi et les habitants n'avaient pas encore quitté leurs bureaux. Alec regardait par la fenêtre du côté passager en pianotant de la main gauche sur le genou de son jean. Il restait silencieux, d'humeur contemplative.

Eve et lui avaient quitté la tour Gadara en passant par le parking souterrain, au volant d'une Jeep Liberty, propriété de Gadara Enterprises. Il espérait que cette manœuvre leur permettrait de semer quiconque surveillerait la voiture d'Eve, toujours garée au niveau de la rue. On ne pouvait être trop prudent quand on avait des flics suspicieux et un nix enragé aux basques.

Eve les avait conduits jusqu'à un centre commercial et s'y était garée. Une fois sortis par la porte de service d'un salon de manucure, ils s'étaient dirigés à pied jusqu'à une agence de location Hertz pour y emprunter un nouveau véhicule. Alec avait payé en liquide ; l'opération laissait moins de trace qu'une carte de crédit.

Ils se trouvaient à présent dans une Ford Focus dont la balise GPS n'était pas surveillée par Raguel… en tout cas pas pour le moment. L'archange finirait par les retrouver et, lorsque ce serait fait, il se raccorderait directement au système de suivi de Hertz. Pour l'heure, néanmoins, ils avaient disparu des écrans radar.

Ils n'avaient pas échangé un seul mot durant l'échange de véhicules. Il n'y avait rien à dire. Eve n'avait pas confiance en Raguel et Alec ne pouvait pas l'en blâmer. La situation était un merdier absolu.

— Le mercenaire, qui n'est pas le berger, murmura Alec, et à qui les brebis n'appartiennent pas en propre, voit venir le loup et abandonne les brebis et s'enfuit. Alors le loup les enlève et les disperse.

— Quoi ? demanda Eve.

Alec lui jeta un bref coup d'œil.

— Évangile selon Jean.

— Tu vois Gadara comme ledit mercenaire ? Tu penses que lui aussi nous a livrés au loup ?

— Je ne sais pas quoi penser, petit ange, avoua Alec en calant sa nuque contre l'appuie-tête. J'ai du mal à comprendre comment il peut se montrer aussi cavalier face à quelque chose d'aussi important.

— Il ne nous croit pas, affirma Eve. Ou alors, il y croit et veut que les choses dégénèrent. Tu as une idée du raisonnement qui pourrait le pousser dans cette voie ?

— Aucune.

Alec n'avait jamais apprécié les archanges. Semblables à des enfants, ils quêtaient l'approbation de leur père et se mesuraient à leurs frères et sœurs dans l'espoir de les éclipser. Les Marqués, leurs mentors et leurs référents ne représentaient à leurs yeux que des moyens pour arriver à leurs fins. Voilà pourquoi Alec en était venu à apprécier son autonomie : elle le maintenait loin de toutes leurs machinations.

— Et cette histoire de « mettre les mains dans le cambouis », c'est de la connerie. Je n'y crois pas une seconde, ajouta-t-elle avec agacement.

— Moi non plus.

— Alors quel intérêt ? demanda Eve en le regardant. Que peut-il bien y gagner à part le plaisir de te contrarier ?

— Tu me poses vraiment la question ou tu réfléchis à voix haute ?

— C'est une vraie question.

Elle reporta son regard sur la route. Ils roulaient à bonne allure, près de cent vingt kilomètres à l'heure, sur la Route 60. Les vitres relevées, ils n'avaient pas besoin de crier pour se faire entendre. Mais la climatisation était allumée. L'air froid agitait les cheveux d'Eve, quelques mèches s'étant libérées de sa queue-de-cheval pour venir lui caresser la joue. Elle les écarta d'un geste impatient.

— Tu sais mieux que moi ce qui se passe.

— Pas vraiment, affirma-t-il d'un ton sec. C'est bien le problème. Je n'ai jamais eu affaire à un référent ni travaillé au sein d'une compagnie. Mes ordres proviennent directement de Jéhovah. Je ne sais absolument pas comment m'insérer dans ce nouveau cadre. Toi et moi sommes logés à la même enseigne dans cette histoire.

— Bon, d'accord. Comment gèrerais-tu les choses si tu étais tout seul ?

Alec répondit sans hésiter ; il avait réfléchi à toutes les possibilités depuis la veille au soir.

— J'irais m'installer à Upland. Les Infernaux peuvent me sentir arriver, donc je surveillerais la société de maçonnerie de loin en attendant de m'y faufiler après la fermeture. Puis je fouillerais les lieux.

— Revenons à cette histoire d'odeur, dit Eve en raffermissant sa prise sur le volant. Si j'étais omnipotente et que j'avais créé une armée de guerriers pour se battre en mon nom, j'éviterais de les rendre repérables par un parfum unique. Je voudrais qu'ils puissent rester cachés.

— Les chevreuils peuvent sentir le loup qui s'approche. Ce type de chasse n'est pas différent de ce qu'on observe dans le règne animal.

— C'est comme s'il leur donnait une chance de rester impunis pour ce qu'ils font.

— Le Seigneur a un sens aigu du fair-play.

— Ou un drôle de sens de l'humour.

— Ange…

— Bref, suivons ton plan, enchaîna-t-elle rapidement. On va se prendre une chambre d'hôtel et se mettre en planque devant le bâtiment.

Alec ferma les paupières. Il tendit la main à l'aveuglette pour la poser sur la cuisse d'Eve.

— Nous n'avons pas le choix. Je suis désolé.

Elle posa une main beaucoup plus menue sur la sienne. Eve était svelte et délicate, bien trop précieuse pour être mise aussi inutilement en danger.

— Une chose à la fois, dit-elle.

— Tu as l'air bien, murmura-t-il. Concentrée.

— Je sais ce que nous avons vu. Ou, plus précisément, ce que nous n'avons pas vu.

Aux oreilles d'Alec, sa voix avait la douceur du miel gorgé de soleil.

— Je n'ai jamais aspiré à sauver le monde, reprit-elle, mais il est bien évident que je ne vais pas tourner le dos aux événements en faisant comme s'il ne se passait rien.

Alec ouvrit un œil et tourna la tête vers elle.

— Ne te laisse pas influencer par les paroles de Raguel.

— Plus facile à dire qu'à faire, répondit Eve, la mine triste. Il a raison. C'est une chose d'être ignorante par accident, c'en est une autre de l'être par choix. Quand je pense que je voulais aller au ciné alors que c'était l'enfer sur terre… Littéralement. Qu'est-ce qui m'a pris ?

— Je comprends pourquoi tu avais envie d'un peu de temps à toi aujourd'hui. Si tu savais le nombre de fois où je me suis pris à souhaiter être un homme normal, ne serait-ce qu'une petite heure.

Ça ne fait pas de toi quelqu'un de lâche, ça n'a rien de honteux.

— Ce n'est pas non plus très glorieux.

Eve le dévisagea. La tristesse de son regard combinée à l'expression déterminée de ses traits fit à Alec l'effet d'un coup de poing au ventre. Il prit brutalement conscience qu'une autre femme était morte ce jour. La jeune fille qu'il avait connue et aimée n'était plus. Elle avait été arrachée à sa vie paisible et ordonnée pour être balancée dans un monde où les démons la pourchassaient et où ses proches en payaient le prix.

Alec se passa une main sur le visage pour tenter de dissimuler son trouble. Devoir faire ainsi le deuil de son premier amour éveillait en lui une fureur et une frustration dévorantes. Il n'avait fallu que quelques jours pour qu'il soit trop tard pour la sauver.

Il n'était cependant pas trop tard pour sauver la femme assise à présent près de lui, celle qui lui tenait la main et se disait prête à l'épauler dans cette mission différente de toutes celles qu'il avait menées jusqu'à présent.

— Ce n'est pas ta faute, Alec.

Un rire sans joie s'échappa de sa gorge.

— C'est toi qui essaies de me réconforter ? s'étonna-t-il. Après tout ce que tu viens de vivre ?

— Ça n'a pas été facile pour toi non plus. Tu as renoncé à beaucoup de choses pour moi.

Il avait aussi beaucoup à gagner. Mais cela, elle l'ignorait.

La beauté est dans l'œil de celui qui regarde. La déesse de l'un pouvait être le cauchemar de l'autre. Sara Kiel, par contre, était belle aux yeux de tous ceux qui la contemplaient. Grande, svelte mais dotée de courbes pleines. Bien des chirurgiens plastiques auraient vendu leur âme pour émuler une telle perfection physique. À une époque, la seule vue de Sara suffisait à faire bouillir les sangs de Reed. À présent, il l'observait avec une quasi-indifférence.

— J'ai du mal à croire que Raguel n'ait pas décidé d'agir dès qu'on l'a informé, déclara-t-elle tout en faisant les cent pas de sa démarche élégante.

Elle lui rappelait une tigresse : lumineuse, souple, prédatrice.

— Peut-être sait-il quelque chose que tu ignores, ajouta-t-elle.

— Ou peut-être cherche-t-il à limiter au maximum la diffusion de l'information, rétorqua Reed.

Un verre d'eau glacée à la main, il était nonchalamment installé sur la méridienne en velours doré du bureau parisien de Sara, un bras passé derrière le dossier. Les théologiens se figuraient souvent que le haut responsable de la compagnie européenne des Marqués était de sexe masculin. Ils se trompaient sur toute la ligne. Sarakiel était une femme jusqu'au bout des ongles.

Ce jour-là, elle portait un pantalon de tailleur à rayures et une cravate, un ensemble qui, sur certaines, auraient pu paraître masculin. Sur Sara, cela ne faisait que mettre en valeur sa divine féminité. Ses cheveux d'un blond très clair étaient rassemblés en un chignon classique et son visage ne portait aucune trace du maquillage qui finançait sa compagnie. Les cosmétiques Sara Kiel étaient un phénomène mondial qui reposait en grande partie sur le visage sans égal de leur propriétaire.

À une époque, Reed était convaincu qu'ils étaient absolument faits l'un pour l'autre. Mais cela remontait à loin. Il était devenu suffisamment blasé pour admettre que le bon goût vestimentaire et une prédilection partagée pour le sexe sauvage ne suffisaient pas à fonder une relation durable.

— Raguel, poursuivit-il, sait que Caïn est bien trop solitaire pour demander de l'aide à qui que ce soit. Et Evangeline trop novice pour agir par elle-même.

— Ah, la fameuse Evangeline, roucoula Sara. J'ai prévu de rendre visite à Raguel sous peu. Je meurs de curiosité d'en apprendre davantage sur celle que Caïn a choisie. Pour tout dire, j'ai dépêché une équipe en Californie pour préparer ma venue.

« Fameuse ». Reed crispa les mâchoires.

— C'est une femme comme une autre, dit-il.

— Vraiment ? C'est pourtant la seule chose, en dehors du sang, que tu aies jamais partagée avec ton frère, commenta Sara avec un sourire narquois. Dis-moi, *mon chéri*[1], qu'est-ce que ça fait de coucher avec une femme qui porte le nom de ta mère ?

— Qui dit que j'ai couché avec elle ?

— Tu n'aurais pas pu résister. Et elle encore moins.

Il haussa les épaules et Sara revint au véritable sujet de la discussion :

— Je suis certaine que Raguel s'attendait à ce que tu n'en parles à personne, dans la mesure où cela met ton frère en difficulté.

— Qui sait vraiment ce que Raguel a derrière la tête ? répliqua Reed pour esquiver la question.

— Je m'inquiète plutôt de savoir ce que toi, tu as derrière la tête. Je dois avouer que je suis plutôt étonnée de te voir ici. Plus encore que de son absence.

---

1. Les termes en italique suivis d'un astérisque sont en français dans le texte. (*N.d.T.*)

— Cette affaire va bien au-delà de la compagnie d'Amérique du Nord. Si les Infernaux ont développé un moyen de dissimuler leur odeur, cela met tout le monde en danger.

— Alors que voudrais-tu que je fasse ? demanda Sara en faisant courir ses doigts le long de sa cravate avec sensualité.

Derrière elle, Reed apercevait la forme scintillante de la tour Eiffel au milieu de l'obscurité. Étonnant de constater à quel point la vue s'avérait similaire à celle qui s'étalait derrière Raguel peu de temps auparavant. Deux archanges, deux continents, une même vue. Ils avaient d'autres points communs : ils étaient tous deux ambitieux et dotés d'un esprit de compétition à faire peur.

— Je veux que tu me prêtes l'équipe de Marqués que tu as envoyée en Californie, dit-il.

Sara éclata de rire.

— Rien que ça ?

— Ce n'est pas comme si tu ne pouvais pas te le permettre.

— La question serait plutôt de savoir si toi, tu peux te le permettre ?

La lueur qu'il lut dans son regard confirma l'intuition de Reed. Il savait ce qu'elle allait demander en retour.

— Tu me poses la question comme si c'était une épreuve, répondit-il d'une voix traînante.

Il faisait le maximum pour ne pas laisser paraître sa tension grandissante.

— N'oublie pas ce que tu pourrais y gagner, ajouta-t-il. Voir ton équipe éclipser celle de Raguel constituerait un joli coup.

Elle étrécit ses yeux bleus.

— Je sais parfaitement quel bénéfice j'ai à en tirer. Mais quel avantage pour toi ? En plus de risquer le courroux de Raguel, tu renonces aussi à l'humiliation possible de ton frère.

Reed se concentra sur les glaçons derrière la paroi de son verre. Il les fit cliqueter d'un air absent avant de glisser une œillade vers Sara.

— Renoncer à l'humiliation de Caïn ? Tu me vexes, ma chère. Quoi de plus jouissif que d'être l'instrument de sa délivrance et l'outil de son sauvetage ?

Il se garda bien de mentionner que Jéhovah pourrait apprécier son initiative, en particulier si l'on considérait les conséquences potentiellement catastrophiques si personne n'intervenait. Plaire à Dieu ne faisait qu'augmenter ses chances d'obtenir sa propre compagnie.

Visiblement pas dupe de ces omissions, Sara émit un petit bruit songeur.

Reed posa son verre sur la table basse dorée et se leva. Il était temps de donner le coup de grâce. Sara leva une main.

— N'avais-je pas dit que tu reviendrais vers moi... à genoux ?

Un sourire joua sur les lèvres de Reed.

— Mais c'est tellement plus amusant pour nous deux quand c'est toi qui l'es.

Elle entrouvrit les lèvres et recula d'un pas.

Reed s'avança vers elle avec une lenteur calculée, les doigts levés vers les boutons de son gilet. S'il ne se déshabillait pas lui-même, Sara lui arracherait ses vêtements. Elle prenait toujours un plaisir étonnant à déchiqueter ce qu'il portait, comme si elle espérait ainsi mettre véritablement à nu l'homme qu'il était.

Il perçut le frisson d'excitation qui s'emparait d'elle et sut que ses mamelons seraient déjà dressés, sa fente moite et brûlante. Deux semaines s'étaient écoulées depuis qu'il s'était offert Eve. Deux semaines de chasteté qui auraient dû le laisser affamé de la baise sauvage dont Sara se délectait par avance. Cela faisait des siècles qu'il ne s'était passé de sexe pendant aussi longtemps.

Il se débarrassa de son manteau et de son gilet qu'il abandonna négligemment sur le dos d'un des fauteuils disposés face au bureau de Sara. Il défit sa cravate et sa ceinture et les ajouta à la pile.

L'excitation de Sara enflait un peu plus avec chaque habit ôté. Reed humait son désir, le voyait dans l'éclat de son regard et sa façon de passer sa langue sur ses lèvres. Elle glissa la main dans la poche de Reed, en sortit son téléphone portable et l'éteignit. Puis elle le lança sur la méridienne.

Reed porta la main à sa braguette. Sara baissa les yeux. Il invoqua des visions de cage d'escalier, de caméras et d'yeux en amande aux cils épais. Son membre finit par obtempérer, durci par ces souvenirs torrides.

— Avant qu'on se laisse aller à la distraction, murmura-t-il, je veux que tu dises à ton équipe de se préparer pour la mission.

— J'ai besoin d'eux, répliqua-t-elle. J'enverrai d'autres hommes.

Il laissa ses bras retomber le long de ses flancs.

— Ils risquent d'arriver trop tard. Ce n'est pas un risque que je suis prêt à courir.

Sara crispa les mâchoires en constatant qu'il était prêt à partir s'il n'obtenait pas ce qu'il demandait.

— Tu es dur en affaires, *mon chéri**.

— N'est-ce pas la raison pour laquelle tu m'apprécies tant ?

17

Eve s'engagea sur le parking d'un *Motel 6* près de la sortie d'autoroute pour Upland. Le motel était installé à côté d'une supérette et Eve repéra une épicerie plus haut dans la rue.

Elle coupa le contact et jeta un coup d'œil à Alec avant d'ouvrir la porte. Il n'avait pas dit un mot depuis plusieurs minutes et semblait s'être retiré en lui-même, seul avec ses pensées. Elle avait conscience que c'était aussi difficile pour lui que pour elle. Si elle avait pu envisager de prier un être suprême pour obtenir quelque chose, cela aurait été d'être pour lui un soutien plutôt qu'un boulet.

Elle ouvrit la portière et sortit. Le bras appuyé sur le toit de la voiture, elle scruta les alentours. Upland était situé à l'intérieur des terres d'Orange County, ce qui rendait la température plus chaude et l'air plus sec. La brise océane manquait déjà à Eve, mais c'était sans doute la nostalgie de ces derniers jours qui se manifestait une fois de plus. Tout son univers familier avait disparu en un claquement de doigts. Elle était séparée de sa famille et de sa meilleure amie, elle avait perdu son poste et Mme Basso n'était plus là. Un séjour à l'hôtel dans une ville inconnue ne faisait qu'ajouter à son sentiment d'être un poisson hors de l'eau.

De l'eau.

Repensant au nix, Eve s'écarta de la voiture et referma la portière. Alec sortit à son tour. Grand, beau et ténébreux. Il enfila ses lunettes noires, dissimulant par la même occasion ses pensées au regard observateur d'Eve. Un gouffre s'était creusé entre eux. Comme la marée contre le rivage, ils s'écrasaient l'un contre l'autre avant de se séparer.

— Dès qu'on aura pris la chambre, il faudra que je passe à la supérette pour acheter un soda et un téléphone portable prépayé.

Il sourit.

— Tu ferais une bonne espionne, je trouve.

— Je suis fan de films d'action.

Alec contourna le coffre et lui tendit la main. Eve la lui prit, mais leur proximité lui parut superficielle. Émotionnellement parlant, il était à des kilomètres. Raison pour laquelle elle loua une chambre avec deux lits doubles.

— Vous avez des animaux avec vous ? demanda l'employé de la réception.

C'était un jeune homme d'environ vingt-cinq ans, estima Eve. Affublé d'une trentaine de kilos en trop, il respirait bruyamment par la bouche.

Elle secoua la tête.

— Rien que nous, dit-elle. Merci de ne pas nous mettre dans une chambre qui a accueilli des animaux. Je suis allergique aux poils de chat.

— Pas de problème.

L'employé se pencha par-dessus le comptoir et baissa la voix :

— Y a quelqu'un dans le coin qui vole des animaux et les découpe en morceaux. On en parle dans tous les journaux. Je préférais vous avertir.

— Il les découpe en morceaux ? répéta Eve en se remémorant l'article qu'elle avait lu plus tôt dans la matinée.

— Atroce. Des bêtes éviscérées, avec les yeux en moins, ce genre de trucs...

Son ton exprimait cependant plus l'excitation du colporteur de ragots que le dégoût ou l'inquiétude.

— J'ai lu un jour que la plupart des tueurs en série commencent par mutiler des animaux avant de s'attaquer aux gens, dit-il.

— Donc ce quartier n'est pas sûr ?

Il se redressa et haussa les épaules.

— Pour les gens, si. Pour les animaux, pas trop.

Pendant qu'Eve signait le formulaire, Alec paya la chambre en liquide. Il observait sa compagne derrière ses verres fumés, mais ne dit rien jusqu'à ce qu'ils soient ressortis.

— Tu as un message à me faire passer ? demanda-t-il tandis qu'ils contournaient le bâtiment de l'accueil puis traversaient vers le parking de la supérette.

— À quel propos ?

— À propos des deux lits ?

— Aucune pression, comme ça.

— Hmm.

Un carillon électronique annonça leur entrée dans le magasin. À l'extérieur, trois voitures refaisaient le plein à la pompe. À l'intérieur, une femme âgée à la foisonnante chevelure blanche tenait la caisse et deux ados cherchaient du soda au fond de la boutique.

Eve saisit un panier près de la porte et se dirigea vers les téléphones prépayés suspendus à l'extrémité d'un rayon.

Alec pointa du doigt la fontaine de soda en libre-service.

— Tu veux une boisson ?

— Du Diet Dr Pepper s'ils en ont. Sinon je prendrai une bouteille.

— D'accord.

Alec s'éloigna et Eve fit le tour du rayon en récupérant des lanières de bœuf séché, un assortiment de noix et un mélange de biscuits apéritifs. Elle se voyait déjà allongée en travers de son lit d'hôtel devant un film avec un soda et quelques cochonneries à picorer.

La simple perspective de quelques heures pour décompresser ressemblait au paradis sur terre. Ils ne se rendraient à l'entreprise de maçonnerie que le soir venu, ce qui lui laisserait le temps de végéter et trouver un sens à sa nouvelle vie. Avec cette idée en tête, elle décida de prendre aussi du chocolat : Twix, Kit Kat et bonbons au beurre de cacahuètes.

Eve se dirigea vers l'allée suivante quand la puanteur d'un Infernal la prit à la gorge. Cherchant la source de l'odeur putride, elle finit par identifier les adolescents devant le réfrigérateur du fond. L'un d'eux arborait un sweat à la capuche relevée, l'autre un tee-shirt Hurley et une coiffure en bataille. Un tatouage en forme de diamant s'anima sur sa nuque, pivotant sur lui-même en faisant scintiller ses différentes facettes.

Eve s'immobilisa, bouche bée. Comme s'il avait perçu son regard, le garçon à capuche tourna la tête vers elle. Eve baissa les yeux et préleva sans les voir plusieurs articles pris au hasard. Elle reprit sa route dans l'allée, absolument terrifiée. Ses mains, par contre, n'avaient pas tremblé un seul instant.

Prends un air inoffensif et occupé, se dit-elle.

— Ange.

Elle sursauta violemment et pivota pour faire face à Alec qui s'approchait d'un pas rapide. Il la prit par le bras et l'emmena plus loin dans le rayon, à l'écart des Infernaux.

Ils étaient partout. Comment avait-elle pu l'oublier, même un instant ? Le poids de ce savoir était écrasant.

Tout en feignant de s'intéresser à leurs courses, Eve et Alec observèrent furtivement les deux jeunes gens qui choisissaient des boissons énergisantes dans le réfrigérateur puis se dirigeaient vers la caisse. La caissière les salua joyeusement et scanna leurs articles. Elle avait les paupières chargées de mascara et les lèvres ridées d'une fumeuse invétérée, mais son sourire était réellement chaleureux, et ses manières aimables.

Cette femme était loin de se douter de la véritable nature des deux ados.

— Ça va aller ? murmura Alec alors que les jeunes sortaient du magasin.

Eve hocha la tête et s'efforça de respirer à fond.

— Je ne m'y attendais pas, c'est tout.

Il lui frotta gentiment le bas du dos.

— Tu sais, dit-elle, je suis contente de pouvoir les repérer à l'odeur. Sinon je crois que je deviendrais folle de terreur à toujours suspecter tout le monde.

Alec hocha gravement la tête.

— Ceci dit, mon nez ne doit pas encore fonctionner comme il faut, ajouta Eve. Tu les as sentis depuis l'autre bout du magasin alors qu'il a fallu que j'arrive à un mètre d'eux.

— Je n'avais pas capté leurs effluves.

— Alors comment as-tu su ?

Il lui décocha un bref coup d'œil.

— L'un de ces garçons a été désigné comme cible.

Il fallut une seconde à Eve pour comprendre.

— Ta cible ?

— Ouais. Ma cible. Notre séjour à Upland s'annonce plus compliqué que prévu, dit-il en l'incitant à passer au plus vite en caisse.

Reed glissait les doigts entre les cuisses de Sara quand il capta la première vague de terreur en provenance d'Eve. À la manière d'une onde dans l'eau, la distance entre eux atténuait la force de l'émotion. Mais elle n'en était pas moins reconnaissable.

Il ferma les yeux et appuya son front sur la vitre de la fenêtre contre laquelle il avait plaqué Sara. Il avait d'autres sensations à gérer en plus d'Eve et de l'amante dans ses bras ; celles des vingt Marqués sous ses ordres, les instructions des seraphim et les appels occasionnels du central de Raguel.

— Allumeur, chuchota Sara en effleurant son oreille du bout des lèvres.

Distrait, il agit à l'instinct pour l'entrouvrir et aller et venir au creux de sa moiteur. Elle gémit. Il savait précisément comment la toucher, comment lui donner du plaisir, comment lui apporter exactement ce dont elle avait besoin.

Elle lui mordilla le lobe et il réagit en conséquence. Sa main jusque-là plaquée contre la fenêtre vint enserrer la gorge de Sara. Reed refréna son envie d'accélérer les choses. Il devait l'occuper assez longtemps pour qu'elle ait envie de respecter leur accord. Sans quoi elle serait capable de lui retirer le soutien de ses Marqués avant même qu'il puisse faire appel à eux sur le terrain.

Sara enfonça ses ongles manucurés dans les flancs de Reed et il sentit qu'elle respirait avec difficulté, sa poitrine oscillant à un rythme plus rapide contre son torse. Le sexe était l'une des rares occasions où un corps touché par la bénédiction céleste répondait sans retenue. Les endorphines apportées par l'orgasme constituaient une drogue de choix pour beaucoup, Reed y compris.

Comme la détresse d'Eve allait grandissant, la peau de Reed se couvrit de chair de poule. La transpiration s'accumula sur sa lèvre supérieure et au creux de ses reins. La pulsion qui le poussait à foncer la rejoindre était si forte qu'il en frissonna. Il se dit que c'était parce qu'elle n'était pas formée et donc dangereusement vulnérable. Une réaction liée à la situation, rien de plus.

— J'adore quand tu frémis pour moi, ronronna Sara en faisant courir ses ongles le long de son dos.

Reed garda les yeux fermés en imaginant que la chair soyeuse autour de ses doigts en mouvement appartenait à une autre femme.

« Je... Je ne fais pas ce genre de choses d'habitude... »

La voix tremblante d'Eve résonnait en boucle dans son esprit. Elle l'ignorait – et il n'était pas certain de lui en parler un jour – mais leur étreinte dans l'escalier avait été d'une incroyable intensité, et pas seulement du point de vue sexuel. Il l'avait attirée hors de la foule mais, une fois seuls, n'avait rien fait pour l'obliger à rester près de lui. Il n'en aurait pas été capable, trop concentré qu'il était sur elle : son parfum, la chaleur de son contact, son désir profond. Il n'avait jamais connu rencontre plus intime.

Sara aimait le sexe violent, point final. L'identité de son partenaire n'importait guère. Elle trouvait son excitation dans l'acte, pas dans la personne. Eve, par contre, avait été profondément déconcertée par le plaisir qu'elle avait pris entre ses mains. Ses réactions étaient directement liées à lui. Aucun autre homme n'aurait pu la satisfaire de la même façon.

— Dépêche-toi, siffla Sara dont le sexe aspirait goulûment ses doigts.

Elle lâcha la taille de Reed pour défaire son pantalon de tailleur qui retomba autour de ses escarpins Manolo Blahnik.

Il recula juste le temps de retirer son propre pantalon puis remarqua brièvement son porte-jarretelles noir et ses bas de soie avant de lui arracher son string d'un geste sec. Sara n'eut pas le temps de se débarrasser de sa veste. Avant qu'elle ait dénoué sa cravate, il l'avait projetée en arrière contre le verre froid de la fenêtre.

Le sourire de l'archange illumina la pièce.

L'espace d'un court instant, Reed envisagea de la pencher par-dessus son bureau pour la prendre par-derrière. Mais leur position actuelle lui rappelait des souvenirs sur lesquels s'appuyer pour accomplir ce qu'elle attendait de lui pendant les heures à venir.

Passant les mains sous ses fesses, il la souleva afin que leurs regards se croisent.

— Tu sais ce que tu as à faire.

Sara glissa son bras entre eux et le positionna à l'entrée de son sexe. Il s'avança d'un pas et la laissa simultanément retomber pour l'empaler d'un unique et puissant coup de reins. Le cri de Sara perça l'air et fit frémir ses terminaisons nerveuses. Son érection enfouie dans une chaleur liquide, son corps prit le dessus sur son cerveau. Enfin.

Mettant à contribution ses bras et ses cuisses, Reed la fit aller et venir sur lui à une allure rapide et vigoureuse. Le bruit mat de leurs corps claquant l'un contre l'autre envahit la pièce et aiguillonna son désir. Il se concentra sur les contractions du fourreau de Sara autour de son membre endolori, sensations qui le firent durcir encore un peu plus et frémir comme le sang gonflait brusquement le gland de son pénis.

Tandis qu'il l'emplissait et l'étirait, elle se mit à gémir et se referma autour de lui avec la vigueur d'un poing serré. Physiquement, c'était franchement délicieux.

Testicules gonflés, échine redressée, haletant sous l'effort, il accéléra encore le mouvement, envahi par une ferveur grandissante, poussé par l'envie de voir culminer le plaisir. L'orgasme de Sara se propagea à travers tout son membre et le noya sous une vague de jouissance incandescente. Ses gémissements ne firent que renforcer le plaisir de Reed. Malgré sa beauté tout angélique, Sara geignait comme une star du porno durant leurs ébats. De quoi réveiller l'animal en lui, l'exciter jusqu'à la fièvre.

Mais on était toujours très loin de ce qu'il avait éprouvé dans la cage d'escalier.

Sur le plan des émotions, Sara et lui étaient sur deux continents différents. Paupières closes, elle avait rejeté la tête en arrière et gardait ses pensées pour elle. L'esprit de Reed était tourné vers Eve, son énergie sexuelle focalisée sur elle, son âme animée par le désir d'apaiser la peur qu'il percevait en elle.

Le rythme de ses hanches vacilla lorsqu'il la sentit qui lui répondait en pensée, un contact chaste, comme une main prenant la sienne dans l'obscurité. L'esprit de la jeune femme effleura à peine le sien, telle la caresse d'une volute de fumée, et pourtant il en fut bouleversé. Il jouit dans un rugissement et Sara frissonna sous l'effet d'un deuxième orgasme accompagné d'un cri aigu.

Eve l'avait mis à genoux, malgré la présence de Sara qui lui griffait le dos et les heures qu'il allait encore devoir passer à s'occuper d'elle. Une fois la jouissance dissipée, il tenta de reprendre son souffle, saisi par l'envie de prendre une douche. Rendu vulnérable par la force de son orgasme, il n'était pas préparé à la vague de souffrance aiguë qui brisa soudain son lien avec Evangeline.

L'un de ses Marqués agonisait !

Reed lâcha un grognement de douleur et repoussa Sara. Il cambra le dos, poitrine en avant, bras tendus. Il irradiait la souffrance et la peine. Sa peau s'embrasa sous l'effort nécessaire pour contenir la proclamation de son subordonné, un appel à l'aide instinctif de Marqué à mentor, parfois si puissant qu'il était perçu même des mortels. Certains d'entre eux appelaient cela le sixième sens. Le sentiment que quelque chose « clochait » sans pouvoir dire quoi.

— Takeo, souffla Reed.

C'était le nom de son subordonné. Takeo avait trop attendu pour appeler au secours ; Reed sentait déjà le pouvoir de la marque le quitter. Un sentiment de perte douloureux traversa son être avant d'être projeté, amplifié, à la compagnie. La mort d'un Marqué était une information qui circulait d'âme en âme plutôt que par les méthodes de communication profanes. Une fois la proclamation transmise, Reed s'effondra en avant, le souffle court.

— Je dois y aller, haleta-t-il.

Le beau visage de Sara était transpirant, ses lèvres rouges et gonflées bien qu'il ne l'ait pas embrassée.

— Tu ne pourras pas sauver ton Marqué, dit-elle. Et si tu pars avant que nous ayons fini, tu ne pourras pas la sauver, elle non plus.

Reed tendit la main vers son pantalon.

— Elle ?

— Evangeline, répondit-elle avec un sourire qui ne remontait pas jusqu'à ses yeux. Tu t'imagines qu'une femme ne s'aperçoit de rien quand l'homme avec qui elle couche pense à quelqu'un d'autre ?

— Sara… dit-il sur un ton d'avertissement, les poings crispés.

— Il est trop tard pour sauver Takeo et tu le sais bien. Tu souhaites simplement atténuer ta culpabilité en étant auprès de lui durant ses derniers instants.

Elle planta un ongle rouge parfaitement verni sur son pectoral.

— Je veux que tu vives avec cette culpabilité. Que tu te rappelles que tu n'as pas pu être présent pour ton Marqué parce que tu jouais au gigolo pour l'amante de ton frère.

Il la gifla.

— Tu ne sais pas de quoi tu parles !

Elle rit et frotta la marque rouge laissée par sa paume. Puis elle écarta les jambes, laissant apparaître les replis roses et luisants de son sexe.

— Au travail, ordonna-t-elle. Avant que je décide que tu n'en vaux pas la peine.

— Comment t'a-t-on appelé ? demanda Eve.

Alec et elle coupaient à travers le parking pour retourner rapidement au motel.

— La marque se met à picoter puis s'échauffe. Passe-moi les clés de la voiture.

Elle obtempéra.

— Comme quand on ment ?

Il haussa un sourcil.

— Je ne mens pas.

— Moi si. Et la marque s'est mise à me brûler.

Alec émit un petit rire sarcastique.

— Elle m'a aussi brûlée quand je suis entrée dans l'appartement de Mme Basso, raconta Eve. Et m'a donné l'énergie nécessaire pour défoncer les verrous.

Il pinça les lèvres.

— Je sais. Une marque qui s'échauffe reviendrait pour un garant de caution à recevoir un appel pour défaut de comparution d'un fuyard.

Il ouvrit la portière d'Eve puis fit le tour pour s'installer derrière le volant.

— Tu n'as pas dit à Gadara que j'avais enfoncé la porte, fit-elle remarquer.

Elle prit le sac de provisions qu'il lui tendait et le déposa par terre entre ses pieds. Au moment de se redresser, elle se figea quand une soudaine vague de chaleur envahit ses membres glacés. La sensation donnait presque l'impression qu'on venait de lui passer une épaisse couverture sur les épaules. Une couverture qui aurait eu l'odeur de Reed.

— Je voulais voir si Abel dirait quelque chose.

Alec mit le contact et recula pour quitter la place de parking.

— C'est lui qui a activé ta marque. Étant ton responsable, c'est à lui de le faire.

Eve observa les manœuvres d'Alec pour se mêler à la circulation, toujours étonnée par l'évanouissement rapide de sa peur. En l'espace d'une seconde, elle était passée de la trouille paralysante à la sensation d'être plongée dans un cocon protecteur.

Comme guidé par un radar, Alec retrouva rapidement les deux adolescents qui se promenaient dans une petite rue. Il ralentit l'allure pour pouvoir les suivre en les gardant à l'œil.

— Qu'est-ce que ça signifie ? s'enquit-elle. Il était au courant pour Mme Basso ?

— Les responsables n'ont pas forcément conscience des détails d'un crime. En général, ils savent seulement à quelle catégorie de démon appartient la cible et quel Marqué de leur écurie est à la fois proche et qualifié pour agir.

— Oui, difficile de faire plus proche que l'appartement d'à côté.

— Ni moins qualifiée qu'une novice sans entraînement.

Il poussa un soupir agacé.

— Le travail d'Abel est d'assigner chaque traque au chasseur de primes le plus capable, même si cela oblige le Marqué concerné à se déplacer comme nous l'avons fait aujourd'hui.

Eve serra les poings sur ses cuisses.

— Une fois qu'un Marqué est assigné, est-ce qu'un autre peut s'impliquer ?

— Aucun autre Marqué ne recevra l'appel, non.

Reed me l'a réservé.

Elle sentit son cœur se gonfler de joie, ce qui l'effraya. Elle était heureuse qu'on lui donne la possibilité de tuer. Fallait-il en conclure qu'elle avait des tendances meurtrières ?

— Raguel ne savait pas qu'Abel t'avait assignée au nix, poursuivit Alec, l'air sombre. Ce qui signifie qu'Abel agit de son propre chef.

— Les référents peuvent travailler pour plusieurs dirigeants de compagnies ?

Alec secoua la tête.

— Ils sont au service d'une seule compagnie. Mais ils disposent d'une certaine autonomie. Ce sont des *mal'akh* – des anges – et ils gardent l'usage de tous leurs dons. Ils peuvent envoyer les missions à qui ils veulent.

— Reed ne fait peut-être pas confiance à Gadara, lui non plus.

— Ou peut-être que Raguel mérite qu'on lui accorde le bénéfice du doute tandis que mon frère mijote un mauvais coup, rétorqua Alec. Mais j'imagine que ce n'est pas le genre d'hypothèse qui t'attire.

— Hé ! Pas la peine de faire la gueule.

Eve se tortilla sur son siège et rajusta sa ceinture de sécurité pour être plus à l'aise.

— Raguel est un archange, Eve. Son amour de Dieu est absolu.

— Désolé, mais je n'y crois pas. Je n'ai pas vu une once de compassion chez lui. Beaucoup d'égoïsme et de baratin, oui. Mais de l'amour et de la compassion ? Niet.

— Et tu as perçu de l'amour et de la compassion chez Abel, peut-être ? lança-t-il avec dédain. Quand, exactement ? Pendant qu'il te baisait dans l'escalier pour t'asservir ? Ou quand il a fait fi de ton entraînement pour t'assigner à un démon bien décidé à te tuer ?

Alec gara la voiture le long d'un trottoir, juste avant l'entrée d'une impasse. Le panneau indiquait « Falcon Circle ». Les ados avaient tourné au coin moins d'une minute plus tôt.

Eve sortit de la voiture avant qu'elle soit tout à fait arrêtée. Assaillie par la colère et la frustration, elle poursuivit le trajet à pied. À sa gauche, les rues s'éloignaient vers l'horizon. À droite, sur le trottoir où elle se trouvait, toutes les voies étaient des impasses accolées à un petit champ au-delà duquel se dressait un bosquet d'arbres.

Le moteur se tut et la portière du conducteur claqua dans son dos, mais Eve continua à marcher. Arrivée au coin de la rue, elle s'immobilisa pour observer les deux jeunes gens qui entraient dans une maison au bout de la voie. Il s'agissait d'une maison à un étage avec un toit à la voûte marquée. Les murs étaient peints dans un marron clair avec des finitions chocolat, un style très années 1980. Dans la cour au gazon dégarni, elle aperçut des plates-bandes envahies de mauvaises herbes et un tricycle ayant connu des jours meilleurs.

Une voiture bâchée était garée d'un côté de la voie d'accès privée. Les traces d'une fuite d'huile étaient visibles sur l'emplacement vide à côté.

La journée était lumineuse et ensoleillée, mais un arbre massif s'élevait au-dessus de la maison et la maintenait dans l'ombre. L'endroit avait quelque chose de déprimant, surtout au milieu des autres demeures soigneusement entretenues par leurs propriétaires. Le domicile de la proie d'Alec était le vilain petit canard des maisons du quartier. L'impression de décrépitude et d'abandon mettait Eve mal à l'aise.

— Et maintenant ? demanda-t-elle comme Alec arrivait à sa hauteur.

— Maintenant que je sais où le trouver, je vais attendre le bon moment.

— Tu peux me dire comment on est censés accomplir quoi que ce soit ? Tu te fais appeler... Moi aussi... On nous envoie en mission au même moment. Dieu a l'intention de nous ensevelir sous les emmerdes ?

— Il ignore ce qui se passe, petit ange.

Elle renifla avec dérision.

— On parle bien du créateur de l'univers, qui voit tout et sait tout ?

— Il écoute, il ne regarde pas.

Eve s'apprêtait à répliquer quand elle se souvint que Dieu n'avait pas su qu'Alec avait tué son frère. Il avait dû lui poser la question pour l'apprendre.

— Alors peut-être que tu devrais lui dire de nous laisser un peu tranquilles.

— Habituellement, un mentor s'en tient au seul rôle d'enseignant. Comme l'a dit Raguel, une fois qu'un duo entre mentor et Marqué est créé, ils sont inséparables jusqu'à ce que le Marqué soit devenu autonome.

Alec fit un geste impatient en direction de la voiture.

— Dans mon cas, Dieu ne voulait pas renoncer à faire appel à moi pour des missions individuelles.

Je Lui ai dit que je ferais les deux à la fois. C'était le seul moyen pour moi d'être avec toi.

L'agacement d'Eve s'évanouit d'un coup.

— Alec...

— Ça n'explique pas pourquoi Abel te confie des missions dangereuses avant que tu sois prête ni pourquoi Raguel n'est pas au courant.

— Tu n'as aucune confiance en ton frère.

— Absolument aucune. Je ne l'ai encore jamais vu s'intéresser à autre chose que sa personne.

— Tu sais que ce n'est pas ce que raconte la version populaire de l'histoire.

Il lui lança un regard chargé de dérision puis alla lui ouvrir la portière et attendit qu'elle remonte sur le siège passager.

— Je sais.

— Alors explique-moi ce qui s'est passé. Pourquoi vous battez-vous depuis toutes ces années ?

Elle dut patienter le temps pour lui de s'installer derrière le volant. Ce qui prit moins d'une minute mais parut durer une éternité.

Alec mit la clé de contact en prenant soin de regarder toujours droit devant lui.

— Pourquoi tous les hommes se battent-ils ?

— Pour des histoires de territoires, de biens, de femmes.

— Exactement.

— Et dans ce cas précis ?

Il remit le moteur en route et fit demi-tour pour repartir par là où ils étaient venus.

— Tout ça à la fois, répondit-il.

Raguel retourna dans sa suite avec terrasse à l'hôtel *Mondego* de Las Vegas, un établissement qui lui appartenait. Il avait eu une longue journée et, dans la mesure où il était seulement 18 heures, elle était loin d'être terminée. Les démarches officielles qu'impliquait la rénovation d'un hôtel étaient rébarbatives et épuisantes. Cela représentait des mois de réunions et des montagnes de formulaires et permis à remplir. Il aurait bientôt besoin de l'apport de Mlle Hollis pour continuer. Ce qui leur donnerait amplement l'occasion de passer du temps ensemble et de tisser un lien, lequel serait utile à Raguel pour gérer Caïn.

L'archange s'arrêta brièvement sur la vue panoramique que lui offraient les parois vitrées autour de lui avant de tourner son attention vers le bureau dans le coin de la pièce.

— Je vous écoute, dit-il d'une voix autoritaire à la secrétaire qui l'y attendait.

Kathy Bowes portait un pantalon de tailleur noir et un pull à col roulé blanc. Elle avait le même air juvénile que lorsqu'elle avait été marquée à l'âge de quatorze ans seulement. Ce poste lui avait été confié pour la garder en vie. Il existait plus d'une manière de tuer un démon, et certains Marqués n'étaient pas faits pour traquer les proies sur le terrain.

La secrétaire se leva et lut les notes qu'elle tenait à la main.

— Perte de trois Marqués aujourd'hui. Acquisition de deux autres. Possible aperçu d'une nouvelle race d'Infernal. Uriel a appelé et souhaiterait que vous le recontactiez…

Raguel s'était renfrogné.

— Trois Marqués ? Qui étaient leurs référents ?

— Mariel a perdu un duo mentor/Marqué sous les coups d'un Infernal qu'elle n'a pas reconnu…

— Il s'agit de cette possible nouvelle race ?

— Oui.

Il dénoua légèrement sa cravate.

— Je veux son rapport détaillé.
— L'enregistrement est sur votre bureau.
— Qui d'autre ?
— Abel en a perdu un.
Raguel se figea, mal à l'aise.
— Qui a-t-il perdu ?
— Takeo, un ancien membre des yakuzas du clan Yamaguchi-gumi. Il était très bon. Quarante-sept mises à mort.

Une vague de soulagement envahit l'archange, lui rappelant au passage qu'il avait fait un pari risqué. La perte d'Evangeline Hollis ferait de Caïn un ennemi et mettrait en péril des siècles de travail. Mais les récompenses potentielles en valaient la peine.

Raguel savait que Mlle Hollis avait besoin de gagner en assurance quant à ses capacités *malgré* Caïn plutôt que grâce à lui. Son enquête sur elle avait révélé une femme ambitieuse et déterminée. La nomination de Caïn en tant que mentor constituait un rebondissement auquel Raguel ne s'était pas attendu, mais il estimait qu'elle pouvait encore s'affirmer et développer sa propre identité malgré l'ombre imposante de son mentor.

Les sept archanges avaient pour tâche de former les nouvelles recrues chez les Marqués. Une mission dont chacun d'eux se chargeait tour à tour par souci d'équité. Tous les ans, sept semaines durant, chaque archange devenait libre d'utiliser ses pouvoirs dans le cadre du processus d'entraînement.

Raguel avait délibérément retardé la formation d'Evangeline Hollis afin qu'elle se déroule sous sa houlette. Il lui accorderait une attention plus soutenue qu'à n'importe quel autre Marqué par le passé. Un lien se tisserait naturellement. Son objectif : faire en sorte qu'elle se lie à lui plus encore qu'avec son mentor ou son référent.

Mis en situation de stress, Caïn répondait par l'agressivité ; il l'avait toujours fait. En le maintenant sur les nerfs, déstabilisé, Raguel nourrissait la tension entre Mlle Hollis et lui. L'engouement d'Abel pour l'amante de son frère y participerait également. Elle ne pouvait pas avoir les deux, et se retrouver écartelée entre eux l'empêcherait de développer un attachement profond avec l'un ou l'autre.

— Le rapport d'Abel est aussi sur mon bureau ? demanda Raguel.

— Il ne l'a pas encore envoyé. Nous n'avons eu que la proclamation.

L'archange fronça les sourcils. Abel livrait toujours ses rapports avec une promptitude sans faille. Les rapports prenaient la forme d'enregistrements vocaux retranscrits par la suite sur des parchemins célestes à des fins d'archivage. Quand d'autres référents avaient besoin de temps pour digérer la perte d'un Marqué, Abel trouvait du réconfort dans la vision du sacrifice d'un Marqué au nom de la cause divine. Certains Marqués voyaient leurs péchés pardonnés, quel que soit le nombre d'indulgences gagnées.

Raguel s'installa à son bureau. Il passa en revue les divers éléments qui y étaient déposés pour examen ou approbation. Il feuilleta plusieurs maquettes de publicités pour ses nombreuses entreprises, s'arrêta brièvement sur deux options pour les invitations à l'inauguration d'Olivet Place. Une bonne chose que les tengu aient été vaincus avant la cérémonie.

Puis il saisit le disque sur lequel était indiqué : « Mariel ». Mais quelque chose continuait à le tracasser.

— Mademoiselle Bowes ! cria-t-il.

— Oui ?

— Merci de confirmer la position actuelle de Caïn et Mlle Hollis.

— Oui, monsieur. Je m'en occupe immédiatement.

Eve n'aurait jamais imaginé prendre plaisir à passer du temps dans un *Motel 6*. Sa préférence allait d'habitude à des lieux plus haut de gamme. Mais à cet instant, elle était aussi enthousiaste à l'idée de retrouver la minuscule chambre près de l'autoroute que s'il s'agissait de la suite avec terrasse au sommet du *Mondego*.

Elle s'étira en émergeant de la Ford Focus. La poussée d'adrénaline déclenchée par la marque se traduisait physiquement par une sensation de fébrilité. Émotionnellement, ceci dit, elle avait surtout envie d'avoir cinq minutes pour croquer dans du chocolat.

Muni de la clé, Alec ouvrit la porte de leur chambre du rez-de-chaussée et fit entrer Eve. Le lieu était exigu, à peu près de la taille de la salle d'eau des invités chez Eve.

Les deux lits doubles tenaient à peine dedans. Le plus éloigné de la porte avait été collé contre le mur de la salle de bains et le plus proche laissait à peine assez de place pour loger le climatiseur fixé à la fenêtre.

Le décor était typique des motels du coin : couvre-lits aux motifs chargés pour dissimuler les taches, papier peint passe-partout et triptyque de paysages de plage accroché au-dessus des têtes de lit. Un petit réfrigérateur était disposé près de la commode, non loin du lavabo installé à l'extérieur de la salle d'eau (ce qui était potentiellement pratique mais guère esthétique).

Alec déposa les clés et leurs achats près du téléviseur puis remonta ses lunettes de soleil sur son front. Il s'appuya contre la commode, bras croisés.

Eve s'assit au bout du lit côté porte.

— Tu peux me passer un Kit Kat ?

Il saisit le sac et fouilla à l'intérieur en riant.

— Mais qu'est-ce que t'as acheté ?

Elle repensa à leur passage dans le magasin.

— Je ne suis pas sûre, avoua-t-elle. J'ai un peu perdu les pédales pendant un moment.

Alec se redressa et déversa le contenu du sac sur l'autre lit. Eve se leva pour examiner les articles entassés.

— Savon antibactérien ? demanda Alec, le sourcil moqueur. Désodorisant aux arômes floraux ? Lingettes pour bébé sans parfum ? Deux paquets de gélatine au citron vert. Bœuf séché. Mouchoirs en papier enrichis de lotion.

Eve s'empara de sa friandise et du téléphone portable, redisposa les oreillers et s'installa dos à sa tête de lit. Quelques secondes plus tard, elle croquait dans le chocolat avec l'impression de savourer une manne céleste. Elle brancha le chargeur du téléphone sur la prise de la lampe de sa table basse puis composa le numéro du domicile de ses parents.

Il y eut trois sonneries avant qu'on décroche :

— Allô ?

Eve laissa échapper un soupir de soulagement en entendant la voix de sa mère.

— Salut, maman.

— D'où m'appelles-tu ? demanda Miyoko. Le téléphone indique « Correspondant inconnu ».

— C'est une longue histoire. Comment vas-tu ?

— Ça peut aller. Mais ce n'est pas le cas de ton père. Il est furieux.

Ce qui, chez Darrel Hollis, se traduisait par un regard résigné. Il n'élevait jamais la voix, ne se montrait jamais violent. Eve soupçonnait sa pression artérielle d'être au niveau de celle d'un Marqué.

— Ah oui ? À quel propos ?

— La ville nous a coupé l'eau pour faire des trous dans le jardin. Ils ont une fuite à colmater, apparemment. J'ai dit à ton père que le moment était venu de refaire le gazon, de toute façon.

Eve sourit, soulagée de voir que le système de la marque s'était mis en branle aussi rapidement.

— Dis-lui de voir le bon côté de la chose, suggéra-t-elle. Vous ferez peut-être des économies sur votre facture d'eau.

— Ton père affirme que je vais dépenser l'équivalent pour le nouveau jardin, qu'on n'y gagnera rien.

Férue d'horticulture et de feng shui, sa mère rêvait d'un sentier de pierre serpentant au milieu de parterres luxuriants. Son père, par contre, estimait que leur petite allée cimentée en ligne droite était très bien comme ça.

— Il s'en remettra, dit sa mère. Tu veux passer dîner ce soir ?

— Je ne peux pas ce soir.

— Un rendez-vous galant ?

Eve eut un petit rire.

— Loin de là. Je dois travailler.

— C'est bien. Une femme devrait toujours être autonome.

Elle entendit la voix de son père en toile de fond.

— Ton père te félicite pour ton nouveau poste.

— Remercie-le de ma part. Vous ne sortez pas aujourd'hui, si ?

— Non. Pourquoi ?

— Je demandais ça comme ça. Il faut que j'y aille, maman. Est-ce que mon numéro s'est affiché ?

— Oui, je vois le numéro. Mais pas de nom.

— D'accord. Appelle-moi en cas de besoin.

— Evie-san... Est-ce que tout va bien ? demanda sa mère d'une voix soudain teintée d'inquiétude.

— Ouais, ça va. Il se passe pas mal de choses ces temps-ci, c'est tout.

— Prends tes vitamines, ordonna Miyoko, sans quoi tu tomberas malade. Le stress affaiblit ton système immunitaire.

— Je ferai attention. On se rappelle plus tard.

Eve referma le téléphone et le contempla longuement sans rien dire.

— Ça va ? demanda Alec.

Elle hocha la tête avant de mordre dans un Twix.

— Je voudrais commencer la surveillance de Géhenne, dit-il. Tu es partante ?

Eve était partante pour tout ce qui pourrait l'aider à oublier à quel point sa vie avait déraillé.

— Pourquoi on est revenus ici, alors ? demanda-t-elle.

— Pause pipi.

— D'accord.

Elle se remit à mâcher avec entrain. Alec croisa les bras, ce qui étira son tee-shirt autour de ses biceps d'une façon qui fit fondre le chocolat au creux de la paume d'Eve. Comme elle se léchait le bout des doigts, il l'observa d'un air prudent.

— Il y a un souci ?

Eve haussa les épaules.

— J'attends simplement que tu termines tes explications à propos de ton frère.

— Je n'ai pas envie de parler de lui.

— Comme tu voudras.

Il laissa échapper un soupir.

— Je n'ai pas envie de parler de lui *avec toi.*

— J'avais pigé.

Elle tourna la tête pour regarder au-dehors. La clameur de l'autoroute toute proche se mêlait à celle du sang dans ses veines. En inspirant, elle huma l'odeur familière d'Alec un instant avant qu'il s'installe à califourchon au-dessus d'elle et la plaque sur le lit.

— Au fait…, murmura-t-il en se débarrassant de ses lunettes de soleil sur le chevet coincé entre les deux lits.

— Hmmm ?

Elle leva les yeux vers lui en admirant la façon dont ses cheveux très bruns retombaient par-dessus son front. Tout son corps réagissait à la présence d'Alec. Bien décidée à ne pas montrer à quel point cette proximité l'affectait, Eve saisit le second Twix entre ses dents.

Alec baissa la tête et mordit le morceau de barre chocolatée qui dépassait. Un feulement grave de plaisir s'éleva depuis sa poitrine. Elle le regarda transformer l'acte de mastication en préliminaire ; le spectacle des mouvements réguliers de sa mâchoire avait quelque chose d'étonnamment érotique.

Ils déglutirent au même instant. Puis leurs lèvres s'entrouvrirent dans un même mouvement. Enfin, la langue d'Alec vint caresser la sienne. Elle frissonna sous lui. Tension sexuelle et chocolat, existait-il un mélange plus divin ?

Alec l'agrippa par la taille et pressa ses hanches entre ses cuisses qu'elle écartait déjà.

Elle referma ses bras autour de ses épaules viriles et l'attira à elle. Blottie au creux du corps d'Alec, elle sentit sa force et sa chaleur devenir siennes.

— Je suis désolé, murmura-t-il.

Eve ne savait pas pourquoi il lui faisait des excuses. Pour lui avoir parlé sèchement un peu plus tôt ? Ou peut-être pour l'avoir entraînée dans toute cette situation ?

Elle passa les doigts dans son épaisse et soyeuse chevelure. Que c'était bon d'être dans ses bras. Une larme s'échappa au coin de son œil, suivie d'une autre.

Des larmes qui attendaient en embuscade depuis qu'elle avait découvert le corps de Mme Basso ce matin-là.

Alec roula sur le dos en la serrant contre lui et lui murmura à l'oreille des paroles de réconfort. En esprit, Eve perçut le contact d'une autre âme. Elle ne savait quasiment rien de Reed, mais ça n'avait pas d'importance : la sensation de sa présence évanescente l'apaisait.

Ensemble, les deux frères lui offraient le bref moment de répit dont elle avait besoin.

18

Reed tressaillit en sentant les ongles lui labourer le dos. Il se tenait debout sous la douche, le front posé contre le mur en granit, un bras pendant le long de son flanc, l'autre appuyé sur la paroi au-dessus de sa tête. Des volutes de vapeur tournoyaient autour de lui tandis que l'eau brûlante ruisselait dans son dos.

— Laisse-moi tranquille, grogna-t-il, sa lèvre inférieure encore endolorie par la morsure de Sara.

— L'équipe est prête à partir, dit-elle. Ils attendent à Ontario, en Californie.

Elle était beaucoup plus docile à présent, apaisée et même légèrement contrite. Ça ne changeait rien. À cet instant, il la détestait, détestait l'image qu'elle lui renvoyait de lui-même, détestait qu'elle ait perçu chez lui des motivations qu'il n'avait pas voulu s'avouer. Mais plus que tout, il détestait l'idée qu'Eve souffre et qu'il ait dû le ressentir tout en étant enfoncé jusqu'à la garde dans une autre femme.

Eve n'aurait pas dû avoir la moindre importance pour lui. Que savait-il d'elle ?

Malheureusement, l'excuse ne tenait pas. Caïn n'en savait pas plus sur Eve que lui, et pourtant Caïn l'aimait.

Reed coupa l'eau et prit la serviette que Sara lui tendait. Elle avait enfilé une courte robe de soie blanche et ses cheveux d'un blond argenté s'étalaient librement sur ses épaules. Elle n'aurait pas pu paraître plus angélique.

— Tu t'inquiètes sincèrement à son sujet, commenta-t-elle.

— Tu devrais te concentrer un peu moins sur elle et un peu plus sur ce qui nous préoccupe vraiment.

— Je suis concentrée, rétorqua-t-elle. Raison pour laquelle je vais t'accompagner.

— Sûrement pas, répondit-il en se frottant la tête avec la serviette.

— Tu oublies à qui tu t'adresses.

Reed laissa la serviette retomber à terre et se dirigea vers le bureau sans accorder un regard à Sara. Il récupéra ses vêtements et se rhabilla avec une lenteur calculée. Inutile de chercher le conflit. Il avait le plein usage de ses pouvoirs. Les archanges, par contre, payaient cher l'usage des leurs. Reed pouvait rejoindre la Californie en un clin d'œil. Sara avait un long vol transatlantique devant elle.

— Je veux que tu prennes l'avion avec moi, dit-elle.

Il lui jeta un coup d'œil assorti d'un sourire. Le regard de Sara se durcit.

— On était bien ensemble.

— De temps à autre.

— Alors pourquoi es-tu si distant ?

Il se dirigea vers le bar et se regarda dans le miroir pour ajuster sa cravate.

— Tu te sers de moi, Sara, dit-il. À tes yeux, je ne suis qu'un objet.

— Toi aussi, tu t'es servi de moi.

— C'est vrai.

Il avait autrefois eu la naïveté de penser qu'elle pourrait l'aider à obtenir sa propre compagnie. Ils pourraient travailler de concert, s'était-il dit, et s'en trouver deux fois plus forts.

Puis il avait fini par comprendre que non seulement elle ne laisserait jamais son « jouet » atteindre une stature semblable à la sienne, mais qu'elle ne voulait pas non plus risquer de se créer un concurrent de plus. Plus encore peut-être que ses pairs, Sara voyait les autres archanges comme des obstacles dans sa relation avec Dieu.

— Nous en avons tous les deux tiré quelque chose, conclut-il.

— Alors pourquoi elle et pas moi ?

Le regard de Reed rencontra le sien dans le miroir.

— Tu ne m'aimes pas, répondit-il, narquois.

— Je ne parle pas de mes sentiments, je parle des tiens.

Il laissa échapper un son entre le rire et l'aboiement puis se tourna vers elle.

— Je ne suis pas amoureux d'elle.

Elle le dévisagea de ses yeux étrécis.

— Mais tu la désires.

— Et de ton côté, tu as déjà dragué Caïn par le passé.

Il l'agrippa par les avant-bras et la caressa du bout des pouces au travers de la soie.

— Est-ce que je t'en veux pour autant ? rétorqua-t-il.

Comme elle posait les mains sur sa taille, il relâcha sa prise et recula. Il enfila son gilet, sa veste, puis ses chaussures.

— Ne rendons pas les choses plus compliquées que nécessaire.

— Elles pourraient être merveilleusement simples, répondit Sara. Nous pourrions travailler ensemble.

Occupé à boutonner sa veste, Reed s'interrompit. Pourquoi lui proposait-elle de l'aide maintenant alors qu'elle s'y était refusée auparavant ?

— Travailler à quoi ?

Elle croisa les bras.

— À éloigner Caïn de Raguel. Ce qui te laisserait le champ libre.

Caïn. Bien sûr. Reed serra les dents. Sans lui, Raguel perdrait l'avantage important qu'il avait sur Sara.

— J'y réfléchirai, dit-il.

Puis il se téléporta jusqu'à Takeo.

Eve s'aspergea le visage puis se pencha au-dessus du lavabo pour examiner son reflet. C'était moins risqué que d'observer Alec sous la douche par la porte ouverte de la salle de bains. Ils avaient eu droit à un prix réduit parce qu'ils n'avaient pas besoin de baignoire. Eve n'avait pas envisagé qu'ils puissent se retrouver avec une cabine de douche aux parois translucides.

— Ange ?

Elle crispa les doigts sur le bord du lavabo.

— Oui ?

— Tu peux me passer un gant de toilette ?

Eve se tourna vers le porte-serviettes fixé au mur à côté d'elle. Elle y préleva un gant de toilette roulé en boule puis, après avoir pris une profonde inspiration, entra dans la salle de bains. Alec se tenait debout, bras écartés, jambes solidement campées sur le sol de la douche. Il lui fit directement face, un sourire malicieux sur les lèvres. Enveloppé de vapeur et dégoulinant d'eau chaude, il était l'incarnation même de ses fantasmes les plus torrides. Le corps d'Eve devint la proie de vagues de désir à chaque seconde plus intenses.

— T'es qu'un pourri, le gronda-t-elle en lui lançant le gant par-dessus la paroi en verre.

Il l'attrapa avec un clin d'œil.

— Tu veux te joindre à moi ?

— Je me suis douchée ce matin, répondit-elle, une main sur la hanche. Par ailleurs, nos étreintes durent à chaque fois plusieurs heures. On n'a pas franchement le temps.

— Un petit coup rapide ?

— Moi aussi, je porte la marque, au cas où tu l'aurais oublié.

Eve ouvrit la porte de verre et, dans un geste plein de révérence, effleura du bout des doigts son mamelon brun d'homme. Sa façon d'inspirer vivement la fit sourire.

— Je pourrais sans doute te chevaucher pendant des jours et qualifier ça de « petit coup rapide ».

Alec lui prit la main et la lui embrassa.

— Alors remettons ça à plus tard.

Remontée à bloc mais sans moyen de dissiper la tension, Eve retourna dans la chambre. Elle s'occupa en faisant le deuxième lit puis remit leurs achats dans le sac. Ce qui lui prit trente secondes. Puis elle se laissa tomber sur le matelas et fit courir son regard à travers la pièce.

— Mission de surveillance, songea-t-elle à haute voix.

Elle tendit la main vers le tiroir de la table de nuit. Comme on pouvait s'y attendre, une bible s'y trouvait. Eve la sortit avec un soupir résigné. Une partie d'elle-même avait toujours considéré qu'il s'agissait d'une fiction, ou au moins d'un récit largement réécrit plus proche de la fable que d'une vérité absolue. Mais il était difficile de nier la réalité des Écritures quand l'un des protagonistes se trouvait là, nu sous la douche.

Au moment de refermer le tiroir, son regard fut attiré par les cartes postales à l'intérieur. Il s'agissait de cartes génériques aux couleurs du motel, usées à force de manipulations et ornées d'une photo remontant à de nombreuses années, si l'on en croyait les voitures visibles sur l'image. Mais ce n'était pas celle-ci qui avait retenu son attention, c'était la carte elle-même.

Alec émergea de la salle de bains en sifflotant. Il avait noué une serviette autour de sa taille et se séchait les cheveux à l'aide d'une autre.

Eve capta son regard.

— Hé, dit-elle. On n'a pas été au bout de l'histoire de l'invitation que j'ai reçue pour aller à l'immeuble des tengu.

Alec baissa lentement les bras.

— Et tu n'en as pas non plus parlé à Gadara, fit-elle remarquer.

— Je n'ai pas l'habitude de devoir raconter chaque petit détail à quelqu'un.

— Ce ne serait pas plutôt parce que tu n'as pas tout à fait confiance en lui ?

— Rien à voir.

Eve plissa le nez.

— D'accord, donc disons que je me fais l'avocat du diable...

— Sammael n'a pas besoin d'avocat.

Alec lança sa serviette sur le lit puis laissa celle qui lui ceignait les reins retomber au sol.

Eve jeta un coup d'œil en direction de la fenêtre, en se demandant si le tissu fin des rideaux offrait une quelconque intimité ou si une petite chanceuse au-dehors aurait pu se rincer l'œil. Le tissu était opaque durant la journée, mais c'était désormais le crépuscule et les lumières de la chambre étaient allumées.

— Et si Gadara avait orchestré toute cette histoire avec les tengu ? suggéra-t-elle.

— Dans quel but ?

Il enfila un boxer et Eve l'observa en souriant. David Beckham aurait perdu son contrat avec Armani si les publicitaires avaient pu voir Alec en sous-vêtements.

— Avoir un prétexte pour ne pas m'envoyer à l'entraînement ?

— Pourquoi chercherait-il à t'empêcher de te former ? Ça n'apporterait rien à personne.

— Tu as une meilleure idée ?

— Ça pourrait être l'œuvre d'un Infernal masqué.

— Dans quel but ? lui retourna Eve. Ce serait plutôt stupide de leur part d'attirer l'attention sur eux, non ?

— À moins de vouloir t'éliminer avant ta transformation. Les morts ne peuvent plus rien raconter.

— Tu es en train de me dire que ceux qui montent au paradis ne vident pas leur sac ?

— Tu es agnostique, petit ange. Tu es sûr que c'est là que tu te retrouverais ?

Surprise, Eve cligna plusieurs fois les yeux.

— Houlà !

Il leva les mains dans un geste de défense.

— Je dis ça comme ça. Un Infernal raisonnerait de la même manière.

— La carte a été postée la veille du jour où j'ai été marquée. Ça paraît un peu risqué, non ? Pourquoi passer par la poste ? Ça aurait été plus sûr de la glisser sous ma porte ou un truc du genre, tu ne crois pas ?

Alec enfila son jean.

— Bien vu.

— D'accord, suivons ton hypothèse. Je suis inoffensive, donc ce n'est pas directement après moi qu'ils en avaient. Ils cherchaient à t'atteindre. Comment savaient-ils que j'allais être marquée ? Comment ont-ils su que Dieu avait donné son accord pour que tu sois mon mentor ? Quelle que soit la réponse – que ce soit un Infernal masqué ou Gadara – le coup a forcément été monté de l'intérieur.

— Ou alors c'est un mystère.

Alec se redressa. Les poils sur son torse et ses abdominaux étaient encore luisants d'humidité. Eve dut réprimer une envie de le lécher comme une glace.

— N'oublie pas : les Marqués essaient de sauver leur âme, lui rappela-t-il.

Eve sourit.

— Je n'ai pas dit qu'un Marqué était responsable. Mais tu estimes que c'est une possibilité.

— J'ai dit ça ?

— J'apprends à lire entre les lignes avec toi. Et si on avait affaire à une situation semblable à celle des Infernaux qui bossent pour Gadara ? Satan a forcément des choses à offrir, non ? Et les rangs des Marqués sont formés de pécheurs. Pas franchement des piliers de notre société.

— Jusque-là, je te suis, mais où veux-tu en venir ? demanda Alec avant de passer son tee-shirt pardessus sa tête.

— On spécule sur ce qui se passe, c'est tout.

— Je ne suis pas du style à spéculer. Je préfère les faits et les preuves.

— Et moi, je suis d'un tempérament créatif. J'aime explorer toutes les possibilités.

Il croisa les bras.

— Bon, d'accord. Explorons. Et si Dieu t'avait envoyée vers cette église pour une raison précise ?

Pour découvrir l'existence d'Infernaux masquant leur présence, par exemple. Après tout, tu t'y es rendue avant que l'invitation ait eu le temps d'arriver.

Eve plissa de nouveau le nez.

— Sur quel genre de faits repose cette théorie ?

— Le genre spirituel.

Alec s'assit au bord du lit et récupéra ses chaussettes. Puis il se souleva pour saisir la serviette humide sous ses fesses et la balancer dans le coin, sous le lavabo.

— On ne t'a jamais appris qu'il ne fallait pas poser de serviette mouillée sur un lit ? demanda Eve, pince-sans-rire. Ni sur le sol ?

— C'est un truc de mec.

— Je ne crois pas. Plutôt un truc d'Alec.

Une lueur amusée s'alluma dans ses yeux sombres.

— Tu n'as jamais eu de petit ami qui laissait traîner ses serviettes ?

— Non.

— Arrête !

— Je suis sérieuse, lui assura-t-elle en riant.

— De toute évidence, tu n'as jamais vécu avec un homme.

Eve secoua la tête.

— Avec des parents comme les miens ? Tu plaisantes ? Mon père est du genre discret, mais il est vieux jeu. Et ma mère est une fan du Dr Laura[1]. S'installer ensemble avant le mariage n'est pas un truc qui se fait dans la famille.

Alec se leva, tout sourire, et lui tendit la main pour l'aider à se relever. Ce qu'elle fit. Elle se tourna

1. Laura Schlessinger, dite « Dr Laura », est une célèbre animatrice de radio américaine qui répond aux questions des auditeurs sur les thématiques de la vie maritale et familiale. Son discours conservateur met l'accent sur la morale, les valeurs, l'éthique. (*N.d.T.*)

ensuite pour mettre la bible dans le sac avec leurs emplettes. Elle l'emportait pour aider à passer le temps en planque, mais n'aurait pas voulu qu'un employé du motel s'imagine qu'elle la volait.

Alec referma les rideaux opaques et se dirigea vers la porte.

— Prête ?

— Autant qu'on puisse l'être.

— Comment ça, ils ont disparu ? aboya Raguel en fusillant sa secrétaire du regard.

— Je… Je suis navrée, monsieur, répondit-elle en s'agitant d'une jambe sur l'autre. Je me suis mal exprimée. Ils ont abandonné leur Jeep dans un centre commercial. Une agence de location toute proche a reconnu leur photographie, donc nous savons qu'ils ne sont pas à pied.

— Évidemment qu'ils ne sont pas à pied ! Ils sont partis pour Upland. Ils voulaient simplement un peu d'intimité durant leur trajet.

Ce qui irritait Raguel au plus haut point. Ces deux-là ne devaient surtout pas former une unité autonome.

— Abel sait où ils sont, dit-il.

— Il ne s'est pas manifesté depuis la proclamation.

Raguel envoya un ordre par le biais des lignes de communication célestes qui reliaient les archanges et les *mal'akh* sous leurs ordres. Seul le silence lui répondit.

— Appelez-le sur son portable.

— J'ai essayé. On tombe directement sur le répondeur.

Raguel se leva et contourna le bureau. La secrétaire battit prudemment en retraite.

Il s'était dit que ces trois-là – Caïn, Abel et Eve – ne pourraient pas travailler ensemble. Il y avait trop d'inimitié entre les deux frères. Mais comment expliquer qu'ils aient tous disparu des radars au même moment ? Que pouvaient-ils avoir en tête ? Que manigançaient-ils ?

Il ne pouvait pas se permettre de perdre le contrôle de leur trinité. Il avait besoin d'eux pour arriver à ses fins.

L'espace de quelques secondes, Raguel envisagea de faire usage de ses pouvoirs pour les retrouver. Il résista néanmoins à l'impatience. Il avait déjà assez de transgressions à racheter et il existait d'autres moyens d'obtenir les informations qu'il désirait. Même si Abel refusait de répondre à ses appels – un comportement aberrant qui renforçait le sentiment d'alarme de Raguel – les autres référents étaient toujours disponibles.

— Je vais envoyer Mariel pour retrouver Abel, dit-il en passant une main dans ses cheveux courts et drus.

Il avait saupoudré sa chevelure de gris à peu près cinq ans plus tôt pour simuler le vieillissement des mortels.

— Oui, monsieur.

Mlle Bowes ressortit rapidement et Raguel s'approcha de la fenêtre. Il contempla le Strip de Las Vegas en contrebas. La ville du vice. Un lieu de perdition. Et il se retrouvait piégé là, à mener une vie qui n'était pas la sienne, à œuvrer pour sauver les âmes des mortels sous prétexte que Dieu les tenait en si haute estime. Ils étaient si petits, si faibles, et pourtant Il les adorait et les considérait comme Sa plus grande création. À cause d'eux, Il menait une guerre secrète contre le Déchu, un conflit si éloigné du plan de perception des hommes qu'aucune vaguelette ne venait même en agiter la surface. Le Seigneur ne ferait jamais rejaillir la chose au grand jour. La dévotion née de la foi était plus puissante que celle issue d'une preuve irréfutable.

Alors Raguel avait décidé de faire évoluer la situation par lui-même. Pas à pas. À force de manœuvres et de planification précautionneuse. Plus tôt arriverait l'Armageddon, mieux ce serait. Il était certain que le Seigneur apprécierait la tapisserie une fois qu'il aurait fini de la tisser. C'était, après tout, un plan incroyablement ingénieux.

Caïn et Abel avaient allumé la mèche en se battant à mort à cause d'une femme. Il semblait donc tout naturel qu'ils déclenchent la fin des temps de la même manière.

La lune était dissimulée par les branches des arbres au-dessus de sa tête, mais la vision améliorée de Reed lui permettait d'y voir sans mal dans l'obscurité. Vif et silencieux, il se déplaçait à travers la forêt du Kentucky avec la discrétion d'un fantôme.

Il sentait encore en lui l'écho de la proclamation de Takeo, pourtant envoyée plusieurs heures auparavant. Takeo signifiait « guerrier » en japonais, un surnom des plus appropriés. Il incarnait le Marqué parfait ; son entraînement en tant qu'assassin chez les yakuzas faisait de lui une recrue de choix. Reed ressentait profondément sa perte ; il savait que Takeo lui manquerait pendant des années encore. Aucun des Marqués de son équipe n'avait son talent pour éliminer les tommyknockers, des faeries malveillantes avec un goût prononcé pour les mines. Raison pour laquelle Reed était si choqué par ce décès. La mission qu'il avait confiée à Takeo aurait dû être simple : exécuter un tommyknocker importun.

Reed se figea en entendant le craquement d'une brindille sur sa droite. À l'exception de ce bruit, un silence de mort régnait sur la forêt, signe évident que quelque chose avait sérieusement perturbé l'ordre naturel.

— Abel, lança une voix féminine familière.

— Mariel. Que fais-tu ici ?

La *mal'akh* émergea de derrière un arbre. Même si la nuit étouffait toutes les couleurs, il savait qu'elle avait les cheveux roux et les yeux verts. Elle arborait une robe fleurie, une veste en jean et des santiags. Sa mine était triste.

— Raguel m'a envoyée te chercher, sans doute comme punition pour avoir perdu deux Marqués aujourd'hui.

— Désolé.

— Moi aussi.

Elle pivota et fit un geste vers la droite.

— Par ici, dit-elle.

Reed la suivit jusqu'à l'orée d'une clairière. Mariel s'y arrêta et Reed vint se poster à côté d'elle. Le frisson qui lui parcourut l'échine n'avait rien à voir avec la température.

La clairière n'était pas naturelle. Des arbres vieux de plusieurs décennies avaient été abattus et écrasés au sol, assez profondément pour créer une surface plane. Le vent nocturne poussait des sifflements étranges parmi les troncs et les branches, agitant des lambeaux accrochés aux tiges et aux herbes folles. Des lambeaux marqués des inscriptions colorées d'*irezumi*, les tatouages traditionnels japonais.

— Seigneur, souffla-t-il avec un mouvement de recul. C'est de la peau ?

Il cligna les yeux pour actionner les membranes nictitantes qui amélioraient sa vision nocturne.

Le paysage noir et argent du clair de lune recouvra soudain ses couleurs.

Rouge sang. Partout. Sur la moindre feuille, le moindre brin d'herbe, le moindre centimètre carré d'écorce, jusqu'au ciel. Comme si Takeo avait explosé en éclaboussant et la terre et le ciel.

— Qu'est-ce qui s'est passé ici ? bredouilla-t-il.

Il s'éclaircit la voix.

— Qu'est-ce qui a causé ça ?

Comme en réponse, une chouette lança un cri plaintif. Un loup hurla à la lune, rapidement rejoint par plusieurs autres membres de sa meute. Dans une cacophonie de peine et de chagrin montant vers les cieux, tous les habitants de la forêt entonnèrent leur récit des événements de la nuit. Assailli de toutes parts par leur clameur, Reed faillit tomber à genoux.

Mariel lui prit la main et la serra doucement.

— Je ne sais pas, dit-elle.

Le vacarme cessa aussi vite qu'il s'était déclenché, remplacé par un sentiment de tension et d'attente pesante. Tous voulaient savoir qui les sauverait du sort dont ils avaient été témoins cette nuit. Ils écoutaient attentivement, sans bouger, respirant à peine.

— L'une de mes subordonnées et son mentor ont été tués de la même manière aujourd'hui, dit-elle. J'ai accouru dès que j'ai reçu leur proclamation. Immédiatement. Mais il était trop tard pour faire quoi que ce soit. Le mentor était déjà mort. C'était comme s'ils avaient attendu trop longtemps pour m'appeler…

— Ou comme si l'Infernal avait frappé trop vite et trop fort.

Elle se tourna vers lui et le dévisagea.

— Il t'est arrivé la même chose.

Reed hocha la tête. Puis, avec un soupir tremblant, il examina de nouveau la scène. De Takeo ne subsistaient que des lambeaux ensanglantés.

— Tu as vu celui qui a fait ça ?

— À peine.

Les yeux verts de Mariel étaient écarquillés, éperdus, brillants de larmes.

— Une bête monstrueuse, très grande. De chair plutôt que de fourrure, avec des épaules et des cuisses massives. Elle s'est frayé un chemin à l'intérieur du corps de ma Marquée... jusqu'à disparaître en elle. Elle n'a... n'a pas pu la contenir.

— Mariel...

— La mort a frappé si vite. J'ai à peine eu le temps de voir la créature, je n'ai même pas senti son odeur. J'étais tellement abasourdie...

Elle exhala un souffle tremblotant.

— Un jour, j'ai eu l'occasion de regarder Sammael dans les yeux, et j'ai eu moins peur que devant ce monstre.

Aucune odeur.

Reed ferma les yeux et contacta ses subordonnés, un par un. Tous lui rendirent brièvement son contact spirituel, l'un après l'autre, pour l'assurer qu'ils étaient sains et saufs. Tous sauf une.

Eve, appela-t-il.

Il la sentit brièvement, un effleurement aussi léger qu'un battement d'ailes de papillon. À peine perceptible, trop novice et trop peu entraînée, Eve ne savait pas même comment communiquer avec son âme.

Ce qui affectait le plus cruellement Reed, c'était le silence qui lui répondait désormais en lieu et place de Takeo. Un silence assourdissant.

— Je dois faire mon rapport, dit-il à mi-voix.

Mariel opina du menton.

— Je t'attendrai.

Reed se pencha vers elle en baissant la voix.

— En fait, j'aurais plutôt une faveur à te demander, dit-il. Il faudrait que tu ailles en Californie...

— Je peux sortir pour me dégourdir les jambes ? demanda Eve.

Alec détourna les yeux de l'entreprise de maçonnerie. Il avisa l'heure affichée sur le tableau de bord et fit la grimace. Presque minuit. Comme souvent lors d'une traque, il n'avait pas vu le temps passer.

Malgré l'horaire tardif, la cour était loin d'être déserte. Les camions entraient et sortaient du périmètre délimité par un mur de pierre surplombé d'une clôture en fer forgé. À travers les barreaux, Alec observait le déchargement de ce qui semblait être des sacs de ciment tandis que divers ouvrages taillés dans la pierre – fontaines, statues et bancs – étaient hissés à l'arrière des véhicules et emportés au loin.

À l'exception de l'horaire inhabituel, rien ne paraissait vraiment suspect. Cependant, lorsqu'il s'agissait des Infernaux, le plus dangereux était toujours ce qu'on ne voyait pas. Par ailleurs, l'activité permanente des lieux allait forcément compliquer l'enquête.

— Tu dois être morte d'ennui, murmura-t-il.

Eve lui répondit par un sourire penaud.

— Excuse-moi. J'ai l'impression que je devrais faire quelque chose, essayer de t'aider d'une manière ou d'une autre.

— T'avoir avec moi me suffit.

Il lui prit la main et la porta à ses lèvres pour l'embrasser. Elle serra ses doigts entre les siens.

— J'ai apporté de quoi lire, mais je n'avais pas pensé qu'il n'y aurait pas de lumière.

— Sur ce point, je peux t'aider.

Le sourire d'Eve s'élargit.

— Ah bon ?

Alec lui caressa la joue du bout des doigts.

— Ferme les yeux.

Elle obtempéra et attendit avec sur le visage une expression d'espoir qui lui rappela leur première nuit ensemble. À l'époque, il lui avait bandé les yeux et l'avait assaillie de frôlements et de baisers caressants jusqu'à ce qu'elle en frémisse de tout son être.

Comme il l'avait fait alors, Alec décida de faire durer ce moment, de la faire attendre jusqu'à ce qu'elle en tremble sur son siège, laissant la tension enfler dans l'habitacle jusqu'à ce que les vitres semblent sur le point de se couvrir de condensation.

— Alec ? s'enquit-elle, haletante.

Incapable de résister, Alec franchit l'espace qui les séparait et pressa ses lèvres sur les siennes. Un léger hoquet de surprise s'échappa entre celles d'Eve et il y vit une invitation à approfondir le baiser. Inclinant la tête, il scella leurs bouches. Leurs souffles se mêlèrent pour ne faire plus qu'un.

Eve se tendit vers lui avec un gémissement de désir ; elle passa ses doigts dans ses cheveux et l'attira contre elle. Elle répondait avec enthousiasme à son baiser, ses lèvres écrasées contre les siennes, sa langue allant et venant dans la bouche d'Alec jusqu'à ce qu'il ressente le besoin de la hisser sur ses genoux pour se glisser en elle. La marque à son bras s'échauffa brusquement.

Un problème s'annonçait.

Il arracha sa bouche à celle d'Eve.

— Tes paupières sont lourdes ? demanda-t-il.

— Tu n'as pas idée, souffla-t-elle d'une voix rauque.

— Fais rouler tes yeux en arrière sous tes paupières.

— Je crois même qu'ils ont roulé vers l'intérieur de mon crâne, répondit-elle en lui mordillant la mâchoire. Et j'ai les orteils tout recroquevillés.

Alec laissa échapper un rire.

— Ouvre lentement les yeux.

Il se recula suffisamment pour pouvoir la regarder. Elle cligna les paupières puis tourna la tête de gauche à droite.

— Ça alors ! lança-t-elle d'une voix émerveillée. Je vois dans l'obscurité.

— Le Changement a ajusté les membranes nictitantes de tes yeux. Loin d'être inutiles, elles te permettent désormais de chasser de façon plus précise.

— C'est carrément cool, commenta-t-elle en observant les alentours.

Dans la vision périphérique d'Alec, une lumière s'éteignit.

— Et on dirait que je vais en avoir besoin, ajouta Eve dans un murmure.

Il tourna la tête vers le bâtiment de Géhenne pour découvrir que les éclairages extérieurs avaient été coupés. Il jeta un coup d'œil à l'horloge. Minuit.

— Hé, reprit Eve à voix basse, regarde le mec qui verrouille le portail de l'entrée. Ce ne serait pas ta cible ? Le gamin qu'on a suivi depuis la supérette ?

Alec n'avait pas besoin de confirmer visuellement son identité. Les élancements de sa marque et les flots d'adrénaline qui se répandaient à travers son corps lui disaient tout ce qu'il devait savoir.

— Oui, c'est lui.

Une fois sa tâche terminée, le jeune homme descendit la rue, les mains dans les poches de son blouson. Un blouson décoré du logo en forme de gargouille de la société Géhenne.

— Il travaille là, fit remarquer Eve.
— Ouaip.
— Et les coïncidences, ça n'existe pas.
— Exactement.
— Alors, on fait quoi ? Tu veux lui régler son compte maintenant ?
— Pas encore.
— Pourquoi pas ?
Il lui caressa le dos de la main.
— Parce que c'est un loup. L'élimination des loups est un truc compliqué. Il faut le faire sans déclencher le courroux de sa meute. La loi du plus fort est quelque chose qu'ils comprennent et respectent. Abattre quelqu'un d'une balle d'argent dans la nuque, non.
— Tu n'as pas d'arme. Tu joues la prudence à cause de moi.
Alec ne chercha pas à nier ; c'était la vérité. Eve était en pleine épreuve du feu et il ne voyait aucun intérêt à faire empirer les choses. Elle n'avait pas besoin de voir plus de morts. Non, ce qu'il lui fallait était une victoire, même minime.
— Une chose à la fois, répondit-il. Occupons-nous d'abord de la boîte de maçonnerie. Assurons-nous que la cour est déserte, puis nous pourrons sauter par-dessus le mur d'enceinte et jeter un coup d'œil.
— On va entrer par effraction ?
— Ouais.
— Super, lâcha-t-elle d'un ton à la fois cassant et résigné.
Alec lui tapota gentiment la cuisse.
— Il ne s'agit que d'une mission de reconnaissance, petit ange. On entre, on explore un peu et on ressort. Il n'y aura pas de problème.

— On ne peut pas dire que les choses se soient très bien passées pour moi jusqu'à présent.

— La seule constante, c'est le changement, répondit-il avec un sourire rassurant. La vie est aussi changeante que la marée.

Un pli apparut entre les sourcils d'Eve et elle inclina la tête sur le côté comme si elle réfléchissait.

— La marée, hein ?

Elle se pencha pour fouiller dans le sac posé à ses pieds.

— J'aurais dû prendre une bouteille d'eau plutôt que tous ces articles à la con.

— Tu dois aussi avoir faim.

— Et pas qu'un peu.

Eve se redressa en brandissant le sachet de bœuf séché dans une main tout en rangeant quelque chose dans sa poche de l'autre.

— Après ça, je t'emmène chez *Denny's*[1], lança Alec.

— Oh, monsieur sort le grand jeu !

Alec émergea de la voiture en riant. Les ateliers de maçonnerie étaient plongés dans le noir, silencieux. Alec fit le tour de la Focus pour ouvrir la portière d'Eve et lui voler un baiser lorsqu'elle mit le pied dehors.

— En quel honneur ? demanda-t-elle, les yeux brillants dans le clair de lune.

— Pour t'être montrée aussi compréhensive face à tout ça.

Il n'expliqua pas qu'il se sentait terriblement coupable. S'il n'était pas intervenu pour demander à être son mentor, elle aurait pu être assignée à un poste loin du terrain. De fait, cela aurait sans doute été le cas dans la mesure où elle n'était pas encline à la

1. Grande chaîne américaine de restauration bon marché. La plupart des restaurants *Denny's* restent ouverts la nuit. (*N.d.T.*)

violence. C'était la détermination d'Alec à la protéger qui l'avait mise en danger au bout du compte.

— N'en sois pas si sûr, dit-elle en plissant le nez. Si ça se trouve, je vais faire une connerie plus grosse que moi dans une minute.

Il referma la portière et la prit par le bras.

— Viens. Prouvons au monde que ce ne sera pas le cas.

Ils remontèrent la rue pendant un certain temps puis traversèrent du côté où se trouvaient les locaux de Géhenne. L'endroit était situé dans un quartier industriel aussi désert qu'un cimetière dès la nuit tombée. Ils passèrent devant une fourrière gardée par deux dobermans. Les chiens assis n'émirent qu'un petit gémissement plaintif sur leur passage.

— Tu parles de chiens de garde, se moqua Eve.

Nous sommes très doués.

Eve trébucha et Alec l'aida à reprendre son équilibre. Elle se tourna vers les animaux, les yeux écarquillés.

— Oui, confirma Alec. Tu as bien entendu.

— Ils ont parlé.

Le plus gros des chiens inclina la tête.

Moi, j'ai parlé. Mon compagnon est trop vexé par ton insulte.

Eve battit des paupières, visiblement trop abasourdie pour dire quoi que ce soit. Puis elle finit par retrouver l'usage de sa voix.

— Je suis désolée. Je ne savais pas.

Tu devrais l'entraîner, Caïn.

— J'essaie, répliqua l'intéressé. Vous avez vu des activités suspectes dans l'entreprise de maçonnerie un peu plus bas dans la rue ?

Non. Ils ne viennent jamais par ici et on ne voit rien au-delà du carrossier.

— D'accord. Merci.

Alec fit signe à Eve de reprendre leur progression.

— Faites attention à vous, dit-elle aux chiens.

Elle repensait aux propos du réceptionniste de l'hôtel.

Vous aussi.

Elle baissa la tête, stupéfaite.

— D'accord… Tu peux m'appeler Dr Dolittle, dit-elle.

— Tu es désormais plus animale qu'humaine, expliqua Alec.

Ils atteignirent le mur extérieur. Alec scruta le bâtiment, les allées désertes et les alentours visibles derrière les barreaux.

— Je passe en premier.

— Je t'en prie.

— On se retrouve de l'autre côté, lança-t-il avant d'escalader la paroi.

Une fois dans la cour, Eve fit de son mieux pour résister à la peur. Difficile. Elle avait averti Alec qu'elle n'était qu'une grosse poule mouillée, mais il ne semblait pas la croire. Ou peut-être avait-il oublié.

Quoi qu'il en soit, il se déplaçait avec aisance au milieu des éléments décoratifs exposés à l'extérieur tandis qu'elle sursautait à la moindre occasion.

De nombreuses statues étaient des reproductions classiques au regard tourné vers les cieux, une expression tourmentée sur leurs traits d'albâtre. Des gargouilles à l'air mauvais semblaient jouer à cache-cache au milieu des bancs et des fontaines débordantes. Le bruit de l'eau glaçait les sangs d'Eve. Elle était Poisson et voilà qu'elle avait peur de l'eau…

Elle glissa une main dans sa poche, sans quitter Alec des yeux. Il la guidait par des signes de la main pour lui dire quand avancer, quand s'arrêter, quand s'accroupir et quand se tenir immobile. Des caméras étaient installées à chaque coin de l'enceinte et aux angles des édifices. Alec savait exactement comment les éviter et Eve trouvait ses compétences d'infiltration à la fois impressionnantes et rassurantes.

Ils atteignirent la porte du bâtiment central, qui accueillait une salle d'exposition. Alec se figea brièvement pour examiner le clavier du système de sécurité. Puis il fit signe à Eve de reprendre sa progression. Ils se dirigèrent vers une bâtisse plus massive à l'arrière, dont les murs étaient composés de blocs de ciment.

Eve aurait voulu lui demander pourquoi ils n'avaient pas tenté d'entrer dans l'autre, mais elle n'osait émettre un son.

S'efforçant de rester dans l'ombre, Alec consacra plusieurs longues minutes à parcourir la distance séparant la salle d'exposition de l'atelier à l'arrière.

Lorsque enfin ils arrivèrent à destination, Eve remarqua que l'endroit n'était doté ni d'un système de sécurité ni même de serrure. Alec ouvrit la porte et huma l'air à l'intérieur avant de tirer Eve derrière lui.

— Pourquoi cet endroit ? demanda-t-elle.

— Je me fie à mes tripes.

— Ça te fait comme une crampe ? Je ressens la même chose. Mais je crois que c'est la peur.

Alec serra sa main dans la sienne.

Eve balaya du regard la salle gigantesque. Même avec sa vision améliorée, l'arche du plafond s'élevait si haut au-dessus de leurs têtes qu'elle se perdait dans les ombres. L'espace était dominé par un énorme four à céramique alimenté par un convoyeur à rouleaux. Il était à présent éteint. Un chariot hydraulique se dressait à côté, telle une sentinelle silencieuse. Alec se dirigea vers la machine. Il se déplaçait de manière souple, contournant conduites et tuyaux reliés au four. Au moment de l'imiter, Eve chuta brusquement face contre terre.

— Ça va ? demanda Alec, pince-sans-rire, en lui tendant la main.

— Disons que mon ego est un peu froissé.

Elle accepta son aide pour se relever puis s'épousseta tout en cherchant du regard ce qui l'avait fait tomber.

— Qui est assez bête pour laisser des sacs de ciment par terre ? grogna-t-elle.

Alec inclina la tête pour déchiffrer l'inscription sur le sac.

— L'étiquette du fabricant indique que c'est du calcaire concassé.

— Si tu le dis. Ça devrait être stocké ailleurs que dans le passage, non ?

Alec s'accroupit pour prélever quelques fragments qui s'échappaient de la déchirure causée par la botte d'Eve. Elle se baissa à son tour et il tendit la main vers elle. L'odeur du calcaire l'agressa. Un parfum douceâtre avec des notes musquées sous-jacentes.

— Ça pue, fit-elle.

— C'est de la farine d'os.

— Drôle d'odeur.

— C'est parce que c'est moitié canin, moitié Marqué.

Eve se figea.

— Quoi ?!

D'un geste vif, Alec fit un trou dans l'épais papier brun d'un second sac posé près d'eux. Les effluves donnèrent un haut-le-cœur à Eve. Il se tourna vers elle.

— Désolée, marmonna-t-elle.

Son corps n'était peut-être plus capable de vomir, mais cela n'empêchait pas son cerveau de lui envoyer les signaux correspondants.

Alec leva une main recouverte d'une poudre sombre.

— De la farine de sang, dit-il.

— Ma mère s'en sert pour jardiner. Je ne savais pas que ça avait d'autres usages.

— Je ne crois pas que ce soit le cas.

Il porta les doigts à ses narines.

— De nouveau, à moitié animal, à moitié Marqué.

— Comment est-ce qu'ils récoltent le sang et les os des Marqués ?

— Je doute que la réponse te plaise.

Eve sentit sa gorge se serrer.

— C'est comme ça qu'ils masquent les Infernaux ?

— Je dirais que oui.

— Alors pourquoi ils laissent traîner le produit ? Ils ne devraient pas garder ces trucs sous surveillance ? Les sacs ont été abandonnés là comme si...

— Comme s'ils s'étaient tirés en vitesse ?

Il se redressa et scruta les alentours.

— Si c'est nous qui les avons fait fuir, ça veut dire qu'ils savent qu'on est là.

Des grattements frénétiques brisèrent soudain le silence. Eve eut l'impression de décoller du sol.

— Bon Dieu ! Aïe... s'exclama-t-elle en plaquant sa main sur la marque brûlante.

Tous deux explorèrent du regard le vaste hangar. Dans le coin opposé, à droite, deux murs saillants se rejoignaient pour former une pièce séparée. Les bruits de grattements reprirent de plus belle derrière la porte.

— Les mutilations d'animaux, chuchota Eve.

— Exact.

— Il faut les sortir de là.

— Oui, approuva Alec en s'essuyant les mains.

Ils filèrent vers la porte. Alec tira sur le levier d'ouverture, mais le panneau ne bougea pas. Des gémissements aigus leur parvenaient désormais clairement depuis l'intérieur.

Eve posa les mains sur celles d'Alec et tira avec lui. La porte céda brusquement, l'élan les précipitant au sol. Mais aucun animal ne s'élança impatiemment vers la liberté.

— Je commence à me dire que ce n'était peut-être pas bon signe qu'il n'y ait pas de serrure sur la porte, souffla Eve.

— Et t'as bien raison !

Avant qu'elle puisse se retourner pour voir qui venait de parler derrière elle, Eve fut soulevée et projetée contre le four telle une poupée de chiffon. Elle s'effondra à terre, le souffle coupé par la douleur. Les lumières de la petite pièce s'allumèrent d'un coup, révélant une foule de tengu.

— Merde ! lança Alec juste avant qu'ils le tirent de force à l'intérieur et referment brutalement la porte.

Eve se redressa à quatre pattes et se précipita pour l'aider. Au même instant, quelqu'un la saisit par la peau du cou et la remit sur ses pieds. Prise de court, elle cligna plusieurs fois les paupières en se retrouvant soudain face à face avec le jeune loup.

Il ne sentait rien. Il n'arborait aucun emblème. Ce fut tout ce qu'Eve eut le temps de remarquer avant qu'il lève le poing et l'assomme.

19

Alec était en train de se prendre une raclée.

Acculé dans un coin, il parvenait tout juste à empêcher la horde de tengu de le submerger. Ils étaient plus d'une vingtaine, faits de pierre et ricanant comme des déments. Certains se balançaient depuis les étagères, d'autres dansaient sur le pourtour de la pièce, d'autres encore sautillaient d'un pied sur l'autre en agitant les poings comme des boxeurs miniatures.

Alec les tenait en respect à l'aide de coups de pied bien placés, mais leur nombre et leur poids menaçaient d'avoir raison de lui. Sans oublier son immense inquiétude quant au sort d'Eve. Il avait entendu la force de son impact contre le four. Même avec sa capacité à guérir rapidement, un tel choc pouvait causer de gros dégâts. Elle était totalement inexercée et se retrouvait livrée à elle-même.

Soudain, un tengu suspendu au plafond plaça une ruade entre les omoplates d'Alec qui tomba à genoux, le souffle coupé. Les tengu se mirent à rire et à danser plus frénétiquement que jamais.

— Caïn ! Caïn ! scandèrent-ils.

Alec se redressa en les fusillant du regard. Il saisit le tengu le plus proche et l'envoya s'écraser contre l'un de ses frères. Les deux volèrent en éclats. Les autres reculèrent contre les murs avec un hoquet de stupeur collectif.

— À qui le tour ? gronda Alec.

Ils hésitèrent, soudain moins confiants. Les tengu étaient plus malicieux que vraiment malveillants. Ils n'étaient pas d'une nature guerrière et fuyaient généralement face à la menace. Alec profita de leur incertitude pour bondir vers la porte. Son geste parut dissiper la peur qui s'était emparée d'eux : ils fondirent tous sur lui, une tonne de pierre douée de vie et bien décidée à le jeter à terre.

Ils vont m'écraser !

Alors qu'il s'armait de courage face à l'inévitable, Alec fut surpris par la vague de puissance qui se répandit soudain en lui. Issue de son diaphragme, elle explosa telle une supernova dont le feu embrasa ses veines.

Il en reconnut immédiatement la cause : un groupe de Marqués se trouvait dans le coin.

D'un coup d'épaule, Alec arracha carrément la porte de ses gonds. Allongé sur le panneau, il glissa sur le sol de ciment tel un *bodyboarder* fendant les vagues. Les tengu jaillirent de la petite pièce à sa poursuite…

Puis les lumières s'allumèrent.

Alec continua sa glissade parallèle au long four à céramique. La meute de tengu s'immobilisa. L'élan de ceux qui fermaient la marche les projeta contre les premiers rangs qui s'étaient brusquement figés. Une collision en chaîne digne d'un accident sur l'autoroute.

Un pied chaussé d'une santiag arrêta net la course d'Alec. Il releva la tête.

— Mariel.

La jolie rousse lui sourit.

— Salut, Caïn. Tu t'amuses bien ?

Il se redressa en position assise et prit la main qu'elle lui tendit pour l'aider à se relever. Derrière elle se tenait une équipe de Marqués, hommes et femmes, tous vêtus de noirs. Ils avaient des pistolets 9 mm sanglés aux cuisses, équipement typique de la garde personnelle d'un archange. Ils avancèrent comme un seul homme sur les tengu qui, paniqués, battirent en retraite vers leur petit enclos.

— Eve ? demanda-t-il en balayant les lieux du regard.

— Elle n'est pas avec toi ?

Seigneur...

— Non. Elle a été attaquée. Et ces tengu m'ont retardé, expliqua-t-il.

Il désigna du menton le coin de la salle où quelques-uns des Marqués remettaient la porte en place avant de la bloquer à l'aide du chariot hydraulique. Il inspira profondément avec le faible espoir que l'Infernal aurait laissé une trace olfactive qu'il pourrait suivre. Mais il n'y avait rien.

Mariel se tourna vers le chariot qui reculait en émettant un bip d'avertissement répétitif.

— On a voulu désactiver les alarmes et les caméras, dit-elle. Mais quelqu'un nous avait devancés.

— Aucun moyen de savoir dans quelle direction ils ont pu emmener Eve, maugréa Alec.

Il parut chercher quelqu'un du regard.

— Pourquoi es-tu ici plutôt qu'Abel ?

— Il a été retenu auprès de Raguel.

— Raguel a envoyé ses propres gardes, mais pas le référent d'Eve ?

— Ils ne bossent pas pour Raguel, dit-elle à mi-voix. Ils sont au service de Sara.

Alec se figea. Son frère avait agi dans le dos de Raguel... *pour Eve*. Abel ne faisait jamais rien sans que cela ne lui rapporte quelque chose et il n'enfreignait jamais les règles. Peut-être espérait-il qu'Eve lui serait reconnaissante, ou peut-être cherchait-il simplement à démontrer qu'Alec n'était pas à la hauteur de son nouveau rôle.

Mariel lui posa doucement la main sur le bras.

— J'ai vu un Infernal ce soir, Caïn. Sans odeur et sans emblème. Ton frère voulait qu'une équipe soit à disposition pour te prêter main-forte.

Serrant les poings, Alec prononça des mots qui lui coûtaient horriblement :

— Nous avons besoin d'Abel. Lui seul peut nous dire où est Eve.

Un sourire consolateur se dessina sur les lèvres de Mariel.

— Vous allez devoir travailler ensemble, pour une fois.

Il laissa échapper un grognement rauque.

— Je vais prendre la moitié de l'équipe. Vous pouvez vous charger de collecter des échantillons du contenu de ces sacs et du reste pour les rapporter à la compagnie ? Plus tôt on se penchera sur le camouflage qu'utilisent les Infernaux, mieux ce sera.

— Bien sûr.

— Et allumez ce four. Brûlez tout ce que vous ne pourrez pas emporter avec vous. Ne laissez rien sur place !

Il fit signe aux gardes postés à quelques mètres.

— Venez avec moi, ordonna-t-il en se dirigeant vers la porte. Je connais quelqu'un qui sait peut-être où elle se trouve.

Mâchoires serrées, Reed jeta un coup d'œil à sa Rolex. À Las Vegas, minuit signalait le moment où commençaient les vraies réjouissances. Mais Reed, lui, savait qu'il n'avait que trop tardé. Près de douze heures s'étaient écoulées depuis qu'il avait quitté la tour Gadara. Il avait l'impression que cela faisait douze ans.

Appuyé contre la rampe du bar *Fontana* de l'hôtel *Bellagio*, il observait le spectacle de jets d'eau avec un agacement tout juste contenu. Comment Raguel pouvait-il mener ses affaires avec autant d'insouciance après les événements relatés par Caïn et Mariel ? Et comment avait-il pu insister pour que Reed vienne lui faire son rapport en personne alors qu'il savait pertinemment qu'on avait besoin de lui ailleurs ?

— Où étiez-vous ?

Reed se tourna vers Gadara qui venait d'émerger du patio vêtu d'un smoking à la coupe classique et sobre. Un diamant de deux carats brillait à son oreille droite. Il était entouré d'un petit groupe de Marqués ; une protection contre les Infernaux.

Il fut un temps où les archanges faisaient d'immenses efforts pour rester aussi discrets que possible. À présent, on avait l'impression qu'ils cherchaient à se surpasser mutuellement à chaque nouvelle identité qu'ils endossaient. Ils prétendaient que c'était nécessaire pour générer les fonds indispensables à la gestion de leurs compagnies, mais eux seuls savaient si c'était vraiment le cas.

L'orgueil était l'un des sept péchés capitaux. L'avaient-ils oublié ?

— Avez-vous écouté le rapport de Mariel ? demanda Reed.

L'archange croisa les bras.

— Bien sûr.

Reed lui lança la clé USB qui contenait les dernières paroles prononcées au nom de Takeo. Il espérait que son plaidoyer s'avérerait suffisant pour épargner l'âme du Marqué.

— Il est arrivé la même chose à mon Marqué.

— Êtes-vous d'accord avec Mariel pour dire que cet Infernal appartient à une nouvelle catégorie de démons ?

— Je l'ignore. Je ne l'ai pas vu, et je n'ai pas décelé la moindre trace de lui. Il ne restait rien qui puisse servir à l'identifier. Étant donné l'ampleur des dégâts, la clairière aurait dû empester à plusieurs mètres à la ronde. Mais la créature, quelle qu'elle soit, n'a rien laissé derrière elle. Il ne subsistait de Takeo que des lambeaux de peau et quelques débris organiques.

Raguel le dévisagea sans rien dire.

— Vous n'avez rien à répondre ? s'enquit Reed, lèvres pincées.

— Votre frère et Mlle Hollis ont disparu des écrans radar cet après-midi.

— Elle ne vous fait pas confiance.

Un sentiment que Reed commençait à partager. Raguel avait l'air aussi concerné que s'il avait commenté la météo.

— Il le faut pourtant.

Reed se redressa de toute sa hauteur.

— Alors donnez-lui des raisons de le faire, dit-il. Je ne comprends pas ce que vous faites. Ou, plus exactement, ce que vous ne faites pas. Comment une novice le pourrait-elle ?

S'ensuivit un long silence.

— Est-elle saine et sauve ? demanda finalement Raguel.

— Jusqu'à présent.

— Vous allez la rejoindre ?

— Si ça ne vous ennuie pas.

— Dites à Caïn de me faire son rapport. Je veux savoir dans quel endroit d'Upland ils se trouvent.

Reed sourit.

— Vous pourriez envoyer une escouade avec moi, vous savez. Ça ne me gênerait pas. Et je suis sûr qu'eux non plus.

— Occupez-vous de bien faire votre travail, Abel. Je m'occuperai de faire le mien.

Avec une révérence railleuse, Reed contourna l'archange et ses gardes pour traverser le bar bondé. Étrange endroit pour une rencontre. Raguel avait affirmé qu'il y avait un rendez-vous pour lequel il ne pouvait pas se permettre d'être en retard, mais Reed suspectait que ce choix cachait autre chose. Peut-être était-ce une manière supplémentaire pour Raguel d'exprimer à quel point il se souciait peu des événements de la journée. Mais si tel était le cas, pourquoi l'archange était-il si certain de sa propre sécurité ? L'arrogance l'avait-elle rendu aveugle ? Ou Raguel en savait-il plus qu'il ne voulait l'admettre ?

Eve s'éveilla sous un déluge glacé. Elle s'étrangla et, se débattant pour échapper à son tourment, constata qu'elle était ligotée sur une chaise à dossier à barreaux, ses poignets attachés entre ses cuisses.

Clignant les paupières, elle décocha un regard noir au jeune loup qui tenait à la main un seau nouvellement vidé. L'air puait le sang, l'urine et la merde.

— C'est quoi, ce fétichisme de l'eau, chez les Infernaux ? lança-t-elle.

Il se contenta de la dévisager, les traits dénués de toute expression. Il semblait avoir à peu près seize ans. Son regard noisette était froid et vide d'émotion, sans âme. Il avait une tignasse de boucles brunes, un menton fuyant et des lèvres charnues et boudeuses. Ce gamin avait fait de l'air maussade une véritable science. Son jean baggy était déchiré en plusieurs endroits, et son coupe-vent de chez Géhenne franchement crasseux.

— Tu n'aurais pas dû l'enlever, lança une voix chargée de reproche depuis un haut-parleur fixé au mur.

Le ton avait quelque chose d'androgyne, ou peut-être était-ce simplement dû au bruit blanc en toile de fond. S'agissait-il de l'autre garçon qu'elle avait aperçu dans la supérette ?

Infernaux ou non, il était impossible que deux ados aient accompli seuls un projet de cette envergure. Un adulte était propriétaire de l'entreprise de maçonnerie et s'était occupé des permis, des véhicules et des contrats. Et un adulte connaissait forcément ce trou à rats.

Eve frémit en explorant les lieux du regard. On se serait cru sur le plateau d'un film d'horreur. Une unique ampoule nue était suspendue au plafond, projetant un cercle de lumière très net au sol. Celui-ci était maculé de taches d'un brun rougeâtre qui faisaient un peu trop penser à du sang. Les éclaboussures n'étaient pas réparties au hasard ; on distinguait clairement la ligne de délimitation entre le sol intact et les souillures sanglantes.

À la limite de la zone éclairée, Eve distinguait une barre métallique horizontale : le rebord d'une table de dissection semblable à celles du médecin légiste dans *Les Experts*. On l'avait, semble-t-il, poussée afin de faire de la place pour Eve.

Derrière la table, les ombres geignaient et se tortillaient. Du fait de l'intensité de l'éclairage au-dessus de sa tête, les membranes nictitantes d'Eve ne lui servaient à rien. Elle ne distinguait rien d'autre que le jeune loup debout devant elle.

— J'ai essayé de les attirer à l'écart, mais ils ne m'ont pas suivi, lança-t-il, irascible. Le temps que je revienne pour voir où ils étaient passés, ils étaient en train de fouiller dans la salle du four. Qu'est-ce que je pouvais faire d'autre ?

Il se débarrassa du seau, qui alla heurter quelque chose de métallique. Eve sursauta. L'aboiement d'un chien effrayé déchira l'air. Un chenil, peut-être ? Le vacarme qui s'ensuivit suggérait la présence de plusieurs créatures attachées dans l'obscurité, qui grattaient et trépignaient.

— Comment nous ont-ils trouvés ? demanda la voix.

— Qu'est-ce que j'en sais ? maugréa le loup. Sans Jaime, j'aurais même pas su qu'on nous observait.

— Qu'a fait Jaime ?

— Rien, à part engrosser sa copine. Il avait une livraison à Corona, qui ne lui a pris qu'une heure et demie. Donc il est revenu en espérant faire une deuxième course. Il les avait remarqués en train de poireauter dans une ruelle avant de partir et il a vu qu'ils étaient encore là à son retour. Il s'est dit que c'était peut-être le père de Yesinia qui cherchait l'occasion de lui casser la gueule. Il m'en a parlé et je suis allé vérifier.

— Les mortels ont leur utilité.

— De temps en temps.

— Où est Caïn ?

Une lueur meurtrière s'alluma dans le regard du garçon.

— Caïn est mort.

Eve grimaça, l'estomac soudain noué. Une douleur lui comprima la poitrine et se diffusa à travers tout son être. Un rire émana du haut-parleur. De nouveau, le son parut à la fois masculin et féminin, évoquant la voix d'un jeune garçon qui n'aurait pas fini de muer.

— Tu penses avoir tué Caïn ? demanda l'individu. *Toi ?* De bien meilleurs démons s'y sont essayés. Tous ont échoué.

— Les tengu l'ont emporté.

Il y eut une brève pause.

— Combien étaient-ils ?

— Une bonne vingtaine. Tous ceux qui étaient dans la réserve.

— Bon, peut-être qu'ils auront réussi à le blesser. Je verrai ce qu'il en est à mon arrivée.

Eve comprit alors que la mauvaise qualité du son n'était pas entièrement due à la qualité du micro. C'était le bruit de la circulation. L'interlocuteur du loup était sur la route. Le cœur d'Eve se glaça.

— Alors qu'est-ce que je fais d'elle ? demanda le garçon en traînant les pieds sur le sol souillé.

— Elle pourrait s'avérer plus utile vivante que morte. Si Caïn survit – et il a prouvé maintes fois que c'était inévitable –, il sera sans doute prêt à de gros compromis pour la récupérer.

Les flammes de la colère étaient en train de dissiper la terreur glaciale qui avait saisi Eve. Elle en avait assez d'être malmenée. Tout le chocolat du monde n'aurait pas pu l'apaiser suffisamment pour éviter la fusion nucléaire qu'elle sentait monter en elle. Et une chose lui semblait absolument certaine : jamais elle ne laisserait quiconque se servir d'elle pour faire du tort à Alec.

Elle tourna lentement la tête et étrécit les yeux à la recherche d'un moyen de s'échapper. Où était-elle ? Dans la maison sur Falcon Circle ? Si ce n'était pas le cas, elle était fichue : elle ne saurait pas où elle était ni dans quelle direction s'enfuir pour trouver de l'aide.

Elle baissa le regard vers sa montre. À travers les gouttes d'eau qui ruisselaient sur son visage, elle vit qu'il était un peu plus de 1 heure du matin. Le gamin n'avait pas pu l'emmener très loin de l'atelier de maçonnerie. Il n'en avait pas eu le temps.

Si elle avait vraiment été dans un film d'épouvante, l'endroit aurait pu être la cave des horreurs d'un tueur fou. Mais on était en Californie, où les tremblements de terre n'incitaient pas à creuser des caves. Elle se trouvait soit au rez-de-chaussée, soit au-dessus. Pour une raison inconnue, l'idée la rassurait. Tant qu'elle se trouvait au-dessus du sol, elle avait une chance d'atteindre la rue en contrebas ou d'être vue depuis une fenêtre. Si elle criait suffisamment fort, on pourrait l'entendre.

La porte est sur ta gauche.

La voix féminine prit Eve par surprise. Elle jeta des coups d'œil furtifs autour d'elle. L'un des animaux s'adressait à elle. La bête n'avait pas l'air bien. Elle s'exprimait de manière lasse, résignée.

Elle s'ouvre vers l'intérieur. Si tu atteins le couloir, cours vers la droite sans t'arrêter.

Eve ignorait comment lui répondre sans parler, comment leur faire savoir qu'elle reviendrait les chercher si elle survivait à cette nuit. Elle refusait de les abandonner au sort qui les attendait sur ces tables de dissection.

On y compte bien.

Rassemblant son courage, Eve se tortilla sur son siège pour voir si ses jambes étaient également ligotées. Elles ne l'étaient pas.

— Tu peux la saigner jusqu'à ce que j'arrive, reprit la personne dans le haut-parleur. Mais n'en prélève pas trop.

Le sourire mauvais qui se dessina lentement sur les lèvres du loup décupla la colère d'Eve. Avec un grondement rauque, elle se précipita en avant pour lancer un coup d'épaule dans le ventre du gamin, à la manière des joueurs de football américain. La manœuvre fonctionna. Ils roulèrent tous les deux au sol et s'écrasèrent contre une cage malodorante. Les animaux se mirent à aboyer, à siffler et à pousser des cris stridents.

La voix enfla dans le haut-parleur.

— Qu'est-ce qui se passe ? Tim ? Réponds ! C'est quoi, ce bordel ?

Eve se redressa péniblement à genoux puis se releva en titubant. Au cœur de l'obscurité, sa vision nocturne faisait enfin effet, révélant la prolifération d'outils tachés de sang suspendus au plafond. Il y avait également une bonne dizaine de cages renfermant des animaux en si piteux état qu'elle ne fut pas capable de les identifier tous.

— Salope ! s'écria l'ado en tentant de lui faucher les jambes.

Eve vacilla puis pivota sur elle-même et lui décocha un coup de pied.

— Connard !

Elle atteignit la porte et tâtonna pour tourner la poignée. Des mains lui griffèrent les chevilles et les tibias sans trouver de prise. Ouvrant brusquement le panneau, Eve bondit et dévala le couloir.

Derrière elle, le loup cracha un juron et se lança à sa poursuite.

Alec longea au pas de course le patio d'exposition de Géhenne pour foncer vers l'entrée principale qui donnait sur la rue. Le claquement de ses pas se mêlait à celui des Marqués dans son sillage dans un martèlement rythmé qui décuplait son inquiétude. Il n'était qu'à un mètre du portail quand une silhouette familière apparut de l'autre côté. L'homme agrippa les barreaux de fer forgé, laissant voir l'emblème en forme de diamant sur le dos de sa main droite. Un emblème identique à celui du gamin de la supérette.

— Tu tombes mal, Charles, lança sèchement Alec.

— Qu'est-ce que tu fais ici, Caïn ?

Le mâle dominant de la meute du nord de la Californie était au mauvais endroit au mauvais moment. Alec n'était pas d'humeur joueuse.

— Je me tire. Écarte-toi de mon chemin.

— Je cherche quelqu'un. Un jeune mâle de ma meute.

Du fond de sa poche, il tira un article de journal illustré d'une photo du stade d'Upland. Dans un coin de l'image, on voyait le garçon debout à côté d'un camion de Géhenne.

Alec grimaça.

— Bonne chance dans tes recherches, dit-il.

Les yeux du mâle alpha brillèrent d'un éclat doré sous le clair de lune. Il était grand et noueux, doté d'une beauté qui ne détournait que trop de mortelles du droit chemin. Il dégageait une aura ténébreuse, que certains qualifiaient de magnétique. Et il était assez rusé pour se garder du courroux de Jéhovah. Jusqu'à maintenant, en tout cas.

— Ta présence ici ne peut pas être une coïncidence.

— C'est toi qui es hors de ton territoire.

Charles se campa plus fermement sur ses jambes, une manière de montrer qu'il était prêt à bloquer la sortie aussi longtemps que nécessaire. Le cadenas étant situé à l'extérieur du portail, Alec ne pouvait y accéder qu'en passant la main entre les barreaux. Une manœuvre qui le placerait dans une position bien trop désavantageuse.

— Dis-moi dans quelle direction aller et je m'écarte, grogna Charles.

— Tu ne peux plus rien pour ton jeune loup renégat. Rentre chez toi.

— Je ne peux pas te laisser le tuer.

— La décision ne te revient pas.

— Il est jeune et c'est mon fils, répliqua Charles, les poings serrés. Sa mère était une sorcière. Ses grands-parents affirment que je prive mon gamin de son héritage magique. Ils l'ont monté contre moi.

— J'en ai rien à faire.

— Parce qu'il est un sang-mêlé, il ne contrôle pas son loup. Alors il a tout rejeté et s'est enfui.

Alec croisa les bras.

— Tu vas me faire pleurer.

— Laisse-moi régler cette affaire au sein de la meute.

— Il est trop tard pour ça.

Une bourrasque nocturne agita les mèches d'Alec et emplit ses narines de la puanteur de l'Infernal.

— Une Marquée a été enlevée, entre autres choses.

— Quoi que Timothy ait pu faire, c'était sous l'influence de ses grands-parents. Je peux te les livrer en échange de mon fils.

— Je veux récupérer ma Marquée, rétorqua Alec.

Il avait terriblement conscience du temps qui s'était écoulé depuis le kidnapping d'Eve.

— Je comprends. Et je veux t'aider.

— Alors écarte-toi.

Le mâle dominant relâcha sa prise sur le portail.

— Marché conclu ?

Alec prit une profonde inspiration.

— Oui.

Eve avait raison. La marque brûlait quand on mentait.

20

C'était un corridor au bout duquel on distinguait un léger éclat lumineux, presque imperceptible.

Eve sprinta dans sa direction, soudain très consciente de l'importance du mouvement des bras dans la course. Avec ses poignets attachés devant elle, elle se sentait gauche et déséquilibrée.

Les cris aigus des animaux cessèrent abruptement quand la porte par laquelle elle s'était enfuie se referma. Une indication que la salle des horreurs était insonorisée. Les bruits de pas lourds de son poursuivant, par contre, étaient parfaitement audibles. Et ils se rapprochaient.

D'autres portes jalonnaient la longueur du couloir, mais elles étaient toutes fermées. Aucun éclat de lune grâce auquel s'orienter. Ni éclairages artificiels ni fenêtres pour lui dire où elle se trouvait. Rien que la lueur au bout du tunnel qui laissait espérer une sortie.

Le couloir déboucha sur un autre. En tournant au coin, elle fut obligée de contourner sofas et tables basses. Le clair de lune provenant de baies vitrées éclaira les lieux : elle constata qu'elle se trouvait au rez-de-chaussée. Si elle avait été religieuse, elle aurait pu adresser une prière de remerciements aux cieux. En l'occurrence, elle songea surtout qu'il était temps que la roue tourne un peu dans son sens.

Elle avisa la double porte qui menait vers l'extérieur.

J'y suis presque...

— Sale pétasse ! cria l'ado avant de se cogner au mur en tournant au coin du couloir derrière elle.

Sentant qu'il allait tenter de la plaquer, Eve sauta sur le dernier mètre avant la porte. La marque, qui s'embrasa sous l'effet d'un afflux de puissance, lui conféra la force nécessaire pour faire voler le verrou en éclats et bondir au cœur de la nuit.

Elle atterrit maladroitement et trébucha... directement contre la poitrine d'une silhouette masculine stoïque.

Arrivé en zigzaguant au coin de la rue de Falcon Circle, Alec écrasa la pédale de freins et s'arrêta en dérapant devant la bâtisse marron du bout de la rue. C'était la seule maison de l'impasse à être entièrement plongée dans le noir ; accroc obscur au sein d'une tapisserie urbaine de lumières accueillantes. Un gros 4 x 4 Chevrolet bleu nuit transportant les gardes de Sara et la Porsche noire de Charles arrivèrent dans son sillage. Un van plein de loups fermait la marche. Les véhicules s'immobilisèrent au bout de l'impasse pour déverser leurs passagers au milieu de la rue.

Alec jaillit immédiatement de sa Focus, sans même refermer sa portière.

Ce genre d'action précipitée ne correspondait pas à sa façon de procéder. Il était plus habitué aux coups de filet méticuleusement préparés, aux raids planifiés, aux embuscades. Ces méthodes plus frontales, en plus d'être fortement découragées à cause de l'attention qu'elles attiraient inévitablement, n'appartenaient pas au répertoire d'Alec. Il préférait les mises à mort propres et discrètes.

Les semelles de ses chaussures crissèrent comme il tournait au coin du garage. Il chargea droit vers la double porte.

L'un des battants s'ouvrit à la volée et une silhouette en émergea précipitamment pour venir s'écraser contre Alec. Si son cœur avait pu s'arrêter, il l'aurait fait.

— C'est quoi, ce bordel ?

La voix n'était pas celle d'Eve.

Eve n'eut même pas besoin de lever les yeux pour reconnaître l'homme qui la tenait. L'odeur unique de Reed l'emplit aussitôt de soulagement.

Mais elle était toujours furax.

Appuyée contre lui, elle lança une ruade vers l'arrière et cueillit son poursuivant en pleine poitrine. L'énergie cinétique du coup la traversa avant d'être absorbée par Reed. Soulevé de terre, le jeune loup fut violemment propulsé en arrière. Il s'écrasa contre le battant fixe de la porte et sa tête alla heurter le verre épais avec un craquement audible. Assommé, l'ado s'étala de tout son long.

— Joli coup, commenta Reed.

Il examina Eve à la recherche de blessures.

— Tu es encore trempée.

— Ai-je jamais réussi à rester sèche ?

Elle tendit vers lui ses poignets ligotés. Ses mains tremblaient terriblement sans qu'elle puisse se maîtriser.

— Enlève moi ça !

— Où est Caïn ? demanda-t-il en défaisant avec dextérité la corde de nylon qui la maintenait prisonnière.

— Occupés avec les tengu.

Elle espérait en tout cas qu'il n'avait pas succombé sous leurs assauts. Le nœud dans son estomac se resserra.

— Alors allons lui sauver la mise ! lança Reed après l'avoir libérée.

Eve donna un coup de pied dans la basket du loup assommé.

— Il faut qu'on garde un œil sur lui. C'est la cible de ton frère.

Reed replia la corde qu'il avait entre les mains et tira dessus d'un coup sec.

— Je vais le ligoter.

— Il y a aussi des chiens à l'intérieur. Des animaux, dit-elle en désignant la salle d'exposition. Très amochés. Et quelqu'un d'autre est en route. Ils vont débarquer ici, je ne sais pas combien ils seront. Je n'ai entendu qu'un type, mais il ramène peut-être des renforts avec lui. Ou avec elle. La voix était bizarre.

— On va avoir besoin de Caïn, déclara sombrement Reed.

Il était si calme, si maître de lui-même. Et vêtu d'un costume hors de prix... imprégné du parfum d'une femme.

Eve chassa cette pensée.

— D'accord. Attache le gamin. Je vais chercher Caïn.

Un sourire ironique se forma sur les lèvres de Reed.

— Toute seule ?

— Nous ne sommes que deux. Comment veux-tu que je fasse ?

— J'ai appelé des renforts, répondit-il en sortant son téléphone. Laisse-moi voir où ils sont.

— D'accord. On a un plan.

— Un plan ?

— Oui. J'ai un rapport particulier avec les tengu. Ils préfèrent s'en prendre à moi plutôt qu'à Caïn, ce qui devrait lui offrir un répit.

Elle saisit Reed par le col et le secoua. Du moins essaya-t-elle. Il ne bougea pas d'un pouce.

— Fais gaffe à ce qu'il ne t'arrive rien, d'accord ? lui dit-elle.

— Je m'assurerai de préserver tout ce que tu aimes chez moi, répondit-il avec un clin d'œil.

— Bon sang, maugréa-t-elle. T'es incorrigible...

Il la retint par le bras avant qu'elle se détourne.

— Hé, dit-il d'une voix grave. Sois prudente.

— Promis.

Eve s'élança au pas de course vers le fond de la cour en contournant les statues et autres fontaines disséminées à travers le patio d'exposition. Elles étaient beaucoup moins effrayantes qu'auparavant.

Alec baissa les yeux vers le gamin qu'il tenait par le col de la chemise. C'était l'autre adolescent de la supérette. Un autre loup, même si Alec n'aurait pas su dire à quelle meute il appartenait, ses emblèmes étant dissimulés sous ses vêtements.

— Où est Evangeline ?

— Qui ? demanda l'ado. Mec, t'es en plein trip ou quoi ? Qu'est-ce que vous foutez à dévaler la rue comme dans *Shérif, fais-moi peur* ? Vous m'avez foutu les jetons.

— Où est ton pote Timothy ? Le gamin avec qui tu traînais plus tôt dans la journée ?

Le jeune loup se renfrogna.

— Comment je le saurais ? Il est pas encore rentré du boulot.

La voix de mâle dominant de Charles résonna dans l'obscurité.

— Tu sais à qui tu t'adresses, Sean ?

Le garçon écarquilla les yeux de peur. Non à cause d'Alec, mais à cause de la présence de l'alpha de sa meute. Il se débattit violemment.

— Lâche-moi !

Alec se tourna vers Charles.

— Il s'est enfui avec Timothy, expliqua celui-ci sans quitter des yeux l'adolescent qui se tortillait de peur. Où est-il, Sean ?

Quelque chose dans le ton de l'alpha annihila toute résistance chez le gamin qui s'affaissa entre les mains d'Alec.

— Je crois qu'il est toujours au boulot, dit-il. Il a appelé tout à l'heure pour demander que Malachai le rejoigne sur place.

— Malachai ? demanda Alec.

— Son grand-père, expliqua Charles.

Toujours au boulot. Alec relâcha le garçon et poussa un soupir inquiet. Eve était-elle encore dans les bâtiments de Géhenne ? Se trouvait-elle juste sous son nez depuis le début ?

Tout ce temps... perdu.

— Demi-tour ! s'écria-t-il en contournant Charles et les autres loups pour retourner à sa voiture. Faites tous demi-tour !

Une Marquée fit mine de le dépasser ; il l'agrippa par le bras.

— Contactez l'équipe qu'on a laissée avec Mariel ! ordonna-t-il. Dites-leur de fouiller les lieux.

— À vos ordres, Caïn.

Elle reprit sa course vers le 4 x 4 en dégainant son téléphone portable.

Alec se glissa au volant et passa la marche arrière. Il avait encore déconné : il aurait dû tuer le gamin quand il en avait l'occasion.

Une erreur qu'il ne commettrait pas deux fois.

Eve ouvrit de force la porte du bâtiment du fond. Une vague de chaleur l'assaillit en même temps qu'une odeur particulièrement infecte. Elle se précipita à l'intérieur. Le four était allumé et un homme vêtu de noir y enfournait de grands sacs. Eve se demanda brièvement s'il s'agissait d'un ami ou d'un ennemi avant qu'une bouffée de parfum sucré révèle son identité de Marqué. Elle aurait voulu savoir ce qu'il faisait là, mais ce n'était pas le plus urgent. Un rapide coup d'œil à travers la pièce lui confirma que les tengu étaient de nouveau enfermés.

— Où est-il ? demanda-t-elle.

— Parti à votre recherche, répondit le Marqué. Ça va ? demanda-t-il en la détaillant de la tête aux pieds.

— Pas vraiment, non.

Eve faisait de son mieux pour paraître maîtresse d'elle-même, mais depuis qu'elle avait réchappé à cette salle sordide, elle était aussi ramollie qu'un ballon dégonflé.

— Vous n'êtes pas allée vous fourrer dans de sales draps, au moins ? demanda le Marqué.

Son ton déplut à Eve.

— Ce n'est pas comme si j'avais prévu de me faire kidnapper, figurez-vous.

— Certes, mais nous savons tous que vous n'avez rien fait pour l'éviter non plus. À votre niveau, vous n'avez rien à faire dans une mission pareille. Regardez les problèmes que vous avez causés.

— Je vous demande pardon ? répondit-elle, mains sur les hanches. Qui a dit que j'avais demandé cette mission ?

Le Marqué émit une sorte de grognement qu'elle trouva insultant. Elle secoua la tête.

— Je vais retourner voir ce qu'il en est du jeune loup dans l'espace d'exposition. Il a un peu plus de savoir-vivre.

— Attendez, maugréa-t-il. Je vais vous accompagner. Donnez-moi juste une seconde pour me laver les mains.

Voyant Eve prête à protester, il leva les yeux au ciel.

— Faites pas d'histoires, dit-il. Sans quelqu'un pour surveiller vos arrières, vous allez finir par vous faire tuer.

— Je suis restée en vie jusqu'à maintenant, non ?

— Par la grâce de Dieu, rétorqua le Marqué.

Il se dirigea vers un évier en plastique dans le coin de la salle.

Tandis qu'il se nettoyait, Eve jeta des coups d'œil impatients aux alentours. Les tengu étaient étrangement silencieux et elle ne put s'empêcher de se demander dans quel état Alec les avait laissés.

Elle se mit à taper du pied avec agacement. Elle aurait vraiment aimé dire au type d'aller se faire cuire un œuf, mais elle devait bien reconnaître qu'il était entraîné et elle non. Il était également équipé d'une manière qui suggérait qu'il occupait une position importante ou en tout cas supérieure à celle d'un Marqué de base. Bourru ou non, il pouvait l'aider et elle n'était pas en situation de rejeter quelque assistance que ce soit.

Soudain, la mélodie de *Low Rider* de War retentit. La sonnerie du téléphone du Marqué.

Elle se retourna vivement vers lui.

— Vous pouvez vous dép… Putain !

Une colonne d'eau semblable à une corde sinueuse avait jailli du robinet pour s'enrouler autour du corps et du visage du Marqué. Il se débattait, mais les sons étaient complètement étouffés par le liquide. Son visage avait bleui sous l'effet de l'effort et du manque d'oxygène.

— Hé ! lança Eve. Lâche-le. C'est à moi que t'en veux !

Le Marqué s'écroula à terre, inconscient. Ou peut-être mort. Elle n'aurait pas su le dire.

Eve se retrouvait seule face au nix.

Reed se redressa, le corps ligoté de l'adolescent passé par-dessus son épaule. Il ouvrit la porte de l'espace d'exposition, passa le seuil et déposa le gamin sur un sofa de la salle d'attente avant d'examiner les alentours.

Géhenne donnait dans le style haut de gamme qui plaisait généralement à Reed. Ils avaient dépensé sans compter pour la présentation : les canapés étaient en cuir, une machine à expresso était installée à côté de la réception et des échantillons des matériaux, des coloris et des carreaux disponibles reposaient sur des présentoirs en acajou.

Une habile couverture, songea-t-il. Pas ce à quoi il se serait attendu.

Il reporta son attention sur l'adolescent inconscient. Impossible de trouver meilleure preuve du masquage dont Caïn avait parlé. Reed n'aurait su dire de quel genre d'Infernal il s'agissait. Dans d'autres circonstances, il n'aurait même pas su que le gamin était un Infernal. C'était presque aussi effrayant que l'expression du visage d'Eve lorsqu'elle avait bondi hors de la salle d'exposition.

Il percevait déjà la peur d'Eve avant d'arriver, mais la voir de ses yeux était pire encore.

Et pourtant, Eve avait tenu bon, s'était inquiétée à la fois pour Caïn et pour lui. Elle n'était marquée que depuis deux petites semaines, mais elle se faisait plus de souci pour ses aînés au sein du système que pour son sort de jeune novice.

Où diable était passée l'équipe de Sara ? Avec le prix qu'il avait payé pour les avoir, ils auraient dû être là.

Reed sortit son téléphone de sa poche et l'alluma. En s'éveillant, l'appareil joua une brève mélodie, rapidement suivie par plusieurs bips attestant de la présence de textos et de messages vocaux en attente. Les carillons étouffés paraissaient bruyants dans le silence lugubre des lieux.

Il jeta des coups d'œil prudents autour de lui puis se dirigea vers le bureau de la réception. Il était temps de faire la lumière sur la situation.

Il était sur le point d'actionner l'interrupteur sur le mur quand la puanteur d'une âme pourrissante vint taquiner ses narines. Reed retourna vers la salle d'attente et huma l'air autour du garçon, sourcils froncés. Loup-garou.

— Ça se dissipe, murmura-t-il avec un début de sourire.

S'ils effaçaient toutes les informations à propos de l'agent masquant, les choses pourraient revenir à la normale.

Reed actionna les néons éclairant la salle d'exposition puis emprunta le couloir à la recherche des registres du personnel et des achats effectués. Tous ceux qui avaient un lien avec Géhenne devraient être bouclés. Il composa le numéro de Mariel.

— Abel ? Où es-tu ? demanda-t-elle.

— À la boîte de maçonnerie. Et toi ?

— Caïn a trouvé des substances suspectes qu'il m'a demandé de transmettre immédiatement aux laboratoires de Gadara.

— Caïn est avec toi ?

Reed fit demi-tour vers la salle d'attente. Eve s'était lancée dans une quête futile. Voire, pire, dans la gueule du loup. Arrivé au bout du couloir, il se figea. Le canapé était vide, à l'exception d'une longueur de corde rongée.

Le loup-garou s'était enfui.

Reed était si horrifié à l'idée du danger que courait Eve qu'il ne perçut que trop tard la menace qui pesait sur lui. Un objet métallique pointu lui transperça l'épaule droite par-derrière.

Hurlant de douleur, il lâcha son téléphone. Puis il saisit le morceau de tuyau qui dépassait de la blessure et l'arracha. L'objet faisait un mètre vingt de long ; il était creux, avec un diamètre d'à peu près deux centimètres. Reed pivota sur lui-même et abattit l'arme de fortune sur son agresseur. Atteint au visage, l'assaillant s'écroula.

À en juger par ses tempes grisonnantes, il s'agissait d'un homme âgé. Un mage. Étalé aux pieds de Reed dans son déguisement de mortel : pantalon en toile, mocassins et polo. D'apparence parfaitement inoffensive.

Reed guérit sa blessure puis libéra ses ailes qui se déployèrent à travers ses vêtements et s'étendirent de toute leur envergure. Ses traits et sa voix se déformèrent pour exprimer la fureur qui l'habitait. L'air autour de lui tourbillonnait en réaction au soudain déferlement de puissance.

Le mage eut un mouvement de recul en comprenant son erreur. Un bâton gisait au sol près de lui, mais il était trop stupéfait pour le ramasser. Il pensait avoir blessé un Marqué fragile, ou peut-être même Caïn, mais pas un *mal'akh* en pleine possession de ses pouvoirs.

L'imbécile. Il aurait dû humer la différence.

— Subis ma vengeance ! rugit Reed.

Il planta le tuyau dans le cœur du mage avec une telle force qu'il fendit le sol derrière lui.

Malgré les bulles de sang qui se formaient sur ses lèvres, le mage sourit.

— Et toi, la mienne, dit-il.

Sur ces mots, il explosa dans une déflagration d'une chaleur intense, ne laissant derrière lui qu'un corps en cendres autour de la lance improvisée.

Reed afficha une grimace de mépris. Puis il sentit la fumée. Relevant les yeux vers le couloir, il vit des ombres danser sur les murs, trahissant la présence de flammes.

— Eve.

Il rétracta ses ailes puis pivota vers la porte d'entrée. Alors qu'il approchait de la sortie, le panneau s'ouvrit brusquement et Caïn bondit à l'intérieur.

— Où est-elle ?! lança-t-il à son frère.

Trois des gardes de Sara arrivaient dans son sillage, suivis par un groupe de loups. L'un d'eux était clairement un mâle alpha. Reed reconnut Charles Grimshaw, l'un des plus puissants chefs de meute.

— Où sont les tengu ? demanda Reed. C'est là qu'elle est allée.

Alec pointa du doigt le sang qui maculait la chemise et le gilet de Reed.

— Qu'est-ce qui t'es arrivé ?

— Ça, répondit Reed en désignant dédaigneusement les cendres à terre. Un mage.

De la fumée émergea brusquement des pièces du fond, remontant le couloir en volutes bouillonnantes.

— Malachai, commenta Grimshaw. Où est mon fils ?

— Là-bas.

Reed pointait du doigt l'arrière du bâtiment. Les loups se précipitèrent au cœur de l'incendie. Reed échangea un regard avec Caïn. Un éclair de compréhension passa dans les yeux de son frère.

Ensemble, ils s'élancèrent sur les traces d'Eve.

Eve recula prudemment face au nix, lequel avait pris forme humaine, mais demeurait aussi translucide que de l'eau. Elle avait vu quelque chose de ce genre dans un film, autrefois. *Abyss*, si sa mémoire était juste...

Elle laissa échapper un rire nerveux. Elle était en train de perdre les pédales ! Sur le point de mourir, son esprit se tournait vers le cinéma.

— Il fait plus chaud à Las Vegas, ronronna le nix.

Elle s'attendait à ce que ses paroles soient déformées par la masse liquide, mais sa voix était normale. Du moins aussi normale que possible avec son accent germanique à couper au couteau.

— En quoi la météo de Vegas devrait-elle m'intéresser ? répondit-elle en plongeant la main dans sa poche.

— Tu as déjà vu le spectacle aquatique du *Bellagio* ? Magnifique. On y découvre quelque chose de neuf à chaque fois. Ce soir, il m'a appris où tu étais.

— Quelle chance.

— Pas pour toi.

Eve secoua la tête.

— Pourquoi moi ?

— Je fais ce qu'on me dit, répondit le nix dont la partie inférieure du corps commençait à tournoyer comme un vortex.

— Quoi ?

À cet instant, la porte s'ouvrit. Eve poussa un soupir de soulagement et tourna la tête pour appeler Reed... Le cœur lui remonta dans la gorge. C'était le loup.

Reed ? Ça va ?

— Désolé de vous interrompre, lança le garçon d'une voix moqueuse. Je vous laisse à vos retrouvailles.

Elle se précipita sur lui.

— Espèce de petit merdeux !

Mais il battit en retraite et claqua la porte. Une seconde plus tard, un bruit sourd suggéra qu'il avait trouvé le moyen de bloquer la sortie.

Le nix s'approcha en ricanant. Il jouait avec elle. Elle savait qu'il aurait pu s'emparer d'elle en un clin d'œil, mais il préférait prendre son temps, s'amuser à la terroriser à mort avant de la tuer.

Eve partit à reculons vers le four. Son plan était simpliste et sans doute condamné à l'échec, mais elle n'en avait pas d'autre. Comme elle se rapprochait du four, l'air se fit plus chaud. Le nix avançait toujours, souriant.

Elle tira le petit sachet de sa poche en priant pour que l'enveloppe plastifiée soit intacte. Sans quoi elle était fichue.

— Qu'est-ce que c'est que ce truc ? demanda-t-il.

Son corps qui tournoyait à toute vitesse en dessous de la taille lui donnait un faux air de génie de la lampe.

— Un cadeau pour toi, répondit Eve.

— Ah oui ?

En déchirant le haut de la pochette, Eve fut soulagée d'y trouver une poudre verte. Le sachet était resté parfaitement sec.

— Tu aimes le citron vert ?

— Quoi ?

Eve bondit sur le côté de l'ouverture du four à céramique et le nix chargea droit sur elle. Elle lui lança la poudre, qui teinta l'eau d'une nuance verdâtre. Le tourbillon ralentit et le nix vacilla, en équilibre instable. Eve en profita pour ouvrir une autre pochette et lui verser le contenu dessus. Le nix tituba dans sa direction.

— Qu... Qu'est-ce que que tu m... m'as fait ? gargouilla-t-il.

En appelant à sa super-force, Eve l'attrapa alors qu'il basculait vers elle. Elle le plaqua sur le convoyeur à rouleaux puis propulsa sa forme inerte et semi-gélatineuse droit dans le four.

Tandis qu'il hurlait, Eve contempla la scène, horrifiée. Le sol se mit à trembler, puis les murs. De la poussière retomba lentement depuis les poutres métalliques au plafond. Le chariot hydraulique tressauta au rythme des vibrations du sol et la porte dégondée de la salle des tengu retomba au sol.

Eve agrippa le Marqué étendu à terre et le tira vers la sortie. Mais lorsqu'elle tenta d'ouvrir la porte, celle-ci ne bougea pas. Elle appela à l'aide et martela le panneau à coups de poing avec l'espoir de se faire entendre malgré les horribles vagissements qui émanaient du four. Les tengu se précipitèrent vers elle en grappes chahuteuses.

— Au secours ! cria-t-elle en frappant contre le battant. À l'aide !

Soudain, la porte céda sous son poing et elle tomba... directement dans les bras d'Alec. Qui la serra à lui en couper le souffle.

— Tirons-nous, souffla-t-il en la guidant à l'écart.

Il se pencha pour saisir le Marqué et le hisser par-dessus son épaule à la manière d'un pompier évacuant une victime.

Reed émergea de l'ombre. Il tenait le jeune loup par la peau du cou. Il poussa l'adolescent à l'intérieur et referma la porte. Puis il ramassa une planche de bois et la cala contre la poignée pour bloquer la sortie.

Le bruit des sirènes fit tourner la tête à Eve. Elle vit que le hall d'exposition était englouti par les flammes.

— Les animaux ! s'écria-t-elle en s'élançant au pas de course.

Des bras puissants la retinrent par la taille. Elle se débattit contre la prise de Reed, mais il était trop fort.

— Eve ! C'est la volonté du Seigneur, lui dit-il à l'oreille.

Mais c'était trop insensé pour qu'elle puisse l'accepter. Si Dieu les aimait, jamais il ne les aurait laissés souffrir comme ils avaient souffert. Il leur aurait offert un minimum de réconfort avant de mourir. Au lieu de quoi il s'était servi d'elle pour leur donner un espoir avant de cruellement le balayer.

— Il faut partir, dit Alec.

Il courut à la rencontre d'un groupe vêtu de tenues identiques à celle du Marqué qu'il portait sur son dos.

— Où sont les loups ? demanda-t-il quand il les eut rejoints.

— Toujours à l'intérieur, répondit une Marquée.

Elle glissa deux doigts dans sa bouche et siffla. Un autre Marqué émergea d'une sorte d'abri de jardin. Il s'arrêta devant eux pour faire son rapport.

— Ça prendrait des jours pour faire le tri dans tous les matériaux stockés là-dedans.

Un crissement suraigu leur parvint depuis la salle du four ; un bruit de métal torturé en train de se disloquer. Alec secoua la tête.

— Nous n'avons même pas quelques minutes.

Il se tourna vers Eve.

— Qu'est-ce que tu as fait ?

— J'ai balancé le nix à l'intérieur.

— Seigneur... souffla la Marquée.

— Merde, maugréa Alec. Ce truc va exploser. Courez !

Eve sprinta éperdument avec lui jusqu'à la voiture. Ils eurent le temps de démarrer et d'atteindre le pâté de maisons suivant avant que le four explose.

La boule de feu fut visible à plusieurs kilomètres à la ronde.

21

Gadara faisait les cent pas derrière son bureau au sommet de sa tour. Habillé d'un jean et d'une chemise à col boutonné en denim blanc, il avait un air à la fois élégant et nonchalant. Une nonchalance qu'il était cependant loin de ressentir.

— Vous êtes un danger public, mademoiselle Hollis, dit-il sombrement. Il n'y a pas d'autre mot pour vous définir.

Assise face au bureau de l'archange, Eve coula une œillade vers Alec, installé à sa gauche, puis vers Reed, à sa droite.

Deux jours s'étaient écoulés depuis les événements d'Upland. La veille avait été consacrée au repos pour se remettre des précédentes vingt-quatre heures sans sommeil. Et ce jour était, semble-t-il, celui du jugement dernier.

— Vous nous aviez demandé de nous occuper des tengu, lui rappela-t-elle. Et nous l'avons fait.

— En détruisant un climatiseur flambant neuf et une Lexus customisée ! répliqua l'archange. Autant d'éléments que vous aviez omis de mentionner lors de votre rapport il y a quelques jours.

— Imaginez ce que les tengu vous auraient coûté sur le long terme, suggéra Alec. On vous a fait économiser beaucoup d'argent.

— Et quels bénéfices nous rapporte le désastre d'Upland ? s'enquit Gadara avec colère.

— Vous m'aviez dit de mettre les mains dans le cambouis, opposa Eve.

Il se tut le temps de la fusiller du regard.

— Vous avez fait sauter un pâté de maisons entier !

— Non. Ça, c'est le nix.

— Comment as-tu réussi un coup pareil, d'ailleurs ? demanda Reed d'un ton badin.

Comme toujours, il était tiré à quatre épingles et divinement beau.

— De la gélatine en poudre.

— Vraiment ? Malin.

— Plutôt un coup de chance, en fait. Je ne pensais pas que ça marcherait.

Alec tendit le bras pour lui prendre la main. Tout l'inverse de son frère, il arborait un pantalon en cuir et un tee-shirt.

— Mais ça a marché. Une idée de génie.

Il s'abstint de dire que ce n'était pas une coïncidence qu'elle ait acheté de la gélatine à la supérette, mais elle savait qu'il n'en pensait pas moins.

Gadara plaqua les paumes sur le bureau et se pencha vers eux.

— Excusez-moi ? Si vous avez fini de vous congratuler mutuellement ?

— Vous savez quoi ? répondit Eve. À vous entendre, on pourrait presque croire que vous vouliez nous voir échouer.

— C'est ridicule ! affirma Gadara. Je n'ai d'intérêt que dans vos succès. Mais si vous continuez comme ça, vous allez causer la ruine de la compagnie.

— J'ai un plan, proposa-t-elle. Je vais rester tranquillement chez moi jusqu'à ce que l'entraînement démarre.

Il fallut un moment avant que le regard noir de l'archange laisse place à un sourire contraint.

— Vous commencez la semaine prochaine, annonça-t-il.

Reed se redressa sur son siège.

— Ah oui ? Qui sera le responsable sur ce roulement ?

— Moi, répondit l'archange.

Eve perçut nettement la tension des deux hommes qui l'entouraient.

— Mieux vaut que ce soit moi plutôt que Sara, n'est-ce pas ? demanda Gadara, les yeux braqués sur Reed.

Celui-ci émit un bruit étranglé. Alec secoua la tête.

— Roulement ? répéta Eve.

— Les archanges se relaient à tour de rôle pour la formation des nouveaux venus, expliqua Alec.

— Oh.

Elle se tourna vers Gadara.

— Je suis le meilleur, déclara-t-il en toute modestie.

Elle ne put s'empêcher de rire.

— Évidemment.

— Des nouvelles de Hank à propos des matériaux que Mariel a collectés à l'atelier de maçonnerie ? s'enquit Alec.

L'archange se rassit avant de répondre :

— Comme pour l'usage de la gélatine de Mlle Hollis, Hank a qualifié ce mélange de très ingénieux. Mais il y manque quelque chose et, dans la mesure où des mages ont créé cette formule, Hank est certain qu'elle impliquait un genre d'incantation.

— Je me demande combien de personnes connaissaient la recette, s'interrogea Reed.

— Très peu, à mon avis.

— Sans doute, dit Alec. Sa rareté ne faisait qu'augmenter sa valeur pour Malachai et sa femme.

— Hank estime qu'il s'agissait sans doute d'un sortilège de couple, poursuivit Gadara. Un enchantement qu'un homme et une femme jetteraient ensemble pour affecter le plus grand nombre. D'après vos rapports, plusieurs types d'Infernaux ont pu s'en servir avec succès.

— À moins qu'il n'existe plusieurs types de masques, avança Eve.

Les trois hommes la regardèrent.

— Je dis ça comme ça, ajouta-t-elle avec un haussement d'épaules.

— J'ai tué Malachai, déclara Reed. Le reste des composants a été détruit dans l'explosion.

— La maison sur Falcon Circle a été fouillée et vidée de tout ce qui pouvait avoir un intérêt. L'une de mes équipes enquête sur les différentes pistes qu'on y a trouvées.

— L'alpha pourrait nous aider à retrouver la femme, suggéra Reed.

— J'en doute, répondit Alec d'une voix morne. Nous avons tué son fils. Il ne sera pas d'humeur très charitable.

— Si les grands-parents n'avaient pas perverti le gamin, il n'aurait sans doute pas attiré l'attention. C'est leur faute.

— Essaie de dire ça à un parent en deuil, intervint Eve. Les gens sont rarement rationnels dans ce genre de situation.

— Exact, renchérit Alec en lui serrant les doigts.

— Autre chose ? demanda Eve à Gadara.

Il ouvrit la boîte posée sur son bureau pour y prélever un cigare. Eve se demanda ce qu'il en faisait puisqu'il ne fumait pas. Les mordillait-il jusqu'à les rendre mous et gluants ? L'idée n'était pas très appétissante ; elle la chassa de son esprit.

L'archange la dévisagea attentivement.

— Vous êtes pressée de partir ?

— À vrai dire, oui.

— Restez sur nos écrans radar, l'admonesta-t-il. Ils sont là pour vous protéger.

— Pas de soucis. J'ai rendez-vous avec mon canapé et la première saison de *Dexter* en DVD.

— Drôle de façon de se divertir.

Eve se leva, vite imitée par les trois hommes.

— Par rapport à ma vie ? Vous plaisantez ? C'est comme regarder *La Petite Maison dans la prairie*.

Elle se dirigea vers l'ascenseur. Alec lui emboîta le pas.

— Abel ?

La voix de Gadara les figea tous.

— J'aimerais que vous restiez pour que nous examinions votre rapport concernant la mort de votre Marqué.

Reed hocha la tête et demeura en arrière. Une fois dans la cabine de l'ascenseur, Eve croisa son regard juste avant que les portes se referment. Son clin d'œil d'au revoir l'accompagna sur tout le trajet du retour.

Un ruban jaune de la police et des scellés bloquaient la porte de chez Mme Basso. Eve ne put s'empêcher de s'arrêter pour regarder. Alec lui passa un bras sur les épaules et l'attira contre lui dans un geste de soutien.

— C'est tellement affreux, soupira-t-elle.

— Je suis navrée, petit ange.

— J'adorais cette femme.

Les yeux pleins de larmes, elle eut du mal à trouver la serrure de sa porte d'entrée. Alec lui prit les clés des mains et ouvrit les multiples verrous puis la porte. Il s'inclina et lui fit signe d'entrer.

— Elle était chouette, poursuivit Eve.

Elle déposa son sac à main Coach sur la console où elle rangeait son revolver. La porte vitrée du patio était ouverte et un petit vent frais marin agitait les rideaux translucides telles les voiles d'un navire.

— Je l'aimais vraiment beaucoup. Il y a des gens qu'on se contente d'apprécier, d'autres qui nous plaisent en certaines occasions seulement et d'autres uniquement quand on a trop bu. Mais elle, je l'aimais tout le temps.

Alec la serra fort contre lui. Elle referma les poings sur le tissu de son tee-shirt.

— Elle va me manquer. Et je risque de détester quiconque emménagera à sa place.

— Ne dis pas ça, murmura-t-il. Laisse-leur une chance.

Elle frotta son visage sur le coton du tee-shirt pour sécher ses larmes.

— Que vais-je faire de toi ? souffla-t-elle.

— Je peux te faire une suggestion ?

Eve s'inclina en arrière pour croiser son regard.

— Je parlais de ton hébergement.

Le sourire qui apparut sur les lèvres d'Alec la fit frissonner jusqu'aux orteils.

— Bien sûr que j'emménagerai avec toi, petit ange. J'attendais simplement que tu me le proposes.

— Mon père me tuerait.

— Dit la fille qui a survécu à un tengu, un nix et un loup-garou dans la même semaine ?

— Ils n'étaient rien par rapport à mon père quand il décide de ne plus m'adresser la parole, crois-moi.

Elle s'écarta de lui.

— En fait, il parle peu d'une manière générale. Mais lorsque quelque chose le contrarie, il devient franchement silencieux. Ça en devient même oppressant. Je déteste ça. Ça me met super mal à l'aise.

— Alors j'imagine qu'il vaut mieux passer au plan B.

Elle fronça les sourcils.

— C'est quoi, le plan B ?

— Emménager à côté dès que la police aura évacué les lieux.

— Quoi ?

— C'est parfait.

— C'est chelou.

— C'était une gentille vieille dame, Ange. Elle est auprès de Dieu à présent ; elle n'est pas restée dans le coin à s'inquiéter pour nous.

À cet instant, on sonna à la porte. Tous deux s'immobilisèrent. Alec haussa un sourcil interrogateur. Eve secoua la tête. Cette fois, on frappa au panneau ; quelqu'un s'impatientait au-dehors.

— Mademoiselle Hollis ?

Eve grogna en reconnaissant la voix.

— Inspecteurs Ingram et Jones de la police d'Anaheim. Nous aimerions vous parler.

Avec un soupir, elle retourna à la porte et l'ouvrit.

— Bonjour, inspecteurs.

— Pouvons-nous entrer ?

— Je vous en prie.

Elle s'écarta, ses talons cliquetant sur le parquet. Elle avait choisi une tenue professionnelle pour aller voir Gadara : jupe, chemisier et chignon. Elle était à présent doublement contente d'avoir opté pour ce look de battante.

Quand les deux policiers franchirent le seuil, elle fut de nouveau frappée par l'étrangeté de leur duo. L'un petit et mince, l'autre grand et corpulent. Mais elle percevait entre eux une synergie laissant penser qu'ils travaillaient ensemble depuis longtemps.

— Voulez-vous du café ? proposa-t-elle.

— Je veux bien, répondit Jones, sans sourire.

Eve les conduisit jusqu'à la cuisine puis s'occupa de préparer la cafetière.

— Alors, qu'est-ce qui vous amène chez moi ?

— Nous avons trouvé un fleuriste local qui se souvient avoir vendu par deux fois des nénuphars à cet homme, annonça Ingram.

Elle regarda par-dessus son épaule. L'inspecteur lui tendait un portrait-robot réalisé par la police. La plupart du temps, ceux que l'on voyait à la télévision lui donnaient l'impression d'être inutilisables pour identifier qui que ce soit. Mais celui-ci était réussi. Il ressemblait énormément au nix. Elle porta la carafe jusqu'à l'évier.

— Avez-vous déjà vu cet homme, mademoiselle Hollis ? s'enquit Jones.

— Non.

La marque s'était échauffée.

— Et vous, monsieur Caïn ? Vous l'avez vu ?

— Non, ça ne me dit rien, répondit Alec avant d'ouvrir le placard où se trouvaient les tasses.

— Je ne vous crois pas, répliqua franchement Ingram.

Eve soupira et rempli le réservoir d'eau de la cafetière.

— J'en suis désolée.

— Nous aussi.

Jones posa un pied sur la barre métallique qui courait au bas de l'îlot de cuisine.

— Car voyez-vous, soit vous et Mme Basso avez toutes les deux reçu des fleurs – et c'est ce que nous pensons –, soit une autre habitante de Huntington Beach a été prise pour cible. Les autres nénuphars ont été achetés dans divers endroits de Anaheim. Nous ne voudrions pas perdre de temps avec vous s'il s'avère qu'une autre victime se trouve là, dehors.

Tenir sa langue était affreusement difficile pour Eve. La frustration qu'elle percevait dans la voix des inspecteurs lui faisait mal au cœur. Elle détestait l'idée de les faire courir après une fausse piste, mais quel autre choix avait-elle ? Dire la vérité n'était pas envisageable.

Alec sortit le sachet de grains de café du freezer.

— Vous avez visionné les enregistrements de sécurité ?

Eve récupéra le sachet et entreprit de remplir le moulin à café. Ses mains demeurèrent parfaitement stables, mais intérieurement, elle tremblait.

— Nous les avons regardés, admit Jones. L'homme en question est entré chez Mme Basso.

— Mais pas chez Mlle Hollis, termina Alec.

Eve comprit alors qu'il avait pris les devants et modifié la vidéo. Elle en fut à la fois impressionnée et reconnaissante.

Le vacarme du moulin à café empêcha tout échange pendant quelques instants. Après quoi elle remplit le filtre, alluma la cafetière, s'essuya les mains sur un torchon et fit face aux deux policiers.

— J'aurais vraiment aimé pouvoir vous aider, dit-elle d'une voix douce.

Ingram sourit gravement en jouant avec sa moustache en guidon.

— Nous pensons que vous le pouvez, mademoiselle Hollis. On risque bien de se recroiser tant que nous n'aurons pas de certitudes à ce sujet.

— Alors j'ai intérêt à faire des réserves de café.

Alec posa les tasses sur le dessus de l'îlot.

— Maintenant qu'on a passé les civilités... Quelqu'un veut du sucre ou de la crème ?

Eve était blottie au creux de son canapé, occupée à regarder une émission de vidéos policières spectaculaires quand on frappa à la porte d'entrée.

Elle envisagea un instant de ne pas y prêter attention. C'était le premier jour, au terme de trois semaines de formation, où elle n'avait pas l'impression d'avoir été renversée par un camion. Elle n'avait aucune envie qu'un importun vienne gâcher la fête.

Même avec son don de guérison rapide, l'entraînement au combat des Marqués était dur et l'occupait six jours sur sept. Elle en était venue à savourer les rares journées où ils ne sortaient pas de la classe. Et le dimanche. Désormais affectueusement surnommé « la journée de la glande ».

On frappa de nouveau. Plus fort, cette fois.

Eve se releva avec un petit grognement. Par habitude, elle marqua un temps d'arrêt devant la console près de la porte et en sortit son revolver. Puis elle jeta un coup d'œil par le judas.

Alec se tenait derrière la porte, tout sourire.

— Ange ? appela-t-il avec cette voix aussi chaude et caressante que du velours. C'est ton gentil voisin.

Ouvrant la porte, elle lui fit signe d'entrer de sa main armée. Il portait ses lunettes de soleil, un débardeur, un short Dickies qui s'arrêtait aux genoux et une bonne dose de sex-appeal. Sur ce plan, il était inégalable.

Il releva ses lunettes et sourit.

— Tu seras bientôt plus redoutable que ce revolver.

— J'aime toujours la sensation qu'il me procure quand je le tiens, répondit-elle en levant son arme d'un geste plein de respect. Lourd, solide.

Une main sur le montant de la porte, Alec se pencha vers elle. Elle le regarda faire, comme hypnotisée. Il s'arrêta à quelques millimètres de ses lèvres.

— J'ai quelque chose de lourd et solide, murmura-t-il dans un souffle caressant. Tu veux monter dessus ?

— C'est super vulgaire… chuchota-t-elle en retour. Je crois bien que ça m'excite.

Il l'embrassa.

— Je parlais de ma moto, précisa-t-il.

Eve fit la moue.

— Je veux te sortir un peu, dit-il. Allons nous amuser et nous détendre un moment.

— On peut s'amuser ici.

— Et nous le ferons, assura-t-il, un éclat prometteur dans les yeux. Plus tard.

— Pourquoi pas maintenant ?

Alec se mit à rire.

— Même si j'adore coucher avec toi – et tu sais à quel point j'aime ça –, nous n'avons jamais eu un vrai rendez-vous.

— Un rendez-vous ? demanda Eve en fronçant les sourcils.

— Toi. Moi. Dehors. Au soleil. À faire en public des trucs pour lesquels on ne risque pas d'être arrêtés.

— Quels trucs ?

Il força un peu le passage et lui prit le revolver des mains.

— Je me disais qu'on pourrait descendre la côte jusqu'à San Diego. C'est une belle journée.

Elle le regarda ranger l'arme dans son étui capitonné et le refermer soigneusement avant de le remettre dans le tiroir.

Un rendez-vous. Quelque chose de doux et de chaud venait d'éclore dans la poitrine d'Eve.

— Donne-moi juste le temps de me changer.

— Ne change rien. Tu es superbe.

Eve baissa les yeux sur sa tenue : short et débardeur. Ridiculement inapproprié pour une balade en moto. D'un autre côté, il y avait certains avantages à porter la marque. Alec avait des réflexes surhumains et elle était aussi costaude qu'un char d'assaut. Plus ou moins.

— Si tu veux bien éteindre la télé, je vais chercher mes rangers, dit-elle.

Alec la retint par le bras.

— Mets plutôt ça, dit-il en désignant les tongs coquettes rangées sous la console.

— Pas très pratique pour faire de la moto, fit-elle remarquer.

— Oublions un peu le côté pratique. C'est dimanche. Tu es censée faire ce que tu veux de ta journée.

Elle ouvrit la bouche pour protester, mais il la prit de vitesse :

— On t'a déjà dit, ronronna-t-il, à quel point les petites fleurs peintes sur tes gros orteils étaient sexy ?

Eve chaussa les tongs.

— Qu'est-ce qu'il y a à San Diego ?

— Les Seahawks jouent contre les Chargers.

— Ça, c'est bien un rendez-vous de mec, commenta-t-elle avec un sourire taquin.

Alec prit les clés et les lunettes noires d'Eve. Puis il la tira dans le couloir et referma la porte derrière eux.

— On s'occupera du côté fille après, promit-il.

Note de l'auteur

Dans la carrière d'un auteur, certains projets semblent dictés par l'inspiration. La série *La marque des ténèbres* en fait clairement partie pour moi. Eve m'est apparue telle Athéna dans la mythologie grecque, jaillissant hors de ma tête déjà armée et prête au combat. Son histoire s'est ensuite enrichie au fil de coïncidences heureuses. Je n'avancerai pas d'explications pour le nombre de fois où des événements apparemment aléatoires m'ont soufflé idées et indices au moment exact où j'en avais besoin, mais j'en suis profondément reconnaissante.

Les habitants de Huntington Beach et Anaheim remarqueront que j'ai pris quelques libertés avec divers endroits. *Henry's*, le glacier fictif, se situe à l'endroit où se trouvait autrefois *Lorenzo's Pizza*, au coin de Cerritos et Euclid Street. Le *Circle K* et la pizzeria ont désormais disparu, laissant dans ma vie un vide que seuls les sandwichs au pastrami de Lorenzo sauraient combler.

L'église Sainte-Marie telle que décrite dans la série ne ressemble en rien à la véritable église St. Mary's by the Sea, laquelle, en plus d'être bien plus petite et plus ancienne, se trouve dans un tout autre quartier. Ma version de Sainte-Marie se rapproche plus de Saint-Vincent-de-Paul par certains aspects visuels et géographiques, mais elle est totalement fictionnelle.

J'ai pris d'autres libertés concernant ce coin où je suis née et que je chéris. Les gens du cru les remarqueront ; les autres n'en auront que faire. J'espère que l'histoire vous aura plu dans les deux cas !

Annexes

Les sept archanges

1. Voici les noms des anges qui veillent.
2. Uriel, l'un des saints anges, préposé à la clameur et la terreur.
3. Raphael, l'un des saints anges, préposé à l'esprit des hommes.
4. Raguel, l'un des saints anges, qui exerce vengeance sur le monde des luminaires.
5. Michael, l'un des saints anges, préposé aux meilleurs des hommes, contre le chaos.
6. Sarakiel, l'un des saints anges, préposé aux esprits des enfants des hommes qui pèchent en esprit.
7. Gabriel, l'un des saints anges, préposé au paradis, aux serpents et aux cherubim.
8. Remiel, l'un des saints anges, que Dieu a préposé aux ressuscités.

— Livre d'Hénoch, XX, 1-8

La hiérarchie chrétienne des anges

Première sphère – anges qui agissent en gardiens du trône de Dieu

* Seraphim
* Cherubim
* Ophanim/trônes/roues (erelim)

Deuxième sphère – anges qui agissent en gouverneurs

* Maîtres/meneurs (hashmallim)
* Vertus
* Puissances/autorités

Troisième sphère – anges qui agissent en messagers et soldats

* Principautés/règles
* Archanges
* Anges (malakhim)

Playlist courte
(sans ordre particulier)

Killing in the Name of, Rage Against the Machine
Blasphemous Rumors, Depeche Mode
California Love, Tupac
Carry on Wayward Son, Kansas
Wanted Dead or Alive, Bon Jovi

Pour trouver des informations supplémentaires (en anglais), rendez-vous sur www.sjday.net

AVENTURES & PASSIONS

10 février

Mary Balogh

Le club des survivants* - 4 - *Rien qu'un enchantement
Inédit

Il aura suffi d'une danse pour que Flavian succombe au charme enchanteur d'Agnès Keeping. En revanche, la jeune fille n'a aucune envie de faire plus ample connaissance. Ce bel aristocrate à l'air faussement nonchalant et au sourire ironique lui semble plus dangereux que le diable en personne.

✦

Maggie Robinson

L'agence de Mme Evensong* - 3 - *Les couleurs d'Eliza
Inédit

Secrétaire à l'agence Evensong, Eliza Lawrence accepte de s'occuper de la fille de Nicholas Raeburn, en attendant qu'on lui trouve une vraie gouvernante. Elle arrive dans une maison peu conventionnelle où des modèles s'y promènent nus. Un endroit peu convenable pour élever une petite fille ! Mais Nicholas n'a que faire des récriminations de cette gouvernante trop vertueuse mais si séduisante.

✦

Julia Quinn

La chronique des Bridgerton* - 2 - *Anthony

Incroyable ! Anthony Bridgerton, l'aîné de la famille et incorrigible célibataire, veut se marier et choisit Edwina Sheffield, la reine de la Saison. Sauf qu'il est hors de question pour Kate Sheffield que sa sœur épouse un débauché comme Anthony. Ce dernier, vexé, est bien décidé à prouver à cette impertinente qu'il est un parti irrésistible.

✦

Sylvia Day

La série Georgian - 1 - Si vous le demandez

Quand Marcus, comte de Westfield et agent de la Couronne, reçoit l'ordre de protéger lady Elizabeth Hawthorne, il pressent des retrouvailles passionnées. Quatre ans plus tôt, Elizabeth l'avait éconduit sans ménagement. Aujourd'hui veuve, elle ne lui témoigne que froideur et dédain, mais Marcus perçoit son trouble. Cette fois, pas question de la laisser s'échapper !

24 février

Grace Burrowes

Le captif

Inédit

Capturé et torturé par les soldats de Napoléon, Christian Severn, comte de Mercie, est de retour en Angleterre. Lady Gillian Greendale, une cousine de son épouse décédée, lui rappelle qu'il a une petite fille dont il doit s'occuper. Mais Christian ne consent à rejoindre sa fille qu'à condition que Gillian l'aide. Progressivement, de profonds sentiments vont naître entre eux. Pourtant, même l'amour pourrait se révéler impuissant face à la soif de revanche de Christian…

✦

Sherry Thomas

Mon bel ennemi

Inédit

1891. Catherine Blade est une espionne pour le compte de son beau-père, un politicien chinois. Pour sa nouvelle mission, elle est envoyée en Angleterre pour récupérer deux tablettes de jade. À son arrivée, elle doit affronter son passé puisqu'elle retrouve le capitaine Leighton Atwood qu'elle croyait mort. Huit ans plus tôt, ils avaient été amants et Leighton ne l'a jamais oubliée.

✦

Elizabeth Hoyt

La légende des quatre soldats - 1 -

Les vertiges de la passion

Riche négociant américain, Samuel Hartley se rend en Angleterre, officiellement pour affaires, officieusement pour rencontrer lady Emeline Gordon dont le frère faisait partie de son régiment, massacré par les Indiens à Spinner's Falls. Depuis ce jour funeste, il n'a qu'une obsession : découvrir le traître qui a causé la perte de ses camarades. Et c'est à Londres qu'il le trouvera, grâce à Emeline qui va l'introduire dans cette société anglaise si fermée.

PROMESSES

10 février

Molly Cannon

Ne rien regretter

Inédit

Marla Jean Bandy a vu son mari la quitter pour la bibliothécaire de 20 ans son aînée ! Dans la petite ville d'Everson, cela fait grand bruit et Marla en a plus qu'assez d'entendre sur son passage des murmures de pitié. C'est décidé, elle va reprendre sa vie en main et s'amuser. Aussi, vêtue d'une jolie petite robe rouge et sexy, se dirige-t-elle ce vendredi soir vers le pub local où toute la ville se retrouve autour d'une bière et de la piste de danse. Les hommes la trouvent à leur goût, ce qui n'est pas de celui de Jake Jacobson, secrètement mandaté pour ouvrir l'œil sur Marla.

CRÉPUSCULE

20 février

Cécilia Correia

Aliette Renoir - 2 - Dans l'ombre du roi

Lorsque des vampires renégats sèment la pagaille à Paname, que les Allemands préparent un coup fourré, et qu'un ancêtre âgé de plusieurs siècles disparaît comme par magie, il y a de quoi inquiéter l'ancienne cour du roi Abaddon. La chasseuse Aliette Renoir pourrait trouver cela supportable si Lawrence, son créateur et amant, ne faisait pas un mystère de son emploi du temps nocturne. À quelle cause peut-il bien consacrer ses nuits, ou pire, à quelle créature… ?

Passion intense

10 février

Shannon McKenna

Les frères McCloud - 8 - Dans la tourmente

Inédit

Bruno Ranieri mène une vie des plus mouvementées. Le jour, il s'échine à gérer le restaurant familial ; la nuit, il lutte contre les démons de son passé. Aussi, quand la séduisante Lily Parr débarque dans son établissement, il croit à une hallucination due au manque de sommeil. Pourtant, le puissant désir qu'il éprouve pour la jeune femme est bien réel, tout comme les tueurs lancés à ses trousses ! Devenue une fugitive depuis la mort mystérieuse de son père, Lily est en quête du secret que celui-ci gardait. Un secret qui serait lié à Bruno...

Romantic Suspense

24 février

Linda Howard

Le carnet mystérieux

À l'annonce du meurtre de son père, Karen Whitlaw n'éprouve aucun chagrin. Elle avait de toute façon perdu contact avec celui qui les avait abandonnées, sa mère et elle. Malgré tout, elle se rend à La Nouvelle-Orléans pour identifier le corps, où elle rencontre Marc Chastain, chargé de l'enquête. Karen ignore les raisons de cet assassinat, pourtant, il semblerait qu'elle soit la cible des criminels qui, après avoir fouillé son domicile, se lancent à sa poursuite. La vérité se trouve-t-elle dans ce mystérieux carnet que son père lui avait envoyé, et qu'elle a négligemment laissé dans un garde-meuble ?